ACTION

BAND 123

ANDREWS & WILSON

DUNKLER BESCHÜTZER

Aus dem Amerikanischen von Michael Krug

FESTA

Die amerikanische Originalausgabe *Dark Intercept*
erschien 2021 im Verlag Tyndale House Publishers.

1. Auflage Juni 2024

Titelbild: Dirk Berger – www.lightandstorm.com

ISBN 978-3-98676-142-4
eBook 978-3-98676-143-1

Für alle, die an vorderster Front für Freiheit und das Gute kämpfen und dem Bösen auf der Welt entgegentreten. Denkt daran, dass Schmerz und Verlust zwar nicht automatisch Freiheit verheißen, aber alle gute Verheißung der Hingabe zu Gott entstammt. Danke für euren Mut, der Dunkelheit Einhalt zu gebieten.

ANMERKUNG DER AUTOREN

Dark Intercept ist der Beginn einer Saga, die wir schon seit Jahren erzählen wollten. Aber erst vor Kurzem standen die Sterne dafür günstig, diese Idee umzusetzen. Die *Shepherds*-Reihe ist mehr als eine Reihe von Büchern. Sie ist eine Reise, stellvertretend für die persönlichen Erfahrungen zahlloser Männer und Frauen, die im Dienst unserer großen Nation die Uniform getragen haben. Als Veteranen haben wir an der Seite etlicher echter Helden gedient – und einige davon haben das höchste Opfer dargebracht.

Eine Begegnung mit dem wahrhaft Bösen, sei es im Militärdienst oder als Bürger im Spießrutenlauf des Alltags, erschüttert die Wahrnehmung und die Vorstellung von allem, was man für selbstverständlich gehalten hat. Solche Konfrontationen zwingen einen, sich mit schwierigen, oft erschreckenden Fragen und Antworten auseinanderzusetzen. Zu anspruchsvollen, unbequemen Themen wie die Existenz Gottes, die Natur von Gut und Böse und Dinge, die wir zwar tief in uns spüren, aber mit unseren ach so rationalen Augen nicht sehen können. Dabei öffnen wir uns für eine Wahrheit, die zu glauben oder auch nur in Betracht zu ziehen wir nicht bereit sind.

In dieser Reihe stellen wir genau solche Fragen. Wir ergründen die Idee spiritueller Kriegsführung und Kräfte, die in unser Bewusstsein eindringen und unser Leben dramatisch verändern können – manchmal zum Besseren, manchmal auch nicht.

Dark Intercept ist ein fiktives Werk, zugleich jedoch ein Ausgangspunkt. Mit dem Umblättern der Seite laden wir dich ein, uns auf einer Reise zu begleiten. Die Figuren dieser Geschichte werden heikle Fragen über Gott, Glauben und das Böse auf der Welt stellen. Und vielleicht, nur vielleicht, entdeckst du dabei Antworten auf einige der Fragen, mit denen du selbst kämpfst, die du aber nicht zu stellen wagst.

SHEPHERD | Verb

1 als Hirte hüten

2 wie ein Hirte führen oder bewachen

3 umgangssprachlich: als Seelsorger dienen

PROLOG

MUTMASSLICHER UNTERSCHLUPF VON AL-QAIDA

PROVINZ ANBAR, IRAK

1:32 UHR ORTSZEIT

OKTOBER 2011

Taktische Überlegenheit, Mut unter Beschuss, unerschütterliche Brüderlichkeit – damit rühmte sich die Spezialeinheit der Naval Special Warfare.

Eine Gemeinschaft, in der Disziplin bloßen Glauben in den Schatten stellte.

In der Mumm mehr zählte als Hoffnung.

Statt um göttlichen Beistand zu beten, setzte Navy SEAL Jedidiah Johnson auf Einsatzerfahrung, um seine Nerven zu stählen. In seinen Augen hatte Gott bei verdeckten Operationen nichts zu suchen. Mit seinen Brüdern an der Seite und einem SOPMOD-M4-Sturmgewehr in den Händen konnte er alles vollbringen.

Huu-ja.

Mit schmerzenden Oberschenkeln rückte Jed in geduckter Kampfhaltung vor. Dabei schwenkte er das Laservisier seines Gewehrs methodisch über die Gebäude auf der gegenüberliegenden Seite der staubigen Straße und hielt Ausschau nach Zielen. Der grüne Strahl kreuzte sich mit jenen seiner Kameraden – ein bewegliches, todbringendes geometrisches Muster, das über die bröckelnden Stuckfassaden fegte und an jeder Tür, Fensterscheibe und Gassenmündung nach Bedrohungen suchte. Sie nahmen die für das bloße Auge unsichtbaren Infrarotlaser ihrer PEQ-2-Zielmarkierungsgeräte kristallklar wahr – dank der Nachtsichtbrillen, die sie an den Helmen befestigt wie Miniaturferngläser vor den Augen trugen.

Chief Danny Carroll – wegen einer längst vergessenen Geschichte »Scab« für seine Teamkameraden – bewegte sich zwei Schritte vor Jed. In stiller, geübter Präzision arbeiteten sie zusammen und sicherten die Bereiche vor, hinter und über ihnen auf den Dächern, während sie den Block entlang auf das Zielgebäude zusteuerten.

Als Scab die Ecke erreichte, hob er die Faust und ließ den vierköpfigen Trupp anhalten. Jed sank auf ein Knie und konzentrierte sich auf die Ecke 45 Grad gegenüber der unbefestigten Kreuzung. Auf der anderen Seite des Blocks näherte sich ein zweites Viererteam wie ein Spiegelbild aus der entgegengesetzten Richtung. Sie würden das Zielgebäude gleichzeitig erreichen. Ein Trupp würde von vorn eindringen, der andere von hinten.

Jed ließ den nachtsichtverstärkten Blick über das Dach des Gebäudes auf der anderen Straßenseite wandern, hielt Ausschau nach Bewegung. *Dort würde ich einen Scharfschützen platzieren,* ging ihm durch den Kopf, doch er entdeckte nichts Besorgniserregendes.

»Choctaw Eins ist Budweiser«, meldete Scab, dass sein Trupp am Kontrollpunkt eingetroffen war.

Nach zwei Sekunden Pause kam von Morales, dem Leiter des anderen Teams: »Choctaw Zwei ist Corona.« Die entfernte Stimme ertönte kristallklar in Jeds Peltor-Headset.

Nach dem Erreichen der Kontrollpunkte würden beide Teams das letzte Stück vorrücken, um mit der Erstürmung des zweigeschossigen Gebäudes zu beginnen. Dort arbeitete ein Bombenbauer namens Harim Al-Abbas mit seinen Leuten eifrig daran, unkonventionelle Sprengsätze zu basteln, die amerikanische Soldaten und Koalitionstruppen überall im westlichen Anbar töten sollten.

»Choctaw, hier Home Plate – freie Bahn zum Ziel«, meldete ihr Missionskoordinator in der taktischen Einsatzzentrale der vorgerückten Operationsbasis. Dort wurden Echtzeitbilder einer Predator-Drohne überwacht, die über ihnen kreiste. »Eagle liefert keine bedenklichen Wärmebilder zwischen euch und Miller Lite. Meldung Sam Adams.«

Miller Lite stand für das anvisierte Haus, Sam Adams für die Meldung, die sie absetzen würden, sobald der Bombenbauer entweder tot oder gefangen wäre und sie den Ort gesichert hätten. Wenn sie unentdeckt blieben und die Mission ohne Zwischenfälle erfüllten – wie so gut wie immer –, würde die Meldung in wenigen Minuten erfolgen.

Scab richtete sich auf, wies mit einer entschlossenen Handbewegung nach vorn und übernahm die Spitze. Jed reihte sich leicht rechts hinter ihm ein. Sein Blick deckte den Bereich über und hinter ihnen ab, während sie durch die schmale Straße vorrückten. Scab scherte nach links aus, führte das Team diagonal über die nächste Kreuzung zur anderen Straßenseite und zu dem Gebäude, das sich in Jeds Augen perfekt als Heckenschützenversteck für Wachposten der Terroristen eignete. Aber Home Plate hatte keine besorgniserregenden Wärmebilder von der lautlos über ihnen kreisenden Predator gemeldet. Jed verspürte den unbewussten Drang, auf Scabs linke Seite zu wechseln. Er drückte die linke Seite seines Teamleiters, um es ihm anzuzeigen. Als sie sich dem Gebäude näherten, verstärkte sich in ihm das Gefühl, umkehren zu müssen.

In seinem Kopf meldete sich weder eine Stimme, noch blitzte eine Vision auf …

Er wusste es einfach.

»Verlagerung nach links«, rief Jed, packte Scab am Arm und scherte zurück über die Kreuzung.

»Vier hinterher«, befahl Scab mit Jeds Rufzeichen, damit die beiden ihnen folgenden SEALs den Richtungswechsel verstanden. Jed übernahm die Führung. Der vierköpfige Trupp kehrte mit schnellen Schritten auf die ursprüngliche Straßenseite zurück.

»Was hast du gesehen?«, fragte Scab, drückte sich an die Mauer und betrachtete prüfend das Gebäude, dem sie sich genähert hatten.

»Ja, Bro. Was ist los?«, warf der SEAL namens Reed ein, sichtlich verwirrt über die unverhoffte, unprovozierte Abweichung vom Plan. Kein Heckenschütze hatte auf sie geschossen, keine Panzerfaust war über ihre Köpfe hinweggeschwirrt.

Jed spürte, wie ihm Hitze in die Wangen stieg. Wie sollte er die wortlose Vorahnung erklären, die ihn ereilt hatte? Er versuchte es.

»Ich hab einfach …«

Die Explosion des Gebäudes auf der gegenüberliegenden Seite der Kreuzung schnitt Jed mitten im Satz das Wort ab. Ein Sturm tödlicher Splitter – Glas, Holz, Beton – prasselte auf alles im Umkreis von einem Häuserblock ein. Jed und seine SEAL-Kameraden machten sich so klein wie möglich. Einen Sekundenbruchteil danach stürzten die Überreste des explodierten Gebäudes wie ein metaphorisches Ausrufezeichen dort auf den Bürgersteig, wo sie sich noch vor wenigen Sekunden befunden hatten. Wenn sie nicht von der heftigen Detonation ausgelöscht worden wären, dann hätten die Trümmer sie erschlagen.

»Woher hast du das gewusst?«, fragte Reed hustend, doch Scab ließ Jed keine Zeit zum Antworten.

»Auf und weg«, befahl der Teamleiter, setzte sich die Straße entlang in Bewegung und würgte Reeds Frage damit ab. »Choctaw Zwei – los.«

»Zwei«, ertönte die knappe, schlichte Bestätigung des Befehls vom Leiter des Teams Bravo auf der anderen Seite des Ziels.

Mit stampfenden Schritten rannten Jed und seine Kameraden in nördlicher Richtung zum Zielhaus. Unterwegs verteilten sie sich zur annähernden Formation einer Pfeilspitze und ließen die Blicke mit Argusaugen über jedes Fenster, jedes Dach und jede Tür wandern, während sie die etwa 50 Meter zurücklegten. Das Geräusch einer Türsprengladung hallte leise durch die Nacht und bestätigte, dass Team Bravo kurz davorstand, von hinten ins Zielgebäude einzudringen.

»Ein Tango am Tor«, meldete die nüchterne Stimme ihres Koordinators aus der strategischen Einsatzzentrale und übermittelte Echtzeitbilder aus der Vogelperspektive. »Zwei ist drin. Rechnet mit vorn rausgespülten Tangos, Eins.«

»Eins«, gab Scab knapp zurück.

Der Wächter der Terroristen am Eingangstor drehte sich ihnen zu und begriff verspätet, was vor sich ging. Mit großen Augen riss er das Gewehr hoch, aber Jed hatte seinen grünen PEQ-2-Ziellaser bereits auf die Stirn des

Mannes gerichtet. Er drückte den Abzug. Sein M4 feuerte zweimal und fällte den feindlichen Wächter. Aus dem Haus dröhnten kurze AK-47-Salven, gefolgt von präziseren, kontrollierteren Schüssen mit M4-Sturmgewehren. Das Feuergefecht hatte begonnen. Jed trat wuchtig genug gegen das Eisentor, um die Verriegelung aus der bröckelnden Stuckmauer zu brechen.

Scab stürmte durch das Tor auf den kleinen Hof vor dem Haus. Jed folgte ihm und sicherte die rechte Seite, während sein Teamleiter die linke übernahm. Ihre beiden anderen Teamkameraden rasten durch die Lücke zwischen ihnen zur Eingangstür, die offen in den Angeln hing. Gegen das Licht im Haus zeichneten sich die Umrisse eines Al-Qaida-Kämpfers ab. Er bemerkte die eintreffenden SEALs nicht, da er sich rückwärts auf die Tür zubewegte und auf ihre Kameraden im Haus feuerte. Zwei Knalle ertönten, als Reed den Dschihadisten ausschaltete. Dann deckte er mit seinem Partner links und rechts die Tür, während Jed und Scab die Mitte übernahmen – eine Umkehr des Manövers, mit dem sie vor wenigen Sekunden in den Innenhof eingedrungen waren. Jed schob sein Nachtsichtgerät auf den Helm hoch, als er die Schwelle überquerte, um nicht vom Licht im Gebäude geblendet zu werden.

Als er aus dem Augenwinkel zu seiner Linken eine Bewegung wahrnahm, schwenkte er in die Richtung. Diesmal zielte er mit dem oben auf dem Gewehr montierten holografischen Visier, da man den grünen Laser ohne Nachtsichtgerät nicht mehr sehen konnte. Ein bärtiger Mann stand auf einer Treppe. Jed richtete den roten Punkt auf die Mitte der Brust des Terroristen. Statt anzugreifen, ließ der bärtige Dschihadist die Waffe fallen und riss kapitulierend die Hände hoch. Sein AK-47 klapperte die Stufen herab. Reed stieg die Treppe halb hinauf, zerrte den Terroristen mit einem Ruck nach unten und drückte ihn mit dem Gesicht voraus zu Boden. Mit einem Knie im Nacken des Bärtigen suchte der SEAL das Treppenhaus nach weiteren Bedrohungen ab.

»Hier Zwei, hinterer Bereich gesichert«, meldete Morales. »Wir haben das Paket. Niemand ist entwischt.«

Jed grinste. Mission erfüllt – ihr Hochwertziel Al-Abbas befand sich vor Ort und hatte sich offenbar ergeben.

»Fünf und Sechs«, blaffte Scab. »Oben sichern.«

Die beiden SEALs nickten und eilten mit den Waffen im Anschlag die Treppe hinauf.

Jed folgte Scab in den hinteren Bereich des Gebäudes zu Morales. Al-Abbas, dessen Visage sich Jed von Fotos in den Informationsunterlagen eingeprägt hatte, saß stumm und regungslos auf einem Holzstuhl. Zigarettenrauch aus drei Aschenbechern auf einem kleinen, quadratischen Esstisch kräuselte sich an die Decke. Jed sah sich in der bescheidenen Küche um und entdeckte drei tote Terroristen auf dem Boden. Zwei Gefangene warteten gefesselt. Ein Kämpfer lehnte an einem Schrank in der Ecke, der andere kniete mit der Stirn auf dem Boden und murmelte vor sich hin.

»Fünf und Sechs, Bereich gesichert«, ertönte Reeds Stimme in Jeds Headset.

»Choctaw ist Sam Adams«, meldete Scab mit triumphierendem Unterton. »Exfiltration vom Primärziel in fünf Minuten.«

»Choctaw, hier Home Plate – verstanden.«

»Choctaw, alles von Wert einpacken. In drei Minuten rücken wir ab.«

Ein zweifaches Klicken in Jeds Headset verriet ihm, dass seine Teamkameraden verstanden hatten. Scab und er würden Al-Abbas und die gefangenen Dschihadisten decken, während der Rest des Teams sämtliche Handys, Computer und alles andere einsammeln würde, das nützlich sein könnte. Morales, Leiter von Team Bravo, begann mit der unerfreulichen Aufgabe, die Gesichter der Toten zu fotografieren, um sie später in der Zentrale durch die Datenbank zu jagen.

Du also hast mich gesehen. Interessant …

Jed zuckte bei der Stimme zusammen. Er fuhr zu dem Bombenbauer herum, zu Al-Abbas, der nach wie vor regungslos auf seinem Stuhl saß, die Handgelenke hinter dem Rücken gefesselt. Ihre Blicke begegneten sich. Jed spürte, wie sich mächtiger, tief empfundener Hass in ihn bohrte und ihn umhüllte wie kaltes Meerwasser einen Neoprenanzug bei einem Tauchgang.

Du magst die Gabe haben, aber das ist unsere Zeit …

Der Tod ist mein Sieg.

Die Stimme konnte nur Al-Abbas gehören, aber sie sprach auf Englisch, und die Lippen des Mannes bewegten sich nicht. Jed spürte, wie sich in seinem Hals ein Kloß bildete. Sein Abzugsfinger zuckte. Und während er den Bombenbauer anstarrte, überlagerte ein zweites Gesicht grotesk verzerrt das von Al-Abbas. Dann flammte um die dunkelbraune Iris des Terroristen ein gelblicher Ring auf wie die Glut eines Lagerfeuers.

»Was hast du zu mir gesagt?«, fragte Jed mit stockendem Atem.

»Hm?«, machte Scab neben ihm und klang verwirrt. »Ich hab gar nichts gesagt, Kumpel.«

Jed trat einen Schritt zurück, hob das Gewehr an und

platzierte den roten Zielpunkt mitten auf der Stirn des Bombenbauers. Das dämonische Doppelgesicht lächelte ihn an, und eine Erinnerung, die er acht Jahre lang zu vergessen versucht hatte, drängte sich vor sein geistiges Auge.

Das passiert nicht wirklich, sagte er sich. *Es ist nicht real.*

Jed übte leichten Druck auf den Abzug aus und kniff für den Bruchteil einer Sekunde die Augen zusammen, um die grauenhafte Erinnerung zu vertreiben.

»Jed«, blaffte Scab, allerdings mit echter Besorgnis in der Stimme. »Alles klar, Bro?«

Jed stieß zittrig den Atem aus, löste den Finger vom Abzug und legte ihn außen auf den Bügel.

»Ja, Mann, alles gut«, sagte er und zwang sich zu einem Lächeln, das er innerlich nicht spürte.

Scab griff nach dem Laptop auf dem Tisch neben dem Bombenbastler. »Morales ist im anderen Zimmer. Sag ihm, er soll langsam fertig werden. Ich will schleunigst weg hier.«

Jed nickte und verließ die Küche. Drei Schritte später kehrte die Stimme zurück und verhöhnte ihn in seinem Kopf. Mit einem einzigen Wort.

Bum!

Jed wirbelte herum und starrte den Teufel auf dem Stuhl an.

Die gelblichen Ringe in den Augen des Bombenbauers flackerten auf. Er lächelte Jed an. Dann explodierte die Küche. Die Druckwelle erfasste Jed wie ein rasender Sattelschlepper und schleuderte ihn rückwärts durch den verkleideten Türrahmen in den Raum nebenan. Während er durch die Luft flog und sich schwarze Vorhänge um sein Bewusstsein herum schlossen, hallte ein einziger Gedanke durch seinen Kopf.

Ich habe es wieder zugelassen.

TEIL I

DIE ENTFÜHRUNG

Seid nüchtern und wacht; denn euer Widersacher, der
Teufel, geht umher wie ein brüllender Löwe und sucht,
wen er verschlinge.

1 Petrus, Kapitel 5, Vers 8

1

BUCHHANDLUNG DER VANDERBILT UNIVERSITY
2501 WEST END AVENUE
NASHVILLE, TENNESSEE
SAMSTAG, 17:30 UHR ORTSZEIT

»›Für jemanden, der Glauben hat, ist keine Erklärung nötig. Für jemanden, der keinen Glauben hat, ist keine Erklärung möglich‹«, zitierte Pater Philip Maclin und tippte mit dem Zeigefinger leicht auf die Tischplatte aus Holz.

»Das ist einfach«, meinte das Teenagermädchen mit den braunen Augen ihm gegenüber. »Der heilige Thomas von Aquin.«

»Na schön, Schlaumeier, was ist damit? ›Wenn das oberste Ziel eines Kapitäns darin bestünde, sein Schiff zu bewahren, würde er es für immer im Hafen behalten‹«, sagte er mit einer Prise verspielter Überheblichkeit.

»Das ist der wohl älteste Trick der Welt«, erwiderte Corbin Worth.

»Ach ja?«

»Ja.«

»Wer hat es dann gesagt?«

»Auch Aquin.«

»*Auch* Aquin? Wer ist das? Ich kenne nur *Thomas von* Aquin.«

Darüber lachte sie – herzlich und echt. Und inzwischen erkannte er den Unterschied. Bei Corbin bestand sein

Ziel immer darin, ihr dieses Lachen zu entlocken. Er beobachtete, wie sich ihre Schultern eine Spur senkten, und spürte, wie sich ihre Aura veränderte. Sie entspannte sich. Somit war sie bereit zu versuchen, wofür er sie hergebeten hatte.

Für die jungen Leute wurde es von Jahr zu Jahr schwieriger, ihre Gaben zu nutzen. Was Philip wie alle Hüter nachempfinden konnte. Bei den meisten verblasste die Macht allmählich mit dem Übertritt ins Erwachsenenalter. Aber nicht bei ihm. Einige Wochen nach seinem 18. Geburtstag hatte sich die Gabe einfach verabschiedet. Ein klarer Schnitt. Ausgesprochen ungewöhnlich, hatte Tobias gemeint. Jenes Jahr hatte er als das schwierigste in seinem Leben empfunden. Glaube hatte ihn damals durch die stürmischen Zeiten getragen. Aber sogar zwölf Jahre später kam es noch vor, dass die Leere ihn zu verschlingen drohte. So schwierig es gewesen war, mit der Gabe leben zu lernen – besonders für ihn, weil sie bei ihm so früh eingesetzt hatte –, noch härter hatte es ihn getroffen, als sie plötzlich verschwunden war. Nach einem Jahrzehnt inniger Verbundenheit mit der Welt und den Menschen in ihr war er in ein tiefes, finsteres Loch der Isolation gestürzt, hatte nur noch die *eigene* Stimme im Kopf gehört. Damals hatte er sich mutterseelenallein gefühlt, abgekapselt. Wie gelähmt. Wenn ihn nun Verzweiflung überkam, dachte er an Corbin, Josh und Michaela. Irgendjemand von ihnen nahm ihn immer wahr, meldete sich mit einer aufmunternden Nachricht oder einem unerwarteten Anruf und rettete ihn vor dem Abgrund. Ja, er war ihr Hüter. Gleichzeitig erwiesen sie sich oft als seine.

Wenn Gott uns auf einen Weg führt, rüstet er uns für die Reise.

»Frag mich noch eines«, verlangte Corbin grinsend. »Aber diesmal von jemand *anders* als Thomas von Aquin.«

Er tat so, als wäre er konsterniert. »Na schön, noch eines. Aber dann sollten wir uns wirklich wieder dem Krieg von 1812 zuwenden. Versuch dich daran: ›Jeder Sturm lässt sich wohlbehalten überstehen, solange unser Herz am rechten Fleck ist, unsere Inbrunst innig, unser Mut unerschütterlich und unser Glaube …‹« Mitten im Satz verstummte er. Corbins Gesichtsausdruck hatte sich verändert.

»Was ist?«, fragte er.

»Sie ist hier«, flüsterte Corbin. »Sie scheint aufgeregt zu sein.«

»Okay, gut«, sagte er und hoffte, seine Ruhe würde auf sie abfärben. Corbin fürchtete ihre Gabe zwar nicht mehr, aber das war für sie neu. »Wie nahe ist sie?«

»Äh … weniger als einen Block entfernt. Sie kommt aus westlicher Richtung. Nein, aus südlicher«, korrigierte sie richtig und kniff die Augen zusammen. »Ich kann es nicht genau sagen.«

»Schon gut. Ich weiß, das Aufspüren ist schwierig.«

»In der Praxis noch viel schwieriger«, erwiderte sie und sah sich nervös in der Buchhandlung um. »Es ist anders als im Zentrum. Hier sind so viele Ablenkungen. So viele andere Stimmen, Pater.«

Er bedachte sie mit einem mahnenden Blick, und sie verbesserte sich schnell.

»Phil, meine ich«, sagte sie, ließ den geistlichen Titel weg und benutzte stattdessen seinen fiktiven Decknamen. Ihre Wangen schillerten rot, als sie auf ihr Notizbuch hinabblickte.

Er mochte Corbin. Philip mochte sie alle. Und nicht nur, weil er einst wie sie gewesen war. Diese neue Generation schien besser zu sein – stärker, eingestimmter. Anfangs dachte er, die jungen Leute wären geschickter darin, »Signale« aus dem Lärm einer Welt herauszufiltern, die in einer wachsenden Informationsflut versank. Tatsächlich jedoch lag es nicht an ihrem kompetenten Umgang mit Tweets, Textnachrichten und sozialen Medien. Der Unterschied fand sich auf spiritueller Ebene. Diese Teenager nahmen die mit ihren Fähigkeiten einhergehende Verantwortung sehr ernst. Eindeutig ernster als er früher, so viel stand fest. Sie glaubten an die Mission, gingen beherzt und freiwillig Risiken dafür ein. Mittlerweile bewunderte Philip sie als heldenhafte Jugendliche der nächsten Generation, die für Gott und Vaterland eintraten.

Vielleicht lag es auch daran, dass sie die dunkle Bedrohung auf eine Weise spürten, wie er es nicht mehr konnte – schleichend, heimtückisch ins Licht kriechend. Und dass sie sich deshalb fürchteten.

Ein Phantomjucken an der Stelle, an der sich sein Kragen befinden sollte, erinnerte ihn daran, wie verletzlich er sich fühlte. Beim ersten Anlegen hatte der steife, gestärkte Stoff seine Haut schier unerträglich gereizt. Im Verlauf der Zeit jedoch war der Kragen zu einer Erweiterung seiner selbst geworden. Zu mehr als einem Teil der Uniform seines Berufs – zu seinem spirituellen Kevlar. Seit er ihn vor zwei Jahren abgenommen hatte, kam er sich nackt vor. Aus Gewohnheit kratzte er sich am Hals, was ihm jedoch keine Erleichterung verschaffte.

Ich bin immer noch ein Mann Gottes, sagte er sich. *Glaube ist das Einzige, worin ich mich dafür kleiden muss.*

Eine Gruppe College-Studentinnen schlenderte auf dem Weg zur Schlange an der Kaffeebar lachend an ihrem Tisch vorbei. Eine der jungen Frauen warf einen Blick in ihre

Richtung, die anderen schenkten ihnen keine Beachtung. Die Kunden und das Personal im Laden sahen in ihm und Corbin nur einen weiteren Lehrer, der mit seiner Studentin in der Buchhandlung lernte.

Er warf einen Blick auf die Armbanduhr, bevor er zur Tür hinter seinem Schützling spähte.

Inzwischen sollte das Mädchen hier sein, dachte er. *Da stimmt etwas nicht.*

»Glauben Sie auch?«, fragte Corbin.

»Tu das nicht«, flüsterte er.

»Was?«, fragte sie unschuldig.

»Du weißt, was«, erwiderte er etwas strenger. »Lies meine Gedanken nicht in der Öffentlichkeit.«

»Ich dachte, das wäre meine Aufgabe«, brummte sie ihm über ihr Notizbuch hinweg zu. »Außerdem wollte ich nur …« Abrupt verstummte sie. Mit offenem Mund schaute sie zu ihm auf. Alle Farbe entwich aus ihrem Gesicht.

»Was ist?«

»Sie sind hier«, zischte sie mit angespannter, zittriger Stimme. »Die werden sie entführen.«

»Verschließ deinen Geist«, stieß er hervor und packte ihr Handgelenk mit festerem Griff als beabsichtigt. »Hör auf, sie zu beobachten, sonst finden sie dich.«

»O Gott«, hauchte Corbin. »Sie sieht sie nicht. O nein …«

Er stopfte Corbins Notizblock und Geschichtsbuch in ihren Rucksack, bevor er sie mit einem Ruck auf die Beine zog. Rasch sah er sich um, aber niemand schien ihnen Beachtung zu schenken. Er ergriff ihr Kinn, drehte ihr Gesicht zu sich und sah ihr in die entsetzten Augen.

»Lassen Sie mich nicht allein«, flehte sie mit geradezu verzweifelter Stimme.

»Hör mir gut zu«, sagte er. »Im Augenblick ist es recht voll hier. Gruppen bieten Sicherheit, und im Gedankengewirr vieler Köpfe ist es einfacher, sich zu verstecken. Achte auf deine Gedanken, wie ich es dir beigebracht habe, und hör nur auf mich. Sie haben hier zwei gemischte Toiletten mit Einzelkabinen. Geh in eine und schließ dich darin ein. Falls jemand einzudringen versucht, rufst du die Polizei.«

»Okay«, sagte sie. »Und was haben Sie vor?«

»Ich versuche, sie zu retten.«

»Allein?«

»Natürlich nicht«, erwiderte er und rang sich ein Lächeln ab. »Ich rufe ein Team. Wenn ich eine Szene veranstalte und genug Menschen anlocke, um die Finsteren abzuschrecken, hat sie vielleicht eine Chance zu entwischen. Wenn es vorbei ist, komme ich dich holen. Versprochen.«

Sie nickte. »Okay.«

»Geh jetzt«, befahl er.

Corbin tat, wie ihr geheißen, während er sein Handy herausholte. Auf dem hastigen Weg zum Ausgang drückte er die *1* seiner Kurzwahlliste.

»Vermittlung«, ertönte eine ruhige Stimme in seinem Ohr.

»Ich brauche Shepherds«, sagte Philip. »Priorität 1. Mein Standort.«

»Identifizierung?«, fragte die Frauenstimme mit leicht drängendem Unterton.

»Zechariah 4-6.« Er blieb an der Tür stehen, spähte durch die Glasscheiben hinaus und vergewisserte sich, dass er beim Verlassen des Ladens nicht in einen Hinterhalt laufen würde.

»Bestätigt«, sagte die Vermittlung. »Ein Team ist in neun Minuten bei Ihnen.«

»Zu langsam. Die Rekrutin ist in Gefahr, und meine Beobachterin muss geschützt werden.«

»Bleiben Sie bei Ihrer Beobachterin«, ordnete die Stimme an.

»Kann ich nicht. In neun Minuten ist alles vorbei.« Philip schaltete das Telefon aus, bevor die taktische Koordinatorin Einspruch erheben konnte. Dann schob er die Doppeltür auf und trat hinaus auf den Bürgersteig. Er bog nach rechts. An der Ecke schaute er die Straße hinunter zum Vanderbilt-Campus. Einen halben Häuserblock entfernt erblickte er das Mädchen. Die Mutter ging neben der Kleinen. Philip hatte gerade für einen Warnruf tief Luft geholt, als ihn behandschuhte Finger am Oberarm packten.

»Du kommst zu spät«, zischte ihm eine raue Männerstimme ins Ohr.

Philip drehte sich um. Sofort heftete sich sein Blick auf den schwachen gelblichen Schimmer um die Regenbogenhäute des anderen Mannes.

»Du kannst mir nichts anhaben«, sagte Philip und riss den Arm los.

»Du hast recht. Kann ich nicht«, erwiderte der Finstere und trat einen Schritt zurück.

Jäh drehte sich Philip zurück zu dem Mädchen und dessen Mutter, beide mittlerweile nur noch 20 Meter entfernt. Er beobachtete, wie ein weißer Lieferwagen neben ihnen rechts ranfuhr und die hinteren Türen aufschwangen.

»Neee-iiin!«, brüllte er.

»Vorsicht!«, schrie eine Frau in der Nähe.

Einen Moment lang wusste Philip nicht, wen die Frau meinte, dann jedoch hörte er das Quietschen von Reifen. Der schwarze Dodge Charger traf ihn im Beckenbereich und schleuderte ihn gegen die Eckmauer von Barnes & Noble. Sein Körper wurde abrupt abgebremst, doch der Charger raste weiter heran. Im Bruchteil der Sekunde vor dem Zusammenstoß stellte er durch die Windschutzscheibe Blickkontakt mit dem Fahrer her. Ein höchstens 20 Jahre alter College-Student, der katatonisch wirkte. Einen solchen Gesichtsausdruck hatte Philip schon gesehen.

Dann zuckte Schmerz durch seinen gesamten Körper, als ihn die Front des Wagens gegen die Mauer quetschte. Seine Stirn schlug auf die Motorhaube, seine Nase wurde geplättet. Grelles Weiß blitzte vor seinen Augen, und die himmelschreienden, alles verzehrenden Schmerzen endeten so plötzlich, als wäre ein Schalter umgelegt worden.

Mit gewaltiger Anstrengung hob er den Kopf und sah den Fahrer an. Der Gesichtsausdruck des jungen Mannes hatte sich verändert. Blankes Entsetzen und Verwirrung sprachen daraus, als er begriff, was er gerade getan hatte. *Armer Junge,* dachte Philip. *Das wird ihn für den Rest seines Lebens verfolgen. Lieber Gott, spende ihm Trost.*

Als sich seine Sicht grau trübte, drehte er den Kopf. Er beobachtete, wie die Füße der jungen Rekrutin wild durch die Luft strampelten, während starke Arme sie in den weißen Lieferwagen zerrten. Die Mutter des Mädchens kreischte hilflos drei Meter entfernt, wo man sie zu Boden gestoßen hatte. Aber Philip hörte ihre Schreie nicht. Außer dem Rasseln der Atemzüge aus seiner zerquetschten Brust konnte er gar nichts mehr hören.

Er konzentrierte sich auf Corbin und betete, sie würde noch auf ihn eingestimmt sein und seine Gedanken empfangen.

Bleib dort drin. Die Shepherds sind unterwegs. Schließ die Tür erst auf, wenn sie hier sind.

Ihre Antwort folgte schnell und kräftig, ein Schrei in seinem Kopf. *Wo sind Sie? Was ist passiert? Sarah Beth hat solche Angst.*

Indem er alle verbliebene Willenskraft zusammennahm, gelang es ihm, ihr zu antworten. Allein das Formen der Worte in seinem Kopf fühlte sich unendlich schwierig an. *Sie ist entführt worden. Sei tapfer und erinnere dich an das, was ich dir beigebracht habe. Finde sie … bevor es zu spät ist.*

Dann ruhte er sich aus.

Corbin würde nichts passieren. Sie war stark – die Stärkste, die er ausgebildet hatte.

Mittlerweile umgab ihn Schwärze.

Als er die Augen aufschlagen wollte, stellte er fest, dass sie bereits geöffnet waren. Er spürte einen Wandel.

Eine Leine riss, und plötzlich schwebte er.

Ein Licht erschien, das er nicht sehen konnte. Er konnte es nur fühlen, warm und zart.

Seine Lippen bewegten sich.

»Vergib mir, Heiliger Vater, denn ich habe gesündigt …«

2

HOT TUNA BAR & GRILL
2817 SHORE DRIVE
VIRGINIA BEACH, VIRGINIA
MITTWOCH, 17 UHR ORTSZEIT

Navy SEAL Senior Chief Jedidiah Johnson lockerte die Krawatte an seiner blauen Galauniform und ließ sich auf einen Barhocker sinken. Er gab der jungen Frau hinter der Theke ein Zeichen.

»Hi, Jed«, begrüßte sie ihn und holte ein Corona aus der Kühlvitrine. Schwungvoll schob sie es ihm über den Tresen. Er fing es ab und leckte sich ein wenig verschütteten Schaum vom Handrücken. »Großer Tag heute, nicht wahr?«, sagte die junge Frau und zwinkerte lächelnd. Mit demselben Lächeln strich sie Tausende an Trinkgeldern ein und bekam unaufgefordert Hunderte auf Cocktailservietten gekritzelte Telefonnummern von den Heerscharen der Navy SEALs, die das Lokal als zweites Zuhause betrachteten.

»Ja«, erwiderte Jed. »Großer Tag.« Während er einen ausgiebigen Schluck trank, sah er sich in der Kneipe um. In wenigen Minuten würde sich der Laden mit seinen Mannschaftskameraden füllen – seinen *ehemaligen* Kameraden. An das Wort musste er sich erst noch gewöhnen – ehemaliger Teamkamerad, ehemaliger Navy SEAL, ehemaliger

Senior Chief. Er seufzte, bevor er die Bardame anlächelte. »Was hältst du davon, wenn wir abhauen? Wir brennen in die Karibik durch und schlürfen an einem richtigen Strand Coronas.«

»M-m. Kannst du knicken, Jed«, entgegnete sie lachend. »Aus der Nummer kommst du nicht raus. Ich habe den Jungs versprochen, die Türen zu verriegeln, wenn's sein muss.«

Mit einem resignierten Lächeln auf den Lippen schüttelte er den Kopf. Für einen Navy SEAL war der Ruhestand ebenso schwierig wie unvermeidlich. Ein SEAL glich einem Profisportler, und so erstaunlich der menschliche Körper sein mochte, ewig hielt er Missbrauch nicht aus. Mit 35 Jahren würde er in den meisten Berufen noch als junger Mann betrachtet. Als Spezialist für Sondereinsätze hingegen gehörte er nach 17 anspruchsvollen Dienstjahren und einer zertrümmerten Hüfte bereits eher zum alten Eisen. Als er von einem Projektil Kaliber 7,26 Millimeter in die linke Hüfte getroffen worden war, hatten die Ärzte gemeint, er würde für den Rest seines Lebens am Stock gehen. Er hatte die Prognose widerlegt und sich zurück in kampftaugliche Form gekämpft. Dennoch hielt er es für wichtig, ehrlich zu sich selbst zu sein. Konnte er seinen Job noch ausüben? Ja. Konnten es seine Brüder ohne chronische Schmerzen, Narbengewebe und aufflammende Arthritis in den Hüften besser? Sosehr es schmerzte, auch darauf lautete die Antwort Ja. Würdevoll in den Ruhestand zu gehen war nicht dasselbe wie in den Ruhestand geschickt zu werden. Die Fackel weiterzugeben war nicht dasselbe wie aufzugeben. Das redete er sich ein, und es stimmte auch …

Aber warum fühlte es sich nicht so an?

»Was ist los, Senior?«, unterbrach eine Stimme seine Grübelei. Ein Klopfen auf den Rücken ließ erneut Bier auf seinen Handrücken schwappen. Er schaute ins lächelnde Gesicht eines Teamkameraden, zehn Jahre jünger als er – bei den SEALs ein halbes Leben. »Sind wir hier bei 'ner Party oder einer Totenwache?«

»Er hat recht, Jed«, dröhnte eine vertraute Stimme neben ihm. Reflexartig straffte Jed die Schultern, als er den Befehlshaber der Gruppe 2 hörte, Captain Mike Jared. Er hatte während seiner gesamten Laufbahn immer wieder mal zusammen mit dem Offizier gedient. Jared gehörte zu den SEALs, die Jed am meisten respektierte. Er war überzeugt davon, dass der Mann es zum Admiral bringen und eines Tages das gesamte WARCOM befehligen würde. »Alles in Ordnung, Senior Chief? Dir sind doch nicht etwa Zweifel gekommen, oder?«

»Nein, Sir«, erwiderte Jed mit einem gezwungenen Grinsen. »Alles gut.«

»Tja«, gab der Offizier zurück, »gib Bescheid, falls du's dir anders überlegst. Mein Rang ist hoch genug, um deine Ruhestandsunterlagen verschwinden zu lassen.« Captain Jared strich seine blaue Galauniform glatt und ließ sich auf dem Barhocker neben seinem ehemaligen Zugführer nieder. Wie der Rest der hereinströmenden SEALs würde sich Jared in Kampfuniform oder Jeans wohler fühlen. Bei den Teams hingen die Ausgehuniformen zwischen Beerdigungen und Pensionierungen als Staubfänger im Schrank – seit 9/11 öfter Ersteres als Letzteres.

»Bin sicher, das könnten Sie, Sir«, sagte Jed. »So, wie wir damals in Katar den Bus haben verschwinden lassen.«

»Vorsicht«, warnte Jared, lachte aber bei der Erinnerung. »Wir waren uns einig, nie darüber zu reden.«

Jed nickte und trank einen Schluck von seinem Corona. Er liebte seine Waffenbrüder mehr als irgendetwas sonst auf der Welt. Vielleicht beging er doch einen Fehler. Was für ein Dasein könnte er ohne diese Männer haben? Dann zog eine Abfolge von Gesichtern vor seinem geistigen Auge vorbei – verlorene Brüder und von ihm ausgelöschte Leben. Dieselben Gesichter, die ihn jede Nacht in seinen Träumen heimsuchten.

Jed seufzte. *Nein, die Zeit ist reif.*

»Was hast du jetzt vor, Jed?«, fragte der jüngere SEAL.

»Bin noch am Überlegen«, antwortete Jed und schaute weg. Er wusste nicht, was er sonst sagen sollte.

»Mein Angebot steht nach wie vor, Jed«, warf Captain Jared ein. »Ich hab 'ne Menge Freunde bei der CIA und bei privaten Sicherheitsfirmen. Ein kurzer Anruf, und ich kann dir 'nen Job mit einem sechsstelligen Jahresgehalt für das besorgen, was du am besten kannst.«

»Danke, Sir«, erwiderte er und fühlte sich allmählich unbehaglich. »Vielleicht komme ich darauf zurück. Aber erst will ich mich ein wenig umsehen. Nachdem ich mein Leben lang bei der Navy gewesen bin, muss ich erst rausfinden, was es sonst noch alles gibt.«

Jared nickte. »Völlig verständlich. Sieh dich ruhig um, welche Möglichkeiten du hast. Du sollst nur wissen, dass ich nur 'nen Anruf entfernt bin, falls du mich brauchst.«

Jeds Handy vibrierte erst, dann klingelte es in der Hosentasche und verschaffte ihm mit perfektem Timing eine Auszeit. Er holte das Telefon heraus und betrachtete die Anruferkennung, aber es handelte sich um eine unbekannte Nummer. Egal. Er würde lieber einen Anruf vom Teufel höchstpersönlich annehmen, als sich darüber ausquetschen zu lassen, was er mit seinem Leben als *ehemaliger* Navy SEAL anfangen wollte.

»Entschuldigen Sie mich kurz, Sir«, wandte er sich an Captain Jared und rutschte vom Barhocker. Mit schnellen Schritten ging er zur Tür und trat hinaus, bevor er die grüne Schaltfläche auf dem Display antippte.

»Hallo?«

Die relative Ruhe draußen wurde vom Dröhnen eines F/A-18-Kampfjets zerschmettert, der vom Meer heranbrauste, bevor er direkt über Jed für den Landeanflug auf die wenige Kilometer entfernte Naval Air Station Oceana um 90 Grad schwenkte und weiterraste. Als die Schwingungen in der Luft und das Klingeln in seinen Ohren nachließen, versuchte er es erneut.

»Bitte noch mal«, sagte er. »Ich konnte gerade nichts hören.«

»Tut mir leid. Bin ich falsch verbunden?« Die Stimme in der Leitung klang angespannt. Der Sprecher stand eindeutig unter Stress, befand sich vielleicht sogar in einer Notlage. Wieder warf Jed einen Blick auf das Display und hoffte, die scheinbar willkürlichen Zahlen würden ihm diesmal etwas sagen.

Er hielt sich das Telefon wieder ans Ohr. »Wer ist da?«

»Spreche ich mit Jed?«, fragte die Stimme. Plötzlich kam ihm etwas daran vertraut vor, doch er konnte sie nicht einordnen.

»Hier ist Senior Chief Jedidiah Johnson«, sagte er frostig. »Wer ist da?«, wiederholte er.

»Ich bin's. David«, antwortete die Stimme, diesmal zittrig. Jed hielt es für möglich, dass der Mann am anderen Ende der Leitung weinte.

»Welcher David?«, bohrte er nach.

»David Yarnell«, lautete die Antwort, und Jed spürte, wie ihm das Blut aus dem Gesicht entwich. »Tut mir leid, dass ich anrufe, Jed. Ich weiß, es ist lange her, aber ich brauche deine Hilfe. Ich brauche dringend und verzweifelt deine Hilfe.«

Wut, Empörung und ein Anflug widersprüchlicher Empfindungen wirbelten Jed durch den Kopf und zogen ihm den Magen zusammen.

»Woher hast du diese Nummer?«, verlangte er zu erfahren. Sofort wurde ihm klar, wie lächerlich und unpassend die Frage war. Soweit er wusste, lebte sein bester Freund aus Kindertagen immer noch in Murfreesboro. Und Davids Eltern wohnten nach wie vor nur drei Türen von dem Haus entfernt, in dem Jed aufgewachsen war. Und selbst wenn David umgezogen wäre, er hätte nur bei Jeds Eltern anrufen müssen, um die Handynummer in Erfahrung zu bringen. Es belastete Jeds Beziehung zu seinen Eltern schon lange, dass sie all die Jahre eng in Verbindung mit David geblieben waren, obwohl er selbst sich von seinem einstigen Freund völlig und verbittert entfremdet hatte.

»Bitte, Jed.« Davids Stimme klang erstickt. »Du musst mir helfen. Sie haben sie entführt.«

Jed spürte, wie sich seine Brust zusammenzog, als hätte er einen Schlag in die Rippen bekommen. »Wen – Rachel? Geht es ihr gut?«, platzte er heraus.

»Nein, nicht Rachel«, entgegnete David. »Sarah Beth – unser kleines Mädchen. Sie haben mein kleines Mädchen entführt. Bitte, Jed, du musst uns helfen, sie zurückzuholen.«

Jed lockerte die Krawatte weiter, setzte sich in Bewegung und entfernte sich vom *Hot Tuna* in Richtung der Ecke, wo er auf die Strandseite der Straße wechseln konnte.

»Atme tief durch, David«, sagte er schließlich. »Fang ganz von vorn an und erzähl mir genau, was passiert ist.«

Vom anderen Ende der Leitung kam nur ein unkontrolliertes Schluchzen.

»David, hör mir zu. Ich kann dir nicht helfen, wenn du nicht mit mir redest.«

Sein *ehemals* bester Freund hustete und räusperte sich. »Okay ... Geht gleich wieder ...« David atmete durch und erlangte die Fassung wieder. »Ich wusste nicht, an wen ich mich sonst wenden sollte. Die Polizei sucht zwar nach ihr, hat aber bisher rein gar nichts. Ich weiß, dass du Navy SEAL bist, und ich ... Na ja, ich dachte mir, wenn jemand mein kleines Mädchen finden kann, dann du.«

Jed schluckte schwer, aber der Kloß in seinem Hals blieb. Keine der in seinem Kopf umherschwirrenden Erinnerungen war erfreulich. Alte Wunden brachen auf, die vormals erloschene Wut über den erlittenen Verrat regte sich wieder. Dann war da noch die andere Erinnerung, vor der er sein gesamtes Erwachsenenleben lang geflüchtet war. Die Erinnerung, die alle anderen verdrängte und ihn mit Grauen erfüllte. Er presste die Augen zu. Wie sollte er nach Nashville zurückkehren und sich all den ungelösten Fragen stellen, die ihn dort erwarteten? Abgesehen davon war er ein Navy SEAL, kein Wundertäter und ganz sicher kein Ermittler. Was wusste er davon, wie man vermisste Kinder aufspürte? Mit Unterlagen über eine Zielperson und einen Ort konnte er mit seinem Team von SEALs den Zorn Gottes entfesseln, aber David verlangte keine Operation zur Terrorismusbekämpfung.

»Bist du noch dran?«, fragte David.

Jed seufzte gedehnt. Für den Mann am Telefon empfand er ausschließlich Feindseligkeit. Er hatte sich gelobt, ihm nie zu vergeben. Aber es ging schließlich nicht um David, oder? Ein kleines Mädchen war verschwunden. *Rachels* kleines Mädchen. Und sosehr er es versucht hatte, es war ihm nie gelungen, ein Feuer der Wut auf Rachel zu entfachen. Die Verbindung zwischen ihnen war mächtig und besonders gewesen. Etwas Vergleichbares hatte er in den Jahren seither mit keiner anderen Frau erlebt.

»Jed, bitte. Sie ist erst zwölf Jahre alt. Du musst uns helfen.«

Die Stimme eines um seine verschwundene Tochter weinenden Vaters höhlte seine Verteidigung aus. Ganz gleich was zwischen ihnen vorgefallen war, ganz gleich wie schmerzhaft es sein würde, sich der Vergangenheit zu stellen – wie könnte er dem Mann die kalte Schulter zeigen, den er einst wie einen Bruder geliebt hatte?

»Na schön«, sagte Jed schließlich. »Erzähl mir genau, was passiert ist. Du hast mein Wort, dass ich tun werde, was ich kann.«

3

BOEING 737 VON SOUTHWEST AIRLINES

ANFLUG AUF DEN INTERNATIONALEN FLUGHAFEN VON NASHVILLE

DONNERSTAG, 10:15 UHR ORTSZEIT

Jed schaute aus dem ovalen Fenster des Flugs Southwest Airlines 539, als die Maschine zum Landeanflug einschwenkte. Sein Blick wanderte nach Süden über den Flughafen von Nashville hinaus in Richtung seines Zuhauses.

Obwohl er in fast zwei Jahrzehnten nur zweimal in Tennessee gewesen war, übte Murfreesboro eine beunruhigende nostalgische Anziehungskraft auf ihn aus. Während er die sanften grünen Hügel betrachtete, überkam ihn ausgeprägte Sehnsucht.

Dicht gefolgt von Bedauern.

Und schließlich Zorn.

Er lehnte sich an die Kopfstütze zurück, schloss die Augen und bemühte sich, alle negativen Gefühle aus den Gedanken zu vertreiben.

Das ist keine Heimkehr, versicherte er sich. *Es ist eine Mission. Solange ich im Missionsmodus bleibe, ist alles in Ordnung.*

Er spürte, wie das Flugzeug das Fahrwerk ausfuhr. Wenig später ertönte das Quietschen der auf dem Asphalt aufsetzenden Reifen. Er öffnete die Augen und sah auf die

Armbanduhr. Sie waren früh dran – zehn Minuten vor der geplanten Ankunftszeit um 10:25 Uhr.

Während die Passagiere um Jed herum zappelig aufs Aussteigen warteten, saß er regungslos da und überlegte, was er zu David sagen sollte. In Anbetracht der Umstände sah er keine Notwendigkeit für Small Talk. Er kam zu dem Schluss, dass es am einfachsten wäre, Fragen zu stellen und David das Reden zu überlassen. Je weniger Zeit sie von Angesicht zu Angesicht verbringen würden, desto besser. David hatte angeboten, ihn vom Flughafen abzuholen, aber das wäre zu viel gewesen. Die Geste hätte sich nicht nur vertrauter angefühlt, als Jed wollte, er hätte es zudem nicht ertragen, falls Rachel mitgekommen wäre. Allein beim Gedanken, sie zu sehen, wurde sein Mund trocken.

Das Flugzeug kam am Gate zum Stehen, und die Passagiere stiegen Reihe für Reihe aus. Als Jed dran war, stand er zu schnell auf. Prompt zuckten Schmerzen durch seine Hüfte. Dass er sich mit seinen 1,93 Metern auf einen Fensterplatz gezwängt hatte, trug dazu bei, hauptsächlich jedoch lag es daran, dass er zu lange gesessen hatte. Eigentlich wollte er unterwegs aufstehen und sich die Beine vertreten, aber wegen Turbulenzen hatten die Piloten die Passagiere den Großteil des Flugs auf die Sitze verbannt. Mit zusammengebissenen Zähnen richtete er sich auf und holte seine dunkelgraue Reisetasche aus dem Gepäckfach. Nach ein paar gequälten Schritten durch den Gang legten sich die Schmerzen, und er durchquerte die Fluggastbrücke zum Gate, ohne zu hinken. Nach einem Zwischenstopp am Gepäckband, wo er seine kleine, aufgegebene Tasche mit »heiklem«, nicht im Handgepäck zulässigem Inhalt geholt hatte, steuerte er 45 Minuten später eine Mittelklasselimousine von Avis auf der I-40 in Richtung Westen. Statt auf der I-24 direkt in die Innenstadt zu fahren, entschied er sich unbewusst für die längere, vertrautere Strecke im Süden über die I-440.

Er hatte zugestimmt, sich mit David – und *nur* mit ihm – bei Barnes & Noble an der Nordseite des Vanderbilt-Campus zu treffen. Jed kannte diese Filiale der Universitätsbuchhandlung nicht. Als er den Campus zuletzt besucht hatte, war der Buchladen noch in zentraler Lage in der Rand Hall untergebracht gewesen. In den letzten Jahren an der High School hatten David und er gelegentlich hirnrissige Ausflüge nach Nashville unternommen, weil David die Straße mit den Häusern der Studentenverbindungen und den Vanderbilt-Campus abchecken wollte. Mit Jed als Rückendeckung hoffte er, eine heiße Studentin aufzureißen und glauben zu lassen, sie wären als Studienanfänger eingeschrieben. Wie Jed geahnt hatte, hatte es natürlich nie geklappt. Das hatte David jedoch nicht davon abgehalten, es immer wieder zu versuchen, und Jed nicht davon, ihn zu begleiten, um ihn aus Schwierigkeiten rauszuhalten.

Aus dem Augenwinkel erhaschte Jed einen flüchtigen Blick auf das Ausfahrtsschild der Route 70. Zähneknirschend scherte er über zwei Fahrspuren und schaffte es gerade noch, die Rampe zu erwischen. Hinter ihm wurde zornig gehupt, und er schalt sich sowohl fürs Tagträumen als auch für seine rücksichtslose Fahrweise. Er schüttelte den Kopf. Seit Davids Anruf fühlte sich sein Konzentrationsvermögen, das wertvollste Kapital eines SEALs, wie von einem Reißwolf zerfleddert an. Wäre er gerade mit den Teams im Einsatz, würde er sich aus dem Verkehr ziehen, bevor er noch jemandes Tod verschuldete.

Er konnte sich nicht daran erinnern, in 17 Jahren als SEAL je so zerstreut gewesen zu sein.

Lass die Vergangenheit, wo sie hingehört. Reiß dich zusammen, Kumpel. Sei ein Profi.

Während er auf der West End Avenue in Richtung Osten fuhr, befreite er den Geist von Ballast. Dafür nutzte er eine Reihe von Atemübungen, bei denen er jeweils bis vier zählte. Er musste die dicht unter der Oberfläche brodelnde Wut vertreiben, weil er wusste, dass sie sein Denken beeinträchtigen würde. Jedes Mal wenn in seinem Kopf ein ablenkender Gedanke an David oder Rachel auftauchte, hieb er darauf ein wie bei *Hau den Maulwurf.* Rechts zog das Stadion der Vanderbilt University an ihm vorbei, Heimat des Footballteams der Commodores. Daher wusste er, dass er bei Natchez Trace herauskommen würde. Barnes & Noble befand sich einen Block weiter an der Ecke 25th und West End. Er blinkte, lenkte den Mietwagen auf die rechte Spur und bog in die lange, schmale Zufahrt zu den Parkplätzen vor den verschiedenen Restaurants und Geschäften. Jed schnappte sich den ersten freien Platz vor dem Buchladen, schaltete in die Parkstellung und sah auf die Armbanduhr. Er war eine halbe Stunde zu früh dran.

Seine Beine fühlten sich unruhig.

Und seine Hüfte schmerzte.

Bringt nichts, im Auto rumzusitzen und zu grübeln. Es ist bloß eine Unterweisung für eine weitere unmögliche Mission.

Er stieg aus, verriegelte den Mietwagen mit der Fernbedienung und ging zum Buchladen. Die Eingangstüren lagen etwa fünf Meter von der Ecke zurückversetzt. Knapp dahinter bemerkte Jed orangefarbene Verkehrsleitkegel und gelbes Absperrband der Polizei um ein Loch in der Wand zwischen zwei mit Brettern abgedeckten Fenstern ohne Scheiben. Von der Eckfassade fehlte ein langer Brocken. Der Bürgersteig unter dem gelben Band wirkte im Vergleich zum umliegenden Beton gebleicht. Mit einem schweren Schlucken fragte sich Jed, was man dort weggeschrubbt hatte. Hatte sich an der Stelle die Entführung abgespielt? Falls ja, hatte sie für irgendjemanden ziemlich übel geendet …

Er schloss die Lider und sandte ein Stoßgebet gen Himmel, dass es sich bei diesem Jemand nicht um Rachels Tochter gehandelt hatte.

Als er die Augen wieder öffnete, fragte er sich plötzlich, ob Gott seine Gebete überhaupt noch erhörte, so selten, wie sie neuerdings kamen.

Wahrscheinlich landen meine inzwischen in seinem Spam-Ordner.

Mit einer selbstironischen Grimasse zog er die Tür auf und betrat den Buchladen. Kaum hatte er die Schwelle überquert, entdeckte er seinen Jugendfreund, der abwesend auf eine Tasse Kaffee starrte. Er saß an einem der überwiegend unbesetzten Tische im Café, durch eine Halbwand vom Rest der Buchhandlung abgetrennt. Jed hätte sich denken können, dass David früher eintreffen und ihm wie alles andere auch den emotionalen Vorteil nehmen würde. Obwohl über anderthalb Jahrzehnte vergangen waren, sah David unverändert aus – teuflisch gut. Mit Lippen, die immer drauf und dran zu sein schienen, ein verschmitztes Lächeln aufblitzen zu lassen. Das hellbraune Haar trug er immer noch lang, aber im Augenblick wirkte es ungewaschen und ungekämmt. Jed schloss die Augen, atmete tief durch und ging auf ihn zu. Unter normalen Umständen würde er mit einem Scherz das Eis brechen, bevor er zur Sache käme, was sich jedoch in dieser Lage völlig unangebracht anfühlte. Also räusperte er sich stattdessen.

David schaute nicht auf.

»Hallo, David«, sagte Jed nach einem Herzschlag.

Graublaue Augen sahen ihn trüb und blutunterlaufen an.

»Jed?« David musterte ihn.

Jed nickte.

Sein Jugendfreund schüttelte ungläubig den Kopf, bevor er aufstand. »Ich hätte dich nicht erkannt, wenn du mich nicht zuerst gefunden hättest. Du siehst aus wie Samson, der Nasiräer … abgesehen von der Frisur natürlich.«

Jed zuckte mit den kräftigen Schultern. »So weit würde ich nicht gehen.«

Die Jahre bei den SEALs hatten seinen Körper verändert. Er war nicht mehr der dünne Teenager, der keine 70 Kilo auf die Waage bringen konnte, ganz gleich wie viel er gegessen hatte. Entgegen der landläufigen Meinung gab es bei den Navy SEALs verschiedenste Staturen. Die meisten Männer seiner Einheit sahen trotz ihrer überragenden Fitness in Straßenkleidung wie gewöhnliche Passanten aus. Nicht so Jed. Irgendwann Mitte 20 war ihm der Knopf aufgegangen, und er hatte begonnen, Masse aufzubauen. Mittlerweile strotzte er vor Muskeln. Davids Reaktion war durchaus berechtigt.

Sein Jugendfreund streckte ihm die Hand entgegen. Jed zögerte, bevor er den verbitterten Widerwillen abwarf und sie mit festem Griff schüttelte. Kindisches Verhalten würde sie nicht weiterbringen. David deutete auf den Platz ihm gegenüber, und beide setzten sich.

»Also die Universität, ja?«, begann Jed unbeholfen.

David nickte. »Ich bin im letzten Seminarjahr, kurz vor dem Master an der theologischen Fakultät drüben am Peabody Campus. Zehn Jahre lang war ich Laienpastor bei der Jugendarbeit. Die Kirche hat meine Bewerbung fürs Priesterseminar unterstützt und mir ein Stipendium gegeben. Nach dem Abschluss werde ich zum Priester geweiht und bekomme eine eigene Gemeinde – als Seelsorger der *United Methodist Church.*«

David Yarnell als Geistlicher?

Der Gedanke verschlug Jed die Sprache. Seine Eltern hatten zwar erwähnt, dass David mit einer Jugendgruppe arbeitete, aber Jed hatte nicht gewusst, dass es zu einer Berufung ausgeartet war. Unter dem Tisch ballte er die Fäuste darüber, dass David *seinen* Traum lebte. Erst hatte er ihm Rachel ausgespannt, und nun führte er auch noch das Leben mit ihr, das Jed sich immer für sich vorgestellt hatte … ein Leben, auf das er bis zu *jener Nacht* auch zugesteuert hatte.

»Überspringen wir den Small Talk«, sagte er. »Beschreib mir genau, was passiert ist.«

Die Worte drangen feindseliger als beabsichtigt heraus. Er sah einen Anflug von Zorn in Davids Augen aufblitzen, eine Erinnerung an den jähzornigen Jungen, der früher sein bester Freund gewesen war. Eine wütende, rastlose Seele, getrieben von der Suche nach Nervenkitzel, nach Streit. Immer wieder hatte er sich im Umfeld der in Murfreesboro verrufenen Typen herumgetrieben. An der High School hatte es sich Jed zur Aufgabe gemacht, David die Freude und den Sinn zu vermitteln, die er selbst im Glauben gefunden hatte. Damals wollte David nichts davon wissen. Aber trotz ihrer Unterschiedlichkeit waren sie unzertrennlich gewesen. Wie Yin und Yang – getrennt voneinander Gegensätze, zusammen im Gleichgewicht.

Mittlerweile hatten sich die Pole umgekehrt, wie Jed erkannte.

»Sie haben sie entführt«, sagte David nach einer langen Pause und starrte in seinen Kaffee. »Sie haben mein kleines Mädchen entführt, Jed.«

»Wer?«, hakte Jed nach und bemühte sich um einen milden Ton. Das Mitgefühl, das er plötzlich empfand, rang mit seiner Verbitterung und erlangte vorübergehend die Oberhand.

»Ich weiß es nicht«, erwiderte David mit brüchiger Stimme und wischte sich eine Träne aus dem Auge.

Jed widerstand dem Drang, David zu fragen, wie ein Navy SEAL in dieser Lage seiner Meinung nach helfen könnte. Stattdessen sagte er: »Was ist mit der Vermisstenmeldung? Hat jemand was gemeldet? Irgendetwas?«

David schüttelte den Kopf. »Die Vermisstenmeldung ist rausgegangen, und es hat auch ein paar Anrufe gegeben, aber laut Polizei bisher noch keine verwertbaren Hinweise.«

»Aber die Polizei arbeitet an dem Fall, richtig?«

»Ja. So gut sie halt kann. Rachel und ich haben die ganze letzte Nacht und heute den Vormittag auf dem Revier verbracht. Die Beamten geben sich Mühe. Die Polizei von Nashville hat ihre besten Leute darauf angesetzt, und die Autobahnpolizei ist von Anfang an involviert, aber … Ich hab einfach solche Angst. Rachel hat die Statistiken recherchiert. Die sehen nicht gut aus, Jed.«

Jed nickte. Im Terminal vor dem Abflug hatte er selbst einige Hausaufgaben gemacht. Nach Angaben des *National Center for Missing & Exploited Children* konnten bei familienfremden Entführungen rund 20 Prozent der Kinder nicht lebend zurückgeholt werden. Und 74 Prozent derer, die starben, wurden innerhalb von drei Stunden nach ihrer Entführung ermordet. Nach Jeds Berechnungen war Davids Tochter seit mindestens 18 Stunden verschwunden, sofern er ihn sofort angerufen hatte.

»Hat man schon irgendwelche Verdächtigen?«, fragte Jed.

»Nein.«

»Irgendwelche Spuren?«

»Nein. Keine.«

Jed stieß die Luft zwischen den Zähnen hindurch aus. »Na schön, fangen wir ganz von vorn an. Kannst du mir genau erklären, was passiert ist?«

David nickte. »Ihre Mutter war mit ihr unterwegs zum Buchladen – diesem hier«, fügte er hinzu und gestikulierte, ohne aufzuschauen.

Jed zuckte leicht zusammen und fragte sich, ob David bewusst »ihre Mutter« statt »Rachel« gesagt hatte. Er verdrängte den Gedanken als verdammt egozentrisch.

»Ich hab mich verspätet, war zu dem Zeitpunkt noch auf dem Peabody Campus.«

»Wie meinst du das? Hättest du hier sein sollen? In der Buchhandlung?«

David ließ die Schultern hängen.

»Tu das nicht, David. Du darfst dir keine Vorwürfe machen. Es ist nicht deine Schuld«, sagte Jed. »Glaub mir. Ich spreche aus Erfahrung.«

»Wie kannst du das zu mir sagen?«, zischte David. »Du hast noch nie eine Tochter verloren.«

Jed spürte, wie ihm die Spitze heiße Röte in die Wangen jagte. »Stimmt, hab ich nicht. Aber behaupte bloß nicht, ich wüsste nicht, was Verlust bedeutet. Davor bleibt niemand mit meinem Job verschont«, konterte er lauter und schärfer als beabsichtigt. Er hatte seine Seele dem Dienst bei der Bruderschaft der Navy SEALs verschrieben. »Glaub mir einfach, wenn ich dir sage, dass ich mehr als genug Verluste für ein Leben erlitten habe. SEALs, die wie Brüder für mich waren, sind an meiner Seite umgekommen – weil ich Fehler begangen oder nicht auf meine Instinkte gehört habe. Das ist eine Last, die ich jeden Tag für den Rest meines Lebens mit mir herumschleppe.«

»Tut mir leid, Jed«, entschuldigte sich David mit leiser, versöhnlicher Stimme. »Ich wollte dich nicht beleidigen – sicher hast du auch gelitten.«

Vor Jeds geistigem Auge erschien ein Bild von Rachel, die lächelnd ein kleines Mädchen in den Armen hielt. In seiner Vorstellung handelte es sich um *seine* Tochter. Dann malte er sich aus, dass sie ihm genommen wurde. Beklommenheit stieg in ihm auf. Ja, er hatte gelitten. Aber David hatte recht. Ein Kind zu verlieren war etwas anderes.

»Schon gut«, sagte Jed. »Das hattest du nicht verdient. Hier geht's nicht um mich, sondern um dich und …« Er schloss die Augen, konnte den Namen nicht laut aussprechen. »Deine Frau und deine Tochter. Bitte mach weiter.«

David holte tief Luft und stieß den Atem aus, bevor er fortfuhr. »Wir treffen uns manchmal am Samstag hier«, begann er.

»Warte«, unterbrach Jed ihn. »Samstag? Sie ist seit Samstag weg?« Unwillkürlich dachte er an die von David angesprochenen Statistiken – die in der Tat ein düsteres

Bild zeichneten. Mittlerweile befanden sie sich weit jenseits der Kurve positiver Ergebnisse.

»Ja«, bestätigte David und starrte auf seine Hände. »Wir … Nein, *ich* hab dich angerufen, als wir praktisch keine Hoffnung mehr hatten.« Jed beobachtete, wie sich der Mann, den er jahrelang gehasst hatte, eine Träne aus dem Gesicht wischte. »Jedenfalls sind wir in die Stadt gezogen, als ich mit dem Seminar begonnen habe. Wir wohnen nicht weit von hier. Samstags unternehmen die zwei oft einen Mutter-Tochter-Nachmittag, gehen shoppen oder so, während ich an meiner Dissertation arbeite. Danach treffen wir uns in der Buchhandlung und trinken zusammen einen Frappuccino. Es ist so eine kleine Wochenendbesonderheit, mit der wir vor ein paar Monaten angefangen haben. Diese Woche hatten wir ein Treffen mit einem Absolventen der Uni und einer Schülerin der Privatschule geplant, auf die wir Sarah Beth vielleicht schicken wollten. Eigentlich sollte ich schon da sein, aber ich hab mich verspätet …«

»Ihr trefft euch jeden Samstagnachmittag hier?« Jed sah vor sich, wie einfach es wäre, diese Routine zu überwachen und eine Entführung um sie herum zu planen. Obwohl es keine Antwort auf die Frage nach dem Grund lieferte.

»Genau. Aber wie gesagt, diesmal war ich spät dran. Rachel hat gesagt, sie haben ein Stück weiter unten in Richtung Stadion geparkt und sind die West End heraufgekommen, als der Unfall passiert ist.«

»Was für ein Unfall?«, fragte Jed, der Davids unzusammenhängender Überleitung nicht folgen konnte.

»Tut mir leid, ich greife vor.« David holte tief Luft. »Rachel und Sarah Beth sind auf dem Bürgersteig gegangen.

Ein Van ist neben sie gefahren. Zwei Männer sind hinten rausgesprungen, haben Rachel zu Boden gestoßen und sich Sarah Beth geschnappt. Sie haben sie in den Van verfrachtet und sind davongerast. Aber nur Sekunden davor hat sich ein grauenhafter Unfall ereignet. Ein Typ hat die Kontrolle über sein Auto verloren, ist über den Bordstein gebrettert und in das Gebäude gekracht. Wahrscheinlich hast du den Schaden auf dem Weg herein gesehen.«

Hatte Jed natürlich. Er schürzte die Lippen. In den ersten Jahren bei den SEALs hatte er gelernt, dass es keine Zufälle gab – und ein Unfall gleichzeitig mit einer Entführung schien sogar ein verdammt unwahrscheinlicher Zufall zu sein.

»Wer war der Fahrer?«, fragte Jed.

David schaute verwirrt drein. »Des Vans?«

»Nein, der Fahrer, der in die Mauer gekracht ist.«

»Oh«, sagte David und schüttelte den Kopf. »Der arme Junge … Er ist Student an der Vanderbilt. Der Bursche muss völlig fertig sein. Angeblich hat er den Mann praktisch in der Mitte durchtrennt.«

Jeds Verwirrung steigerte sich. »Welchen Mann?«

David seufzte und schüttelte erneut den Kopf, als versuchte er, Benommenheit zu vertreiben. »Tut mir leid. Ich bin so erschöpft, dass ich mich nicht richtig konzentrieren kann … Jedenfalls weiß ich über den Fahrer nur, dass er hier studiert. An dem Fall arbeiten mehrere Ermittler. Angeblich hat das Gaspedal geklemmt oder so. Das Auto hat einen Mann auf dem Bürgersteig erfasst und fast in zwei Hälften gerissen. Der Arme war praktisch sofort tot.«

Einen Unfall als Ablenkung empfand Jed als plausible Theorie. Aber dafür gleich jemanden mit einem Auto umzubringen, sprengte den Rahmen. Vielleicht hatte der Unfall doch nichts mit Sarah Beths Entführung zu tun.

»Was ist dann passiert?«

»Ich war weder bei dem Unfall noch bei der Entführung dabei«, sagte David. In seinen Augen glänzten frische Tränen. »Als ich eingetroffen bin, war schon alles vorbei, und sie waren weg. Rachel ist schreiend den Bürgersteig entlang hinterhergerannt.«

»Hat sie das Kennzeichen gesehen?«

»Der Van hatte keine. Hätte auch nichts geändert, die Polizei hat ihn nämlich keine fünf Kilometer vom Tatort entfernt gefunden. Die Entführer haben ihn zurückgelassen und das Fahrzeug gewechselt.«

»Sind sie sicher, dass es derselbe Van war?«

»Ja. Man hat darin Sarah Beths DNA gefunden – von einem Haar, nicht von Blut.«

»Auch irgendeine andere DNA?«

»Nein, nur ihre.« Plötzlich wirkte David wie kurz vor einem Zusammenbruch.

Jed verspürte den Drang, die Hand auszustrecken und seinen Arm zu drücken, aber dazu konnte er sich einfach nicht überwinden. »Ich weiß, das ist schwer. Nimm dir so viel Zeit, wie du brauchst.«

David schaute auf. »Mehr kann ich dir gar nicht sagen. Rachel ist die einzige Zeugin. Alle anderen in der Nähe waren von dem Unfall abgelenkt. Sarah Beth ist wie vom Erdboden verschluckt. Die einzige Aufzeichnung darüber, wie es passiert ist, hat Rachel im Gedächtnis.«

»Wie geht es Rachel?«, erkundigte sich Jed. Damit überwand er sich zum ersten Mal, ihren Namen laut auszusprechen.

»Sie ist ein Wrack«, antwortete David. Dann überlegte er kurz. »Nein, kein Wrack. Das trifft eher auf mich zu. Sie weint zwar viel, trotzdem ist eigentlich sie die Starke. Ich … Ich …«

»David, ich weiß, es ist schwer, aber du musst dich konzentrieren. Gehen wir noch mal zu dem Mann zurück, den das Auto erwischt hat.«

»Was ist mit ihm?«

Jed zuckte mit den Schultern. »Wer war er?«

»Keine Ahnung.«

»War er aus der Gegend?«

Diesmal zuckte David mit den Schultern. »Ehrlich, Jed, ich weiß gar nichts über ihn. Warum fragst du?«

»Nur so. Besser zu viele Informationen als zu wenige.«

»Glaubst du, die Entführung und der Unfall hängen zusammen? Die Polizei nämlich nicht.«

»Nein, das will ich damit nicht sagen«, entgegnete Jed. »Aber … Ich glaube nicht besonders an Zufälle.«

David nickte, bevor er den Blick wieder auf seinen Kaffeebecher richtete.

Eine Minute lang saßen sie schweigend da.

»Was ist mit den Leuten von der Privatschule, mit denen ihr euch treffen wolltet?«, fragte Jed schließlich. »Haben sie etwas gesehen?«

David schaute in die Ferne, als hätte er daran noch nie gedacht. »Ich … Ich weiß es nicht. Offensichtlich haben wir uns dann nicht mehr mit ihnen getroffen. Ich weiß nicht mal, ob sie überhaupt gekommen sind. Offen gestanden war die Sache von vornherein ein bisschen merkwürdig.«

»Wie meinst du das?«

»Wir hatten zuerst ein telefonisches Bewerbungsgespräch mit der Schule. Das ist gut gelaufen. Der nächste

Schritt sollte ein persönliches Treffen mit einem ehemaligen Studenten von hier und einer aktuellen Schülerin sein. Aber wir haben nicht mal die Namen der Leute erfahren, die wir an dem Tag treffen sollten. Bei der Zulassungsstelle hat man uns gesagt, es würden so viele Bewerbungsgespräche geführt, dass die Zuteilung der Mitarbeiter in der Regel erst in der letzten Minute erfolgt.«

»Also habt ihr das Café in der Vanderbilt-Buchhandlung als Treffpunkt ausgesucht und eine Zeit vereinbart?«

David nickte.

»Oh«, fiel Jed dazu nur ein.

»Ein neuer Termin hätte keinen Sinn mehr. Wenn wir Sarah Beth zurückbekommen, lasse ich sie nie wieder aus den Augen. Und wenn ... wenn ... wenn nicht ...« David vergrub das Gesicht in den Händen und schluchzte.

Jed beobachtete den weinenden, gebrochenen Mann ihm gegenüber und spürte, wie sich erneut unwillkürlich seine Lippen schürzten. Warum bat David nach all den Jahren der Funkstille und der Kluft zwischen ihnen ausgerechnet ihn um Hilfe? Sie waren keine Freunde – nicht mehr. Tatsächlich kannten sie sich gar nicht mehr wirklich, oder? Er musterte David, der plötzlich kilometerweit entfernt zu sein schien. Schließlich triumphierte sein Mitgefühl über die Verbitterung, und er drückte den Arm des Mannes.

»David«, sagte er sanft, »es tut mir so leid, dass du das durchmachen musst. So leid für dich und ...« Er schluckte schwer. »Rachel.«

Der angehende Priester schaute auf. Seine Züge wirkten erschlafft, aber aus den Augen sprach Dankbarkeit für die Worte.

»Nur ist mir nicht klar, warum ich hier bin«, fuhr Jed fort. »Ich wüsste nicht, was ich beitragen kann. Mir scheint, du wärst besser damit bedient, einen Privatdetektiv zu engagieren.« Jed drängte sich der Verdacht auf, dass David – wie die meisten Menschen – keine Ahnung hatte, womit Navy SEALs sich *wirklich* den Lebensunterhalt verdienten. »Wie bist du darauf gekommen, ausgerechnet mich anzurufen und um Hilfe zu bitten?«

Davids Blick wurde klarer, und Jed sah ein kleines Feuer in den Augen aufflammen. Sein ehemaliger Freund sah sich um, bevor er sich vorbeugte und die Stimme senkte. »Weil es wieder passiert ist.«

»Was ist wieder passiert?«

»Ich … Ich weiß es nicht. Ich hab *es* gespürt, Jed. In dem Moment, als Sarah Beth entführt worden ist, hatte ich dasselbe Gefühl wie in der Nacht, als wir *sie* gesehen haben. Dasselbe Grauen ist in meinen Geist eingedrungen, und da wusste ich … Ich wusste, dass mit Sarah Beth etwas passiert.« David sah ihm in die Augen. »Es war genau wie in der Nacht des Feuers. Der unbändige Hass, die gierige Bösartigkeit …«

Jed zuckte auf dem Sitz zurück, als hätte er eine Strom führende Leitung berührt. »Keine Ahnung, wovon du redest.«

»Du weißt genau, wovon ich rede«, entgegnete David. Seine Stimme schwoll zu einem rauen, eindringlichen Flüstern an, das von Verzweiflung zeugte.

»Ich hab nichts gesehen.« Jed schob den Stuhl vom Tisch zurück. »Und auch nichts gehört.« In dem Moment klang seine Stimme wie die eines kleinen Jungen, nicht wie die eines kampferprobten Navy SEALs.

»Alle anderen kannst du belügen, aber nicht mich«, zischte David. »Wir waren beide dort. Es ist passiert, Jed. Es war echt.«

Jed schluckte die bittere Galle in seiner Kehle runter. »Das kann ich nicht noch mal, Mann«, sagte er und ballte die Hände zu Fäusten. »Auf keinen Fall.«

Damit wandte er sich zum Gehen. Aber der unverfälschte Schmerz in Davids Stimme ließ ihn innehalten.

»Bitte, Jed. Sie ist mein kleines Mädchen.«

Mit dem Rücken zu David und sich überschlagenden Gedanken zögerte Jed. Er kam sich vor wie ein Fünfjähriger mit Todesangst vor der Dunkelheit.

»Wenn nicht für mich, dann für Rachel«, flehte David.

Jed sträubten sich die Nackenhaare.

Das war jetzt ein Tiefschlag.

»Ich bin im *Courtyard by Marriott* gleich um die Ecke«, sagte er, ohne sich umzudrehen. »Lass mich einchecken, duschen und mich umziehen. Wir treffen uns in einer Stunde in der Lobby.«

»Heißt das, du hilfst uns?«

»Es heißt, dass ich jetzt nicht Nein sage«, erwiderte Jed leise. »Mehr weiß ich noch nicht.«

»Danke, Jed. Gott segne dich.«

Den letzten Zusatz konnte er nicht ertragen. Er wirbelte zu dem angehenden Priester herum.

»Ich brauche deinen Segen nicht, David. Wenn ich es tue, dann nicht für dich oder deinen Gott. Nur für das Mädchen.«

Damit wandte er sich ab und eilte zur Tür hinaus.

Für das Mädchen … und vielleicht für Rachel.

4

COURTYARD BY MARRIOTT VANDERBILT

1901 WEST END AVENUE

DONNERSTAG, 13:30 UHR ORTSZEIT

Davids Stimme lief in Dauerschleife in Jeds Kopf ab.

»Alle anderen kannst du belügen, aber nicht mich … Es ist passiert, Jed. Es war echt.«

Die heiße Dusche lockerte seine schmerzenden Muskeln und vertrieb den Nebel der Müdigkeit. Nur die erschreckenden Worte seines ehemaligen Freundes entschärfte sie nicht.

»Nein«, murmelte er bei sich, als er sich im Badezimmer abtrocknete. »Es war nicht echt.«

Angst spielt dem Gehirn gern Streiche, hielt er sich vor Augen. Das kannte er aus eigener Erfahrung von Kampfeinsätzen mit den SEALs. Und an jenem Tag vor mittlerweile so vielen Jahren hatte nackte Angst seine Gedanken verseucht. Angst und Wut.

Er betrachtete sich im Spiegel. Einen Moment lang sah er den mageren, verängstigten Teenager, den er im Verlauf von anderthalb Jahrzehnten umgestaltet hatte – erst zerlegt, dann mühsam wiederaufgebaut. Er ballte die Hände zu Fäusten und beobachtete, wie sich die Muskelstränge unter der stark geäderten Haut seiner Unterarme anspannten. Angst war der Architekt dieses Körpers gewesen. Angst hatte ihm als geheimer Antrieb bei der knochenharten Ausbildung zum SEAL und bei jeder mörderischen Mission über die Jahre gedient. Angst hatte ihn wie ein unerbittlicher Ausbilder zum perfekten Soldaten werden lassen – zur perfekten Tötungsmaschine.

Und Angst half ihm auch, die Wut zu besänftigen.

Mit einem Schnauben verließ er das Badezimmer.

Nachdem er sich rasch angezogen hatte, warf er einen Blick auf seine Armbanduhr von Suunto. Mehr als die Hälfte der Stunde, um die er David gebeten hatte, war vergangen. Jed stieß scharf den Atem aus, schaute aus dem Fenster und überlegte, wie er dabei helfen könnte, Sarah Beth zu finden. Er war weder Polizist noch in irgendeiner Weise ein Ermittler. Vielmehr *erhielt* er in der Regel Informationen. Wenn ihm nur jemand einfiele, der Erfahrung bei der Suche nach Vermissten besaß …

Jed öffnete auf seinem Smartphone die Google-App und gab Suchbegriffe für die Ereignisse vor der Vanderbilt-Buchhandlung ein. Sofort füllte sich das Display mit etlichen Treffern über die Entführung und den tödlichen Autounfall. Jed öffnete systematisch die Links zu den Artikeln über den Unfall. Er suchte nach Informationen über das Opfer und den Fahrer. Obwohl sich die Einzelheiten als spärlich erwiesen, fand er genug für eine Ausgangsbasis. Während er las, tippte er Notizen in die Memo-App seines Handys, indem er zwischen den beiden Apps hin- und herwechselte. Innerlich zuckte er zusammen, als er feststellte, dass die Adresse des Unfallopfers in Murfreesboro lag. Das erinnerte ihn daran, dass er sich immer noch nicht bei seinen Eltern gemeldet hatte, um Bescheid zu geben, dass er sich in der Stadt aufhielt. Sie würden noch mindestens einen Monat in Florida sein, wo sie seit dem

Ruhestand wie Zugvögel die Winter verbrachten. Trotzdem, wenn sie erführen, dass er hier gewesen war, ohne ihnen etwas davon zu sagen …

Jed stufte den schuldbewussten Gedanken als nicht missionskritisch ein und verdrängte ihn. *Später,* sagte er sich.

Er steckte die Schlüsselkarte für sein Hotelzimmer in die linke Tasche, den Schlüssel des Mietwagens in die rechte. Dann hielt er inne und betrachtete seinen großen grauen Einsatzrucksack. Mit geöffnetem Reißverschluss lag er aufgeklappt wie eine Muschel auf dem Bett. Eine Hälfte beherbergte Toilettenartikel, persönliche Gegenstände und Elektronik, die andere Kleidung. Jed fasste unter die Klamotten und holte eine rechteckige Box aus Metall hervor. Er legte sie aufs Bett, drückte den Daumen auf das biometrische Lesegerät und beobachtete, wie das rote Lämpchen daneben blau wurde. Schließlich hörte er ein Klicken. Er öffnete die Box und entnahm ihr die Sig Sauer P229. Als Nächstes legte er eines der drei Magazine in den Griff der Pistole ein, lud durch, um eine Patrone ins Lager zu befördern, und zog den Schlitten zurück, um sich zu vergewissern, dass die Waffe schussbereit war. Danach entfernte er das Magazin, füllte es mit einer zusätzlichen 9-mm-Patrone auf und setzte es wieder ein.

Er kramte das kleine Lederholster aus seiner Ausrüstung hervor und steckte die Pistole hinein, bevor er es vorn rechts am Bund seiner Cargohose anbrachte. Nachdem er die beiden Reservemagazine in den Innentaschen am linken Oberschenkel verstaut hatte, schob er die Waffenkassette zurück in den Rucksack. Er zog eine wasserfeste Tarnjacke über den Kopf an, ohne den Reißverschluss vollständig zu öffnen. Teils zum Schutz gegen die kühle Frühlingsluft, vor allem aber, um die Pistole am Hosenbund zu verbergen.

Zufrieden schloss er den Rucksack, hängte das *»Bitte nicht stören«*-Schild außen an den Türgriff und trat den Weg in die Lobby an. Er fand David auf einem Sofa vor. Mit übereinandergeschlagenen Beinen starrte er auf einen Flachbildschirm, auf dem Veranstaltungen im Hotel angekündigt wurden. Dabei hatte David denselben ausdruckslosen Blick im Gesicht wie bei ihrem ersten Treffen. Jed ließ sich neben ihn plumpsen und erschreckte seinen ehemaligen Freund damit.

»Tut mir leid«, murmelte er.

David bedachte ihn mit einem gequälten Lächeln. »Also. Was jetzt, Navy SEAL Jedidiah Johnson?«

»Special Operations Senior Chief«, stellte Jed klar. Einen Moment lang starrte er selbst auf die elektronische Anzeige, während sich sein Plan für den Tag herauskristallisierte. Schließlich drehte er sich David zu. »Ich denke, ich stöbere jetzt mal ein wenig rum.«

»Wohin fahren wir zuerst?« Davids Miene wirkte angespannt und entschlossen.

»Du nach Hause«, erwiderte Jed. »Du gehörst zu … zu deiner Frau. Fragt wie bisher weiterhin regelmäßig bei der Polizei nach. Haltet mich auf dem Laufenden, falls sich irgendwas tut. Ich melde mich in ein paar Stunden wieder.«

Zorn blitzte in Davids Zügen auf. »Du glaubst, ich schaffe das nicht, oder?«

»Nein«, entgegnete Jed und schüttelte den Kopf. »Darum geht's überhaupt nicht. Ich halte es bloß für besser, allein daran zu arbeiten.«

»Geh nicht davon aus, dass ich über Nacht verweichlicht bin, nur weil ich zum Geistlichen ausgebildet werde.

Meine Tochter ist verschwunden, und ich brauche deine Hilfe, um sie zu finden. Aber ich werde nicht aufhören, ihr Vater zu sein. Es muss was geben, das ich tun kann.«

Jed lächelte verkniffen. Dann kam ihm ein Gedanke. »Gibt es«, sagte er und stand auf. »Setz dich mit der für Sarah Beths Fall zuständigen Ermittlerin in Verbindung. Frag sie, ob wir uns später mit ihr treffen können. So kannst du mich ihr vorstellen, damit ich in die Kommunikation eingebunden werde.«

»Okay«, sagte David. Gleich darauf jedoch verzog er das Gesicht und sah Jed merkwürdig an. »Woher hast du gewusst, dass eine Frau die Ermittlungen leitet?«

Sehr gute Frage, ging Jed durch den Kopf. *Ich hatte keine Ahnung, dass ich's gewusst habe.*

Er zuckte mit den Schultern. »Wohl nur so ein Gefühl.«

David nickte, wirkte aber alles andere als überzeugt. »Was soll ich ihr über dich erzählen?«

»Sag ihr, ich wäre Sarah Beths Patenonkel oder so. Und dass du mich um Hilfe gebeten hast. Rachel und du seid im Moment so durcheinander, dass ihr jemanden an der Seite braucht, der einen klaren Kopf bewahrt und dafür sorgt, dass vernünftige Entscheidungen getroffen werden.«

»Das stimmt sogar«, räumte David mit niedergeschlagenem Blick ein. »Was hast du in der Zwischenzeit vor?«

»Ich sehe mich ein wenig um«, erwiderte Jed ausweichend, wollte sich nicht in die Karten blicken lassen. Er hielt es für besser, wenn David bei der Polizei nichts darüber herausrutschen konnte, was er unternehmen würde. Jed hatte keine Ahnung, wie solche Ermittlungen abliefen, aber er konnte sich nicht vorstellen, dass die Polizei von

Nashville erfreut darüber wäre, dass ein Navy SEAL ohne Zuständigkeit oder Befugnisse – und offen gestanden auch ohne echte Fachkenntnisse oder Erfahrung – in ihrem Fall herumschnüffelte.

David nickte.

»Falls ich irgendwas rausfinde, rufe ich dich sofort an, damit du's an die Polizei weitergeben kannst, okay?«, sagte Jed.

»Okay.«

Damit steuerte Jed auf den Ausgang zu.

»Warte«, rief David ihm nach.

Jed hätte zu gern so getan, als hätte er den Ruf nicht gehört. Widerwillig blieb er stehen.

»Nimm das mit«, sagte David.

Jed blickte auf die ausgestreckte Hand des angehenden Priesters hinab. Zwischen Daumen und Zeigefinger hielt er ein Hochglanzfoto in Brieftaschengröße. Es zeigte ein wunderschönes junges Mädchen mit lockigem braunem Haar, porzellanweißer Haut und gletscherblauen Augen.

Jeds Herz setzte einen Schlag aus – das Mädchen auf dem Bild glich eins zu eins Rachel, wie er sie vor über 20 Jahren kennengelernt hatte. Damals waren sie noch an der Grundschule gewesen …

»Nur damit du's nicht vergisst, Special Operations Senior Chief Johnson«, sagte David. »Darum dreht sich die Mission.«

Jed schluckte und nahm das Foto entgegen. Als er den Mund öffnete, um etwas zu sagen, blieben ihm die Worte im Hals stecken.

»Bring mir mein Baby zurück«, bat David, bevor er Jed in der Lobby stehen ließ und ging, ohne noch einmal zurückzuschauen.

5

I-24 RICHTUNG SÜDEN

15 KILOMETER SÜDLICH DER INNENSTADT VON NASHVILLE

DONNERSTAG, 15:15 UHR ORTSZEIT

Jed spürte deutlich den Sog der Vergangenheit, als er zur Wohnadresse von Philip Maclin fuhr, dem Mann, der beim Autounfall während der Entführung ums Leben gekommen war. Der Anflug von Nostalgie, den er verspürte, während die saftig-grüne Landschaft an ihm vorbeizog, änderte nichts daran, dass Jahrzehnte vergangen waren, seit er Tennessee als Zuhause betrachtet hatte. Mittlerweile war er in Virginia Beach bei seinen Waffenbrüdern zu Hause – oder im Einsatz mitten in der Wüste unter einem UH-60, wenn er dort schlief. Jedenfalls nicht mehr hier.

Obwohl er sich bemühte, konzentriert zu bleiben, schweiften seine Gedanken immer wieder zu seiner Jugend ab und kreisten darum, wie einfach es damals gewesen war. Er dachte an die Middle School zurück. Damals waren David, Rachel und er die drei Amigos gewesen, hatten den Wald hinter Rachels Haus erkundet und eine Baumfestung gebaut. Zwei herrliche Sommer lang war das Baumhaus ihr Projekt und ihre Zuflucht gewesen. Eine unbeschwerte Zeit vor der Romanze mit seiner Jugendliebe. Sie waren nur drei junge, naive, unbelastete Freunde gewesen, die sich im Wald herumgetrieben hatten.

Dann waren die Jahre an der High School gefolgt – heiße Sommernächte, Freitagabende bei Footballspielen der Schule. Er spürte die Anziehungskraft jener Tage. Die Jungschar. Er als Leiter einer kleinen Gebetsgruppe. Pastor Tobias, der ihm so viel beigebracht hatte. Jed hatte früher darum gebetet, eines Tages wie er zu werden. Er erinnerte sich noch gut an den Stolz im Gesicht seiner Mutter, als er ihr mitgeteilt hatte, dass er Pastor werden wollte. Einen Moment lang verlockte ihn die Nostalgie, am Haus vorbeizufahren – nur um es *zu sehen*. Auch wenn seine Eltern in Florida waren, eine Fahrt durch die alte Nachbarschaft würde so herzliche Erinnerungen wecken. Zeit mit Rachel auf der Verandaschaukel bei selbst gemachter Limonade, Händchen haltend. Ihr erster Kuss …

Bleib gefälligst bei der Sache, Mann, schalt er sich.

Er musste sich auf den verunglückten Philip Maclin konzentrieren. Über die Online-Nachrichten hatte er die Adresse herausgefunden, sonst kaum etwas. In der Presse stand, dass Maclin Lehrer gewesen war. Allem Anschein nach stammte Maclin nicht aus Tennessee, aber keine der Nachrichtenagenturen gab an, woher. Das kleine Lokalblatt in Smyrna schrieb, der Mann sei im Norden geboren, allerdings auch ohne Genaueres zu nennen. Lauter Kleinigkeiten, die zu Jeds hartnäckigem Gefühl beitrugen, dass etwas an der Sache nicht stimmte.

Er fuhr weiter nach Süden, vorbei an der Ausfahrt zum Sam Ridley Parkway und dann zum Lee Victory Parkway. Wenige Minuten später nahm er die Ausfahrt 78A auf den Old Fort Parkway. Kurz danach bog er nach Norden auf den John R. Rice Boulevard und fand die Einfahrt zur Wohnanlage *The Reserve @ Harper's Point*. In Schrittgeschwindigkeit fuhr er am Verwaltungsbüro vorbei, fand es unbesetzt vor, wendete und fuhr zurück zu den um das Clubhaus, den Fitnessraum und einen Gemeinschaftspool herum angeordneten Luxuswohnungen. Er entschied sich für eine Lücke am Ende der Reihe vor dem letzten Gebäude. Der Parkplatz war so gut wie leer. Die meisten Mieter mussten entweder bei der Arbeit oder an der Universität sein.

Je weniger aufmerksame Augen, desto besser.

Nachdem er den Autoschlüssel eingesteckt hatte, tat er so, als läse er eine Adresse von einem imaginären Zettel ab, bevor er auf die nächstgelegene Treppe zusteuerte. Im dritten Stock bog er links in den balkonartigen Außenflur und ging bis zur letzten Tür – Apartment 301. Jed sah sich um, entdeckte niemanden und versuchte, den Türknauf zu drehen. Wenig überraschend fand er ihn verriegelt vor. Er schürzte die Lippen. Sein sechster Sinn meldete sich brüllend. Jed verspürte ein absolut überwältigendes Verlangen, nein, sogar den *Drang*, in Maclins Wohnung zu gelangen. Er betrachtete die schwere Tür aus lackiertem Metall. Zwar könnte er sie aufbrechen – immerhin war er ein SEAL. Aber er musste subtiler vorgehen, als er es bei der Ausbildung gelernt hatte. Die Situation eignete sich definitiv nicht dafür, eine Tür einzutreten.

Nachdem er sich erneut umgesehen hatte, zog er ein Klappmesser aus einer Tasche seiner Cargohose. Er wollte mit dem Griff die Scheibe des Fensters neben der Tür einschlagen, als ihn eine Frauenstimme davon abhielt.

»Hallo.«

Jed drehte sich um. Eine korpulente Frau mit einem breiten Lächeln kam den Flur entlang auf ihn zu.

»Hallo«, erwiderte er und ließ das Messer unauffällig wieder in der Tasche verschwinden. »Wie geht es Ihnen heute?« Höflichkeit hatte im echten Süden einen hohen Stellenwert.

»Bin froh über das kühle Wetter«, erwiderte sie, während sie ihn interessiert musterte – vielleicht auch etwas misstrauisch. »Soll ja demnächst ziemlich heiß werden, davon halte ich gar nichts. Kann ich Ihnen irgendwie helfen?« Einige Schritte entfernt, außer Reichweite, blieb sie stehen. Jed konnte es nachvollziehen. Er war eine imposante Erscheinung. »Ich bin die Verwalterin der Anlage«, fügte sie hinzu und verschränkte die Arme vor der Brust.

Jed lächelte. »Das erklärt, warum Sie nicht im Büro waren«, sagte er und entspannte die Schultern. »Ich bin Jedidiah. Phil Maclins Schwager. Ich hab gehofft, ich könnte in seine Wohnung, um ein paar Sachen zu holen. Nur Fotos, die meine Frau gern hätte. War zu viel für sie, selbst herzukommen.«

»Haben Sie schon mit der Polizei geredet?«, fragte die Verwalterin. Ihre Körperhaltung verriet, dass sie ihm nicht glaubte.

Vielleicht sollte ich die Polizei auf den Mann ansetzen. Detective Forester im Revier – oder diese Ermittlerin aus Nashville.

Die Stimme der Verwalterin ertönte glasklar in Jeds Kopf, obwohl sich ihre Lippen nicht bewegten. Beim letzten solchen Ereignis hatte er in der Provinz Anbar einen Bombenbastler einer Terrororganisation gejagt – damals war sein Teamleiter gestorben, weil Jed es als Paranoia abgetan hatte. Ein Schauder lief ihm über den Rücken. Sein Abzugsfinger zuckte. Unwillkürlich trat er einen Schritt vor und sah tief in die haselnussbraunen Augen der Verwalterin – die Farbe erinnerte an glühende Kohlen. Aber die Augen erwiesen sich als schlicht und gewöhnlich – wundervoll gewöhnlich.

Jed entspannte sich ein wenig. Dabei spürte er eine Veränderung … weder innerlich noch äußerlich. Irgendwo *dazwischen*, falls es das geben konnte. Ein Name kam ihm in den Sinn – *Mary*. Und so unerklärlich es sein mochte, er wusste mit Sicherheit, dass die Frau so hieß.

Was in Gottes Namen passiert mit mir?

»Sir?«, riss sie ihn aus seinen Gedanken. »Alles in Ordnung?«

Er schüttelte den Kopf. »Ehrlich gesagt, nein. Die Sache ist so plötzlich passiert. Keine Ahnung, ich bin wohl noch dabei, alles zu verarbeiten. Ich hab mit der Ermittlerin in Nashville geredet. Sie hat gesagt, ich soll mich hier in Murfreesboro an einen Officer Forester wenden. Aber er war nicht erreichbar, als ich angerufen habe. Im Revier hab ich die Auskunft bekommen, dass ich hier in der Anlage nach Mary fragen soll. Mary …« Er schaute auf, als läge ihm ihr Nachname auf der Zunge.

»Dressler?«, fragte die Frau und zog bestätigend die Augenbrauen hoch.

»Genau«, erwiderte Jed und bemühte sich, überrascht zu wirken. »Mary Dressler.«

»Ich bin Mary Dressler«, stellte sich die Frau vor, entspannte sich sichtlich und streckte ihm die Hand entgegen. Jed schüttelte sie. »Ich wusste gar nicht, dass Mr. Maclin verheiratet war, habe ihn aber auch nicht wirklich gekannt.«

»War er nicht«, spann Jed die Lüge weiter. »Ich bin mit seiner Schwester Beverly verheiratet.«

»Natürlich«, sagte die Frau, als wüsste sie von Beverly. Sie musterte Jed von oben bis unten. »Sind Sie beim Militär?«

Jed nickte verlegen. Er trug eine Baseballmütze mit dem Logo der SEALs und eine Cargohose mit Tarnmuster. »Ja. Ich bin der Navy SEAL, von dem mein Schwager erzählt hat.«

»Natürlich«, wiederholte Mary. Inzwischen glaubte sie wahrscheinlich wirklich, Philip Maclin über seine Schwester Beverly und seinen Schwager von den SEALs reden gehört zu haben. Einen Moment lang kaute die Verwalterin auf der Unterlippe. »Ich darf Sie eigentlich nichts mitnehmen lassen.«

»Werde ich auch nicht«, versprach er. »Nicht wirklich. Es geht nur um ein besonderes Foto von Phil und Beverly aus ihrer Kindheit. Das hätte meine Frau so gern für die Gedenkfeier in ein paar Tagen bei uns zu Hause. Ich nehme nicht mal den Rahmen mit. Aber wenn ich ohne das Foto aufkreuze, wird sie am Boden zerstört sein.«

Kurz wirkte Mary hin- und hergerissen. Schließlich seufzte sie und lächelte. »Ein Foto sollte wohl in Ordnung sein«, meinte sie und zog einen Schlüsselbund unter ihrem zeltartigen Oberteil hervor.

Da Jed wusste, dass allein seine schiere Größe einschüchternd sein konnte, trat er beiseite und wartete, während sie die Tür aufschloss.

»Sind Sie sicher, dass Detective Forester damit einverstanden ist?«, fragte sie und hielt die Tür halb offen.

»Nein«, antwortete er. »Forester konnte ich ja nicht erreichen. Aber ich weiß, dass die Ermittlerin aus Nashville damit einverstanden ist.« Glaubhaft wurde eine Lüge durch ihre Details.

Das genügte Mary Dressler. Sie schob die Tür auf, trat zur Seite und winkte ihn hinein.

»Ich warte hier draußen auf Sie«, kündigte sie an. »Und nur das Foto, in Ordnung? Wahrscheinlich könnte ich schon dafür Schwierigkeiten kriegen.«

»Fest versprochen«, erwiderte Jed und setzte sein bestes Lächeln auf. »Vielen Dank, Mary. Das wird meiner Frau alles bedeuten. Sie ist völlig fertig. Und ich werde sonst nichts anfassen, versprochen. Wahrscheinlich wird die Polizei demnächst alles freigeben, dann kommen wir und holen seine Sachen, okay?«

»Sicher«, erwiderte Mary. »Das hab ich mich ohnehin schon gefragt. Wir hatten in den Aufzeichnungen nichts über Verwandte von Mr. Maclin, deshalb wusste ich nicht, was passieren würde. Der Mann von der Diözese oder so – wohl auch ein Priester –, er hat nichts darüber gesagt. Haben Sie mit ihm gesprochen?«

Jed hatte Mühe, sich seine Überraschung und Verwirrung nicht anmerken zu lassen.

»Noch nicht«, antwortete er. »Wie war noch mal sein Name?«

»Herrje, da bin ich mir nicht sicher. Pater irgendwas. Ehrlich gesagt wusste ich nicht mal, dass Ihr Bruder ein Geistlicher war, bis der andere Priester aufgekreuzt ist und es mir gesagt hat. Ich dachte, er wäre Lehrer oder so, aber er hat nie viel geredet. Natürlich war er immer ausgesprochen nett«, fügte sie hinzu, als wollte sie die Familie des Toten nicht beleidigen. »Er hat nur nicht viel von sich erzählt. Aber Priester … Darauf wäre ich nie gekommen. Früher mal waren Geistliche schwarz gekleidet und hatten diesen weißen Kragen. Die Zeiten ändern sich wohl …«

»Schwager«, korrigierte Jed abwesend ihren Irrtum, während sein Gehirn auf Hochtouren arbeitete.

Maclin war also Priester … und wurde nur Sekunden vor der Entführung der Tochter eines Methodistenpfarrers in Ausbildung umgebracht. In welchem Universum konnte das ein Zufall sein? Und die Polizei sah keinen Zusammenhang zwischen der Entführung und dem Unfall? Warum hatte David bei ihrem Gespräch nichts davon erwähnt? Machte ihn das verdächtig?

Er schüttelte die Fragen ab.

Später.

Jed lächelte. »Danke, Mary. Ich brauche nur einen Moment.«

»Lassen Sie sich ruhig Zeit«, erwiderte sie und zückte ihr iPhone.

Jed betrat die düstere Wohnung und schloss leise die Tür hinter sich. Das Zimmer als spartanisch zu bezeichnen wäre die Untertreibung des Jahres. Sein Blick wanderte über die vollkommen kahlen Wände. Kein einziges Gemälde oder Foto. Auch kein einziges Erinnerungsstück oder Nippes auf dem Kaminsims oder sonst wo. Kein zusätzliches Paar Schuhe an der Tür, kein Sweatshirt an einem Haken. Sogar die Luft fühlte sich verbraucht und leblos an.

Jed schauderte.

Unheimlich.

Das Wohnzimmer beherbergte einen Lehnsessel mit einer Stehlampe daneben. Er ging hin und entdeckte eine ledergebundene Bibel, die mit dem Cover nach unten auf der Polsterung lag, weil es weit und breit keinen Beistelltisch gab. Neugierig ergriff er die Bibel und schlug sie dort auf, wo das Lesebändchen aus Seide zwischen den Seiten klemmte. Johannes, Kapitel 12. Eine bestimmte Passage erwies sich als markiert. Er las sie laut.

> »Es ist das Licht noch eine kleine Zeit bei euch. Wandelt, solange ihr das Licht habt, dass euch die Finsternis nicht überfalle. Wer in der Finsternis wandelt, der weiß nicht, wo er hingeht. Glaubt an das Licht, solange ihr's habt …«

Jed legte die Bibel zurück. Unwillkürlich fragte er sich, ob die Passage für Maclin prophetisch gewesen war. Hatte der Mann irgendwie gewusst, dass ihm nur noch wenig Zeit bleiben würde?

Oder war diese Passage für mich bestimmt?

Er schüttelte den beunruhigenden Gedanken ab und ging in die Küche, wo unter einem Fenster ein Bistrotisch mit nur einem Hocker aus Holz stand. Auf dem Tisch lag ein gelber Block mit leerer erster Seite und einem Stift daneben. Jed hob den Block, hielt ihn schräg ins Licht vom Fenster und suchte nach Abdrücken von Gekritzeltem. Er seufzte – in Filmen und Krimiserien fanden die Ermittler immer Rückstände davon, was auf dem obersten, abgerissenen Blatt geschrieben worden war, aber Jed sah nichts. Tatsächlich schien der Block neu zu sein. Er blätterte durch die Seiten, weil er dachte, es könnte vielleicht etwas darin versteckt sein. Fehlanzeige. Jed sah sich weiter in der Wohnung um. Der Ort erinnerte ihn an irgendetwas, aber er konnte es nicht einordnen.

Das Badezimmer im kurzen Flur entpuppte sich als keine Hilfe. Nur ein weißes Handtuch und ein Waschlappen hingen an der Stange neben der makellos sauberen Dusche. Eine Zahnbürste stand einsam in einem

Plastikbecher und wirkte auffallend sauber – vielleicht sogar neu. Das Stück Seife in der Dusche sah unberührt aus.

Als Nächstes überprüfte er die Schlafzimmer.

Das erste enthielt keinerlei Möbel. Jeds Schritte hinterließen Abdrücke im Flor eines brandneuen Teppichs. Er öffnete die Falttür des begehbaren Kleiderschranks. Zum Vorschein kam – nichts. Das zweite Schlafzimmer schien zumindest spärlich bewohnt zu sein. Es enthielt ein ordentlich gemachtes Einzelbett mit weißen Laken, militärisch penibel über die braune Decke gefaltet. Im Schrank hingen zwei kakifarbene Hosen und drei Hemden identischen Schnitts, die sich nur in der Farbe unterschieden. Bluejeans lagen ordentlich gefaltet auf der Ablage darüber neben zwei weißen T-Shirts und zwei grauen Sweatshirts. Jed wusste bereits, dass sie keine Logos aufweisen würden.

Als er ins Wohnzimmer zurückkehrte, fiel ihm endlich ein, woran das Apartment ihn erinnerte. Bei gemeinsamen Operationen mit Geheimdiensten hatte er mehrfach an verschiedenen sicheren Zufluchtsorten der CIA übernachtet. Dort sah es genauso aus. Steril, nichtssagend. Ohne irgendetwas, das die Umgebung mit einer bestimmten Person in Verbindung brachte.

Zähneknirschend drehte Jed eine letzte Runde durch das Wohnzimmer und die Küche. Er hoffte, ihm würde noch irgendetwas auffallen. Aber er fand nichts. Enttäuscht ging er so, wie er gekommen war – mit keinen Antworten, aber haufenweise Fragen.

»Haben Sie das Foto gefunden?«, fragte Mary, die pflichtbewusst vor der Eingangstür wartete. Jed spürte, wie ihre Freundlichkeit ihm das Herz wärmte. Diese Frau empfand aufrichtige Anteilnahme.

»Nein«, sagte er und schloss die Tür. »Ich fürchte, nicht.«

»Ach Mist«, verlieh sie seiner Enttäuschung Ausdruck. »Ihre arme Frau.«

»Trotzdem vielen Dank für Ihr Entgegenkommen, Mary«, sagte er und erwiderte ihr trauriges Lächeln. »Sie sind sehr freundlich.«

»Ich werde Sie beide in meine Gebete einschließen«, erwiderte sie. Tief im Herzen wusste er, dass sie es wirklich tun würde. Ihn beschlichen Gewissensbisse, weil er sie hinters Licht geführt hatte. Umso mehr, da es sich als vollkommen sinnlos erwiesen hatte.

»Verraten Sie mir etwas, Mary. Dieser andere Priester – hat er etwas aus der Wohnung mitgenommen?«

»Zum Beispiel das Foto?«

Jed zuckte mit den Schultern. »Irgendetwas.«

»Nein«, sagte Mary. »Er hat nur mit mir geredet und mir erklärt, man wird mir Bescheid geben, was mit seinen Sachen passieren soll – wohin ich sie schicken soll, falls keine Angehörigen auftauchen. Aber Sie sind ja gekommen.«

»So ist es«, erwiderte Jed. »Also haben Sie ihn gar nichts mitnehmen sehen?«

»Oh, wir waren nicht in der Wohnung. Wir haben nur ein paar Minuten in meinem Büro vorn geredet.«

Jed nickte.

Warum dann der Besuch? Vielleicht hatte der »Priester« sie abgelenkt, während jemand anders die Wohnung durchstöbert hatte. *Oder vielleicht bin ich auch nur paranoid.* Zu viele Jahre bei den SEALs, wo man ausschließlich seinen Waffenbrüdern trauen konnte. Vielleicht war Philip Maclin lediglich ein Priester gewesen, der sich nebenbei als Lehrer verdingt hatte und zufällig zur falschen Zeit am falschen Ort gewesen war.

Aber ich weiß, dass mehr dahintersteckt – ich kann es fühlen.

Eindringlich sah er Mary an und versuchte, ihre Gedanken zu »hören«. Er hoffte, vielleicht einen weiteren Namen oder irgendeine Information aufzuschnappen, die sie zurückhielt. Aber er nahm nichts wahr. Hatte er es sich zuvor nur eingebildet? Oder war es echt gewesen?

Ich verliere wohl den Verstand …

»Kann ich Ihnen sonst noch irgendwie helfen?«, fragte sie mit einem geduldigen Lächeln.

»Ich glaube, nicht. Danke noch mal, Mary«, sagte er und verabschiedete sich von ihr.

Was für eine Zeitverschwendung, klagte er innerlich, als er wenige Minuten später aus der Wohnanlage fuhr. *Ich werde allmählich verrückt und habe nicht einen einzigen Hinweis gefunden.*

Mit verkniffenen Lippen klopfte er mit den Daumen aufs Lenkrad, während er auf der I-24 nach Nashville zurückkehrte. Plötzlich kam ihm der Gedanke, dass er doch etwas herausgefunden hatte. Das Apartment selbst lieferte den Hinweis. Maclin mochte es benutzt haben, aber es war mit Sicherheit nicht sein Zuhause gewesen. Die Ähnlichkeit mit einem sicheren Unterschlupf bestätigte es. Irgendetwas an der Sache war faul. Pater Philip Maclin, falls das sein richtiger Name war, verkörperte *doch* ein wichtiges Teil des Puzzles.

Wenn ich aufdecke, wie Maclins Tod mit der Entführung zusammenhängt, dachte er mit neuer Hoffnung, *bin ich einen Schritt näher dran, herauszufinden, wer Sarah Beth warum entführt hat.*

6

IRGENDWO

TAGSÜBER – WAHRSCHEINLICH SPÄTER NACHMITTAG

Sarah Beth Yarnell wischte sich zum gefühlt tausendsten Mal mit dem Ärmel über die Wangen, um die Tränen wegzuwischen. Sie stieß ein langes, zitterndes Seufzen aus, als eine frische Träne über ihre linke Wange kullerte, dicht gefolgt von einer weiteren auf der rechten. Sarah Beth schaute zur Wand neben dem Kopfteil des Bettes, auf dem sie sich eingerollt hatte. Sie zählte die Kerben, die sie hineingeritzt hatte. Dafür hatte sie den Stiel der Zahnbürste benutzt, die man ihr am Waschbecken im Badezimmer hingelegt hatte.

Fünf Kerben ... fünf Tage. Die erste habe ich gemacht, als die Sonne aufgegangen ist, nachdem ich mich in der ersten Nacht heiser geschrien hatte. Das war Sonntag. Dann eine Markierung für jeden Tag danach – Montag, Dienstag, Mittwoch ... Dann muss heute Donnerstag sein. Das Fenster weist nach Osten. Die Sonne ist schon auf der anderen Seite, geht hinter dem Gebäude unter. Ich bin seit fünf Tagen verschwunden ... Wahrscheinlich hält man mich für tot.

Sie wusste nicht, warum sie sich besser fühlte, indem sie die Zeit mitverfolgte, aber es war so.

Weil sie sich rastlos fühlte, kroch sie aus dem Bett mit der gemütlichen rosa-violetten Decke und den drei

Daunenkissen. Sie begann auf und ab zu laufen. Auf der Suche nach irgendetwas, das ihr helfen könnte, aus diesem Gefängnis zu entkommen, führte sie eine Bestandsaufnahme durch. *Ein Kinderschreibtisch mit einem Tagebuch und Buntstiften. Als ob ich irgendetwas für sie schreiben würde. Ein alberner Flickenteppich neben dem Bett, mit zu vielen Farben, um schön zu sein. Eine Kommode mit T-Shirts, Jeans, Sweatshirts und Socken – nichts davon gehört mir. Eine Schublade mit Unterwäsche, igitt. Fremde Unterwäsche zu tragen ist eklig und abstoßend. Das mache ich nicht. Das hässliche Flanellnachthemd am Haken sieht wie etwas aus, das eine Oma anziehen würde. Fernseher und Fernbedienung auf der Kommode. Aber keine Kabelsender. Nur dämliches Netflix. Ich kann keine Nachrichten schauen, um zu sehen, ob jemand nach mir sucht, oder um vielleicht herauszufinden, wo ich sein könnte. Unter dem Bett … keine Monster, nur meine Turnschuhe und flauschige rosa Pantoffeln mit einem lächelnden Welpenkopf an den Zehen. Aber mal ehrlich, ich bin nicht mehr vier Jahre alt.*

Irritiert schnaubte sie, bevor sie sich im Schneidersitz neben dem Bett niederließ und ihr Hintern auf den Boden plumpste. »Hoppe, hoppe Reiter, wenn er fällt, dann schreit er«, würde ihre Mutter dazu sagen. *Mama vergisst auch manchmal, dass ich keine vier Jahre mehr bin.* Der Gedanke bewirkte erst ein kurzes Lächeln, dann weitere Tränen. Sarah Beth schaute zu den schwarzen, in zwei der oberen Ecken des Zimmers montierten Geräten – eines an der Tür, das andere gegenüber ihrem Bett. Ihr fielen die kleinen, rot blinkenden Lämpchen daran auf. Sie wusste, dass es sich um Kameras handelte. Und sie wollte nicht, dass ihre Beobachter sie weinen sahen. Plötzlich fühlte sie sich mutig. Sie sprang auf und starrte trotzig in die Kamera an der Tür. Nur mühsam widerstand sie dem Drang, der Kamera und den Zuschauern den hochgestreckten Mittelfinger zu zeigen.

Wenn ich gerettet werde, könnte die Polizei sehen, was ich getan habe. Wahrscheinlich auch Mama und Papa. Würde ihnen gar nicht gefallen, dass ich die Geste gemacht habe – oder sie überhaupt kenne.

Ihre Mutter wäre davon vermutlich weniger überrascht. Letztes Jahr hatte sie begonnen, Sarah Beth mehr wie eine Erwachsene zu behandeln – eine »junge Dame«, wie sie es gern ausdrückte. Das gefiel Sarah Beth. Bei Papa verhielt es sich anders. Er sah immer noch ein kleines Mädchen, wenn er sie anlächelte. Das hatte er ihr sogar gesagt, obwohl sie es auch so gemerkt hätte.

Sie ging zum Fenster und schaute durch die Scheibe und die vertikalen schwarzen Gitterstäbe, die ihre Gefangenschaft betonten. Mittlerweile streckten sich lange Schatten schräg über die weitläufige grüne Wiese zum Rand der dichten, etwa 100 Meter entfernten Bäume. Die Schatten verrieten ihr, dass es sich bei ihrem Gefängnis nicht um ein altmodisches Hotel handelte, wie sie zuerst gedacht hatte. Dieser Ort lag im Wald auf einem Hügel oder einem niedrigen Berg. Durch die Schatten hatte sie zwei weitere Gebäude in ihrer Nähe ausgemacht, obwohl man sie durch ihr Fenster nicht direkt sehen konnte. Ein großes und langes im Norden, ein kleineres im Süden. Ein wenig erinnerte die Anordnung an das Sommerlager, das sie vergangenen Juli besucht hatte – eine Schlafbaracke für die Teilnehmer, ein Hauptgebäude und ein kleineres Haus, in dem die Betreuer und das Personal schliefen.

Ich bin im Hauptgebäude, folgerte sie.

Anhand der Schatten erstellte sie eine gedankliche Karte des Lagers und speicherte sie im Gedächtnis ab. Sie hatte das Gefühl, es könnte am Ende wichtig sein, wenn sie entweder gerettet wurde oder den Mut zur Flucht aufbrachte. Sie öffnete die Augen und schaute durch das Tal zu einem höheren Berg mit dem einzigen markanten Merkmal, das ihr seit ihrer Ankunft aufgefallen war. Sarah Beth starrte hin – es handelte sich um einen eigenartigen, kegelförmigen Turm, umgeben von einem Zaun und in regelmäßigen Abständen aufgestellten Masten mit rot schimmernden Lichtern. Die gesamte Kuppe war gerodet und von Gras bedeckt. Das seltsame Gebilde darauf wirkte beinahe wie ein Spielzeugleuchtturm, allerdings ohne Fenster und Suchscheinwerfer oben. Am ehesten ließ es sich als riesiger Bowlingpin beschreiben. Sie fügte das Bild ihrem Gedächtnis hinzu. Den Rest der Berge um sie herum säumten Bäume. Die Landschaft erinnerte stark an jene eines Campingausflugs, den ihr Vater mit ihr unternommen hatte, als sie sieben gewesen war.

Wenn das dieselben Berge sind, bin ich vielleicht noch in Tennessee.

Sarah Beth schloss die Augen und neigte das Haupt zum Gebet. Sie betete mehrmals täglich um ihre Rettung. Diesmal jedoch beschloss sie, die Erwartungen zurückzuschrauben.

»Lieber Gott, bitte lass mich noch in Tennessee sein. Und bitte steh Mama und Papa bei – sie müssen außer sich vor Sorge sein. Lass sie wissen, dass es mir gut geht.«

Eine Stimme antwortete ihr, wie es manchmal vorkam.

Sag es ihr.

Sarah Beth konnte nicht sicher sein, wem die Stimme gehörte. Sie nahm an, dass es sich diesmal um Gott handelte, schloss jedoch auch jemand anderen nicht aus – weil sie ständig die Gedanken der Menschen hörte. Als ihr Vater sie zum ersten Mal an der Wange berührt und sie ihm lächelnd gesagt hatte, was ihm durch den Kopf ging, war er weiß wie ein Laken geworden. Der entsetzte Ausdruck in seinem Gesicht hatte sich tief in ihr Gedächtnis gebrannt, deshalb hatte sie es nie wieder getan. Damals war sie sieben Jahre alt gewesen. Bei Mama verhielt es sich anders. Sie brauchte Sarah Beth nicht zu berühren. Manchmal mussten sie sich nicht mal im selben Raum aufhalten. Einmal nach einem ihrer schrecklichen Albträume hatte Mama neben ihrem Bett gelegen, und sie hatten nur im Kopf ein ganzes Gespräch geführt, ohne die Lippen zu bewegen. Manchmal fragte sich Sarah Beth, ob sie das nur geträumt hatte. Tief im Herzen jedoch wusste sie, dass dem nicht so war.

Frustrierend fand sie, dass sie keine Ahnung hatte, wie der Gedankenaustausch funktionierte. Oder über welche Entfernung. Einen Kilometer? Zehn? 100? Sie besaß keine gute Vorstellung von Entfernungen.

Ich kann es ja einfach versuchen, sagte sie sich. *Mama … Mama … kannst du mich hören?*

Sie wartete, doch diesmal antwortete keine Stimme.

Mama …

MAMA!

Sie wusste nicht, ob ein Schrei im Kopf dieselbe Wirkung erzielte wie einer der Stimme, aber es konnte nicht schaden, es zu versuchen.

MAMA, ICH BIN'S, SARAH BETH. ES GEHT MIR GUT. ICH BIN UNVERSEHRT, NIEMAND HAT MIR WAS GETAN, ABER BITTE, BITTE KOMMT MICH HOLEN! SIE HABEN MICH AN EINEN ORT MIT

VIELEN HÜGELN GEBRACHT. ZU EINEM LAGER IM WALD. BITTE HELFT MIR …

Schritte auf der knarrenden Treppe vor ihrem Zimmer rissen Sarah Beth aus ihrer Gedankenwelt. Abrupt schlug sie die Augen auf.

Ihre Aufpasserin kam.

Die alte Frau versetzte Sarah Beth in Angst und Schrecken, obwohl sie ihr kein Haar gekrümmt hatte. Sie verlor selten ein Wort und lächelte immer, wenn sie ein Tablett mit Essen abstellte. Aber irgendetwas erfüllte den Raum, wann immer sie auftauchte – eine dunkle Energie, die Sarah Beth regelrecht Übelkeit verursachte. Wie ein grausiger Geruch, den sie jedoch mehr spürte als einatmete. Eigentlich hörte es sich albern an – aber das Gefühl war echt.

Ein Schlüssel ratterte im Schloss.

Anstatt wie sonst wie eine verängstigte Maus durch das Zimmer zu huschen, sandte Sarah Beth diesmal in Gedanken ein Stoßgebet gen Himmel.

Gott, lass mich stark sein.

Den Blick auf die schwere alte Tür gerichtet, verharrte sie trotz der Übelkeit im Magen und der Galle, die ihr in der Kehle brannte.

Bitte lass mich stark sein.

Die Tür öffnete sich.

Die Frau sah wie eine magere Version einer Fernsehgroßmutter aus. Sie trug ein schlichtes violettes Kleid mit einer Schürze um die Taille und das graue Haar zu einem Dutt geknotet. Vom Tablett in ihrer linken Hand ging der Geruch von Brathähnchen und Pommes aus. In der rechten hielt sie eine kleine braune Papiertüte. An einer langen Kette um ihren Hals hing ein altmodischer Schlüssel aus

Metall, den sie prompt in eine Tasche der Schürze steckte, nachdem sie das Tablett auf dem Schreibtisch abgestellt hatte.

»Na sieh mal einer an, wer aufgestanden ist«, sagte die Großmutter mit einem Lächeln im Gesicht. Aber diese ungewisse, widerwärtige Wolke folgte ihr, füllte den Raum aus und verursachte Sarah Beth beinahe Brechreiz. »Ich bin froh, dass du keine Angst mehr hast, Liebes. Das ist gut. Du musst dich nämlich nicht fürchten. Niemand wird dir hier wehtun, das verspreche ich dir.«

Die Wolke im Raum verdichtete sich. Sarah Beth spürte, wie sie davon umhüllt und beinahe erstickt wurde wie von einem unsichtbaren tödlichen Gas. Sie schüttelte den Kopf, um das Gefühl zu vertreiben.

»Ich will nach Hause«, sagte Sarah Beth. Ihre Stimme klang zwar kräftig, doch kaum waren die Worte aus ihr gedrungen, wurde sie von Angst und Sehnsucht nach ihrer Familie überwältigt, und die Tränen kehrten zurück. »Bitte, kannst du mir nicht helfen?«, rief sie.

»Na, na«, sagte die Großmutter und streckte die Hand aus, als wollte sie Sarah Beths Schulter tätscheln, zog sie jedoch im letzten Moment zurück.

Sie fürchtet sich davor, mich zu berühren. Warum?

Sarah Beth schaute auf und begegnete dem Blick der Großmutter. Einen Moment lang dachte sie, etwas zu sehen – ein schwaches, gelbliches Leuchten um den farbigen Teil der Augen.

»Ich hab dir Süßes mitgebracht«, sagte die alte Frau und hielt ihr die braune Papiertüte hin.

»Bitte helfen Sie mir«, erwiderte Sarah Beth und packte den ausgestreckten rechten Unterarm. Kaum hatte sie ihn berührt, fluteten schauerliche Bilder ihren Geist. Einzeln blitzten sie zu kurz auf, um sie zu verarbeiten, doch zusammengenommen erfüllten sie Sarah Beth mit blankem Grauen. Dann setzten misstönende, laute, einander überlagernde Stimmen ein, als fände nebenan eine ausgelassene Party statt. Sarah Beth konnte sich auf keine einzelne davon konzentrieren.

Die großmütterliche Frau riss den Arm zurück, als hätte sie eine heiße Herdplatte berührt. Die Tüte fiel ihr aus der Hand und landete auf dem Boden, wo sich ihr Inhalt auf den bunten Teppich ergoss – Schokoriegel, Obstriegel und eine kleine Packung Käsecracker. Sarah Beth spürte, wie die Frau zugleich Wut und Angst ausstrahlte. Das gelbe Leuchten, das sie zuvor für eine optische Täuschung der untergehenden Sonne gehalten hatte, schlug in grelles Rot um, bevor es verschwand. Und einen Moment lang vermeinte Sarah Beth, das Gesicht der Frau hätte sich leicht verändert, wäre dunkler geworden und hätte jegliche Herzlichkeit verloren.

Dann kehrten die Farbe und ein strahlendes Lächeln in die Züge der Großmutter zurück, als wäre nichts geschehen. »Ach herrje, jetzt sieh nur, was ich gemacht habe – ich habe deine Süßigkeiten fallen gelassen. Dabei sollten sie eine Überraschung sein.«

Doch statt sich zu bücken und sie aufzuheben, bewegte sie sich rückwärts auf die Tür zu und ließ Sarah Beth dabei nicht aus den Augen. Erst nachdem sie über die Schwelle in den Flur getreten war, zog sie den Schlüssel aus der Schürze. Dabei fiel Sarah Beth auf, dass die Hand der Frau etliche Jahre jünger wirkte als das betagte Gesicht.

»Sie haben mir noch gar nicht verraten, wie Sie heißen«, sagte Sarah Beth, nachdem sie allen Mut zusammengenommen hatte. »Wie soll ich Sie nennen?«

Bei der Frage legte die Frau die Stirn in Falten. Ihre Miene wirkte zugleich verdutzt und bestürzt. »Ich weiß, wie beängstigend das hier für dich ist, Liebes, aber mach dir keine Sorgen – du wirst sehr bald wieder bei deiner Familie sein. Die Tortur ist fast vorbei.« Mit einem widerhallenden, dumpfen Knall schloss sie die Tür.

Sarah Beth hörte den altmodischen Schlüssel heftiger als sonst im Schloss klappern. Unwillkürlich fragte sie sich, ob die Hände der Frau zitterten. Mit dem Abgang der Aufpasserin wurden die vom Kopf der Frau ausgehenden Stimmen schlagartig leiser. Nur eine hob sich klar und deutlich von den anderen ab.

Sie ist fast bereit, verkündete die Frau. *Wir sollten bald anfangen, bevor sie herausfindet, welche Macht sie besitzt …*

Dann verschwanden alle Stimmen. Nicht plötzlich wie bei einem umgelegten Schalter, sondern langsam wie die Glut eines Lagerfeuers vor der Hütte, die sie jedes Jahr in den Frühjahrsferien mieteten. Auch die Schritte der Großmutter verklangen draußen im Gang.

Eine lange Weile stand Sarah Beth an der Tür und grübelte darüber, was gerade passiert war. Die abstoßende Wolke, die der Frau ins Zimmer gefolgt war, verflüchtigte sich mit den Stimmen, und Sarah Beths Übelkeit ließ nach. Mit plötzlichem Heißhunger trug sie das Tablett zum Bett. Sie sammelte den verschütteten Inhalt der Tüte mit Snacks auf und legte alles auf den Nachttisch. Dann setzte sie sich neben das Tablett. Ihr Magen schmerzte vor Hunger, als hätte sie tagelang nichts gegessen oder wäre zehn Kilometer gelaufen, wie ihre Mutter es oft tat.

Dennoch neigte sie zuerst das Haupt.

»Gott, danke für dieses Essen, und bitte beschütz mich. Steh Mama und Papa bei, und bitte mach, dass ich nach Hause kann.«

Sag es ihr …

Sie schloss wieder die Augen.

Mama, ich bin's. Ich weiß nicht, ob du mich hören kannst. Falls ja, gib mir bitte ein Zeichen …

7

BUCHHANDLUNG DER VANDERBILT UNIVERSITY

2501 WEST END AVENUE

NASHVILLE, TENNESSEE

DONNERSTAG, 16:45 UHR ORTSZEIT

Als Jed die Limousine in die schmale Parklücke lenkte, wurde ihm bewusst, dass er den gesamten Weg von Maclins Apartment wie auf Autopilot gefahren war, ohne bewusste Absicht seinerseits. Als hätte er sich vom Auto dorthin bringen lassen, wohin es wollte. Und anscheinend wollte es zum Buchladen der Vanderbilt University.

Zum Tatort.

So etwas wurde gern damit beschrieben, dass man einem Bauchgefühl folgte. Jed jedoch wusste, dass in diesem Fall etwas anderes am Werk war. Als Elitesoldat – *ehemaliger* Elitesoldat, hielt er sich vor Augen – wusste er alles über Bauchentscheidungen. Seiner Erfahrung nach handelte es sich dabei um eine Gehirnfunktion, die schnelle Entscheidungen auf der Grundlage früherer Erlebnisse fällte. Wie eine kurz entschlossene Kurskorrektur, bevor das Schiff auf Grund laufen konnte.

Geh nicht da lang, sonst wirst du erschossen.

Wechsle das Magazin besser sofort, denn in zehn Sekunden wirst du keine Zeit mehr dafür haben.

Küss sie jetzt, bevor sie ihre Meinung ändert.

So verhielt es sich in diesem Fall nicht. Es glich eher einem langsamen Ertasten des Wegs durch die Dunkelheit. Ein Vorgang, der sich ohne Worte vollzog. Ohne Zahlen. Uralt und spirituell.

Intuition … Oder sogar mehr als das?

Er stieg aus dem Mietwagen und schloss die Fahrertür. Als er davonging, drückte er die Verriegelungstaste auf der Fernbedienung. Das Auto gab hinter ihm pflichtbewusst einen Piepton von sich und verriegelte die Türen, als er über den Bordstein auf den Bürgersteig trat. Jed nahm ein süßliches Aroma in einer sanften Brise wahr. Er atmete tief ein. Zitronenverbene, so nannte seine Mutter den Duft, wann immer die Magnolienbäume blühten. Mit dem Begriff *Verbene* wusste Jed zwar nichts anzufangen, aber der Geruch löste in ihm angenehme Gefühle von Kindheit und Heimat aus. Der Duft fühlte sich rein und weiblich an … in jeder Hinsicht sein Gegenteil.

»He! Passen Sie gefälligst auf, wo Sie hinlaufen«, protestierte eine erschrockene Stimme unmittelbar vor ihm. Abrupt scherte Jed aus, um einen Zusammenstoß mit der jungen Frau zu vermeiden.

»Mein Fehler, tut mir leid«, entschuldigte er sich. Plötzlich wurde ihm bewusst, dass er unter dem Anflug von Nostalgie kurz die Augen geschlossen hatte.

Die Frau, eine Studentin der Universität, bedachte ihn mit einem finsteren Blick, wirkte aber unversehrt. Da Jed vermutlich über 50 Kilo mehr auf die Waage brachte als sie, hätte eine Kollision verheerend für sie sein können.

Rasch verfrachtete Jed seinen inneren Tagträumer ins Bett und übertrug dem SEAL in sich das Kommando. Obwohl er wusste, dass ihm am helllichten Tag auf einem Bürgersteig wohl kaum Gefahr drohte, spürte er, wie sich eine altbekannte Spannung durch seine Muskeln ausbreitete. Dieses Gefühl kannte jeder Elitesoldat – ein Zustand der Bereitschaft vor einem Einsatz, angeeignet durch jahrelanges körperliches Training und Gefechtsübungen. Wenn er als aktiver SEAL nicht im eigenen Bett geschlafen hatte, war sein Motor stets auf Betriebstemperatur gewesen, um blitzartig aus dem Leerlauf bis zum Anschlag hochzudrehen. Er empfand diese Fähigkeit als beruhigend. In mancher Hinsicht gehörte sie mittlerweile zu seiner Persönlichkeit. Im Fall eines spontan ausbrechenden Feuergefechts würden 99 Prozent der herumlaufenden Zivilisten entweder in Panik geraten oder erstarren. Einige würden in Deckung gehen, andere die Flucht ergreifen. Der Rest würde entweder erschossen oder andere beim Versuch verletzen, nicht draufzugehen. Aber nicht Jed. Sein innerer SEAL würde sofort die Kontrolle übernehmen, das Drehbuch umschreiben und den Jäger in den Gejagten verwandeln. Mit einem erfahrenen – und vor allem bewaffneten – Elitesoldaten wäre die Sache im Handumdrehen vorbei. Und nicht zugunsten des Attentäters.

Jed konzentrierte die Sinne auf das Gewicht und das Gefühl der Sig P229 im Holster an seinem Hosenbund, verborgen unter seiner Jacke. Diese kleine, berührungslose Überprüfung führte er mehrmals am Tag durch, weil er sich längst so an das Gefühl der Sig gewöhnt hatte, dass er sie meist gar nicht mehr wahrnahm. Seine volle SEAL-Ausrüstung wog je nach Einsatz und Ort zwischen zehn und 25 Kilo. Die 900 Gramm der Sig spürte er daher nicht mal.

An der Buchhandlung schien sich seit seinem Treffen mit David zum Kaffee nichts verändert zu haben – ein

Treffen, das sich surreal wie etwas aus einem anderen Leben anfühlte, obwohl es nur wenige Stunden zurücklag. Das gelb-schwarze Absperrband der Polizei spannte sich immer noch zwischen zwei Ständern. Ein Ende hatte sich gelöst und flatterte im Wind wie eine Fahne, trotzdem riegelte es nach wie vor dort den Bürgersteig ab, wo der Priester ums Leben gekommen war. Den durch den Zusammenstoß beschädigten Teil der Glasscheibe hatte man mit Brettern abgedeckt. Jed ging bis zur Absperrung, die er jedoch weder überquerte noch berührte. Stattdessen ließ er den Blick über den Bürgersteig und den Parkplatz wandern, während er anhand der spärlichen gefundenen Informationen zu rekonstruieren versuchte, was sich ereignet hatte.

Die Universitätsbuchhandlung gehörte zu mehreren Mietern eines kleinen Einkaufszentrums. Ein Parkplatz, ein begrünter Mittelstreifen und ein Gehweg trennten die Ladenzeile von der West End Avenue. Die lag von der Buchhandlung versetzt.

»Das versteh ich nicht«, murmelte Jed, als er sich von der Unfallstelle entfernte und den wahrscheinlichen Weg des Fahrzeugs abschritt.

Nachdem er fast bis zum Eingang gegangen war, drehte er sich um und stellte sich vor, er wäre der Fahrer des Autos, das den Priester erfasst hatte. Um von West End auf den Parkplatz einzubiegen, musste der Wagen verlangsamt haben. Das bedeutete, die Bremsen hatten funktioniert. Um Maclin im richtigen Winkel zu treffen, musste der Fahrer erst nach links in Richtung der Buchhandlung und dann scharf nach rechts gelenkt haben, ohne gegen die kniehohe Backsteinmauer um die Veranda des Cafés zu krachen. Jed stemmte die Hände in die Hüften und verzog das Gesicht.

»Keine Schleuder- oder Bremsspuren. Der Fahrer hat nicht gebremst oder versucht, Maclin auszuweichen«, murmelte er, während sein Blick den Asphalt zwischen sich und der Stelle des Aufpralls absuchte. »Tatsächlich muss er Gas gegeben haben.«

Eine Gänsehaut breitete sich über seinen Nacken aus, als sich eine schreckliche Schlussfolgerung in seinem Kopf festigte.

Das war kein Unfall. Ausgeschlossen. Maclin ist ermordet worden.

Jed drehte sich um und schaute den Bürgersteig entlang dorthin, wo man Sarah Beth in einen Lieferwagen verfrachtet hatte.

Perfekt, um die allgemeine Aufmerksamkeit von einer Entführung abzulenken ...

Plötzlich spürte er, dass er beobachtet wurde, und spähte über die linke Schulter. Wie ein Zielerfassungscomputer analysierte sein Verstand die geparkten Fahrzeuge und die Fußgänger in der Umgebung auf Neuankömmlinge, mögliche Bedrohungen und alles, was ihm »nicht richtig« erschien. Sein Blick verharrte zuerst auf einem grauen Chevy Suburban mit getönten Scheiben auf dem Parkplatz nahe der 25th Avenue am West End. Abgesehen davon, dass es sich um keine schwarze Lackierung handelte, wirkte alles daran wie ein Regierungsfahrzeug. Statt auf dem Suburban zu verharren, wanderte seine Aufmerksamkeit weiter zu einem weißen Streifenwagen der Stadtpolizei, der mit ausgeschaltetem Licht im Leerlauf auf der anderen Seite einer Buschreihe am Straßenrand parkte. Jeds Herzschlag beschleunigte sich eine Spur, als er einem einzelnen Beamten in die Augen sah, der vom Fahrersitz zu ihm starrte. Der Blickkontakt dauerte mehrere Sekunden an. Jed schaute zuerst weg, wandte sich ab und ging zum Buchladen. Er widerstand dem Drang, über die Schulter zurück zu dem Polizisten zu spähen. Stattdessen steuerte er geradewegs auf die Doppeltür zu und marschierte ins Gebäude.

Er beobachtet den Tatort, richtig? Nicht mich. Ich bin bloß paranoid. Nur David und Rachel wissen, dass ich hier bin ... Na ja, und Mary von der Wohnanlage. Aber sie würde mir nicht die Polizei von Nashville auf den Hals hetzen, oder?

Er schüttelte die Gedanken ab und betrat das Café. An diesem Nachmittag hatten zwei junge Leute im Studentenalter Dienst – eine junge Frau an der Kasse und ein junger Mann, der die Getränke zubereitete. Die Hälfte der Tische war besetzt. Zwei Studentinnen bestellten gerade, als sich Jed ungezwungen hinter ihnen anstellte. Nachdem sie bezahlt hatten, wandte sich die junge Frau an der Kasse ihm zu. Auf ihrem Namensschild stand in verschnörkelter Handschrift *Nora*.

»Was darf ich Ihnen bringen?«, erkundigte sie sich mit einem Lächeln, das besagte: *Bitte flirten Sie nicht mit mir.*

»Einen großen Eistee«, antwortete er.

»Einen Venti-Eistee«, sagte sie und tippte seine Bestellung ein. »Gesüßt oder ungesüßt?«

»Gesüßt natürlich«, sagte Jed und fügte schmunzelnd hinzu: »Gibt's überhaupt eine andere Art?«

»Nicht in Nashville«, gab sie mit einem zuckersüßen Lächeln zurück. »Sonst noch etwas? Gebäck oder eines unserer Sandwiches?«

»Nein danke«, antwortete Jed, bevor die nächsten Worte ungebeten aus ihm hervorplatzten. »Nora, Sie haben an dem Tag gearbeitet, als der Unfall passiert ist ...«

»Moment, was?«, stieß sie hervor und wurde blass.

»Der Unfall mit dem Mann draußen – Sie haben an dem Tag hier gearbeitet, nicht wahr?«, sagte er.

Jed hatte keine Ahnung, woher er wusste, dass es stimmte. Dennoch war er davon so überzeugt wie von der Tatsache, dass am nächsten Morgen die Sonne im Osten aufgehen würde.

»Sind Sie von der Polizei? Mit der habe ich nämlich schon geredet«, sagte sie.

Jed nahm einen jähen Abfall des Umgebungsgeräuschpegels wahr. Aus dem Augenwinkel sah er, dass die beiden jungen Frauen, die vor ihm bestellt hatten, ihr Gespräch unterbrochen hatten und lauschten, während sie auf ihre Getränke warteten.

»Nein«, antwortete er und senkte die Stimme. »Ich bin privater Ermittler und damit beauftragt, die ... sagen wir, die Ereignisse von dem Tag zu untersuchen.« Als sie zögerte, fügte er hinzu: »Ist völlig in Ordnung, wenn Sie mit mir reden. Es ist nicht illegal, privaten Ermittlern Informationen zu geben. Wir arbeiten Hand in Hand mit den örtlichen Behörden.«

Einen Moment lang kaute sie auf der Unterlippe, bevor sie sagte: »Ja, ich hatte an dem Tag Dienst.«

»Haben Sie den Mann gekannt, der gestorben ist?«

»*Gekannt* nicht, aber ich hatte ihn schon gesehen.«

»Haben Sie gewusst, dass er Priester war?«, hakte Jed nach, neugierig, wie sie darauf reagieren würde, weil es seines Wissens nicht weithin bekannt zu sein schien.

Sie schüttelte den Kopf, wirkte unbeeindruckt von der Neuigkeit. »Nein, hab ich nicht gewusst. Kann mich nicht erinnern, dass er je wie ein Priester angezogen war. Glaub nicht, dass er mal einen dieser weißen Kragen umhatte. Ich dachte, er wäre Nachhilfelehrer oder so.«

Dass die junge Frau Maclin für einen Nachhilfelehrer hielt, war nachvollziehbar und löste eines der Rätsel auf, die Jed beschäftigten. Ein Priester könnte im Rahmen seiner Aufgaben an einer katholischen Schule unterrichten, nur war keine Verbindung mit irgendeiner katholischen Schule in der Gegend erwähnt worden. Ein kleiner Nebenerwerb als Nachhilfelehrer jedoch erschien durchaus einleuchtend.

»Sie haben ihn also schon öfter gesehen, wie er hier Studenten Nachhilfe gegeben hat?«

»Er war nicht unbedingt Stammgast«, sagte sie und schaute kurz auf. »Ich hab sein Gesicht erkannt, kann mich aber nicht erinnern, je mit ihm geredet zu haben, abgesehen davon, dass ich seine Bestellungen aufgenommen habe.«

»Verstehe«, erwiderte Jed, der Blicke auf sich spürte. Er sah sich um, weil er damit rechnete, von einem Polizisten beobachtet zu werden. Was jedoch nicht zutraf. Es musste etwas anderes sein, aber er drängte es in den Hintergrund, machte weiter und bemühte sich, ungezwungen zu wirken – oder zumindest nicht bedrohlich. Bei seiner Größe kein leichtes Unterfangen. »War er vor dem Unfall allein hier?«

»Nein, er war mit Corbin zusammen. Ich glaube, er hat ihr Nachhilfe gegeben«, sagte Nora.

»Corbin ist ein Mädchen?«

»Ja.«

»Studiert Corbin an der Vanderbilt?«, fragte er und prägte sich den neuen Namen ein – und die potenzielle neue Spur.

»Nein«, entgegnete Nora mit einem verhaltenen Lächeln und schüttelte den Kopf. »Sie ist … Ich weiß nicht genau, vielleicht 14 oder 15. Ich glaube, ihr Vater unterrichtet an der technischen Fakultät. Bin mir nicht hundertprozentig sicher. Früher war sie ständig hier, hat gelernt oder Nachhilfe bekommen. In letzter Zeit nicht mehr.«

»Venti-Eistee für ... den Großen«, sagte der Barista und stellte Jeds Getränk mit einem dumpfen Laut auf dem Tresen ab.

»Danke«, sagte er und warf einen Blick auf das Namensschild des jungen Burschen. In kantiger Fettschrift stand darauf *CHAD*. Er wandte sich wieder an Nora. »Kennen Sie zufällig Corbins Nachnamen? Oder wissen Sie, welche Schule sie besucht?«

»Tut mir leid, nein.« Die Anspannung in Noras Stimme ließ erahnen, dass sich ihre Geduld dem Ende zuneigte.

»Professor Worth«, sagte Chad. »Das ist ihr Vater. Bin mir ziemlich sicher. Ich war bei ihm in Thermodynamik.«

»Danke«, sagte Jed. »Chad, haben Sie an dem Tag auch gearbeitet?«

»Ja«, antwortete Chad und blickte auf seine Hände hinab. »Ziemlich übel, was passiert ist.«

»Ja, ich weiß.« Jed fühlte eine dünne, aber vorhandene Verbindung mit dem Barista. Er spürte sein Unbehagen, seine Beklommenheit.

»Könnt ihr mir noch irgendetwas über den Tag erzählen? Irgendwas über Corbin oder Pater Maclin, das helfen könnte, Licht auf die Ereignisse zu werfen? Egal was. Dabei gibt's keine falschen Antworten«, sagte er und nahm eine merkwürdige Anziehungskraft um sich herum wahr – als könnten Gegenstände aus den Regalen auf ihn zurasen, weil er plötzlich den Sog eines schwarzen Lochs aufwies.

»Sir, es tut mir leid, aber hinter Ihnen warten Leute, die bestellen wollen«, ergriff Nora das Wort. In ihre Wangen kehrte mehr Farbe als zuvor zurück.

»Oh, sicher – tut mir leid«, entschuldigte er sich und drehte sich zu einem Studentenpaar um, das sich gerade hinter ihm angestellt hatte. Der junge Mann nickte, die junge Frau schenkte ihm ein höfliches, wenn auch freudloses Lächeln. Er trat an der Theke beiseite, zog sich aber noch nicht vollständig zurück. »Nora, fällt Ihnen noch irgendwas ein, das hilfreich sein könnte? Zum Beispiel warum Pater Maclin gegangen ist? Oder was Corbin danach gemacht hat? Ist sie mit ihm gegangen?«

»Weiß ich nicht. Zu der Zeit war ziemlich viel los. Tut mir echt leid, aber ich habe der Polizei schon alles gesagt, was ich weiß.« Damit widmete sie sich ihren neuen Kunden. »Willkommen im *Barnes & Noble Café*. Was darf's sein?«

Jed verdrängte seine Irritation, griff sich seinen Eistee von der Theke und richtete die Aufmerksamkeit auf Chad, weil er spürte, dass der junge Mann noch etwas zu sagen hatte.

»Keine Ahnung, ob's stimmt, aber ich hab gehört, da draußen ist ein Mädchen entführt worden«, sagte der Barista und zeigte zu der Stelle, an der man Sarah Beth mitgenommen hatte.

»Soweit ich weiß, ja«, sagte Jed. »Glauben Sie, die beiden Ereignisse hängen zusammen?«

»Angeblich wollte der Nachhilfelehrer dorthin rennen, als er an die Wand gefahren wurde.« Wie Benedict Cumberbatch als Sherlock Holmes fügte er hinzu: »Zufall? Ich denke, nicht.«

»Nora hat gesagt, Corbin hatte an dem Tag Nachhilfe. Ist Ihnen noch jemand aufgefallen, der so ausgesehen hat, als würde er auf jemanden warten? Vielleicht ein älterer Mann oder eine ältere Frau mit jemandem im Middle-School-Alter?«

Darüber lachte Chad. »Ja, so ungefähr die Hälfte der Leute hier. Jeder wartet auf jemanden. Letzten Samstag waren so um die 40 Leute hier, als es passiert ist. War rappelvoll.«

Jed nickte. »Was ist mit Nachhilfepaarungen? Ist das ungewöhnlich?«

»Soll das ein Scherz sein? Wir sind der Universitätsbuchladen – mit Tischen, kostenlosem WLAN und Kaffee von Starbucks. Wir haben hier jede Stunde am Tag Lerngruppen und Nachhilfe.«

»Verstehe. Danke für die Hilfe, Chad«, sagte Jed, der sich damit abfand, dass er die Möglichkeiten ausgereizt hatte, zumindest vorläufig.

»Gern«, erwiderte der Barista und machte sich wieder daran, Getränke zuzubereiten.

Jed nahm einen ausgiebigen Schluck von seinem Eistee. Bis dahin war ihm nicht bewusst gewesen, wie durstig er gewesen war und wie dringend er Koffein gebraucht hatte. Auf dem Weg zur Zubereitungsstation mit Süßstoffpäckchen, Strohhalmen und Rührstäbchen ließ er prüfend den Blick durch das Café und den Buchladen wandern. Der Polizist, dem er auf dem Parkplatz in die Augen geschaut hatte, war ihm nicht gefolgt. Dennoch wurde er das Gefühl nicht los, beobachtet zu werden. Ähnlich hatte er früher immer empfunden, wenn er mit seinem Team ein Dorf in Afghanistan betreten hatte oder im Irak durch die Straßen einer Stadt gegangen war.

Augen in den Schatten …

Jed griff sich eine Handvoll Servietten und ging damit zu einem Zweiertisch, an dem er sich mit dem Rücken zur Wand niederlassen und das gesamte Café sowie den Eingang überblicken konnte. Während er an seinem Tee nippte, wandte er sich demonstrativ seinem Handy zu, wie die anderen Gäste, die gebannt auf die Displays starrten. Allerdings schaute er dazwischen immer wieder kurz auf und sah sich um, als würde er einen Raum sichern – Erfassen der Anwesenden, Einordnen als Freund oder Feind, Entscheidung über sein Handeln.

Er drehte den Kopf links zur hintersten Ecke des Sitzbereichs, wo ein Mann rasch den Blick senkte, als Jed hinschaute. Der Mann saß bei einer Frau, allerdings galt die Aufmerksamkeit beider ihren Telefonen. Sie redeten nicht miteinander. Der Mann trug Jeans und ein kariertes Hemd mit hochgekrempelten Ärmeln. Die Unterarme wiesen in Jeds Branche verbreitete Tätowierungen auf. Er saß kerzengerade, den Körper angespannt wie eine Feder, obwohl er versuchte, unbekümmert zu wirken. Jed bemerkte jedoch das linke, leicht zurückgezogene Bein, der Fuß flach auf dem Boden, das Gewicht auf die linke Seite des Holzstuhls verlagert. Durch die Haltung könnte der Mann blitzartig aufspringen und kämpfen. Jed schaute weg und lächelte, als ihm klar wurde, dass er instinktiv dieselbe Haltung eingenommen hatte.

Elitesoldaten erkennen sich eben untereinander.

Sein Blick wanderte weiter zur Rolltreppe, die das Erdgeschoss mit dem Lehrbuchbereich oben verband. Ein Mann fuhr gerade mit dem Handy am Ohr herunter. Jed bemerkte, dass er unscheinbar einen Blick zu dem Tisch mit dem sitzenden Paar warf, das Jed gerade beobachtet hatte. Wie der Mann am Tisch hatte auch der auf der Rolltreppe die Statur, die Haltung und das Auftreten eines Spezialisten für Sondereinsätze. *Die Typen sind beide keine Studenten der Vanderbilt,* dachte Jed. *So viel steht fest.* Statt den Blick abzuwenden, nahm sich Jed kurz Zeit, sich die Züge des Kerls auf der Rolltreppe ins Gedächtnis zu prägen – grüne Augen, sommersprossige Haut, zottiges hellbraunes Haar, ein dünner Bart, der gestutzt werden sollte. Die entschlossene Miene schlug in ein aufrichtiges Lächeln um, als er von der Rolltreppe trat.

»Ja, Schatz, ich gehe gerade los«, sagte der Mann und nickte Jed kumpelhaft zu, als er auf den Ausgang zusteuerte. »Soll ich unterwegs noch irgendwas vom Supermarkt mitbringen?«

Dann verschwand er ohne einen Blick zurück.

Jed verlagerte die Aufmerksamkeit wieder auf das in die Smartphones vertiefte Paar am Tisch. Er beobachtete, wie die Frau dem Mann etwas auf ihrem Display zeigte. Beide schmunzelten.

Okay, das reicht. Ich bin total paranoid und am Überschnappen. Das sind keine Agenten. Sie überwachen mich nicht. Genug jetzt.

Mit einem schweren Seufzen nippte er an seinem Tee und ging von der Beobachtung des Cafés zur Rekonstruktion der Ereignisse am vergangenen Samstag über. Vor seinem geistigen Auge malte er sich aus, wie Pater Maclin mit dem Mädchen, das Jed mittlerweile als Corbin kannte, an einem der Tische in der Mitte des rechteckigen Sitzbereichs saß. Er stellte sich die beiden fröhlich vor, während sie sich mit einer Vertrautheit unterhielten, die erahnen ließ, dass sie sich schon länger kannten, sich nicht zum ersten Mal trafen und das Mädchen den Nachhilfelehrer mochte, vielleicht sogar bewunderte. Abrupt verstummen sie. Irgendetwas ist passiert. Etwas hat sich verändert – aber was? Der Priester steht auf, vermutlich hastig, aber er sagt noch etwas zu Corbin. Anweisungen? Etwas Nachdrücklicheres – ein Befehl.

Versteck dich in der Toilette. Schließ die Tür ab. Komm erst raus, wenn es sicher ist.

Mühsam löste sich Jed von dem in seinem Kopf ablaufenden Film. An diesem Tag würde er hier nicht mehr in Erfahrung bringen, also stand er auf und ging auf die Tür zu. Auf dem Weg nach draußen warf er einen Blick zu dem Mann mit den tätowierten Unterarmen, der immer noch mit der Frau plauderte. *Sieht eher wie ein Fitnessfanatiker als wie ein Elitesoldat aus,* entschied er und schlenderte zwanglos aus dem Café.

8

Beim Betreten des Parkplatzes fiel Jed als Erstes auf, dass der graue Suburban mit den getönten Scheiben verschwunden war. Dasselbe galt für den Streifenwagen der Stadtpolizei von Nashville mit dem Beamten, der ihn beobachtet hatte, davon war er überzeugt. Dann schüttelte er den Kopf und schalt sich in Gedanken, weil er wieder seine Paranoia durchbrechen ließ.

Das ist Davids Schuld – weil er den unheimlichen Fantasiekram aus unserer Kindheit ausgegraben hat. Seinetwegen führe ich mich auf wie ein Spinner. Es war damals nicht echt, und das ist es auch heute nicht. Diese Gefühle rühren daher, dass ich ein kampferprobter Navy SEAL bin, der seine Bestimmung verloren und sich auf ein emotionales Minenfeld gewagt hat. Daran ist nichts mystisch. So was wie ein Zweites Gesicht gibt es nicht. Ich muss zurück in die Realität, wenn ich die Chance haben will, Rachel und ihrer Tochter eine Hilfe zu sein.

Mit einem gedehnten Seufzer dachte er über seinen nächsten Schritt nach. Er schaute nach rechts zurück zur 25th Avenue, die sich auf den Campus der Vanderbilt University erstreckte. Es wäre nicht schwierig, die technische Fakultät und Professor Worth zu finden. Wenn tatsächlich dessen Tochter letzten Samstag bei Maclin gewesen war, könnte er so vielleicht mehr über den geheimnisvollen toten Priester erfahren. Wenn er es richtig anginge, könnte er den Professor vielleicht dazu überreden, ihn Corbin befragen zu lassen.

Jed ging zum Mietwagen, entriegelte ihn mit dem Funkschlüssel und stieg auf der Fahrerseite ein. Er sah auf die Armbanduhr – fünf Minuten nach fünf. Ziemlich unwahrscheinlich, dass Professor Worth noch auf dem Campus sein würde, aber der Aufwand, sich zu vergewissern, beschränkte sich auf höchstens zehn Minuten. Danach würde er ins Hotel zurückkehren und den Fitnessraum dort aufsuchen. Sport half Jed immer, den Kopf frei zu bekommen und konzentriert zu werden, vor allem wenn er sich so angespannt und nervös fühlte wie im Augenblick. Nach einem ordentlichen Training würde er sich bei David melden. Sie mussten ein weiteres Gespräch vereinbaren. Das letzte war emotional, unzusammenhängend und nicht so produktiv gewesen, wie es die Lage und der Einsatz erforderten. Hoffentlich war David seiner Aufforderung nachgekommen, ihn bei der leitenden Ermittlerin in dem Fall als beteiligten Angehörigen vorzustellen. Jed sah darin die einzige Möglichkeit, dass die zuständigen Beamten mit ihm reden würden.

Er ließ den Motor an, blickte in die Spiegel und setzte aus der Parklücke zurück. Dann bog er rechts in die 25th Avenue und fuhr auf den Vanderbilt-Campus. Nach einem halben Häuserblock entdeckte er bei einem Blick in den Rückspiegel einen ihn verfolgenden Streifenwagen – keinen der Campus-Polizei, sondern einen mit der unverkennbaren weiß-blauen Aufschrift der Polizei von Nashville. Jeds Brustkorb zog sich irritiert zusammen, als er den Fahrer bemerkte – den Beamten, dem er vor dem Betreten des Cafés in die Augen gesehen hatte.

»Natürlich«, murmelte er.

Er blinkte und wechselte von der rechten auf die linke Spur, um zu überprüfen, ob er richtig vermutete. Im

Rückspiegel beobachtete er, wie es ihm der Streifenwagen gleichtat.

Soll ich zurück zum Hotel oder im Kreis fahren, bis mich der Typ anhält?

Der ihn verfolgende Beamte nahm ihm die Entscheidung ab, indem er das Blaulicht einschaltete und kurz die Sirene aufheulen ließ.

Mit einem leisen Fluch blinkte Jed, lenkte vorsichtig zurück nach rechts und rollte auf den Parkplatz der Wohnungen an der Kreuzung Vanderbilt Place. Der Polizist hielt mit Blaulicht hinter ihm an. Jed schaltete in die Parkstellung. Er holte die ausgedruckte Kopie des Mietvertrags aus der Mittelkonsole und seinen Führerschein und Militärausweis aus der Brieftasche. Nach längerer Wartezeit stieg der uniformierte Beamte aus und näherte sich Jed auf der Fahrerseite.

Jed ließ das Fenster runter. »Guten Tag, Officer.«

»Führerschein und Fahrzeugpapiere«, erwiderte der Polizist in humorlosem, arrogantem Ton.

Jed warf einen Blick auf das Namensschild des Beamten, auf dem *Alexander* stand. Die eingestickten Rangabzeichen an den Ärmeln der Uniform wiesen ihn als Corporal aus. Schließlich schaute er auf und begegnete dem Blick des Polizisten. Jed hatte noch nie im Leben jemanden mit so hellblauen, beinahe weißen Augen getroffen.

»Es ist ein Mietwagen«, sagte er und reichte dem Mann seinen Führerschein, seinen Militärausweis und den Umschlag mit dem gefalteten Mietwagenvertrag.

Wenn er angehalten wurde – was nur noch selten vorkam –, packte er immer den Militärausweis aus, weil er auf ein wenig Solidarität unter Staatsdienern hoffte. In der Umgebung von Norfolk brachte er nicht viel, aber so gut wie überall sonst konnte er den Unterschied zwischen einem Strafzettel und einer mündlichen Verwarnung bewirken. Obwohl es in diesem Fall keine Rolle spielen sollte, weil er nicht das Geringste falsch gemacht hatte.

Corporal Alexander bedachte die Fahrzeugpapiere und Jeds Führerschein mit flüchtigen Blicken, bevor er den Militärausweis unangenehm lange begutachtete und alles zurückgab.

»Ist die auf dem Führerschein angegebene Adresse aktuell?«

»Ja«, antwortete Jed.

»Was machen Sie bei der Navy?«

»Hab bei Naval Special Warfare gearbeitet.«

»Sie haben? Vergangenheit? Laut Ihrem Ausweis sind Sie im aktiven Dienst«, hakte Alexander nach.

»War ich auch – bin ich. Genau genommen habe ich noch 45 Tage Urlaub, bis mein Dienst offiziell endet. Gestern war mein letzter Tag«, erklärte Jed.

»Einen Tag im Ruhestand, und schon Polizist«, merkte Alexander mit streitlustigem Unterton an. »Muss schön sein.«

»Wie bitte?«, fragte Jed, der glaubte, den Mann falsch verstanden zu haben.

»Sie glauben also, weil Sie Navy SEAL waren, können Sie mir nichts, dir nichts hier auftauchen, an einem Tatort herumschnüffeln und Zeugen befragen, die Sie nichts angehen, ja?«

»Moment«, sagte Jed und hob beschwichtigend die Hand. »Es gibt keinen Grund, aufgebracht zu sein. Und mir gefällt nicht …«

»Steigen Sie aus dem Fahrzeug, Mr. Johnson«, fiel Alexander ihm ins Wort, trat gleichzeitig einen Schritt zurück und legte die rechte Hand auf den Griff seiner Pistole.

»Ganz ruhig«, sagte Jed. »Tut mir leid, wenn wir auf dem falschen Fuß angefangen haben …«

»Steigen Sie aus dem Fahrzeug, Jedidiah«, schnitt ihm der Beamte das Wort ab. »Sofort!«

In Jeds Brust flammte Wut auf. Irgendetwas an diesem Kerl beleidigte ihn auf etlichen Ebenen. Mühsam beherrschte er sich und gehorchte dem Befehl. Mit langsamen, bedächtigen Bewegungen entriegelte er die Fahrertür, öffnete sie und kletterte aus dem Auto. Stehend überragte er den Uniformierten um satte 15 Zentimeter. Alexander bedachte ihn mit einem finsteren Blick, und Jed beobachtete, wie sich die Finger des Polizisten um den Griff seiner Waffe legten.

»Tür zu. Dann zur Front des Fahrzeugs. Beide Hände auf die Motorhaube und die Beine schulterbreit spreizen«, verlangte Alexander in nüchternem Ton.

»Wollen Sie mich verhaften?«, fragte Jed, der sich keine Mühe gab, seine Ungläubigkeit zu verbergen.

»Ja.«

»Warum?«

»Behinderung laufender strafrechtlicher Ermittlungen«, antwortete Corporal Alexander, diesmal mit knurrendem Unterton. »Jetzt legen Sie die Hände auf die Motorhaube und spreizen Sie die Beine.«

Mit einem schweren Schlucken fügte sich Jed. »Ich habe am Hosenbund eine zugelassene, verdeckte Waffe«, sagte er, weil ihn die Befürchtung beschlich, der wütende Cop könnte nach einem Vorwand suchen, die Begegnung zu etwas potenziell Katastrophalem ausarten zu lassen. »Die Genehmigung ist in meiner Brieftasche«, fügte er hinzu.

»Natürlich.« Der Beamte fasste grob unter Jeds Jacke und zog die Sig Sauer heraus. Dabei schrammte er damit unsanft – und offenbar absichtlich – über Jeds Seite. Dann tastete Alexander ihn wenig zimperlich an den Rippen, vorn und an beiden Beinen ab. »Was für Überraschungen haben Sie noch für mich auf Lager?«

»Keine«, zischte Jed zwischen zusammengebissenen Zähnen hindurch und setzte alle Selbstbeherrschung ein, um den Bullen nicht mit der eigenen Dienstwaffe bewusstlos zu schlagen.

»Taschen leeren und Pfoten mit den Handflächen nach unten auf die Motorhaube«, wiederholte der Mann. »Dann werden wir ja sehen.«

Mit verkrampfter Kieferpartie starrte Jed den Cop einen Herzschlag lang an, bevor er der Aufforderung nachkam. Er legte seine Brieftasche, seine Schlüssel, sein Taschenmesser und sein Handy auf die Motorhaube, bevor er die Handflächen daneben aufstützte. »Das ist unerhört«, beschwerte er sich, als Alexander näher trat, um ihn erneut zu filzen – diesmal vermutlich gründlicher.

Jeds Mobiltelefon vibrierte laut auf dem Blech der Motorhaube. Er schaute hin und sah *David Yarnell* auf dem Display aufblitzen.

»Da muss ich unbedingt rangehen«, sagte er.

»Fassen Sie das Telefon nicht an«, warnte ihn der Polizist, während er seine Seiten abtastete.

Das Telefon klingelte noch dreimal, bevor der Anruf auf der Mailbox landete.

»Kommen Sie mir ruhig blöd, Sie harter Kerl«, raunte Alexander, während er brutal Jeds Beine abtastete, »dann treten Sie den nächsten Teil der Reise vielleicht im

Krankenwagen an.« Zum Abschluss der »Durchsuchung« rammte er Jed die Handkante aufwärts in den Schritt.

Jed krümmte sich vornüber, als ein Übelkeit erregendes Brennen durch seinen Unterleib schoss. »Wofür zum Teufel war das jetzt?«, presste er hustend hervor.

Alexander erwiderte nichts. Stattdessen packte er Jeds rechtes Handgelenk und drehte es ihm abrupt auf den Rücken.

»Ach, kommen Sie schon.« Jed knurrte. »Das halte ich echt nicht für nötig.«

»Kann ich mir vorstellen.« Der Cop lachte, bevor er den Vorgang mit Jeds linkem Arm wiederholte. Zum Abschluss legte er Jed Handfesseln an und zog sie so fest zu, dass sie ihm die Blutzufuhr in die Finger abschnürten. Als Nächstes nannte er Jed seine Rechte. Dabei hörte er sich an wie eine mit doppelter Geschwindigkeit abgespielte Aufnahme.

»Ich habe schon Terroristen besser behandelt als Sie mich«, beschwerte sich Jed, als Alexander ihn zur Rückbank seines Streifenwagens führte und die Fesseln dabei so hochzog, dass Jeds Schultern vor Schmerzen brannten.

Der Cop versuchte, Jeds gesenkten Kopf gegen den Türrahmen zu rammen. Jed sah es jedoch voraus und duckte sich den Bruchteil einer Sekunde vor dem Zusammenstoß. Der Mann machte keine Anstalten, ihm zu helfen, sich auf dem Rücksitz aufzurichten. Er knallte nur die Tür zu, stieg vorn ein und fuhr los. Jed kämpfte darum, sich aufzusetzen. Seine linke Hüfte brüllte vor Schmerzen, seine Hände pochten von den in die Haut schneidenden Handschellen. Er beobachtete den wütenden Cop im Innenspiegel, aber Alexander trug eine dunkle Sonnenbrille, sodass man aus seinem Blick nichts ablesen konnte.

Als sie die West End Avenue erreichten, bog der Mann nach rechts ab. Seine Wangen ließen ein Lächeln erahnen, als er die Kurve so schnell nahm, dass Jed zur Seite kippte. Als er sich mühsam wieder aufgerichtet hatte, schaute er durch das hintere Seitenfenster und sah einen grauen Chevy Suburban, der vom Parkplatz vor dem Vanderbilt-Buchladen auf die West End Avenue fuhr.

Der graue Suburban war eindeutig nicht dort gewesen, als er aufgebrochen war. Jed hatte eigens darauf geachtet.

Aber wahrscheinlich gibt's in Nashville haufenweise graue Suburbans, sagte er sich. *Dürften wohl gleich nach Pick-ups in der Beliebtheitsskala stehen.*

Trotzdem behielt er das Auto über die rechte Schulter durch das Heckfenster im Blick und stellte fest, dass es sich in eine Verfolgerposition reihte – zwei Autos hinter ihnen mit gleicher Geschwindigkeit. Er gelangte zu dem Schluss, dass es sich wohl um einen Ermittler in Zivil handelte, der mit Alexander zusammenarbeitete.

Die Fahrt zum Revier dauerte nicht lange. Sie fuhren zur Rückseite eines niedrigen weißen Gebäudes aus Beton und Backsteinen. Über dem verglasten Eingang stand *Polizeirevier Midtown Hills.* Auf dem Parkplatz schaltete Alexander den Motor ab, öffnete die Hintertür und zog Jed grob an den Handgelenken vom Sitz.

Aus dem Revier kam eine Gruppe von drei uniformierten Beamten, für die Alexander eine Show ablieferte.

»Sir, wenn Sie bitte aufhören, sich zu wehren, wird es für Sie wesentlich angenehmer. Kooperieren Sie, dann klären wir die Sache. Mit Gegenwehr verschlimmern Sie Ihre Lage nur.«

Am Kopf der Treppe stolperte Alexander, tat so, als hätte sich Jed gewehrt, und zog kräftig an den Handschellen.

»Bitte, Sir. Ich warne Sie zum letzten Mal«, stieß der Cop knurrend hervor, bevor er Jed unsanft durch die Tür stieß, die ein anderer Beamter offen hielt.

»Hast anscheinend ’nen Lebhaften erwischt, Nate«, meinte der andere Polizist schmunzelnd.

»Ja, aber ich hab ihn im Griff«, gab Alexander lachend zurück. »Die Großen sind immer Weicheier.«

Im Revier führte er Jed ohne jegliche Registrierung schnurstracks in einen Verhörraum und knallte die Tür zu. Jed ließ sich stöhnend auf einen der beiden Stühle darin plumpsen. Seine lädierte Hüfte loderte mittlerweile vor Schmerzen. Zum Glück ließ Alexander ihn allein, vermutlich um ihm Zeit zum Nachdenken zu geben. Jed schloss die Augen und absolvierte mehrere Runden seiner Viertaktatmung, um sich zu beruhigen und zu erden. Er lehnte sich mit der Brust an den offenbar mit dem Boden verschraubten Tisch, denn er bot genug Widerstand, um sein volles Gewicht zu stützen. So versuchte Jed, die Schmerzen in den Schultern zu lindern. Seine Hände pochten. In allen zehn Fingern spürte er Nadelstiche. Er beobachtete die Uhr über der Tür. Mit jedem abgeschlossenen Kreis des Sekundenzeigers wurden seine Hände gefühlloser. Als er anfing, einen dauerhaften Schaden durch mangelnde Durchblutung zu befürchten, ging er in die Offensive.

»Ich weiß, dass mich jemand hört«, sagte er und starrte mit finsterer Miene zur Überwachungskamera links oben im Raum. »Wenn nicht innerhalb der nächsten 60 Sekunden jemand herkommt und diese Handschellen lockert, lasse ich den CSO von Gruppe 2 der Navy SEALs beim Vorsitzenden der Joint Chiefs anrufen und ihm schildern, was hier passiert ist. Danach wird General McMillin den

Präsidenten ersuchen, den Gouverneur von Tennessee anzurufen, der seinerseits den Leiter dieses Reviers aus triftigen Gründen entlassen wird.«

30 Sekunden später öffnete sich die Tür zum Verhörraum. Eine attraktive Frau mittleren Alters mit hochgestecktem, pechschwarzem Haar trat mit Corporal Alexander im Schlepptau ein. Sie nickte Jed zu, bevor sie den Blick auf seine Hände senkte. Prompt verzog sie das Gesicht und wandte sich an den Uniformierten, der Jed hergebracht hatte.

»Herrgott noch mal, Alexander«, sagte sie mit Abscheu in der Stimme. »Nehmen Sie ihm die Cobra-Handschellen ab.«

Jed beobachtete, wie sich Alexanders Mundwinkel bei dem Befehl zu einem gehässigen Grinsen verzogen.

»Ja, Ma'am Detective«, erwiderte er und entfernte Jeds Fesseln aus Nylon.

Unwillkürlich stöhnte Jed auf, als die Spannung in seinen Schultern und der Druck auf seine Handgelenke nachließen. Zur Überprüfung hielt er beide Hände vor sich und beobachtete, wie die violette Verfärbung langsam schwand, als das Blut wieder normal zirkulierte. Ein Kribbeln in den Händen ging damit einher. Mit vernichtendem Blick schaute er zu dem uniformierten Polizisten auf.

»Das war völlig daneben.« Jeds Augen feuerten Dolche auf Alexander ab, die Worte jedoch richtete er an die Ermittlerin.

»Ich entschuldige mich dafür«, sagte sie. »Allerdings hat mir Corporal Alexander berichtet, Sie seien aggressiv gewesen und hätten sich der Verhaftung widersetzt.«

»Ach ja?« Jed massierte aggressiv das Kribbeln aus

seinen Händen. »Dann schlage ich vor, Sie sehen sich die Aufzeichnung der Verhaftung von der Dashcam in seinem Streifenwagen an. Sie können auch die zwei Dutzend Studenten fragen, die alle mit ihren Handys mitgefilmt haben. Bestimmt ergibt eine kurze Suche in den sozialen Medien etliche Videos. Und nur damit Sie Bescheid wissen – ich werde meinen Anwalt beauftragen, das Filmmaterial zu beschaffen. Für die Klage, die ich gegen Corporal Alexander und dieses Revier einzureichen gedenke.«

»Danke, Nate«, sagte die Frau und sah Alexander an. »Ab hier übernehme ich.«

»Soll ich nicht lieber ...?«, begann der Cop.

»Ich habe gesagt, ich übernehme«, schnitt sie ihm mit scharfem Unterton das Wort ab.

Anscheinend unbeeindruckt von dem Wortwechsel oder Jeds angedrohten rechtlichen Schritten warf Alexander einen letzten Blick auf Jed, bevor er den Verhörraum verließ.

»Ich bin Detective Perez«, stellte sich die Frau vor und setzte sich Jed gegenüber an den Tisch.

»Jedidiah Johnson«, erwiderte er und entspannte sich nach Alexanders Abgang ein wenig. »Oder einfach Jed.«

»Nate hat mir erzählt, dass Sie Navy SEAL sind.« Sie schlug die Beine übereinander und drehte sich leicht auf ihrem Sitz.

»Ehemaliger SEAL«, stellte Jed klar. Kaum hatte er die Worte ausgesprochen, widerstrebten sie ihm zutiefst. »Gerade in den Ruhestand gegangen.«

Sie nickte. »Mein Bruder ist Marine. Er ist bei der MARSOC-Gruppe. Ich glaube, so heißt seine Einheit.«

»Ja, das sind gute Jungs. Hab oft mit den Raiders zusammengearbeitet.«

»Also, Jed … Was hat Sie nach Nashville verschlagen?«, beendete sie den Small Talk. »Warum schnüffeln Sie am Tatort laufender Ermittlungen herum und befragen Zeugen?«

Jed stieß die Luft zwischen den Zähnen hindurch aus.

Bringt nichts, mir noch mehr Schwierigkeiten einzuhandeln, als ich schon habe, entschied er.

»David und Rachel Yarnell sind langjährige Freunde von mir. Die beiden hätten Bescheid geben sollen, dass ich hier bin und sie mich gebeten haben, für den Rest der Ermittlungen so was wie ein Bindeglied zu den Behörden für sie zu sein.«

»Das haben sie«, erwiderte Perez unbeirrt. »Und ich habe mich darauf gefreut, Sie kennenzulernen, Jed. Nur als Mr. Yarnell gesagt hat, Sie würden sich heute bei mir melden, hätte ich nicht gedacht, Sie würden verhaftet und gefesselt in einem Verhörraum vorstellig werden.«

»Ich auch nicht«, gab Jed mit einem selbstironischen Lachen zurück.

»Die Yarnells haben auch nichts davon erwähnt, dass Sie als Privatdetektiv ohne Lizenz meine Ermittlungen behindern würden«, fügte Perez hinzu, stützte sich auf beide Ellbogen und sah ihm in die Augen.

»Also, ich würde nicht sagen, dass ich …«

»Mein Bruder redet nicht viel darüber, was er tut«, fiel sie ihm ins Wort. »Aber ich höre zwischen den Zeilen genug heraus, um zu wissen, dass ich in seiner und Ihrer Welt nichts zu suchen habe. Würde ich Sie zu einem Einsatz der SEALs begleiten, wäre ich nur im Weg – meinetwegen könnte vielleicht sogar jemand umkommen. Ihre Einmischung hier ist dasselbe und genauso gefährlich, das kann ich Ihnen versichern. Ist das nachvollziehbar? Drücke ich mich so aus, dass Sie mich verstehen?«

»Ja, Ma'am. Sie drücken sich kristallklar aus«, bestätigte Jed und rang sich sogar ein verhaltenes Lächeln ab. »Und ich kann Ihnen versichern, das war nie meine Absicht.«

Perez nickte, schürzte aber die Lippen. »Ich beherrsche meinen Job, Jedidiah. Und mir liegt etwas an den Yarnells und ihrem verschwundenen Mädchen. Ich arbeite rund um die Uhr daran, Sarah Beth wohlbehalten nach Hause zu holen. Mir ist nicht klar, warum Sie etwas anderes angenommen haben.«

»Hab ich nicht.«

»Warum sind Sie dann mit Ihren Fragen nicht zuerst zu mir gekommen? Ich meine, wenn Sie wirklich nur die Yarnells als Bindeglied unterstützen und für die beiden ein Ruhepol in dieser schweren Zeit sein wollen, warum kreuzen Sie dann in Nashville auf und stiften Unruhe?«

»Sie haben recht«, räumte Jed ein. »Ich hätte mich zuerst an Sie wenden sollen. Entschuldigung.«

»Also verstehen wir uns jetzt«, meinte Perez. Ihr Lächeln wurde breiter. »Verraten Sie mir, was Sie wirklich vorhaben, Jed?«

Er lächelte zurück. Jed sah keinen Sinn darin, etwas zu verheimlichen. Die Frage konnte ein Test sein. Offensichtlich wusste die Frau, was er vorhatte, sonst säße er nicht mit abgenommenen Handschellen vor ihr. Also lieferte er der Ermittlerin einen kurzen Abriss der Ereignisse der letzten 24 Stunden. Er begann mit Davids Anruf, der ihn in Virginia Beach erreicht hatte, und endete mit seinem Besuch der Buchhandlung. Seine persönliche Geschichte beschränkte er dabei auf das Nötigste. Auch seine paranoiden Gedanken über den grauen Suburban ließ er weg.

Und sein Gefühl, dass die Wohnung in Murfreesboro wie ein sicherer Unterschlupf wirkte. Perez lauschte ihm aufmerksam und unterbrach ihn nicht. Ihr Blick verriet kein Urteil über ihn. Als er fertig war, begann sie zu bohren.

»Was hat Sie dazu gebracht, Maclins Apartment aufzusuchen?«, fragte sie. Ihre Stimme ließ nicht erkennen, wie sehr es sie wirklich interessierte.

»Scheint mir ein erstaunlicher Zufall zu sein, dass die Tochter eines Theologiestudenten im selben Moment entführt worden ist, in dem ein Priester ermordet wurde. Finden Sie nicht auch?«, erwiderte er und beschloss, für sich zu behalten, was er von Nora und Chad über Maclins Tätigkeit als Nachhilfelehrer erfahren hatte.

Perez lachte laut auf. »Würde ich wohl, wenn es irgendeinen Hinweis darauf gäbe, dass Maclin ermordet worden ist. So tragisch es war, was an der Buchhandlung passiert ist, ich kann Ihnen versichern, es war ein Unfall. Wir haben Fahrer und Fahrzeug eingehend unter die Lupe genommen und sind zu dem Schluss gekommen, dass unkontrollierte Beschleunigung dafür verantwortlich war. Der arme Junge ist ein emotionales Wrack. Den werden für den Rest seines Lebens Albträume davon plagen.«

»Unkontrollierte Beschleunigung?«, wiederholte Jed ungläubig. »Sie meinen ein klemmendes Gaspedal? So was passiert bei modernen Fahrzeugen schlichtweg nicht.«

Sie beugte sich wieder vor. »Vielleicht lesen Sie zu viele Krimis, Jedidiah. Oder Sie sehen zu viel fern. Die Fußmatte ist verrutscht und hat sich am Gaspedal verkeilt. Passiert selten, kommt aber vor. Abgesehen davon, wer sind Sie, dass Sie sich anmaßen, die Erkenntnisse unseres Reviers anzuzweifeln?«

»Entschuldigung«, sagte er und behielt den Rest seiner Gedanken für sich.

»Die Fragen stelle ich hier«, stellte sie etwas hitzig klar.

»Sie haben … Tut mir leid.«

Perez rückte ihr Jackett zurecht. »Haben Sie in Maclins Wohnung irgendwas Auffälliges gefunden?«

»Nein. Gar nichts.«

»Wir auch nicht«, erwiderte sie. »Sonst wären wir vielleicht zu demselben verrückten Schluss gekommen wie Sie.«

»Die Wohnung schien mir etwas … ungewöhnlich zu sein«, versuchte er, sie zu führen, ohne sich erneut so plump anzustellen.

Perez legte den Kopf schief. »Inwiefern?«

»Ich weiß nicht recht. Sie ist mir wohl ziemlich spartanisch vorgekommen. Meiner Meinung nach nicht besonders wohnlich.«

»Vielleicht ist das bei Priestern generell so«, meinte Perez.

»Vielleicht«, räumte Jed ein und bemühte sich, überzeugend zu klingen. Anscheinend gelang es ihm.

»Fällt Ihnen noch irgendetwas ein, das ich als leitende Ermittlerin in dem Fall wissen sollte?«

»Nein, Ma'am«, erwiderte er, bevor er beschloss, noch eine weitere Frage zu stellen. »Aber ich bin neugierig wegen der Leute, mit denen sich die Yarnells vergangenen Samstag treffen wollten – dieser Absolvent der Uni und die Schülerin. Haben Sie herausgefunden, ob sie im Buchladen waren, als es passiert ist? Haben sie vielleicht irgendwas Auffallendes bezeugt?«

Perez bedachte ihn mit einem eigenartigen Blick. »Davon höre ich zum ersten Mal. Die Yarnells wollten sich in der Buchhandlung mit jemandem treffen?«

»Ja. Soweit ich weiß, haben sie sich für eine Privatschule für Sarah Beth interessiert.«

Perez zückte ihr Notizbuch und zog einen Stift aus dem Buchrücken. »Wie heißt die Schule?«

»Weiß ich nicht mehr.« Plötzlich fragte sich Jed, ob es ein Fehler war, etwas davon zu erwähnen.

»Dem gehe ich nach. Ich kann mich nicht erinnern, irgendwas darüber in den Notizen der Beamten vor Ort gelesen zu haben. Und ich weiß, dass die Yarnells mir gegenüber nichts von einem Treffen gesagt haben. Aber wer kann es ihnen verübeln? Zu dem Zeitpunkt müssen sie vor Kummer und Verwirrung völlig aufgelöst gewesen sein. Es gibt nichts Traumatischeres, als ein Kind zu verlieren.«

Jed nickte. »Detective, ich will nur, dass die Kleine zurück nach Hause zu ihren Eltern kommt.«

»Das wollen wir alle«, erwiderte sie. Ihre Stimme wurde dabei leiser, ihr Blick abwesend. Jed folgerte daraus, dass sie es mittlerweile nicht mehr für wahrscheinlich hielt. »Und ich verspreche, dass wir alles tun, was wir können. Ich nehme meinen Job sehr ernst, Jedidiah.«

»Ich weiß. Das haben Sie schon gesagt«, erwiderte er mit einem verkniffenen Lächeln und bereute die Bemerkung, sobald sie seine Lippen verlassen hatte.

Sie heftete einen starren Blick auf ihn und lächelte ähnlich verhalten, bevor sie eine klare Grenze zog. »Also, es sieht so aus: Im Bundesstaat Tennessee braucht man für die Zusammenarbeit mit Strafverfolgungsbehörden und Tätigkeiten, die Sie betrieben haben, eine Lizenz von der Handels- und Versicherungsbehörde – oder eine gleichwertige aus einem der sieben anderen Bundesstaaten, aus denen Tennessee sie anerkennt. Sind Sie in Virginia zugelassener Privatdetektiv?«

»Nein, Ma'am.«

»Hätte ich auch nicht gedacht.« Sie verschränkte die Arme vor der Brust. »Wissen Sie, Jed, ich verstehe das ja. Die Tochter Ihres besten Jugendfreundes ist verschwunden. Er hat Sie um Hilfe gebeten, weil er von Ihrer militärischen Laufbahn und Ihren Auszeichnungen weiß. Also hat er sich gedacht, wenn ihm jemand seine Tochter zurückbringen kann, dann ein Navy SEAL … richtig?«

»Entführt«, korrigierte Jed.

»Wie bitte?«, hakte Perez nach.

»Sie haben gesagt, Davids Tochter sei verschwunden. Aber sie ist entführt worden. Ich will nicht kleinlich sein, aber das ist schon ein großer Unterschied.«

»Sie haben recht.« Detective Perez setzte ein defensives Lächeln auf. »Aber ist alles andere angekommen, was ich gesagt habe?«

Er atmete aus und versuchte, den nächsten Satz ohne die Emotionen abzuliefern, die in ihm brodelten. »Teilen Sie mir gerade in Ihrer offiziellen Eigenschaft mit, dass ich mich zurückhalten soll?«

Sie nickte. »Ja, Jed. Hiermit teile ich Ihnen in meiner offiziellen Eigenschaft mit, dass eine erneute Einmischung Ihrerseits in die Ermittlungen höchstwahrscheinlich zu einer Anklage wegen einer Straftat und Ihrer Inhaftierung führen würde. Dann wären Sie Ihren Freunden in ihrer Not keine große Hilfe, oder?«

Jed schüttelte den Kopf. »Das heißt dann wohl, dass Sie und Ihre Leute nicht mehr mit mir reden werden.«

»Das hab ich nicht gesagt«, entgegnete sie und sah ihm in die Augen. Ihr Blick wirkte dabei sanft und mitfühlend. »Die Familie Yarnell hat Sie als Bindeglied ausgewählt. Das widerspricht keinem Gesetz. Ich könnte verlangen, dass sie Ihnen eine Vollmacht erteilen. Aber ich wüsste nicht, was es in dieser überaus tragischen, schwierigen Lage bringen sollte, ihnen bürokratische Prügel zwischen die Beine zu werfen. Je besser die Kommunikation und Kooperation zwischen uns und der Familie ist, desto reibungsloser verlaufen die Ermittlungen. Ungeachtet dessen sollte Ihnen das Erlebnis hier verdeutlicht haben, dass wir es nicht tolerieren, wenn Sie sich als Nachwuchsdetektiv versuchen und meinen Job erledigen wollen. Wenn Sie sich eine Lizenz als Privatdetektiv besorgen wollen, nur zu. Dann können wir in vier bis sechs Wochen ein anderes Gespräch führen. Aber bis dahin überlassen Sie die Polizeiarbeit mir, und Sie können als Verbindungsmann der Yarnells auftreten.«

»Ich verstehe«, sagte Jed.

»Sie verstehen und sind einverstanden? Oder Sie verstehen und haben trotzdem vor, Ihren Kopf durchzusetzen?« Sie musterte ihn mit zu Schlitzen verengten Augen, hatte dabei jedoch ein verhaltenes Lächeln auf den Lippen. »Wie gesagt, mein Bruder ist Marine. Und wenn er sagt, dass er versteht, dann heißt das, er hat zwar meine Worte gehört, aber nicht ansatzweise vor, sich daran zu halten.«

Darüber schmunzelte Jed, der entschied, dass er Detective Perez mochte. Sie schien geradlinig zu sein und im Gegensatz zu Corporal Alexander kein persönliches Problem mit ihm zu haben. »Ich verstehe und bin einverstanden«, antwortete er lächelnd. »Solange Sie aufrichtig zu mir sind und versprechen, meine Anrufe entgegenzunehmen.«

»Wir verhandeln hier zwar nicht, aber ja, ich verspreche, Ihre Anrufe entgegenzunehmen.« Sie fasste in die Innentasche ihres Jacketts und zog eine Visitenkarte heraus, die sie über den Tisch zu ihm schob. »Hier ist meine Karte. Es steht auch meine Handynummer drauf, die ich nicht an jeden verteile.«

»Danke.« Jed rieb sich erneut die Handgelenke, um subtil daran zu erinnern, dass beide Seiten eine Grenze überschritten hatten.

Sie stand auf und trat einen Schritt vom Tisch zurück. »Haben Sie noch irgendwelche Fragen an mich?«, erkundigte sie sich. Ihre Haltung vermittelte ihm, dass er sein Glück besser nicht auf die Probe stellen sollte.

Zu Detective Perez' Pech verdienten sich Navy SEALs genau damit den Lebensunterhalt. »Mehrere«, erwiderte er und blieb sitzen.

Perez lächelte, bevor sie seufzend wieder Platz nahm.

»Glauben Sie wirklich, dass der Tod von Pater Maclin und Sarah Beths Entführung nichts miteinander zu tun haben?«

»Über den Fall Maclin habe ich mit Ihnen alles besprochen, wozu ich bereit bin«, erwiderte sie. »Nächste Frage.«

»Na schön, was sagt das FBI zu einem Zusammenhang zwischen Maclins Tod und Sarah Beths Entführung? Haben die sich die Wohnung angesehen?«

»Das FBI ist in keinen der beiden Fälle involviert«, sagte Perez. Kurz huschte dabei Anspannung über ihre Züge. Vielleicht lag es nur an der alten, banalen Rivalität zwischen der Bundesbehörde und der örtlichen Polizei, jedenfalls entlockte der Gedanke, das FBI könnte sich einmischen, Perez eine echte emotionale Reaktion.

»Tut mir leid«, sagte Jed und beobachtete sie aufmerksam. »Ich dachte, bei Entführungsfällen wird das FBI immer hinzugezogen. Aber wie Sie richtig gesagt haben, verstehe ich nicht wirklich was davon. Hab ich wahrscheinlich aus dem Fernsehen.«

»Es gibt bestimmte Kriterien, wann bei einem Fall das FBI hinzugezogen werden muss«, erklärte sie und klang dabei, als würde sie die Worte von einer Karteikarte ablesen. »Bislang ist keines davon erfüllt.«

»Gehen Sie gerade irgendwelchen Hinweisen darauf nach, wo Sarah Beth sein könnte? Ich weiß, dass die Polizei eine Vermisstenmeldung rausgegeben hat – sind irgendwelche Meldungen über das Entführerfahrzeug eingegangen? Oder über Sichtungen eines Mädchens, auf das ihre Beschreibung passt?«

»Leider haben sich die wenigen Hinweise aus der Bevölkerung als Sackgassen herausgestellt. Sonst noch was, Jed?«

Er hatte durchaus noch Fragen. Allerdings spürte er, dass sich ihre Laune verschlechterte, und entschied, dass er seine Möglichkeiten vorerst ausgereizt hatte.

»Nein, das wäre im Moment alles«, sagte er. »Vielleicht können wir ja demnächst ein Treffen vereinbaren, bei dem auch David und Rachel dabei sind. Ich weiß, dass die beiden etliche Fragen haben und ihre Nerven blank liegen. Jeder weiß, dass die Chancen, Sarah Beth lebend zu finden, mit jeder Stunde schwinden.«

»Die Idee gefällt mir«, sagte Perez. »Aber jetzt wird es allmählich spät … Sie haben ja meine Karte.«

»Ja«, erwiderte er, schob den Stuhl zurück und stand auf.

Einen Moment lang weiteten sich ihre Augen. Vermutlich hatte sie seine Größe in sitzender Haltung falsch eingeschätzt.

Kam häufig vor.

»Corporal Alexander wird Sie entlassen.«

»Also erstatten Sie keine Anzeige?«, fragte Jed.

»Das hängt ganz von Ihnen ab«, erwiderte Perez und öffnete die Tür für ihn.

»Verstanden«, sagte er mit einem schiefen Lächeln und verließ den Verhörraum. Alexander erwartete ihn bereits im Flur.

»Nate, bitte entlassen Sie Mr. Johnson«, forderte Detective Perez den Mann auf. »Danke.«

Alexander nickte ihr zu, bevor er die Aufmerksamkeit auf Jed richtete und ihn mit beunruhigenden frostblauen Augen anstarrte. »Heute haben Sie noch mal Glück gehabt, Jedidiah.«

Jed lag ein halbes Dutzend scharfer Erwiderungen auf der Zunge. Aber er verkniff sich alle und sagte stattdessen: »Ich hätte bitte gern meine persönliche Waffe zurück.«

Alexander schüttelte den Kopf. »Es liegen noch Anklagepunkte gegen Sie vor, und die Revierleitung ist nicht mehr da. Ich fürchte, das ist nicht möglich.«

»Detective Perez ist gleich drüben«, entgegnete Jed und deutete den Flur hinunter in Richtung der Ermittlerin, die sich entfernte, aber noch deutlich sichtbar war. »Und sie hat mir gerade gesagt, dass keine Anzeige erstattet wird.«

»Wie gesagt«, antwortete Alexander und verzog die Lippen zu einem durchtriebenen Grinsen, »ich fürchte, Ihre Waffe bekommen Sie heute nicht mehr zurück. Schauen Sie morgen noch mal vorbei, dann regeln wir die Angelegenheit.«

Da er Alexander schon einmal provoziert und den Preis dafür bezahlt hatte, beschloss Jed, seine Verluste zu begrenzen und das Revier zu verlassen – ohne seine

Waffe, ohne Antworten, ohne die Illusion, die Polizei von Nashville auf seiner Seite zu haben.

Der Cop führte ihn den Flur hinunter, diesmal zum Vordereingang des Reviers statt zur Hintertür. Mehr verärgert als irritiert spürte Jed die Hand des Polizisten am Rücken. Aber er unterdrückte seine Wut.

Am Empfang wurde Alexander plötzlich freundlich und lächelte sogar. »Bin froh, dass wir alles geklärt haben, Mr. Johnson«, sagte er, bevor er sich an einen übergewichtigen Mann am Schalter mit einem goldenen Abzeichen auf der Brust wandte. »Sergeant, Mr. Johnson darf gehen.«

»Okay«, erwiderte der gelangweilt wirkende Beamte. Dann schaute er von seinem Papierkram zu Jed auf. »Haben Sie eine Mitfahrgelegenheit? Oder soll Sie Corporal Alexander zurück zu Ihrem Auto bringen?«

Alexander wackelte mit den Augenbrauen und lächelte.

Jed schnaubte leise und schüttelte den Kopf. »Nein danke, passt schon.«

Er nahm einen gelben Umschlag von dem Sergeant entgegen und schüttelte seine Brieftasche, seine Schlüssel, sein Taschenmesser und sein Handy heraus. Nachdem er dafür unterschrieben hatte, steckte er seine persönlichen Gegenstände ein und ging durch die Glastüren hinaus auf die 12th Avenue – mindestens 13 Blocks von dort entfernt, wo sein Auto stand.

Draußen war es merklich kühler geworden. Im Osten verdunkelte sich der Himmel bereits. Als Jed aufbrach, rief er am Handy die Anrufliste auf, um auf Davids Nummer zu tippen und ihn zurückzurufen. Allerdings musste er feststellen, dass man die Anrufliste gelöscht hatte. Wut flammte in seiner Brust auf, als er über die Schulter zurück zum Revier schaute.

Als Nächstes sah er unter seinen Kontakten nach – nichts. Bei näherer Betrachtung stellte er fest, dass außerdem alle bis auf die werkseitig installierten Apps verschwunden waren.

Alexander hatte seine Telefondaten gelöscht.

Jed murmelte eine Abfolge deftiger SEAL-Verwünschungen, dann steckte er das Handy in die Tasche. Er hatte sich Davids Nummer nicht eingeprägt. Tatsächlich merkte er sich heutzutage von niemandem mehr die Nummer. Im Hotel würde er versuchen, das Telefon aus einer Sicherungskopie auf seinem Computer wiederherzustellen. Bis dahin waren ihm die Hände gebunden.

Mit zu Fäusten geballten Händen und einer weiteren Reihe von Flüchen, die einen Seemann mit Stolz erfüllt hätten, stapfte Jedidiah Johnson der untergehenden Sonne entgegen und hoffte, sein Handy würde klingeln.

9

JIMMY KELLY'S STEAKHOUSE
217 LOUISE AVENUE
NASHVILLE, TENNESSEE
DONNERSTAG, 23:10 UHR ORTSZEIT

»Sie können gern noch bleiben und Ihr Bier austrinken, aber darf ich Sie bitten, die Rechnung zu begleichen?«, fragte die Kellnerin.

Jed schaute zu ihr auf, sah erst sie an, dann auf die Armbanduhr.

Irgendwie waren zwei Stunden an dem kleinen Stehtisch in der Bar verstrichen, während er gegessen und sich Vorwürfe wegen der Fehlschläge an seinem ersten Tag bei der neuen Aufgabe gemacht hatte.

»Tut mir so leid«, sagte er, holte die Brieftasche hervor und reichte ihr eine Kreditkarte. »Hab völlig die Zeit übersehen.«

Sie legte den Kopf schief und schenkte ihm ein verständnisvolles Lächeln, als sie die Karte entgegennahm. »Ihnen scheint viel im Kopf herumzugehen.«

»Ja«, bestätigte er, ohne näher darauf einzugehen.

»Tja, lassen Sie sich Zeit. Ich muss sowieso noch aufräumen, gibt also keinen Grund zur Eile, okay?«

»Danke«, erwiderte Jed und trank einen Schluck von seinem längst warm gewordenen Bier.

Das Dutzend frittierter Austern und das 500-Gramm-Cowboy-Steak – ein Monster von einem Rib-Eye-Steak mit Knochen – hatten zwar sogar seinen stattlichen SEAL-Appetit gestillt, nicht jedoch seinen Hunger nach Antworten.

Jed war bewusst, dass er für die Untersuchung eines Verbrechens wie Sarah Beths Entführung unzureichend gerüstet war. Er konnte Detective Perez' unmissverständliche Anweisung, die Sache ihr zu überlassen, durchaus nachvollziehen. Aber man musste kein Ermittler sein, um zu erkennen, dass zwischen Pater Maclins Tod – sofern der Mann ein *echter* Priester gewesen war – und der gleichzeitigen Entführung der Tochter eines angehenden Geistlichen ein Zusammenhang bestehen musste. Wieso fand Perez es nicht merkwürdig, dass Maclins sterile Wohnung an einen geheimen Unterschlupf einer verdeckten Operation erinnerte? Und warum hatten David und Rachel ihr nichts von dem Lehrer und der Schülerin einer Privatschule erzählt, mit denen sie sich treffen wollten? Er merkte sich in Gedanken vor, David ausführlicher über die Schule zu befragen, als ihn eine Erkenntnis ereilte. Was, wenn Pater Maclin und Corbin Worth der ehemalige Student der Universität und die Schülerin waren, die den Termin mit den Yarnells gehabt hätten?

Wie konnte ich so dämlich sein? Natürlich ist es so – weil es keine Zufälle gibt.

»Bitte sehr.«

Jed erschrak und sah hoch, als die Kellnerin ein frisches, kaltes Bier vor ihm abstellte. Daneben legte sie eine schwarze Rechnungsmappe, aus der oben seine Kreditkarte hervorlugte. »Ich brauche keines mehr«, sagte er.

»Geht aufs Haus«, erwiderte sie. »Das hier haben Sie ja kaum angerührt, und nach zwei Stunden kann es nicht mehr gut sein.«

Er schmunzelte. »Das ist sehr nett von Ihnen, Lisa«, sagte er mit einem verstohlenen Blick auf ihr Namensschild.

Sie warf über die Schulter einen Blick zur Theke. Nachdem sie sich vergewissert hatte, dass der Barkeeper nicht lauschte, fügte sie hinzu: »Ich bin in etwa 20 Minuten hier fertig, falls Sie reden wollen. Sie sehen aus, als könnten Sie einen Freund gebrauchen. Und ich bin 'ne richtig gute Zuhörerin.«

Sie hat seit der Trennung von Brad kein Date mehr gehabt.

Die Information blitzte ungebeten in Jeds Kopf auf, und ihm lief ein Schauder über den Rücken.

»Sie sind die Beste«, sagte er. »Aber kann ich ein andermal darauf zurückkommen? Ich bin total erledigt, will nur noch zurück ins Hotel und mich aufs Ohr hauen.«

»Klar«, erwiderte sie. Enttäuschung stand ihr ins Gesicht geschrieben. »Kein Ding.«

Ich bin so bescheuert. Ich hätte ihn nie fragen sollen. Ihre Stimme ertönte glasklar in seinem Kopf. Er starrte auf ihre geschürzten Lippen, weil er hoffte, sie hätte die Worte laut ausgesprochen. Aber seine Augen bestätigten, dass dem nicht so war.

Wieso passiert das ständig?, dachte er. *Fühlt es sich so an, wenn man nach und nach wahnsinnig wird?*

Als er seinen Kreditkartenbeleg aus der Mappe zog, stellte er fest, dass sie ihre Telefonnummer draufgeschrieben hatte. »Danke für das Angebot«, sagte er, faltete die Quittung und verstaute sie in der Brieftasche. »War ein ziemlich mieser Tag. Ihre Freundlichkeit war das einzig Gute, was mir heute passiert ist. Ich bin noch eine Weile in der Stadt. Vielleicht schaue ich, äh, noch mal vorbei, und wir schauen dann, ob es passt.«

»Ich habe das ganze Wochenende hier Dienst«, erwiderte Lisa und lächelte wieder. Nachdem sie ihn flüchtig an der Schulter berührt hatte, eilte sie davon.

Jed ließ ein üppiges Trinkgeld von 30 Prozent für Lisa zurück, bevor er ging. Er stieg die Backsteintreppe unter der langen roten Markise hinunter und bog in die Louise Avenue, trat den Weg zur West End Avenue an. Erschöpfung senkte sich auf ihn. Die fünf Blocks zurück zum Marriott fühlten sich plötzlich an wie ein Zehn-Kilometer-Lauf am Strand nach dem Schwimmen im Meer bei einer Übung der SEALs. Er musste seinen sich überschlagenden Verstand in den Griff bekommen und aufhören, sich die Gedanken anderer einzubilden und Zusammenhänge herzustellen, die es nicht gab.

Während er den Bürgersteig neben der *West End United Methodist Church* entlangging, überkam ihn ein Anflug von Nostalgie. Im Sommer zwischen der zehnten und elften Klasse war er zu dieser Kirche gekommen, um ein Festival der Jungschar zu besuchen. Auf dem Parkplatz hatte eine christliche Band gespielt. Damals war er mit Rachel zusammen gewesen. Händchen haltend hatten sie auf einer Picknickdecke gesessen, sie mit dem Rücken an seiner Brust, während sie zur Musik geschunkelt hatten. Die Erinnerung war 20 Jahre alt, doch es fühlte sich an, als wäre es gestern gewesen. Jed konnte praktisch noch die blumige Note des Shampoos riechen, das sie zu der Zeit benutzt hatte.

Die Straßenlaternen flackerten, und er hörte ein leises elektrisches Summen, als er sich dem Parkplatz näherte.

Kurz bevor er die Ecke des Gebäudes erreichte, spannte Jed den Körper an, weil sein sechster Sinn plötzlich Alarm schlug. Als Einsatzteamleiter im Irak hätte er in einem solchen Fall für die SEALs hinter ihm die Faust gehoben, das Zeichen für sie, auf ein Knie zu sinken und nach einem feindlichen Hinterhalt vor ihnen Ausschau zu halten. Sein Bauchgefühl hatte ihn noch nie im Stich gelassen, und er hatte nicht vor, es zu ignorieren.

Zwar sank er nicht auf ein Knie, aber er hielt inne, sah sich um und lauschte.

Die nächstgelegene Straßenlaterne flackerte erneut und erlosch. Ob das Summen lediglich von einem defekten Spannungswandler ausging? Als einen Herzschlag später die restlichen Lichter auf dem Parkplatz vor ihm ausgingen, riss er die rechte Hand instinktiv dorthin, wo er sonst sein Sturmgewehr über der Körperpanzerung an der Brust trug … Aber natürlich hatte er es nicht dabei, weil er an diesem Abend nicht als SEAL mit seinem Team patrouillierte. Er war Zivilist, allein und unbewaffnet. Dank Corporal Alexander hatte er nicht mal seine bewährte Sig Sauer P229, die auf dem Polizeirevier unter Verschluss lag.

Seine Augen brauchten einen Moment, um sich an die Dunkelheit anzupassen, aber er fürchtete sie nicht. Als SEAL betrachtete er die Nacht als Verbündete, als verlässliche Partnerin, die ihn nie im Stich gelassen hatte. In dem Wissen fand er Trost. Sein Blick wanderte die Straße in beide Richtungen entlang, doch er entdeckte keine in den Schatten lauernden Gestalten. Zu seiner Linken schimmerten die hellen Lichter der West End Avenue hinter dem hohen Finanzgebäude an der Ecke. Ein kurzer Blick nach hinten bestätigte, dass auch aus dem vorderen Teil der Kirche, wo sich der Hauptaltarraum befand, nach wie vor Licht strömte.

Was auch immer los sein mochte, es handelte sich nicht um einen Stromausfall.

Jed spitzte die Ohren, lauschte auf Bewegung oder eine nahende Bedrohung, hörte jedoch nur den eigenen Herzschlag in den Ohren. *Zeit zu verschwinden,* entschied er und setzte sich im Laufschritt in Richtung der Ecke West End Avenue in Bewegung. Seine vom langen Sitzen im *Jimmy Kelly's* steife Hüfte protestierte dagegen. Als er sich dem zweiten Einfahrtstor zum dunklen Parkplatz der Kirche näherte, nahm er etwas zu seiner Linken wahr. Er wirbelte herum und erstarrte vor Überraschung beim Anblick einer reglosen Gestalt auf der anderen Straßenseite.

Mit zusammengekniffenen Augen spähte Jed zu dem uniformierten Mann, der im schwachen Mondlicht stand.

»Corporal Alexander?«, rief er, als er die Statur und in der Düsternis sogar die Züge des Beamten erkannte. »Was machen Sie hier?«

Der Polizist erwiderte nichts, starrte nur mit vor der Brust verschränkten Armen zu Jed herüber. Plötzlich überzog ein seltsames Kribbeln Jeds Haut, und Alexander lächelte.

Ein Arm schlang sich von hinten um Jeds Hals, riss ihn mit einem heftigen Ruck zurück und brachte ihn auf dem dunklen Parkplatz aus dem Gleichgewicht. Sein jahrelanges Nahkampftraining setzte sich durch. Jed drehte den Kopf nach links, zog das Kinn an die Schulter und stieß die rechte Hand neben sein Ohr, fädelte sie in den entstandenen Spalt zwischen seinem Hals und dem knochigen Arm, der seine Luftröhre zerquetschen wollte. Das Verteidigungsmanöver funktionierte. Jed befreite sich aus dem Würgegriff und ließ sich zu Boden fallen. Er landete hart auf der linken Seite und rollte sich reflexartig von seinem Angreifer weg. Kaum hatte er sich von der dunklen Gestalt gelöst, die knapp außer Reichweite wieder in Stellung ging, nahm Jed geduckte Kampfhaltung ein und hob die Unterarme. Der Angreifer trug einen weiten schwarzen Sweater mit einer Kapuze, die sein Gesicht vollständig in Schatten hüllte. Er zog eine lange, krumme Klinge, die im Mondlicht silbrig schimmerte.

Mit übernatürlicher Geschwindigkeit griff die Gestalt an, überwand den Abstand und stach auf Jeds Körpermitte ein. Jed wirbelte nach rechts, um auszuweichen. Das Messer streifte sein Shirt. Er spürte keine Berührung, aber eine rasiermesserscharfe Klinge konnte Haut auch ohne Schmerzen aufschlitzen. Gerade rechtzeitig für den zweiten Angriff des Messerkämpfers nahm er wieder Haltung ein. Diesmal war Jed bereit. Mit einer Krav-Maga-Technik wich er aus, blockte am Handgelenk ab und bekam den Unterarm des Angreifers zu fassen. Mit verheerender Wirkung verdrehte er den Arm nach hinten und oben. Bänder knackten, als die Gelenke des Angreifers überdehnt wurden. Das Messer landete klirrend auf dem Straßenpflaster. Zum Abschluss seines Gegenangriffs rammte Jed den linken Ellbogen kraftvoll gegen die Schläfe des Mannes.

Doch statt gequält aufzuschreien oder bewusstlos zu Boden zu gehen – wie von Jed erwartet, nachdem er die volle Kraft seiner auf 1,93 Meter verteilten 105 Kilo entfesselt hatte –, grunzte die Kapuzengestalt nur und griff erneut an. Ungläubig drehte sich Jed und verpasste dem Mann mit beiden Händen einen so kräftigen Stoß in den Rücken, dass er von den Beinen gerissen wurde. Wie ein Ninja vollführte der Vermummte einen Salto mit

Schraube und landete Jed zugewandt auf den Füßen. Mit unmenschlichem Geheul stürmte er abermals an, überwand den Abstand zwischen ihnen so schnell, dass Jed kaum die Arme hochreißen konnte. Der getarnte Kämpfer erreichte ihn, schlug und trat mit einer Geschwindigkeit und Gewalt auf ihn ein, wie Jed es noch nie erlebt hatte. Nur mit Müh und Not konnte er sein Gesicht abschirmen. Bei den grunzenden, kreischenden Lauten seines Gegners fragte sich Jed, ob er gegen einen wilden Primaten statt gegen einen Mann kämpfte.

Eine barbarische, unfassbar bösartige Stimme hallte in Jeds Kopf wider – *töten, töten, töten, töten.* Und er spürte, dass er den Kampf gegen seinen Angreifer sowohl körperlich als auch mental verlor. Als Nächstes bekam er mit, dass sie sich auf dem Boden befanden, Jed auf dem Rücken, der Berserker mit der Kapuze auf ihm. Aus dieser Nähe konnte Jed endlich die Züge seines Angreifers erkennen. Unter der Kapuze verbarg sich ein Gesicht, das auf mittleres Alter schließen ließ, ungepflegt und ausgemergelt. Und doch kämpfte der Unbekannte mit der Kraft eines halb so alten und doppelt so schweren Mannes. Jeds Verstand registrierte, dass der Körper auf ihm nicht mehr als 70 Kilo wiegen konnte, trotzdem gelang es ihm nicht, ihn abzuschütteln. Es war, als ränge man mit einem tollwütigen Vielfraß.

Wie kann er überhaupt den überdehnten Arm benutzen?, schoss es Jed durch den Kopf, als der vermummte Wahnsinnige ihn zu beißen versuchte.

Er packte seinen Gegner an den knochigen Schultern und wälzte sie beide in einem Gewirr aus fuchtelnden Händen und strampelnden Beinen herum. Dabei erspähte er ein Stück entfernt auf dem Bürgersteig das Messer. Er nahm einen stechenden Schmerz im linken Unterarm wahr, als es dem Angreifer gelang, die Zähne in einen Muskelstrang zu schlagen. Ein neuer Anflug von Wut sorgte für zusätzliches Adrenalin in Jeds Kreislauf. Als sie nach mehrfachen Überschlägen zum Liegen kamen, landete er obenauf. Als hätte der Kapuzenmann seine Absicht gespürt, löste er sich von Jeds Arm und drehte den Kopf in Richtung des Messers. Beide griffen blitzschnell danach, aber Jed besaß den längeren Arm. Seine Finger ertasteten den Griff zuerst. Der Mann unter Jed kreischte und bäumte sich auf, wollte ihm in die Kehle beißen, doch Jed rammte ihm die Klinge seitlich bis zum Anschlag in den Hals.

Sofort riss er sie wieder heraus, und eine Fontäne aus Arterienblut spritzte aus der Wunde. Der vermummte Dämon zischte. Luft entwich mit einem tödlichen Röcheln aus der durchtrennten Luftröhre. Jed starrte in die Augen – und erblickte einen gelblichen, schwach leuchtenden Ring darin.

»Nein, nein, nein, nein, nein«, entfuhr es ihm. Entsetzt sprang er von seinem Angreifer weg. »Das kann nicht sein.«

Obwohl sich neben dem Mann eine Lache aus dunklem Blut auf dem Asphalt ausbreitete, richtete er sich auf und kroch auf Händen und Knien wie eine Krabbe auf Jed zu. Jed sprang zur Seite und rammte die Klinge in die Schädelbasis des Mannes, durchtrennte den Hirnstamm. Der vermummte Angreifer sackte zusammen und rührte sich nicht mehr.

Verstört wirbelte Jed herum und hielt Ausschau nach Alexander, der keinen Finger gekrümmt hatte, um Jed zu helfen, als ihn der tollwütige Obdachlose ermorden wollte. Unter der ausgefallenen Straßenlaterne, wo der Polizist gestanden hatte, sah er nur Schatten.

»Alexander«, brüllte er, trat vom Parkplatz auf die Straße und sah sich in beide Richtungen um.

Beim Blick nach rechts erspähte er Rücklichter, die auf die West End Avenue verschwanden. Bei dem Auto handelte es sich um eine weiße Limousine, die jedoch zu schnell verschwand, um sicher zu sein, ob es ein Streifenwagen war oder nicht. Jed spürte, wie sich sein Herzschlag nach dem Kampf allmählich verlangsamte. Er rollte die Schultern und atmete langsam im Vierertakt wie schon unzählige Male in weitaus gefährlicheren Situationen überall auf der Welt. In der Hand hielt er noch das Messer, das er zur Selbstverteidigung benutzt hatte. Allerdings konnte man es auch als Mordwaffe eines Verbrechens ohne Zeugen bezeichnen.

Das elektrische Summen kehrte zurück. Hinter ihm gingen die Lichter auf dem Parkplatz flackernd wieder an. Jed drehte sich um und schaute auf dem Parkplatz dorthin zurück, wo der vermummte Tote liegen sollte … der sich als verschwunden erwies. Der Parkplatz war leer. Verwirrt lief er hin und stellte fest, dass nicht nur der Leichnam fehlte, sondern auch jede Spur von dem Kampf, den er gerade gewonnen hatte. Statt Blut sah er eine Lache aus Bleichmittel. Die beißenden Dämpfe stiegen ihm in die Nase.

Langsam drehte er sich im Kreis und suchte den leeren Parkplatz ab. Weit und breit nichts.

Wie konnte er ein Auto, Schritte, schleifende Geräusche und schwere Atmung beim Entfernen des Leichnams überhört haben? Was ging bloß vor sich? Und wohin war Corporal Alexander verschwunden?

Jed betrachtete das Messer in seiner Hand, ein Klappmodell von Cold Steel mit 15 Zentimeter langer Klinge. Der einzige Beweis dafür, was sich soeben ereignet hatte. Ohne das Messer und die pochende Bisswunde an seinem Unterarm könnte er nur zu dem Schluss kommen, dass er endgültig den Verstand verloren hatte. Aber die Waffe lag blutverschmiert und schwer in seiner Hand. Er drückte auf die Tri-Ad-Verriegelung, klappte die Klinge in den Griff und verstaute das Messer in einer Oberschenkeltasche seiner Cargohose. Jed blickte auf den Schnitt in seinem T-Shirt hinab. Mit einem müden Seufzen hob er den Stoff an, um sich zu vergewissern, dass er keine potenziell tödliche, von Adrenalin verschleierte Verletzung erlitten hatte.

Ein Anflug heftiger Paranoia schwappte über ihm zusammen wie eine Monsterwelle in der Brandung.

Alexander hat es auf mich abgesehen. Wahrscheinlich sind hier überall Kameras. Er wird in meinem Hotel auftauchen und mich wegen Mord verhaften.

Abrupt setzte er sich in Bewegung, verließ den Parkplatz der Kirche und marschierte in Richtung der West End Avenue. Sofort kam ihm Detective Perez in den Sinn. Sie kam ihm wie ein aufrichtiger Mensch vor. Sein Bauchgefühl sagte ihm, dass er ihr vertrauen konnte. Ihm fiel die Visitenkarte ein, die sie ihm gegeben hatte. Er wollte sie gerade hervorholen, um sie anzurufen, als sein Handy in der Tasche vibrierte. Er zog es heraus und überprüfte die Anruferkennung. Dank Alexander wurde kein Name angezeigt, aber Jed erkannte Davids Nummer.

»Hallo? Jed?«, ertönte Davids angespannte Stimme.

»David, hör zu – jemand hat gerade versucht, mich auf einem Parkplatz abzustechen«, sagte er und verlangsamte die Schritte. Sein Kopf schwang hin und her, suchte in alle Richtungen nach einem weiteren Feind.

»Was? Geht's dir gut?«

»Ja, aber meinem Angreifer nicht. Hier geht irgendwas ziemlich Merkwürdiges ab. Es sind heute noch andere Dinge passiert. Wir müssen reden – du, Rachel, ich. Zu dritt.«

»Ja, sehe ich auch so. Wann und wo?«

Jed hatte keine Ahnung. Das Hotel wurde bestimmt von Alexander observiert, vermutlich auch von anderen Beamten der Stadtpolizei. Und er wollte nicht, dass ihm jemand zum Haus der Yarnells folgte. »Irgendwo in der Nähe von Universität und West End Avenue«, platzte er heraus. »Wo es sicher und unauffällig ist.«

»Okay. Lass mich kurz mit Rachel reden …«

Jed wartete quälend lange, während ein gedämpftes Hintergrundgespräch zwischen David und Rachel über die Leitung an sein Ohr drang. Als seine Geduld erschöpft war, ergriff er das Wort. »David, frag Rachel, ob sie sich an den Schneesturm am Donnerstag vor Jahren und an die herzförmige Glasscherbe erinnert.«

»Was?«, hakte David nach. »Wovon redest du?«

»Frag sie einfach«, beharrte Jed.

Die alte Erinnerung packte ihn brutal an der Gurgel – die mit jenem Tag verbundenen Emotionen lähmten ihn beinahe. Am 16. Januar 2003 war Nashville von einem Jahrhundertschneesturm heimgesucht worden. In nur einer Stunde fielen damals fast 20 Zentimeter Neuschnee. Bei einem Klassenausflug zu einer Theateraufführung, die ihm entfallen war, gerieten sie mitten hinein. Beim Aufbruch von der Schule hatte es noch kaum geschneit, aber bei der Ankunft in der Innenstadt tobte der Schneesturm bereits. Nach einem Stau blieb der Bus im Schnee stecken, deshalb suchten sie Zuflucht in der großen katholischen Kirche. Im Altarraum fand er unter dem Gerüst eines Fensters, das gerade repariert wurde, eine rubinrote Buntglasscherbe. Klein, etwa so groß wie ein halber Dollar, aber ironischerweise wie ein Herz geformt. Jed hatte sie Rachel geschenkt …

Zweifelhaft, ob sie sich an so was Albernes erinnert.

Davids Stimme wurde wieder gedämpft. Vermutlich hielt Jeds ehemaliger Freund die Hand über das Mikrofon.

»Sie erinnert sich daran«, meldete sich David gleich darauf wieder in der Leitung. In seiner Stimme schwang Irritation über den Treffpunkt, Rachels Reaktion auf die Erinnerung oder vielleicht beides mit.

Jed sah auf die Armbanduhr. »Wir treffen uns dort in einer Stunde«, sagte er. »Wenn ich uns reinbringen kann, reden wir im Altarraum. Sonst auf dem Parkplatz.«

Wieder folgte eine Pause mit gedämpften Stimmen im Hintergrund.

»Sie meint, sie kann uns reinbringen – keine Ahnung, wie, aber das hat sie gesagt. Komm einfach zum Vordereingang.«

»Und ich brauche ein paar *Dinge*«, sagte Jed. »Weißt du, was ich meine?«

»Ich denke, schon«, erwiderte David. »Dinge, die … mit deinem Beruf zu tun haben?«

»Genau«, bestätigte Jed. »Und ein neues Telefon. Vorzugsweise ein Wertkartenhandy.«

»Dann brauchen wir mehr Zeit. Sagen wir zwei Stunden.«

»Okay«, stimmte Jed mit verkniffener Miene zu. Er hatte keine Ahnung, wie er zwei Stunden in der Stadt totschlagen sollte, ohne von der Polizei von Nashville festgenommen zu werden. In seinen Augen wäre schon eine Stunde grenzwertig.

»Jed, noch etwas. Wir glauben, neue Informationen für dich zu haben«, kündigte David an. Ein Hauch von Aufregung klang in seiner angespannten Stimme durch.

»Solltet ihr auch besser«, erwiderte Jed mit knurrendem Unterton. »Zwei Stunden. Kommt nicht zu spät – und bis dahin könnt ihr mich nicht erreichen.«

Damit beendete er das Gespräch und warf das Handy in eine Mülltonne an der Ecke. Mobiltelefone konnte man orten, und wer auch immer die Fäden hinter den merkwürdigen Ereignissen zog, er hatte nicht vor, es denjenigen leicht zu machen. Mit den Händen tief in den Taschen entfernte er sich von der West End Avenue mit ihren grellen Lichtern und dem spätabendlichen Verkehr. So verlockend er diese vermeintliche Sicherheit dort fand, die nächsten zwei Stunden würde er sich in Seitengassen herumdrücken und unauffällig verhalten müssen.

»Wahrscheinlich werde ich noch mal überfallen«, brummte er bei sich.

Vor seinem geistigen Auge erschien das Bild des abgehärmten, wahnsinnigen Gesichts seines Angreifers mit der Kapuze wie ein Albtraum in wachem Zustand. Dabei hatte er sich nicht zum ersten Mal gegen jemanden gewehrt, der vor rasender Wut völlig neben der Spur war. Ungebeten blitzte eine Erinnerung an Kenny Baileys Keller auf, an Rachel auf dem Boden und …

Nein. Bleib bloß weg von der Stolperfalle. Konzentrier dich, blaffte der SEAL in seinem Gehirn. *Denk an die Mission. Da draußen ist ein kleines Mädchen, das dich braucht. Sie ist verängstigt und am Leben.*

Er hatte weder Zeit noch Lust, sich den Kopf darüber zu zerbrechen, wie oder warum er es wusste, aber Rachels kleines Mädchen *lebte* noch. Es war keine Hoffnung. Kein Wunschdenken. Er spürte es in den Knochen. In der Seele.

Die Kleine war am Leben.

Er *wusste* es.

Ich finde dich, Sarah Beth, dachte er und schaute nach Osten. *Egal wer dich entführt hat, egal wo du bist, ich finde dich … Das verspreche ich dir.*

10

IRGENDWO IN DEN BERGEN

NACHT

Sarah Beth wusste, dass sie träumte, denn sie befand sich in jenem eigenartigen Bewusstseinszustand, in dem sie sich losgelöst von der Wirklichkeit fühlte und dennoch entsetzliche Angst empfand. In dem Traum ging sie durch große, reich verzierte Türen unter einem Buntglasfenster, das einen schwebenden weißen Vogel zeigte. Die massiven, schweren Türen mit ihren Eichenholzrahmen und Bleiglasscheiben öffneten sich anmutig, synchron und berührungslos.

»So ist das in Träumen«, erinnerte die Stimme ihrer Mutter sie.

Zögerlich betrat Sarah Beth die Kirche. Sie erkannte den schwach beleuchteten Altarraum nicht – die Anmutung unterschied sich völlig von der ihrer Kirche zu Hause mit den Klappstühlen, der modernen Bühne und den mit Glasmosaiken verzierten Betonwänden. Doch trotz der Gewissheit, dass sie noch nie an diesem Ort gewesen war, kam er ihr tröstlich vertraut vor.

Zwei Reihen dunkel gebeizter, durch einen Mittelgang getrennter Holzbänke bildeten einen Kontrast zu den cremefarbenen Wänden, den Säulen und der reich verzierten Decke. Ihr Blick folgte dem Gang nach vorn und wanderte hinauf zu dem schier unglaublichen Gemälde an der Innenseite der Kuppel über dem Altar. Es zeigte bunte Engel um Maria herum. Sie trug ein rotes Gewand und blickte auf den gekreuzigten Heiland aus weißem Marmor hinab, der mit ausgebreiteten Armen am Kreuz hing. Ihr Gesichtsausdruck wirkte mehrschichtig – eine Mischung aus Traurigkeit und Verwunderung. Die große, beeindruckende Skulptur ihres Sohns befand sich hinter dem Altar und bildete unbestreitbar den Blickpunkt der Kirche.

Den Altar, ein langer weißer Tisch mit den Sakramenten darauf, verhüllte grüne Seide. Man hatte ihn ganz nach hinten verschoben, beinahe bis zu den Füßen der Jesusstatue. Sogar als Neuling an diesem Ort erkannte man, dass es nicht sein üblicher Platz sein konnte. Davor hatte man Mikrofone, Stühle und Notenständer aufgestellt. Hinter der Kanzel ragten zwei Dreierstapel schwarzer Lautsprecher auf, deren Kabel sich zu einem unsichtbaren Mischpult schlängelten.

Sarah Beth scheute sich weiterzugehen. Kurz vor der letzten Bank blieb sie stehen. Die Kirche strotzte vor Menschen – nur noch Stehplätze übrig, würde ihr Vater sagen. Eine elektrisierende Energie lag in der Luft. Die Anwesenden warteten auf etwas … irgendetwas Freudiges und Aufregendes.

»Sieh zu«, flüsterte eine Stimme.

Einen Moment lang geschah nichts.

Dann brachen um sie herum Schüsse los – ohrenbetäubende, mechanische Knalle, die sie aus Kriegsfilmen kannte. Der Lärm hallte in der Kirche wider, verstärkt und verzerrt durch den höhlenartigen Raum mit seinen Marmorflächen und der hohen Decke. Sarah Beth hielt sich die Ohren zu und duckte sich. Die Menschen auf den Kirchenbänken jedoch saßen nur ruhig da und warteten mit nach vorn gerichteten Blicken auf den Beginn irgendeiner Aufführung. Es schien, als wäre die Tonspur eines Traums versehentlich in einen anderen übertragen worden.

So ist das in Träumen …

Der Altar wurde vor ihren Augen von Kugeln zerfetzt. Gesplittertes Holz kam unter der Hochglanzlackierung zum Vorschein. Der Altar sackte in der Mitte durch und brach zusammen. Die Sakramente fielen in Zeitlupe zu Boden und tränkten mit ihrem Inhalt den goldenen Läufer. Dann begannen die Leute auf den Bänken, sich umzudrehen und Sarah Beth anzustarren – erst vereinzelt, dann in Scharen.

Eine weißhaarige Frau unmittelbar vor ihr in der Nähe des Gangs besaß nur noch ein halbes Gesicht. Die linke Seite fehlte, bestand lediglich aus blankem weißem Knochen ohne Gewebe darüber. Jedes Gesicht, das sich Sarah Beth zudrehte, erwies sich als grausiger als das davor – verstümmelt und blutig. Ein Junge wies ein kleines Loch direkt über dem rechten Auge auf. Er sah seine neben ihm sitzende Mutter an. Aus ihrer zerfetzten Kehle strömte Blut auf ihre rosa Bluse. Sie umarmte ihren Sohn und drückte sich seinen Kopf an die Brust. Dabei sah Sarah Beth, dass in seinem Hinterkopf ein Loch klaffte, durch dessen knochige Ränder etwas Rosiges und Blutiges schimmerte.

Kreischend wollte sie die Flucht ergreifen, doch ihre Füße schienen am Boden festgenagelt zu sein.

Schwarz gekleidete Gestalten mit Sturmgewehren strömten aus den Querschiffen zu beiden Seiten des Altars herein und schossen auf die Gemeinde. Zuerst dachte sie, es wären Monster oder Dämonen mit Totenschädeln als Gesichter. Dann erkannte sie, dass sie schwarze Kapuzen und Skelettmasken trugen. Ihre Körper zitterten und die Mündungen ihrer Gewehre spien Feuer, während die Mörder die

Kirchengemeinde massakrierten – niemand wurde verschont, kein Mann, keine Frau, kein Kind.

»Du kannst das verhindern«, ertönte die Flüsterstimme. »Es ist noch nicht zu spät.«

Dann überlagerte eine andere Stimme, ein kräftiger, selbstbewusster Bariton, die erste.

»Ich finde dich, Sarah Beth. Egal wer dich entführt hat, egal wo du bist, ich finde dich … Das verspreche ich dir.«

Abrupt schlug Sarah Beth die Augen auf.

Japsend und schweißgebadet starrte sie an die Decke. Die Flügel des Ventilators warfen tanzende Schatten und flüsterten unablässig *fupp-fupp-fupp*. Sarah Beths Mutter meinte, sie sei längst ein Profi im Umgang mit Albträumen – sie begleiteten sie schon, seit sie ein kleines Mädchen gewesen war. Dennoch würde es eine Weile dauern, das soeben erlebte Grauen zu verarbeiten und zu begraben. Sie schluckte schwer, atmete mehrmals tief durch und versuchte, ihren rasenden Herzschlag zu beruhigen. Dann begann sie mit dem Unterfangen, den Albtraum zu vergessen.

Aber sollte ich das? Die Stimme hat gesagt, ich könnte es verhindern … Vielleicht muss ich mich an diese Kirche erinnern. Vielleicht ist das wichtig.

Sarah Beth schloss die Augen und versuchte, sich den Anblick des Gotteshauses ins Gedächtnis zu prägen. Sie konzentrierte sich auf die einzigartigen Details – die Kirchenbänke aus Holz, die Kuppeldecke, das Gemälde mit Maria, die Jesus-Statue aus weißem Marmor. Instinktiv wusste sie, dass diese Einzelheiten wichtig waren. Sobald sie überzeugt davon war, sich daran erinnern zu können, wie die Kirche aussah, verdrängte sie die grausigen, blutigen Bilder aus dem Kopf. Danach fühlte sie sich etwas besser. Sie öffnete die Augen wieder, löste die in die Laken gekrallten Finger von dem Stoff und schwang die Beine aus dem Bett. Barfuß stieg sie auf den Boden und tapste zum vergitterten Fenster. Während sie in die mondhelle Nacht hinausstarrte, dachte sie an die Stimme, die sie geweckt hatte. Nicht die Flüsterstimme, an die sie sich im Verlauf der Jahre gewöhnt hatte, sondern die andere – die eines Mannes. Er hatte sie beim Namen genannt. Und versprochen, sie zu finden. Gab es den Mann wirklich? Oder hatte ihr träumender Verstand ihr nur vorgegaukelt, was sie sich *wünschte?*

Wunschdenken ist vergeudetes Denken, ging ihr durch den Kopf – das sagte ihre Mutter gern.

Sie betrachtete die roten Lichter, die einen Kreis um das riesige, einem Bowlingpin ähnelnde Gebilde auf dem nächsten Hügel bildeten. Nicht zum ersten Mal fragte sie sich, worum es sich handeln mochte. *Wenn Papa hier wäre, wüsste er es. Er weiß alles.* Sie spürte, wie ihr die Tränen in die Augen stiegen, blinzelte sie jedoch sofort verärgert weg. *Genug geweint,* sagte sie sich. *Ich wünschte nur, ich wäre wieder zu Hause. Ich wünschte, jemand würde mich finden …*

Wunschdenken ist vergeudetes Denken, hörte sie erneut, diesmal mit der Stimme ihrer Mutter.

Ein Schauder kroch ihr über den Rücken.

Mama? Bist du das? Kannst du mich hören? Mama … Mama?

Keine Antwort.

Mit einem schweren Seufzer betrachtete sie die fünf Kerben an der Wand zwischen dem Kopfteil des Bettes und dem Rand des Fensters. Wenn die Sonne aufginge, würde sie eine weitere hinzufügen, bevor die falsche Großmutter ihr Eier und Haferflocken bringen würde.

Fünf Tage.

Ich bin seit fünf Tagen hier …

Niemand wird mich holen kommen.

Es war an der Zeit, der Wahrheit ins Gesicht zu sehen. Die einzige Möglichkeit, von diesem Ort wegzukommen, bestand darin, sich selbst zu befreien. Den Gedanken an Flucht empfand sie als zugleich ermutigend und furchterregend. Plötzlich wurde ihr kalt, und sie fühlte sich verletzlich. Rasch kroch sie zurück in das fremde Bett und zog sich die fremde Bettdecke bis zum Kinn hoch. Über ihr schwirrte der Deckenventilator.

Fupp-fupp-fupp …

Die falsche Großmutter hat Angst vor mir … Das weiß ich.

Aber nicht, warum.

Sie griff sich eines der Stofftiere, einen besonders großen weißen Hasen mit rosa Ohren, und zog es unter die Decke. Sarah Beth drückte sich das Plüschtier an die Brust, während sie plante.

Ich muss der falschen Großmutter den Schlüssel abnehmen, den sie um den Hals trägt. Aber dafür werde ich sie überlisten müssen. Oder mit ihr kämpfen. Sie sieht zwar nicht sehr stark aus, aber sie ist erwachsen.

Ein unanständiges Wort schoss ihr durch den Kopf.

Es tut mir leid, Gott.

Fupp-fupp-fupp …

Während sie den rotierenden Ventilator beobachtete, betete sie für ihre Eltern, die drauf und dran sein mussten, den Verstand zu verlieren, und für sich selbst, dass sie stark genug sein würde, um zu tun, was sie tun musste. Auch für die Stimme, die sie aus ihrem Traum geweckt hatte – wem auch immer sie gehören mochte.

Amen.

Ein Anflug von Schläfrigkeit senkte sich auf sie wie ein zarter Kuss. Bevor sie eindöste, entsandte sie noch einen Gedanken für den Fall, dass es doch nicht bloß Wunschdenken war.

Wenn sie mich hier wegholen kommen … dann muss es bald sein.

11

CENTENNIAL PARK

WESTLICH DER 25TH AVENUE NORD

NASHVILLE, TENNESSEE

FREITAG, 0:45 UHR ORTSZEIT

In vielen Teilen Nashvilles ging das Nachtleben um ein Uhr morgens erst richtig los. Der Centennial Park gehörte nicht dazu. Der Park erwies sich als menschenleer, wie Jed es wollte – offenes, verwaistes Gelände. Falls es jemand auf ihn abgesehen hätte, würde er ihn bereits aus 50 Metern Entfernung sehen.

Er umrundete gerade zum dritten Mal den Parthenon, eine maßstabsgetreue Nachbildung des berühmten Tempels in Griechenland. Mit einer Doppelreihe dorischer Säulen, gebildhauerten Giebelfriesen und einer zwei Meter hohen Statue der Göttin Athene bot der Parthenon im Centennial Park den Besuchern Nashvilles einen Eindruck davon, wie das Original in Athen vor 2500 Jahren ausgesehen hatte. So beeindruckend Jed es fand, im Augenblick stand ihm nicht der Sinn nach architektonischen Sehenswürdigkeiten.

Dafür geisterte ihm zu viel anderes im Kopf herum.

Die letzte Stunde hatte er hin und her überlegt, ob es ein Fehler gewesen war, sein Handy wegzuwerfen und Detective Perez nicht anzurufen. Beide Entscheidungen hatte er spontan gefällt, instinktiv. Im Augenblick verlangte sein Verstand regelrecht brüllend von ihm, die Visitenkarte der Ermittlerin hervorzuholen, zu seinem Hotel zurückzukehren und sich von dort bei ihr zu melden. Um ihr zu berichten, was sich ereignet hatte. Unter anderem dass Corporal Alexander alles beobachtet und nichts unternommen hatte. Mehr noch – Alexander hatte gelächelt, während er es zugelassen hatte. Danach war er davongefahren. Aus welchem kranken Grund auch immer, der Mann hatte es auf Jed abgesehen.

Kumpel, du hast jemanden umgebracht. Und wie ein Vollidiot trägst du immer noch die Mordwaffe in der Tasche mit dir herum, löste der SEAL in ihm eine Diskussion in seinem Kopf aus.

Falsch. Ich bin angegriffen worden. Es war Notwehr. Der Bissabdruck beweist es. Und falls Überwachungskameras den Vorfall erfasst haben, entlasten mich die Aufnahmen eindeutig. Detective Perez ist 'ne ehrliche Haut. Ihr Bruder ist Marine.

Der SEAL lachte. *Und sie ist Polizistin. Genau wie Alexander. Was glaubst du wohl, auf wessen Seite sie sich automatisch stellen wird, Bro? Wessen mündlicher Aussage wird sie im Zweifel mehr Glauben schenken? Stell dir vor, irgendein dir unbekannter Penner würde Captain Jared ein Verbrechen vorwerfen. Auf wessen Wort würdest du vertrauen?*

Jed schüttelte den Kopf. Er konnte Diskussionen mit sich selbst nicht leiden. Damit fügte er dem wachsenden Scheiterhaufen in seinem Kopf nur Anmachholz hinzu. Ein Funke zum falschen Zeitpunkt, und *zack* – schon würde er lichterloh in Wahnsinn lodern.

Hinten aufpassen …

Er drehte den Kopf und suchte den Park nach Bedrohungen ab. 40 Meter entfernt schob ein Obdachloser einen Einkaufswagen in Richtung der 27th Avenue.

Den sollte ich im Auge behalten, dachte Jed.

Jed marschierte weiter nach Osten. Aber statt um den Lake Watauga herumzugehen, hielt er geradewegs aufs Ufer zu.

Unterwegs kreisten seine Gedanken unablässig darum, was nach dem Angriff geschehen war. Es ergab einfach keinen Sinn.

Alexander muss die Leiche weggeschafft haben - nur wie? Wie hat er es gemacht, ohne dass ich es bemerkt habe? Niemand bewegt sich so schnell. Und wenn er den Leichnam verschwinden ließ, was hat er dann damit gemacht? Liegt er gerade auf dem Untersuchungstisch eines Gerichtsmediziners? Meine DNA muss überall darauf verteilt sein. O Mann, ich muss unbedingt das Messer loswerden.

Der gesamte Vorfall kam Wahnsinn gleich - wie die Handlung eines schlechten Films, den man sich nur ansah, weil man unter Schlaflosigkeit litt. Während Jed solche Filme bescheuert fand, hatte er neuen Respekt vor den Figuren darin bekommen. Sie verhielten sich gar nicht so idiotisch, wie man beim Zusehen immer meinte. Vielmehr verschworen sich die Umstände gegen sie - genau wie heute Abend gegen ihn. Er hatte in Notwehr einen Mann auf einem Parkplatz getötet und war danach geflohen. Die vermeintliche Mordwaffe hatte er noch bei sich. Dafür hatte er nichts, um zu entkräften, was auch immer Alexander behaupten würde, und keine Zeugen, um etwaige von dem Polizisten gesammelte »Beweise« in Zweifel zu ziehen.

Ich bin total im Arsch.

Jed überquerte den um den Lake Watauga herum verlaufenden Bürgersteig – ein Teich, dem es beim besten Willen nicht zustand, als See bezeichnet zu werden. Er stellte sich auf einen der Kalksteinblöcke am Ufer. Dann fasste er in die Tasche der Cargohose, um das Messer hervorzuholen, abzuwischen und in den Teich zu werfen.

Woher weißt du, dass du nicht gerade von einer Kamera aufgezeichnet wirst?, fragte sein innerer SEAL. *Wie schuldig wirst du dastehen, wenn man das Messer aus dem Teich fischt und den Geschworenen die Aufnahmen zeigt, wie du es reinwirfst? Jetzt sei kein solcher Idiot. Konzentrier dich gefälligst.*

Er starrte auf sein vom Mond erhelltes Spiegelbild im Wasser und erkannte sich kaum wieder.

»Was mache ich hier bloß?«, murmelte er. »In was hat David mich da reingezogen?«

Am liebsten hätte er sich auf der Stelle ein Taxi zum Flughafen gerufen. Er könnte sich ein Ticket für den ersten Flug morgen nach Virginia Beach kaufen und dieses heillose Chaos hinter sich lassen. Sein Bauchgefühl sagte ihm, dass David – und somit indirekt auch Rachel – nicht ganz ehrlich zu ihm gewesen war. Entweder war handfest gelogen oder zumindest ein Teil der Wahrheit verschwiegen worden. Und er schuldete den beiden nichts. Er hatte sie schon einmal hinter sich gelassen und könnte es wieder tun. Jed war damals über Rachel hinweggekommen, und er würde es erneut.

Also willst du einfach aufgeben?, fragte sein innerer SEAL. *Ausstempeln und davonmarschieren – das ist deine Lösung?*

Jed stieß die Luft zwischen den Zähnen hindurch aus. Sein Magen fühlte sich zugleich bleiern und flau an.

Aufzugeben lag einem SEAL nicht im Blut, unabhängig von der Mission oder dem Grund. Seit er bei der Ausbildung angenommen worden war, hatte er sich noch nie vor einer Herausforderung gedrückt. Aber diese Angelegenheit war etwas anderes. Diesmal stand er am Rand des Abgrunds und wurde aufgefordert hineinzuspringen. Als in der Ferne Sirenen heulten, schnellte sein Puls in die Höhe. Nach einigen Sekunden jedoch stellte er fest, dass sie leiser wurden, statt in seine Richtung zu steuern.

Er spürte, wie sich etwas in seiner linken Außentasche verlagerte.

Als ihm einfiel, was sich darin befand, griff er hinein und zog das Foto heraus, das David ihm anvertraut hatte. Jed hielt es ins Licht von dem Laternenpfahl hinter sich. Sarah Beths gletscherblaue Augen ließen sein Herz einen Schlag aussetzen. Sie war Rachel wirklich wie aus dem Gesicht geschnitten. Dasselbe unbekümmerte Lächeln, das ein Herz zum Schmelzen bringen konnte. Allerdings erkannte Jed in jenen Augen etwas Gehetztes – ähnlich dem, was er so oft in den Augen seiner ersten Liebe gesehen hatte. Eine unerzählte Geschichte? Ein Geheimnis, das nur *sie* kannte?

Was auch immer passiert war, welche Lügen aufgetischt oder Wahrheiten verschwiegen worden waren – irgendjemand hatte dieses kleine Mädchen entführt, das darauf wartete, gerettet zu werden. Die Kleine war am Leben. So viel wusste Jed mit Sicherheit. Er steckte das Foto zurück in die Tasche, biss die Zähne zusammen und beschwor die Worte herauf, die ihm schon Hunderte Male Stärke und Mut verliehen hatten.

Ich werde jedes Quäntchen verbliebener Kraft einsetzen, um meine Teamkameraden zu schützen und unsere Mission zu erfüllen …

Das SEAL-Credo war für ihn die einzige Bibel, an der er festhielt, seit er Tennessee vor über sechzehn Jahren verlassen hatte. Ehre, Hingabe und Mut stellten seine einzige Religion dar.

Für mich endet der Kampf nie …

Er wusste nicht, wohin man Rachels Tochter gebracht hatte.

Ebenso wenig hatte er auch nur die leiseste Ahnung, wer dahintersteckte.

Vielleicht war es an der Zeit, es herauszufinden.

Jed ballte die Hände zu Fäusten, stählte sich und trat mit forschen Schritten den Weg zur *Cathedral of the Incarnation* an. Es war überfällig, dass David und Rachel ihm reinen Wein darüber einschenkten, was wirklich vor sich ging. Sobald er mit der ganzen Wahrheit gerüstet wäre, könnte er vielleicht endlich richtig damit beginnen, den verängstigten kleinen Engel zu retten, der in seinem Kopf nach ihm rief.

12

CATHEDRAL OF THE INCARNATION

2015 WEST END AVENUE

NASHVILLE, TENNESSEE

FREITAG, 1:45 UHR ORTSZEIT

Jed starrte prüfend zur Kreuzung von West End und 21st Avenue und hielt Ausschau nach Bedrohungen. Für einen etwaigen Beobachter hätte er zutiefst verdächtig gewirkt, wie er herumschlich und alle 30 Sekunden über die Schulter spähte. Aber er kam nicht dagegen an. Seine Paranoia hatte einen neuen Höhepunkt erreicht. Für ihn zählte nur, es ohne weiteren Zwischenfall zur Kirche zu schaffen. Das Gesicht zur Grimasse verzogen, überquerte er die Straße und sah sich erneut um, bevor er sich der hellgelben Backsteinfassade der modernen römisch-katholischen Kirche im Herzen von Nashville näherte.

Ich bin in Sicherheit. Niemand verfolgt mich, dachte er, als er die wenigen Stufen zu den schweren hölzernen Doppeltüren der *Cathedral of the Incarnation* hinaufstieg.

Incarnation – Inkarnation … ein so mächtiges Konzept.

Leibhaftig werdende Gedanken. Zu Leben geborene Liebe. Fleischgewordener Geist …

Vermenschlichte Göttlichkeit.

Derlei Dinge waren ihm sehr, sehr lange nicht mehr durch den Kopf gegangen. Aber als er um fast zwei Uhr nachts an diesem Ort eintraf, kramte sein Geist alte, ungewöhnliche Gedanken hervor. *»Der Name einer Kirche ist wichtig«*, erinnerte er sich an Tobias' Worte. Er konnte die Stimme seines ehemaligen Mentors förmlich im Kopf hören.

»Sie verleiht dem Gebäude einen bestimmten Charakter und der Gemeinde ein bestimmtes Ethos. Wenn man die Augen schließt und den Stein berührt, spürt man eine Resonanz, Jed – wie einen reinen Ton von einer angeschlagenen Stimmgabel.«

Obwohl er sich albern dabei vorkam, gab er einem inneren Drang nach und drückte die rechte Hand auf den die Holztüren umgebenden Zierstein. Er schloss die Augen und lauschte auf eine melodische Resonanz …

Ein metallisches Klacken des Verriegelungsmechanismus in der Tür holte ihn aus seiner Geistesabwesenheit zurück. Jed entfernte sich einen Schritt. Automatisch wanderte die rechte Hand zu der Tasche mit dem Messer. Der linke Türflügel bewegte sich, schwang nach innen auf und stockte, als ein etwa 20 Zentimeter großer Spalt entstanden war. Ein wettergegerbtes, bebrilltes Priestergesicht erschien in der Öffnung.

»Ah, Sie müssen Jedidiah sein«, sagte der Mann Gottes mit einem müden Lächeln.

»Ja, ich bin Jed. Tut mir leid, dass ich so spät noch störe. Ich soll mich hier mit …«

»Kommen Sie rein, kommen Sie rein«, fiel ihm der Geistliche ins Wort und zog die Tür weiter auf, um Jed in die Kirche zu lassen. »Sie sind als Erster da.«

Jed trat ein, bevor er dem Priester half, die schwere Holztür wieder zu schließen und zu verriegeln.

»Danke. Ich tue mich mit der Tür recht schwer«, gestand der Geistliche mit einem selbstironischen Lachen.

»Ich bin Pater Newman. Willkommen in der *Cathedral of the Incarnation.*«

Jed sah sich in der hübsch eingerichteten Vorhalle um – *Narthex,* berichtigte ihn eine Stimme aus einem anderen Leben. Sein Blick wurde auf Anhieb von einem wunderschönen Bogenfenster in der Tür zum Altarraum mit einer Glasmalerei angezogen – eine weiße Taube mit weit ausgebreiteten Flügeln vor einem runden, wirbelnden, königsblauen Hintergrund. Das Bildnis kam ihm sowohl ikonisch als auch bekannt vor.

»Ein einfaches, aber prunkvolles Werk«, meinte der Priester, der Jeds Blick zu dem Glasgemälde gefolgt war. »Sie sind nicht der Erste, der es bewundert.«

»Die Flügel einer Taube sollten nicht so breit sein«, sagte Jed, während er die Darstellung betrachtete. »Sie schwebt wie ein Adler, wacht von oben.«

»Vielleicht hat der Künstler genau das beabsichtigt.« Der Priester verzog kaum merklich die Lippen. »Was ist Kunst, wenn keine Metapher?«

»Ja«, pflichtete Jed ihm nickend bei. »Da haben Sie wohl recht.«

»Kommen Sie mit, Jedidiah«, forderte Pater Newman ihn auf.

Jed folgte dem Priester durch den wunderschönen, im Stil italienischer Neorenaissance gestalteten Altarraum mit Marmorsäulen. Durch den Mittelgang zwischen etlichen Reihen von Kirchbänken aus Holz näherten sie sich dem Altar. Jeds Blick wurde vom großen Kreuz angezogen, das sich leicht erhöht hinter dem Podest befand. Die Statue daran bestand vollständig aus weißem Marmor. Im Verlauf der Jahre hatte Jed unzählige Darstellungen von Jesus am Kreuz gesehen, aber unabhängig von der Anordnung oder dem Können des jeweiligen Künstlers bewegte ihn das Kreuzigungsmotiv immer. Ein über Rasse, Geschlecht, Sprache und Zeit hinausgehendes Opfer …

Pater Newman führte ihn durch eine Seitentür aus dem Altarraum, dann durch einen Gang zu einem netten kleinen Lesesaal mit einer Sammlung von Büchern und bequemen Lehnsesseln.

»Bitte warten Sie hier«, forderte ihn der Geistliche auf.

Jed nickte. Statt sich zu setzen, ging er zur Regalwand und betrachtete die Buchrücken und Einbände. Er kannte nur wenige der gesammelten Werke. Noch weniger davon hatte er gelesen. Ein Titel jedoch sprang ihm ins Auge. Er wollte gerade ein Exemplar von *Geistliche Kriegsführung und die Unterscheidung der Geister* herausziehen, eines von ungefähr zehn Büchern von Dan Burke auf Augenhöhe im Regal, als er sich nähernde Schritte von drei Paar Füßen hörte. Jed drehte sich um … und erblickte sie.

Ihm stockte der Atem. Die Zeit verlangsamte sich. Alles außer ihrem Gesicht verschwamm zu einer Hintergrundwahrnehmung. 17 Jahre waren vergangen, seit er sie zuletzt gesehen hatte. Und obwohl er ihr Gesicht überall wiedererkennen würde, hatte sie sich verändert. Sie war noch ein Mädchen gewesen, als er damals gegangen war, lebhaft, hübsch, naiv. *Diese* Rachel war eine Frau – gefasst, wunderschön, von Erfahrungen abgehärtet.

Als er den Mund zu einer Begrüßung öffnete, blieben ihm die Worte im Hals stecken.

»Danke, Pater«, wandte sie sich mit einem freundlichen Lächeln an den Geistlichen, womit sie ihn kurzerhand und entschlossen entließ. Immer noch sah sie Jed nicht an, als sie danach zu David meinte: »Bringen wir's einfach hinter uns.«

17 Jahre, und so begrüßt du mich?

In seiner Zeit als SEAL war er geschlagen, getreten, geschnitten, angeschossen, beinahe in die Luft gejagt und von einem Dach gestoßen worden – keine der dabei erlittenen Verletzungen konnte dem Schlag das Wasser reichen, den sie ihm gerade verpasst hatte. Er spürte, wie sich seine Kieferpartie verkrampfte, teils vor Wut, teils weil er sich gedemütigt fühlte. Er sah sie an und wartete darauf, dass sie seinem Blick begegnete.

»Wie wär's, wenn wir uns erst mal alle setzen?«, übernahm David die Rolle des Vermittlers.

Erst nachdem sich Rachel auf einem der Lesesessel niedergelassen hatte, sah sie Jed endlich in die Augen. Für einen flüchtigen Moment – kaum mehr als eine Millisekunde – erhaschte er einen Blick auf die alte Rachel.

»Ich möchte klarstellen«, ergriff sie in unnahbarem, nüchternem Ton das Wort, »dass ich von Anfang an dagegen war, dich herzuholen. David hat darauf bestanden, dich anzurufen.«

Seit Jed ein SEAL geworden war, ging er immer besonnen mit seinen Worten um. Deshalb erwiderte er nur: »Ich verstehe.«

Wir brauchen dich nicht … jedenfalls nicht mehr, glaubte er sie als Nächstes sagen zu hören. Allerdings bewegten sich ihre Lippen nicht.

»Also, ich wüsste nicht, was es bringen soll, die Vergangenheit aufzuwärmen. Versuchen wir einfach, das Ziel im Auge zu behalten und uns auf die nächsten Schritte zu konzentrieren«, sagte David.

»Ich wärme gar nichts auf. Ich gebe lediglich zu Protokoll, dass es eine einseitige Entscheidung war, Jed herzubitten. Meiner Ansicht nach sollte er das wissen«, rechtfertigte sich Rachel.

»Verstehe. Dann sollte er auch wissen, dass es genauso eine einseitige Entscheidung war, Sarah Beth an dem Tag zum Buchladen mitzunehmen – eine einseitige Entscheidung, die du trotz meiner Einwände getroffen hast. Ich wollte erst noch ausführlicher über die *St. George's Academy* recherchieren«, konterte David.

»Also gibst du mir *doch* die Schuld«, zischte sie in giftigem Ton. »Ich wusste es.«

Die nächsten Sekunden lang starrten sie sich alle gegenseitig an. Es wurden die wohl unangenehmsten Momente in Jeds Erwachsenenleben. David durchbrach die Pattstellung mit etwas, womit er Jed überraschte – er streckte beide Hände aus, die linke zu Rachel, die rechte zu Jed. So abstoßend er die Vorstellung fand, Davids Hand zu ergreifen, es stellte die vielleicht einzige Möglichkeit dar, wieder Schwung aufzunehmen und voranzukommen. So unwahrscheinlich es sein mochte, irgendwie war David zu seinem Verbündeten in dieser Runde geworden.

Mit geneigtem Haupt wartete David geduldig, bis sie beide die ihnen entgegengestreckte Hand angenommen hatten. Allerdings ahmte Rachel die Geste nicht in Jeds Richtung nach.

Und er nicht in ihre.

»Herr, wir bitten dich, uns beizustehen«, ergriff David mit angespannter Stimme das Wort. »Wir brauchen dich, o Vater. Wir brauchen deinen Trost und dein Geleit. Möge der Heilige Geist uns den Weg erhellen, der uns zu unserer kleinen Tochter führt und sie uns wohlbehalten nach Hause holen lässt …«

Jed öffnete die Augen und schaute zu David. Er war überzeugt davon, ihn noch nie zuvor beten gehört zu haben.

»Hilf uns, den Glauben und das Vertrauen ineinander wiederherzustellen und uns unserer Fähigkeit zu Verständnis und Mitgefühl zu besinnen. Hilf uns, produktiv miteinander umzugehen, damit wir gemeinsam schaffen, was wir für Sarah Beth tun müssen … für unser kleines Mädchen, o Vater, das uns Wölfe entrissen haben …« Die letzten Worte spie David förmlich hervor, ein Aufblitzen des zornigen, ungestümen Jungen von früher. »Und wir bitten dich, o Herr, hilf Jed dabei, sie zu finden und zurückzubringen. Darum bitten wir im Namen Jesu. Amen.«

»Amen«, sagte Rachel.

Amen, dachte Jed, sprach es aber nicht aus.

David drückte Jeds Hand kräftig, bevor er sie losließ.

Jed schaute zwischen David und Rachel hin und her. Er beobachtete, wie sie ihren Mann anlächelte, und ihr versteinerter Ausdruck von zuvor wurde eine Spur weicher. Jed spürte, wie ihn eine wohlige, tröstliche Energie umfing und entspannte, als würde warmer Atem in eiskalte Winterhände gehaucht. Verblüfft von der ergreifenden Wirkung des Gebets legte er die Hände auf den Schoß und verschränkte die Finger. Der Lesesaal fühlte sich plötzlich wie ein völlig veränderter Ort an.

Eine Bibelstelle kam ihm in den Sinn …

»Und ich will den Vater bitten und er wird euch einen andern Tröster geben, dass er bei euch sei in Ewigkeit.«

Er erkannte die Passage als Johannes, Kapitel 14, Vers 16, hatte sie aber nicht im Gedächtnis gehabt, bevor sie in seinem Kopf erschienen war, als hätte sie ihm jemand anders übermittelt.

Der Heilige Geist …

Ohne Rachels Hand loszulassen, wandte David die Aufmerksamkeit Jed zu.

»Jed, unabhängig davon, was du gerade gehört hast oder vielleicht denkst, sind wir beide sehr dankbar dafür, dass du hergekommen und bereit bist, uns zu helfen. Uns ist vollauf bewusst, was wir von dir verlangen. Es ist sowohl emotional unangenehm als auch ...«

»Gefährlich«, warf Jed ein. »Ich denke, das ist an der Stelle das richtige Wort. Und umso gefährlicher für mich, wenn ich nicht alle verfügbaren Informationen habe. Deshalb sind wir alle um zwei Uhr morgens hier und führen dieses Gespräch.«

»Ja, damit hast du wohl recht.«

»Du hast schon gewusst, wie gefährlich es ist, als du mich angerufen hast, oder?«

David und Rachel sahen einander an, bevor er langsam nickte. »Ja. Aber nicht so, wie du denkst. Wir wissen nichts Wichtiges, das dir helfen oder deine Sicherheit gewährleisten könnte – nichts Handfestes. Aber wir spüren beide, dass hier böse Kräfte am Werk sind. Und es tut mir leid, wenn das Thema mittlerweile für dich tabu ist ... Trotzdem denke ich, wir müssen darüber reden. Auch wenn es unangenehm ist.«

Jed ließ ein mattes Lächeln aufblitzen. »Weißt du, was unangenehm ist? Dass mich die Polizei in Nashville verhaftet und meine Pistole einbehalten hat, bevor mich auf dem Rückweg zum Hotel jemand umbringen wollte, während der Cop, der mich festnahm, aus den Schatten tatenlos dabei zugesehen hat.«

»Was?«, entfuhr es Rachel, die damit den ersten schwachen Anflug von Besorgnis seit Beginn dieses Wiedersehens zeigte. Sie schleuderte ihrem Mann einen vorwurfsvollen Blick zu. »Als du David gegenüber einen Zwischenfall erwähnt hast, war mir nicht klar, dass dich jemand angegriffen hat.«

Jed stieß die Luft zwischen den Zähnen hindurch aus, beugte sich vor und stützte die Ellbogen auf die Knie. »Was auch immer hier läuft, es geht weit über Sarah Beths Entführung hinaus. Und laut ausgesprochen klingt es zwar verrückt, trotzdem ist die Polizei von Nashville irgendwie darin verstrickt. Keine Ahnung, ob wir's nur mit einem korrupten Cop oder mit mehr zu tun haben. Jedenfalls will mich dieser Corporal Nate Alexander aus irgendeinem Grund aus dem Spiel haben. Und ich sag euch noch was – die Sache mit dem Priester vor dem Universitätsbuchladen war *kein* Unfall. Man muss kein Mordermittler sein, um zu erkennen, dass ein auf der West End Avenue fahrendes Auto nicht *versehentlich* so außer Kontrolle geraten kann. Der Wagen musste eine S-Kurve quer über den Parkplatz hinlegen, um Vater Maclin auf dem Gehweg zu erfassen. Und all das mit der nötigen Geschwindigkeit, um ihn umzubringen. Das geht nur mit kontrollierter Absicht. Wie mein früherer CSO gern gesagt hat – es ist höchste Zeit, die Karten auf den Tisch zu packen. Falls ihr mir irgendetwas vorenthaltet, dann rückt jetzt damit heraus. Sonst bin ich weg.«

Jed berührte die Tasche, die Sarah Beths Foto enthielt. Er wusste nicht, ob sein Herz wirklich kalt genug geworden war, um sie den Wölfen zu überlassen, aber es anzudrohen war das einzige Druckmittel, das er hatte. Für eine Erfolgschance musste er die beiden dazu bringen, ihn vollständig einzuweihen.

Rachel schaute zu David. Mehrere Herzschläge lang sahen sie einander an, bevor David mit schmalen Lippen nickte. Rachel stieß schwer den Atem aus und drehte sich Jed zu. »Ich weiß nicht, wie ich es sonst beschreiben soll, also sage ich es einfach rundheraus. Sarah Beth ist … besonders. Wir glauben, dass sie deshalb entführt worden ist.«

»Inwiefern besonders?«

Rachel zögerte kurz, als kämen ihr Zweifel. Dann jedoch antwortete sie: »Sarah Beth hat eine Gabe, Jed … Die Gabe des Zweiten Gesichts. Sie sieht und hört Dinge, die andere nicht wahrnehmen.«

Die Worte trafen Jed wie ein Schlag ins Gesicht.

»O nein. Nicht das schon wieder«, stieß er hervor und sprang auf. »Sagt bloß, dass ihr beide nach all den Jahren immer noch an diese bescheuerte Kindheitsfantasie glaubt. Wir sind keine Kinder mehr. Es gibt keine Magie oder Wunder auf der Welt. Keine übernatürlichen Kreaturen, Fähigkeiten oder Kräfte. Keine Engel. Keine Dämonen. Nur Menschen und ihre Fantasie. Die einzigen Monster auf der Welt sind Menschen. Wenn das jemand mit Sicherheit sagen kann, dann ich, weil ich die letzten 17 Jahre damit verbracht habe, sie zu jagen. Sie sind grausam und bösartig – aber nur Menschen.«

Versuchst du gerade, die beiden oder dich selbst zu überzeugen? Du weißt, was du in den Augen dieses Kapuzenkerls gesehen hast. Du kennst die Stimmen, die du im Kopf hörst.

Ein Lächeln wie das einer Nachrichtensprecherin breitete sich über Rachels Züge aus. Sie drehte sich David zu. »Siehst du? Ich hab doch gesagt, es ist Zeitverschwendung.«

»Wir müssen ihm nur ein bisschen Zeit geben, es zu verarbeiten«, entgegnete David.

»Unser kleines Mädchen hat aber keine Zeit«, argumentierte sie mit angespannter Stimme. »Ich sage dir doch, Sarah Beth hat sich bei mir gemeldet. Sie lebt. Aber sie glaubt, dass die Leute, bei denen sie ist, bald irgendwas

Schreckliches mit ihr vorhaben. Wenn das passiert, war es das. Dann sehen wir sie nie wieder.«

»Das kannst du nicht wissen«, entgegnete David sanft. »Mir ist diese Verbindung zwischen euch bewusst. Auch ich habe ihre Gabe gespürt. Aber bei allem, was sich gerade abspielt ...«

»Und ob ich es weiß«, fiel sie ihm barsch ins Wort und drückte die rechte Hand an die Brust. »Weil es sich wie ein Dolch anfühlt, der sich langsam in mein Herz bohrt, David. Millimeter für Millimeter, mit jeder verstreichenden Stunde. Sie ist noch am Leben, aber ihre Zeit läuft ab.«

»Dann kann uns Jed noch helfen«, erwiderte David. »Wir können sie zurückholen, bevor eintritt, was du glaubst ...«

»Was ich *weiß*«, betonte sie gereizt. »Und Jed kann uns nicht helfen, wenn er nicht daran glaubt. Ohne Glauben wird er sie nie finden.«

David nickte, holte tief Luft und wandte sich Jed zu. Seine Augen stellten die einzige Frage, die zählte. *Bitte ... Hilfst du uns?*

Jed schaute zwischen David und Rachel hin und her, bevor er sich langsam wieder setzte. Was er von ihr hörte, schien ihm kaum mehr als das Wunschdenken einer verzweifelten Mutter zu sein. Sie kannte die Statistiken über vermisste Kinder. Offenbar brauchte sie es, sich an dieser Überzeugung festzuklammern. Aber was, wenn es doch stimmte? Einen Moment lang wähnte er sich wieder an der High School. In der Nacht des Lagerfeuers ...

Er schüttelte den Kopf.

Das kann ich nicht noch mal. Unmöglich ... Ich kann einfach nicht, sagte er sich.

Doch, kannst du, widersprach eine andere Stimme. *Ich glaube an dich.*

Sein Blick heftete sich abrupt auf Rachel. »Was hast du gesagt?«

Sie sah ihn mit hochgezogener Augenbraue an. »Ich hab gar nichts gesagt.«

Sein Herz, das ein halbes Leben zum Heilen gebraucht hatte, fühlte sich an, als würde es entlang derselben alten Bruchstelle entzweigerissen. Was an ihnen dreien verursachte nur diese brisante Dynamik? Seit mittlerweile 25 Jahren ähnelte die Kombination einer chemischen Reaktion – manchmal magisch, manchmal explosiv, aber immer unbeständig.

Und wie kann es sein, dass ich sie zugleich so sehr lieben und hassen möchte?

»Jed, ich könnte jetzt versuchen, dich mit einer hochtrabenden Ansprache zu inspirieren. Oder dir zum hundertsten Mal sagen, wie verzweifelt wir sind und dass du unsere letzte und einzige Hoffnung bist. Ich wäre mir auch nicht zu gut dafür, auf die Knie zu sinken und zu betteln, wenn ich dächte, es würde helfen«, sagte David. »Aber die Zeit dafür ist vorbei. Du musst auf dein Herz hören. Wenn du einen Moment allein haben willst, gehen wir raus, damit du in Ruhe nachdenken kannst. Ich weiß, dass gerade dir klar ist, was auf dem Spiel steht. Weil du dem Bösen schon ins Gesicht gesehen hast – und ich meine nicht im Irak oder in Afghanistan. Nach der Nacht damals bei Kenny zu Hause haben wir unterschiedliche Wege eingeschlagen. Du hast dich entschieden, deinem Glauben den Rücken zu kehren. Ich habe mich ihm zugewandt. Ein Teil von mir macht dir daraus keinen Vorwurf …«

»Ich hab gesagt, dass ich nicht darüber reden will!«, schnitt Jed ihm barsch das Wort ab.

»Du hast von uns verlangt, ehrlich zu dir zu sein, Jed«, schoss Rachel zurück. »Tja, jetzt sind wir es. Wir brauchen dich. So, ich hab's gesagt. Wir brauchen dich. Sarah Beth braucht dich. Bitte lass uns nicht hängen. Bitte lass Sarah Beth nicht hängen.«

Jetzt nimm die Mission schon an, Froschmann, meldete sich erstmals bei dem Treffen der SEAL in ihm zu Wort. *Tu, was du am besten kannst, und rette ihr kleines Mädchen.*

Jed stieß mit geschürzten Lippen ein langes, rasselndes Seufzen aus. »Ich lasse euch nicht hängen. Eine angefangene Mission abzubrechen kommt für mich nicht infrage. Das wird jedem SEAL von Anfang an eingeimpft. Nur bitte lasst die Vergangenheit dort, wo sie hingehört.«

David und Rachel nickten. »In Ordnung«, willigten sie unisono ein.

»Und kommt mir nicht mit albernen Muggeln, dem Dunklen Lord und damit, Sarah Beth habe eine Einladung nach Hogwarts bekommen … abgemacht?«, sagte er, um die Spannung aufzulockern, und zwang sich dabei zu einem Lächeln.

»Abgemacht«, stimmte David zu. Als Rachel nichts erwiderte, warf er ihr einen eindringlichen Blick zu.

»Abgemacht«, rang sie sich widerwillig ab, und Jed vermeinte, flüchtig zu bemerken, wie sie die Lippen verzog.

»Also gut«, sagte er. So versucht er sein mochte, an Rachels Verzweiflungsfantasie zu glauben, sie hatten trotzdem keine Ahnung, wo Sarah Beth steckte. Was also würde es bringen? Wenn sich Rachel irrte, besagte die statistische

Wahrscheinlichkeit, dass ihre Tochter bereits tot war. Und wenn sie recht hatte, lief ihnen die Zeit davon und sie hatten kein Ziel, auf das er sich konzentrieren konnte. Um eine Chance zu haben, würden sie alle am selben Strang ziehen müssen. »Bei den SEALs hatten wir vor jeder Mission eine Einsatzbesprechung. Das hier wird unsere für die Mission, Sarah Beth zurückzuholen. Zunächst mal braucht jede Mission eine Operationsbezeichnung – wie Operation Crusader oder Operation Falcon. Rachel, wie willst du unsere nennen?«

»Ist das dein Ernst?«, fragte sie.

»Mein voller Ernst. Das ist wichtig.«

»Na schön, dann will ich Operation Daniel als Bezeichnung«, sagte sie, verschränkte die Arme vor der Brust und reckte das Kinn vor. »Weil wir unser kleines Mädchen nicht allein aus der Löwengrube retten werden. Das kann nur mit Gottes Hilfe gelingen.«

Jed lächelte. Sie würde nicht davon abgehen. Und vielleicht sollte er nicht zu verbissen versuchen, sie dazu zu bringen. Rachel brauchte das Gefühl, Gott auf ihrer Seite zu haben, und das war in Ordnung.

»Okay«, sagte er. »Gefällt mir. Also Operation Daniel. Damit hat die Mission einen Namen. Die nächste unverzichtbare Information ist ein Einsatzort. Ohne Einsatzort keine Mission. Und sofern Gott euch nicht mitgeteilt hat, wo sie …«

»Wir wissen, wo sie ist«, fiel Rachel ihm ins Wort.

»Was?« Jed glotzte sie an. »Seit wann?«

»Seit etwa einer Stunde«, sagte David. »Wir haben zusammen daran gearbeitet.«

»Das ist unglaublich«, erwiderte Jed mit Zweifel in der Stimme und Gesicht. »Wie?«

David griff in seinen Rucksack und holte einen Laptop heraus. Jed stand auf und stellte sich hinter seinen Jugendfreund. Über Davids Schulter hinweg beobachtete er, wie er ein Browserfenster öffnete, Google Maps aufrief und einen gespeicherten Standort mit einer Satellitenansicht lud. David vergrößerte auf Vollbildanzeige. Man sah eine kleine Anlage auf einem gerodeten Hang irgendwo in den Smoky Mountains. Der Taktiker in Jed begann sofort zu planen, wie ein heimlicher Angriff in dem Gelände ablaufen könnte.

»Wir glauben, dass sie im Hauptgebäude ist … Hier.« David bewegte einen Pfeil über das große, zweigeschossige Haus in der Mitte des etwa ein halbes Hektar umspannenden, gerodeten Areals. Daneben befanden sich kleinere Gebäude. Im Norden ein langes, schmales Gebäude mit Flachdach. Vielleicht eine Scheune – oder eine Kaserne für eine Armee von Schützen. Im Süden eines, das nach einer Garage für mehrere Fahrzeuge aussah. »Wir vermuten, dass sie in dem nach Osten gerichteten Zimmer hier im ersten Stock ist.«

Jed löste den Blick vom Bildschirm. Wieder schaute er zwischen Rachel und David hin und her. »Aber wie kommt ihr darauf?«

»Wir wissen es einfach«, antwortete Rachel schlicht. Trotzig starrte sie ihn an der Seite ihres Ehemannes an. Zwischen ihnen befand sich der aufgeklappte Computer.

Jed schürzte die Lippen, verschränkte die Arme vor der Brust und nickte. »Bei der Planung einer solchen Operation ist es für Entscheidungen wichtig, die Informationsquelle zu kennen. Ich glaube euch ja«, beteuerte Jed und bemühte sich, überzeugend zu flunkern. »Aber ihr müsst mir sagen, *woher* ihr es wisst.«

David und Rachel sahen einander an und führten allein mit den Augen ein stummes Gespräch – ein Ehepaar, das eine innige Verbindung hat, dachte Jed und verzog in Gedanken das Gesicht zu einer Grimasse. Schließlich nickte Rachel verhalten und blickte auf ihre Hände hinab.

David ergriff für beide das Wort. »Zwischen Rachel und Sarah Beth besteht durch die Gabe unserer Tochter eine sehr starke Verbindung. Manchmal führen sie im Kopf ganze Gespräche. Das funktioniert dann am besten, wenn sie Körperkontakt haben. Wir haben befürchtet, über weite Entfernungen könnte es überhaupt nicht klappen. Aber Rachel glaubt, sie …« Abrupt schaute sie auf und schleuderte David einen scharfen Blick zu. Beschwichtigend hob er die Hand. »Rachel *hat* sehr klare Bilder von Sarah Beth empfangen, durch die wir bestimmen konnten, wo sie ist.«

»Red weiter«, sagte Jed, obwohl ihn allmählich Verzweiflung beschlich.

David zoomte von der Anlage weg. Jed beobachtete, wie sie zu einem kleinen grünen Fleck wurde, inmitten eines Meers aus Bäumen. Aus der Perspektive erkannte er, dass sie auf dem Hang eines bewaldeten Bergs lag. Im Norden befand sich ein Tal mit vereinzelten kleinen Farmen und sonstigen Gebäuden. Eine kurvige, vermutlich nicht asphaltierte Straße schlängelte sich um den Berg mit der Anlage herum, verlief nach Süden und dann in mehreren Serpentinen zum nächsten Berggipfel hinauf.

»Siehst du das?«, fragte David. Mit dem Mauspad bewegte er den Pfeil zu dem südöstlicheren Berg, wo die gewundene Straße auf einem quadratischen Feld endete, wesentlich kleiner als das Areal, das er Jed zuvor gezeigt hatte. In der Mitte der gerodeten Fläche prangte ein von einem Kreis umgebener, winziger weißer Punkt.

»Ja«, antwortete Jed. »Sieht seltsam aus. Noch ein kleines Haus?«

»Nein.« David zoomte näher hin.

Da erkannte Jed, dass es sich bei dem Gebäude um einen kegelförmigen weißen Turm in der Mitte eines Kreises aus Zäunen und Leuchtmasten handelte. Er beugte sich für einen genaueren Blick vor. Dabei spürte er ein Aufflammen von Schmerzen in der linken Hüfte. Er verdrängte es.

»Was ist das?«, fragte er. »Irgendeine Signalanlage? Oder eine Antenne?«

»Es ist ein Drehfunkfeuer, auch VOR genannt. Piloten nutzen solche Anlagen für die Flugnavigation. Vor ungefähr zehn Jahren habe ich den Privatpilotenschein gemacht. Ist eine echte Leidenschaft für mich geworden, durch Tennessee, Kentucky und North Carolina zu fliegen ...« Mit einer unwirschen Geste bremste sich David und würgte die eigenen unnötigen Worte ab. »Jedenfalls gibt's auf meinem Stammflugplatz so ein Drehfunkfeuer. Deshalb wusste ich durch ihre Beschreibung sofort, was gemeint war.«

»Okay.« Jed wurde neugierig. »Aber davon muss es doch Tausende im ganzen Land geben, wenn sie für die Flugzeugnavigation verwendet werden, oder?«

»Ja, sicher«, bestätigte David. »Genau das war die Herausforderung.« Er fasste erneut in den Rucksack. Was er diesmal hervorholte, sah nach einer Landkarte aus. »Durch die Bilder von Sarah Beth in Rachels Kopf konnten wir bestimmen, dass sie sich höchstens anderthalb Kilometer von der Station entfernt befindet und von dort ein wenig nach oben schaut. Außerdem hat Rachel Berge wie die gesehen, die wir kennen – eher sanfte Hügel, wie sie in Tennessee verbreitet sind. Natürlich haben wir auch gehofft, dass sie in der Nähe ist. Das haben wir auch berücksichtigt.« Mittlerweile hatte er die Karte auf dem Tisch ausgebreitet. »Das ist eine Flugnavigationskarte. Man erkennt darauf Merkmale am Boden. Wir haben damit angefangen, von Nashville aus in alle Richtungen Berge zu suchen, wie Rachel sie gesehen hat. Das hier« – er tippte mit dem Finger auf ein Symbol der Karte, einen Kreis in einem Sechseck – »sind Drehfunkfeuer. Die Rechtecke daneben geben ihre Namen und Frequenzen an.«

Jed erkannte mehrere solche Stationen, vor allem östlich und westlich von Nashville im hügeligen Gelände. Jede war mit einem Bleistift eingekreist worden. »Mir ist immer noch nicht klar, wie ihr bestimmen konntet, dass ihr ausgerechnet diese Station gesehen habt. Sind die optisch nicht alle irgendwie gleich? Außerdem habt ihr anscheinend einen ganzen Haufen davon eingekreist – in allen Richtungen.«

»Wir hatten noch einen Anhaltspunkt«, erklärte David mit strahlender Miene und zeigte auf Rachel.

Sie schaute zu Jed. Wieder verschränkte sie die Arme vor der Brust, bevor sie das Wort ergriff. Dieselbe Haltung hatte sie früher oft eingenommen, als sie an der High School zusammen waren, wenn sie ihm die Leviten gelesen hatte. Meistens weil er sich wieder mal von David in Schwierigkeiten bringen ließ. Jed schüttelte die Erinnerung ab.

»Sarah Beth hat mir auch andere Bilder gezeigt«, begann sie. »Bilder von der Aussicht aus ihrem Fenster und von den Schatten ihres Gebäudes und der anderen um sie herum. Daraus haben wir eine grobe Skizze davon erstellt, wie das Grundstück aussehen muss.«

Beeindruckt lächelte Jed und nickte. Allmählich begriff er und fand es ziemlich genial. Allerdings beruhte es auf der verrückten Grundlage, dass ein zwölfjähriges Mädchen seiner Mutter über Hunderte Kilometer Entfernung Visionen übermitteln konnte.

Und dennoch …

»Damit«, übernahm David wieder das Wort, »sind wir auf die hier markierten Drehfunkfeuer gekommen. Dann sind wir zu Google Earth gewechselt, haben die Gegend vergrößert und im Umkreis von anderthalb Kilometern zu jeder Station nach etwas gesucht, das dem ähnelt, was Rachel gesehen hatte.«

»Wir haben den Ort gefunden«, sagte Rachel leise. »Mit Gottes Hilfe.«

»Amen«, fügte David bekräftigend hinzu. »Das leise Flüstern des Heiligen Geistes hat uns geleitet.« Wieder sahen sie einander an und lächelten. Dann wandte sich David wieder dem Computer zu. »Die meisten Stationen konnten wir mühelos ausschließen, weil es im Umkreis von anderthalb Kilometern kaum etwas oder nichts gibt. Ein paar Möglichkeiten haben wir zwar gefunden, aber das hier« – er zeigte auf die Ansicht des Grundstücks von zuvor, die er wieder aufgerufen hatte – »hat richtig ausgesehen.«

»Es ist sogar goldrichtig«, korrigierte Rachel. »Und durch den Blickwinkel auf die Station können wir sagen, dass sie hinten im Haupthaus in einem nach Osten ausgerichteten Zimmer im ersten Stock sein muss. Da …« Sie schaute zu Jed auf. Ihr Finger deutete zum Computer, während sie geradezu verzweifelt nach Anzeichen dafür suchte, dass er ihr glaubte. »Da ist mein kleines Mädchen.«

»Okay«, brummte Jed, der nicht wusste, was er sonst sagen sollte. Er hatte entschieden, sich trotz seiner Skepsis über die Methode keine Zweifel anmerken zu lassen. Und wenn man über den schwer zu glaubenden, übernatürlichen Ursprung der bereitgestellten Bilder hinwegsah, ergab der wirklich geniale Rest ein rundum stimmiges Ergebnis. »Wo genau ist das?«

David verringerte den Zoom. Er verkleinerte die Ansicht der Anlage und des Drehfunkfeuers, bis sie im hügeligen Gelände verborgen waren. Im Norden gingen die Täler in Kleinstädte über. Im Westen erkannte Jed eine größere Straße, im Norden eine weitere, die von Osten nach Westen verlief. David klickte auf eine Schaltfläche. Die Anzeige wechselte von Satellitenansicht zu Kartenansicht.

»Das Drehfunkfeuer ist hier« – er zeigte ihm die Stelle mit dem Cursorpfeil – »direkt an der Grenze zwischen Tennessee und North Carolina. Und das Grundstück liegt hier …«

»Mitten im Cherokee National Forest«, sagte Jed, der die Karte mittlerweile deuten konnte. »Nur einen Katzensprung östlich von Pigeon Forge und Gatlinburg – vielleicht vier Stunden von hier.«

»Das, Senior Chief Johnson«, sagte David, »ist der Zielort für die Mission, die du planst. Dort ist die Geisel. Das Zielgebiet von Operation Daniel.«

Jed lief auf und ab, rieb sich das Kinn und ignorierte die sengenden Schmerzen in der Hüfte. Beinahe wie eine Mutprobe gestattete er sich in Gedanken ein kurzes, prägnantes Gebet, die Augen geöffnet.

Ist das echt, Gott? Du wirst mir irgendein Zeichen geben müssen.

Es folgten keine Worte, keine Lichtblitze und schon gar kein brennender Dornbusch, aber ihn erfüllte schlagartig ein Gefühl von Frieden, Zuversicht und Entschlossenheit. Er spürte – und glaubte –, dass sich Sarah Beth auf jenem Grundstück befand, wie es David und Rachel behaupteten.

»Ich glaube euch«, verkündete er schließlich.

»Oh, Gott sei Dank. Wie sehen unsere nächsten Schritte aus?« Aus Davids Zügen sprachen mehr Hoffnung und Enthusiasmus, als Jed seit ihrem ersten Treffen in der Universitätsbuchhandlung bei seinem Freund gesehen hatte.

»Ich besorge mir ein anderes Fahrzeug, rüste mich aus und fahre nach Osten«, antwortete Jed.

»Willst du dich nicht erst ausruhen?«, fragte David.

»Ja, aber nicht hier. Wie erwähnt weiß ich nicht, was es mit der Polizei von Nashville und diesem Fall auf sich hat. Sicherheitshalber will ich so schnell wie möglich raus aus der Stadt. Keine Sorge. Ich finde schon ein Plätzchen zum Ausruhen, bevor … bevor ich sie raushole.«

»Okay. Ich gehe nur schnell auf die Toilette, dann treffen wir uns draußen auf dem Parkplatz.« Als David gehen wollte, hielt Jed ihn am Arm zurück. »Ich weiß, ich weiß. Wir besorgen dir, was du brauchst, und ein Fahrzeug.«

»David, dir ist klar, dass ich allein aufbreche, oder?«

»Auf keinen Fall«, antwortete Rachel für sie beide. »Es geht um unsere Tochter. Wir kommen mit.«

»Wisst ihr, ich verstehe das, wirklich – ihr wollt um jeden Preis euer kleines Mädchen retten. Bei meinem ersten Gespräch mit David habe ich zu ihm gesagt, dass ich nicht weiß, ob ich helfen kann, weil ich als Navy SEAL ein Spezialist für Sondereinsätze bin, kein Ermittler. Zeigt mir eine Tür, dann trete ich sie ein, nehme den Hochkaräter gefangen, erledige die Bösen und befreie die Geisel. Damit habe ich mir den Lebensunterhalt verdient, das beherrsche ich. Es geht nicht darum, dass ich den einsamen Wolf oder Helden mimen will. Im Gegenteil. SEALs arbeiten im Einsatz immer als Teams zusammen. Wärt ihr welche, würden wir es gemeinsam tun – als Team. Aber das seid ihr nicht. Ihr würdet mich nur aufhalten und die Gefahr erhöhen, dass wir alle draufgehen. Einschließlich Sarah Beth.«

»Moment mal«, sagte David, die Züge gerötet vor Emotionen. »Gut, du willst also, dass Rachel zurückbleibt. Soll mir recht sein – wir brauchen hier sowieso jemanden, der für die Polizei von Nashville erreichbar ist. Aber ich bin kein Warmduscher, der dir nur im Weg wäre. Vielleicht glaubst du, man gibt seine Männlichkeit ab, wenn man in den Dienst der Kirche eintritt. Damit liegst du falsch. Ich war mehr Mann als du, als wir Teenager waren. Und ich bin jetzt mehr Mann als damals.« Dann fügte er beinahe brüllend hinzu: »Sie ist meine Tochter, Jed. Und ich komme mit.«

»Ich stelle hier nicht deine Männlichkeit infrage, David«, entgegnete Jed. Wieder flammte Verärgerung über den Mann in ihm auf, der ihm die Frau ausgespannt und sich seinen Traum vom Dasein als Priester unter den Nagel gerissen hatte. Und der ihm nun auch vorschreiben wollte, wie er *seine* Arbeit erledigen sollte. »Nur zwischen einem Mann und einem Elitesoldaten besteht trotzdem ein haushoher Unterschied.«

Jed bewegte sich blitzschnell, brachte David mit einem Stoß aus dem Gleichgewicht und zog ihn dann in einen stehenden Würgegriff. Er übte Druck auf Davids Halsschlagader aus und verspürte Mitleid, als sein einstiger Freund hilflos in seinem Griff zappelte. Bevor David das Bewusstsein verlieren konnte, ließ Jed ihn los und schob ihn von sich. Er zog das Klappmesser aus der Tasche und fuhr die 15 Zentimeter lange, noch mit getrocknetem Blut verschmierte Klinge aus.

Rachel schnappte nach Luft, und Davids Augen wurden groß.

»Bist du dafür ausgebildet, ein Leben zu beenden? Ich schon«, sagte Jed und nahm mit dem Messer geduckte Kampfstellung ein. David wich zurück, als Jed sich ihm näherte. »Nimm mir die Klinge ab, David. Mach schon – zeig mir, was du draufhast.«

»Jed, hör auf!«, verlangte Rachel mit scharfer Stimme, in der jedoch auch Furcht mitschwang.

Er wirbelte zu ihr herum, offenbarte ihr seine Kriegerseele. »Mache ich dir etwa Angst?«

»J-Ja«, stammelte sie.

»Das ist nichts. Überhaupt nichts!«, herrschte er sie an. »Ihr habt mich beide angebettelt, diese Aufgabe zu übernehmen, habt aber keine Ahnung, was nötig ist, um sie zu erfüllen. Ihr seid beide weder körperlich noch taktisch oder emotional für einen Kampf gewappnet. Und glaubt mir, ich ziehe in einen Kampf.«

Ehemann und Ehefrau starrten ihn mit offenen Mündern sichtlich eingeschüchtert an.

»Das war mir nicht klar«, sagte Rachel, schaute von seinen Augen zur Klinge und wieder zurück.

»David, du bist weder Elitesoldat noch Scharfschütze. Wenn du bei der Mission mitkommst, bist du Ballast, den ich nicht tragen kann. Das ist keine Beleidigung, sondern eine Tatsache. Unsere beste Chance, eure Tochter zu retten, besteht darin, dass ich allein gehe. Und ich hoffe, das habt ihr jetzt begriffen.«

»Aber sie ist meine Tochter«, beharrte David, wenngleich deutlich weniger fanatisch als zuvor.

»Ich weiß. Und nur, um es klarzustellen«, fügte Jed hinzu, dessen Irritation sich eher steigerte als nachließ, »ich habe nie geglaubt, dass Geistliche keine richtigen Männer sind. Pastor Tobias war ein Mentor und Freund. Ich habe ihn nie für verweichlicht, schwach oder etwas anderes als einen echten Mann gehalten – nicht nur damals als Teenager, sondern auch jetzt als Navy SEAL. Aber wenn du willst, dass ich dir Sarah Beth zurückbringe, dann mache ich es allein«, sagte er und steckte das Messer weg.

David nickte, bevor er die Bibliothek verließ. Jed blieb allein mit Rachel in einer erstickend unbehaglichen Atmosphäre zurück.

Er sah sie an, und sie begegnete seinem Blick.

»War unnötig, was du gerade gemacht hast«, warf sie ihm mit zu Schlitzen verengten Augen vor.

»Das sehe ich anders«, entgegnete er, straffte die Schultern und starrte sie eindringlich an. »Ihr beide habt keine Ahnung, was ihr von mir verlangt.«

»Dasselbe kann ich über dich behaupten«, konterte sie. »Du hast es immer noch nicht verstanden, oder?«

»Oh, ich denke, schon. Mehr, als du ahnst«, sagte er verkniffen lächelnd. »Aber was ich nicht verstehe, bist du. Weil du mir nicht mal in die Augen sehen kannst.«

»Was hast du denn erwartet, was passieren würde, Jed?«, fragte sie mit einem mitleidigen Lachen, und ihre Augen glänzten plötzlich. »Dass du hier auftauchen würdest und alles wäre in Ordnung? Zwischen *uns?* Dass alles wie von Zauberhand vergeben und vergessen sein würde? Wir wieder die drei Musketiere wären?«

»Die Wahrheit ist … Das habe ich nicht.«

»Was hast du nicht?«

»Ich hatte keine Erwartungen. Ich dachte mir, was passieren musste, wird passieren.«

»Unglaublich.« Sie schüttelte den Kopf. »Du hast dich kein bisschen verändert. Wir sehen uns auf dem Parkplatz. Ich gehe mich bei Pater Newman bedanken.«

»Warte.« Er hielt sie am Arm zurück, als sie davonstapfen wollte. »Vielleicht kapiere ich es einfach nicht … Wie kannst du mich nach all den Jahren immer noch hassen?«

»Weil du uns verlassen hast, du egoistischer Mistkerl«, fauchte sie und riss den Arm aus seinem Griff. »Du hast uns beide verlassen. Und du hast all dein Licht mitgenommen.«

TEIL II

DIE SUCHE

Der Herr macht alles zu seinem Zweck,
auch den Frevler für den bösen Tag.

Sprüche, Kapitel 16, Vers 4

13

AUTOBAHNKREUZ I-40/I-81

UNGEFÄHR 50 KILOMETER ÖSTLICH VON KNOXVILLE, TENNESSEE

FREITAG, 10:50 UHR ORTSZEIT

Jed war im Einsatz.

Er hatte eine klare Aufgabe, einen Zielort und einen Plan. Aber nicht nur das versetzte ihn in einen hoch konzentrierten Missionszustand. Er hatte das Gefühl, entschlossen ein gerechtes Mandat zu erfüllen, das von woanders zu stammen schien … von einer höheren Macht als irgendeiner Operationszentrale. Zwar konnte er versuchen, die Augen vor dieser Überzeugung zu verschließen – was er vielleicht tun würde, wenn alles vorbei wäre. Aber er konnte nicht den inneren Frieden leugnen, den er empfand. Das Treffen mit David und Rachel in der *Cathedral of the Incarnation* war einerseits schwierig gewesen, zugleich jedoch befreiend.

Er warf einen Blick auf den Seesack am Beifahrersitz des alten braunen Pick-ups, den er auf der I-40 in Richtung Osten steuerte. Noch größer wäre seine Zuversicht, wenn die Tasche wie durch Magie mit einem SOPMOD-M4-Sturmgewehr, zehn Reservemagazinen, Granaten, Blendgranaten, Nachtsichtbrillen und einem mit einer Predator-Drohne verbundenen MBITR-Funkgerät für Aufklärung und Feuerunterstützung in Echtzeit aus der Luft gefüllt gewesen wäre.

Und wenn ich als Draufgabe noch ein paar SEALs dabeihätte …

Aber er hatte nichts von alledem.

Mit einem Pfeifen stieß er den Atem aus. Er hatte 800 Dollar in bar, einen kleinen Rucksack, eine große Wasserflasche, Energieriegel, ein mobiles Ladegerät für das iPhone, das David ihm besorgt hatte und das er am Becherhalter montiert als Navi benutzte, eine Sig-Sauer-P365-Pistole, ein Butanfeuerzeug, eine Rettungsdecke aus Mylar, ein Fernglas und Munition. In einer Halterung hinter der Sitzbank hing zudem eine prächtige Jagdflinte, eine Mossberg 500 Centennial Edition, die offenbar Rachels Vater gehörte. Allerdings eignete sich die Mossberg zwar hervorragend für den Nahkampf, kaum jedoch für den taktischen Einsatz. Sie bot keine Präzision auf größere Entfernungen, enthielt nur fünf Patronen plus eine und war eine Vorderschaftrepetierflinte – man musste nach jedem Schuss manuell durchladen. Zwar hatte er dafür reichlich Munition, aber der Vorgang war bei einem wilden Schusswechsel alles andere als ideal.

Es ist, wie es ist.

Jed blieb auf der rechten Spur, als sich der Highway in Richtung Osten teilte. Links ging es weiter nach Virginia, während er die Strecke nach Süden zu den Great Smoky Mountains einschlug. Nach der Kurve hatte er die Sonne links und klappte die Blende hoch, dankbar dafür, dass er die Augen endlich nicht mehr zusammenkneifen musste.

Hätte ich mal nur dran gedacht, nach einer Sonnenbrille zu fragen.

Ohne Adrenalin im Kreislauf und ohne Umstände, die seine Sinne in erhöhte Bereitschaft versetzten, schlich sich Müdigkeit ein. Jed spürte, wie sie ihn einlullte. Er kannte

Schlaf als wertvolle Waffe und wusste, dass er für den Einsatz hellwach sein musste. Aber da er keine Ahnung hatte, was ihn in den Smoky Mountains erwartete, wollte er nicht riskieren, schlafend auf einem Rastplatz von der Staatspolizei überprüft zu werden. Deshalb hatte er beschlossen, voranzukommen und sich dann auszuruhen, wenn sich eine günstige Gelegenheit dafür bot. Sein Plan sah vor, sich im Schutz der Dunkelheit auf das Grundstück zu schleichen und Sarah Beth nachts rauszuholen. Das bedeutete, ihm blieben noch über zwölf Stunden für den Weg dorthin. Als SEAL war es ihm in Fleisch und Blut übergegangen, am Tag zu schlafen, und er konnte sich nicht vorstellen, dass er in einem so großen Wald wie dem Cherokee National Forest kein geschütztes Plätzchen dafür finden würde.

Aber zuerst muss ich noch einen Boxenstopp einlegen.

Die Ortschaft Hartford stellte kaum mehr als einen Klecks auf der Landkarte zwischen der I-40 und dem Pigeon River entlang des Highways auf dem Weg durch den Cherokee National Forest dar. Er befand sich nur zehn bis 15 Minuten von dem Kaff entfernt, das vermutlich die letzte und beste Gelegenheit darstellte, aufzutanken und sich zu erleichtern. *Hier draußen dürfte ich wohl kaum Corporal Alexander, mordlüsternen Obdachlosen oder Suburbans mit getönten Scheiben über den Weg laufen,* dachte er schmunzelnd. Mit gespreiztem Daumen und Zeigefinger vergrößerte er am Display die Ansicht der Karte. Ein Lächeln trat in seine Züge, als Symbole für Lokale auf dem Bildschirm erschienen. Das *Pigeon River Smokehouse* klang perfekt dafür, den in seinem Magen nagenden Hunger zu stillen. Aber als ein kleines Symbol in Form einer Kaffeetasse mit der Bezeichnung *Bean*

Trees Café auftauchte, steigerte sich seine Begeisterung erneut. Ein riesiger Grillteller und eine große Tasse Kaffee, genau solchen Brennstoff brauchte sein Körper dringend. Außerdem brauchte er eine Auszeit von der Straße, um die Satellitenbilder erneut zu studieren und den Plan für seinen Ein-Mann-Sturm auf die Anlage, in der Sarah Beth festgehalten wurde, zu verfeinern und abzuschließen.

Jed gähnte, als er wenige Minuten später vom Highway abfuhr. Er sah das Hinweisschild des *Pigeon River Smokehouse,* das mit den besten gegrillten Schweinekoteletts weit und breit warb. Dennoch konnte er nicht widerstehen, stattdessen das *Bean Trees Café* anzusteuern. Dabei stellte er sich vor, wie in einem Cartoon einer sichtbaren Duftspur zu dem Lokal zu folgen. Lächelnd rollte er mit dem verbeulten Pick-up in eine freie Lücke auf dem kleinen Schotterparkplatz des Cafés und schaltete die Zündung aus. Er rollte den Nacken, hob langsam erst die linke, dann die rechte Schulter und hörte ein befriedigendes Knacken, als er die verspannten Muskeln streckte. Seine linke Hüfte protestierte lautstark, als er den groß gewachsenen Körper aus der viel zu kleinen Kabine des Wagens schwang und sich aufrichtete. Er balancierte auf dem rechten Fuß, hob das linke Knie und zog es in Richtung der Brust, um den Hüftbeuger und die Kniesehnen zu dehnen – das Brennen in den verkrampften Muskeln fühlte sich seltsam beruhigend an. Währenddessen suchte Jed den Parkplatz und die Straße hinter sich nach auf ihn gerichtete Blicke ab. Als er weder bedenkliche Personen noch Fahrzeuge entdeckte, humpelte er zum Eingang des im Stil einer Blockhütte gebauten Lokals. Dabei fluchte er leise vor sich hin, während er darauf wartete, dass sich seine Hüfte beruhigte.

Als er die Tür aufzog, wehten ihm zu seiner Überraschung typische Schnellimbissgerüche entgegen, die das Aroma von geröstetem Kaffee beinahe überlagerten. Als er die Speisekarte auf der Kreidetafel hinter dem Tresen überflog, stellte er fest, dass neben Kaffee und Backwaren eine beeindruckende Auswahl an Sandwiches und Burgern angeboten wurde. Während ein junges Paar in brandneuer, zweifellos online gekaufter Wanderaufmachung bestellte, überlegte er, wofür er sich entscheiden sollte. Obwohl er nicht bezweifelte, dass es im *Pigeon River Smokehouse* so gut wie auf dem Schild behauptet sein würde, sprang ihm ein bestimmtes Angebot auf der Speisekarte ins Auge.

Warum nicht in diesem urigen Café zwei Fliegen mit einer Klappe schlagen?

»Was darf's sein?«, erkundigte sich die Frau an der Kasse, als er an die Reihe kam.

»Einen doppelten Venti Latte, bitte«, bestellte er automatisch im Starbucks-Jargon.

»Großer doppelter Latte, geht klar«, bestätigte die Barista in ihrem bunt geblümten Kleid und lächelte ihn an. »Was noch?«

»Den Kohlen-Burger bitte«, antwortete er, da er dem Burger mit Spiegelei, Jalapeños, Käse, Speck und gebratenen Gurken nicht widerstehen konnte. »Mit Pommes«, fügte er hinzu. »Und einen süßen Tee im Becher zum Mitnehmen.«

»Kommt sofort, Süßer«, erwiderte sie. »Isst du auf der Terrasse?«

»Ja«, gab Jed zurück.

»Wie heißt du, Süßer?«

Einen Moment lang erstarrte er, bevor er die Paranoia abschüttelte. »Jeff«, sagte er.

Die junge Frau schrieb in blumiger Schrift *Jeff* auf eine Karte und setzte sie in einen Halter ein, den sie ihm reichte. »Warte kurz, den Kaffee bringe ich dir sofort.«

Jed beobachtete, wie sie seine Bestellung mit geübter Effizienz zubereitete, während sein Körper praktisch nach Koffein lechzte. Der Geruch von Espresso und das Geräusch von dampfender Milch glichen reiner Folter, bis er den doppelten Latte endlich in den Händen hielt. Mit einem vorfreudigen Grinsen ging er durch die Seitentür hinaus. Draußen entdeckte er den perfekten Platz auf der weitläufigen Terrasse, die eine malerische Aussicht auf den Fluss hinter dem Café bot. Er entschied sich strategisch für den Ecktisch, von wo er das Café, die gesamte Terrasse und die Einfahrt zum Parkplatz auf der Nordseite des Gebäudes im Blick hatte. Niemand konnte sich ihm von hinten nähern, und er konnte zwischen den Bäumen hindurch sogar die Hartford Road im Auge behalten.

Der Kaffee entfaltete seine Magie fast sofort. Jed verspürte einen Anflug frischer Energie. Dabei musste es sich zumindest teilweise um eine Placebo-Wirkung handeln, weil sich der Großteil des Koffeins noch in der Tasse befand und noch nicht durch seine Adern zirkulierte. Gemächlich betrachtete er die Umgebung und konnte sich ein breites Lächeln nicht verkneifen, als er dem Blick eines kleinen Jungen an einem Picknicktisch begegnete, wo er mit seinen beiden Schwestern und seinen Eltern saß. Der Junge salutierte in Jeds Richtung. Jed zwinkerte und erwiderte die Geste. *Ich hätte mich vielleicht umziehen sollen,* dachte er. Plötzlich wurde ihm bewusst, dass sein kojotengraues T-Shirt, die Baseballmütze mit dem Logo seiner ehemaligen Einheit, die Cargohose mit Tarnmuster und die Wanderstiefel nur allzu sehr dem Stil eines

Elitesoldaten entsprachen. Der Vater des Jungen bedachte ihn mit einem Nicken, das besagte, dass er ihm für den Dienst an ihrem Land dankte. Jed nickte zurück.

Wenig später brachte die junge Frau von der Theke einen Korb mit einem dampfenden Burger mit Spiegelei und Pommes heraus. Das Aroma hob Jeds Laune fast so sehr wie der Kaffee. Beim ersten Bissen schloss er die Augen und genoss die Geschmacksexplosion in seinem Mund – herzhaftes, gegrilltes Rindfleisch, salziger Speck, cremig geschmolzener Käse, pikante Jalapeños und süßliche, gebratene Gürkchen. *Das Paradies in einem Brötchen.* Er verschlang den Burger in gefühlten Sekunden. Danach ertappte er sich dabei, auch noch die letzte Fritte unter dem weißen Papier in dem roten Plastikkorb hervorzuholen. Er tunkte sie in den übrig gebliebenen Saft des besten Burgers, den er je gegessen hatte, und steckte sie sich in den Mund.

Mit einem gedehnten, wohligen Seufzen öffnete er die Karten-App auf seinem Handy und zoomte von seinem Standort weg. Er musste zur Grassy Fork Road, um mit der Infiltration zu beginnen. Dafür konnte er entweder örtliche Nebenstraßen einschlagen oder auf die I-40 nach Süden zurückkehren und an der Green Corner Road davon abfahren. Die zweite Möglichkeit enthielt nicht nur weniger Serpentinen, sie führte auch durch einen deutlich abgelegeneren Teil der Hügel, wo er mit geringerer Wahrscheinlichkeit auf neugierige Augen stoßen würde. Als Nächstes betrachtete er das Terrain, bestimmte eine Reihe von Wegpunkten für den Marsch zurück und gab sie in die App ein.

Damit hatte er die Vorbereitungen abgeschlossen. Er schaltete das Display des Smartphones aus und sah sich vor dem Aufbruch noch einmal um. Diesmal schnellte sein Herzschlag in die Höhe – und nicht wegen des doppelten Espressos in seinem Latte. In einer Ecke auf dem Parkplatz des Postamts nebenan entdeckte er einen grauen Suburban. Er zwang sich, nicht direkt hinzustarren. Stattdessen stellte er qualvoll lange Gelassenheit zur Schau, indem er die Aufmerksamkeit wieder dem Handy zuwandte und Zeit damit totschlug, durch Nachrichtenberichte zu scrollen. Erst nach mehreren Minuten erhob er sich langsam, nahm seinen Tee mit und ging zurück ins Café. Dabei widerstand er dem Drang, die Sig Sauer P365 im Holster an seinem Kreuz zu berühren. Die kompakte Pistole war kleiner, dünner und wesentlich bequemer zu tragen als seine P229. Seiner Meinung nach auch für geschulte Augen deutlich schwieriger zu bemerken. Im Gastraum des Cafés hielten sich nur zwei Gäste auf, die er beide nicht als besorgniserregend einstufte. Nachdem er sich zum Abschied in Richtung der Barista mit dem geblümten Kleid an die Baseballmütze getippt hatte, trat er den Weg hinaus zum Parkplatz an.

Dass er vor dem *Bean Trees Café* keine weiteren verdächtigen Fahrzeuge entdeckte, empfand er als schwachen Trost. In dem Suburban nebenan konnten sich locker sieben bis acht schwer bewaffnete Männer befinden. Durch die dunkel getönten Scheiben konnte er nicht erkennen, wer oder was in dem Wagen auf ihn lauern mochte. Jed entriegelte den Pick-up und stieg auf der Fahrerseite ein. Kurz klopfte er mit den Fingern aufs Lenkrad, bis er eine Entscheidung traf.

Ich muss mich vergewissern …

Jed startete den Motor und lenkte den Pick-up gemächlich zurück auf die Hartford Road in Richtung Norden.

Dabei behielt er den Rückspiegel im Auge und hoffte, sich zu irren. Der Chevy Suburban war ein sehr verbreiteter SUV, und Grau gehörte wahrscheinlich zu den beliebtesten Farben. Bestimmt reiste mit diesem Exemplar lediglich eine Familie zum Campingurlaub im Cherokee National Forest. Als er jedoch einen zweiten, identischen grauen Suburban hinter einem Wohnmobil auf dem Parkplatz des *Pigeon River Smokehouse* erblickte, konnte er ihre Anwesenheit nicht länger als Zufall abtun.

Jed beschleunigte in Richtung des Highways, doch im letzten Moment riss er das Steuer herum und bog vor der Auffahrt nach rechts auf die Big Creek Road. Er fuhr am *Pigeon River Smokehouse* vorbei, unter der Überführung der I-40 hindurch und zur Citgo Tankstelle, die einen kleinen Lebensmittelmarkt umfasste. Statt zu einer der Zapfsäulen zu rollen, parkte er vor dem Markt und heftete den Blick auf den Rückspiegel.

Die Zeit sollte gerade so reichen, dass es funktioniert, dachte er, während er die Mossberg von der Halterung nahm und in den Seesack stopfte. So groß dieser auch war, der Platz reichte nicht, um eine Schrotflinte vollständig aufzunehmen. Der Schaft ragte am Ende der Reißverschlussleiste heraus. Fluchend zog Jed den Reißverschluss zu, so weit es ging, bevor er ausstieg. Den Wagen stehen zu lassen würde seine Zeitplanung definitiv verknappen. Zwar trennten ihn nur acht Kilometer Luftlinie vom Zielort, allerdings befand er sich in den Smoky Mountains und konnte nicht fliegen.

Zu Fuß muss ich mit doppelt so viel rechnen, sagte er sich.

Da sich bestätigt hatte, dass ihn die korrupten Cops, das FBI oder die unbekannte bösartige Vereinigung observierte, die hinter der Sache steckte, sah er sein einziges Heil darin, in den Wäldern zu verschwinden. Jed warf sich den Seesack an dessen Griffen über die Schulter, zog die Glastüren des Lebensmittelmarkts auf und trat ein.

»Morgen«, grüßte er lächelnd den langhaarigen Jungen an der Kasse und drehte ihm den breiten Oberkörper so zu, dass er den Schaft der Mossberg verbarg.

Der Bursche nickte ihm nur knapp zu.

»Toiletten?«, fragte Jed.

»Hinten«, antwortete der junge Mann.

Jed nickte zum Dank und ging den kurzen Flur entlang. Die Herrentoilette befand sich links. Er öffnete die Tür und fand den aus nur einer Kabine bestehenden Raum unbesetzt vor. Nachdem er eingetreten war, drehte er den Wasserhahn am Waschbecken auf und suchte nach einem Fenster, durch das er hinauskriechen könnte. Da es keines gab, entschied er sich für die nächstbeste Möglichkeit. Er ließ es so erscheinen, als wäre die Kabinentür von innen verriegelt, indem er das Schloss am Türknauf von außen zudrehte.

»Das sollte mir ein, zwei Minuten verschaffen«, murmelte er bei sich, als er auf den Flur zurückkehrte und die Tür hinter sich zuzog. Er schwenkte nach links in Richtung des Notausgangs, in dessen Nähe er weder irgendwelche Kabel noch einen Alarmkasten entdeckte. Innerlich betete er, dass keine Sirene schrillen würde, dann legte er die Hand an die Druckstange, schob die Tür auf und huschte lautlos hinaus in den Sonnenschein hinter dem Lebensmittelmarkt.

Jed verlor keine Zeit. Im Laufschritt durchquerte er den flachen Hinterhof zum an die Tankstelle grenzenden

Wald. Er schätzte, dass er fünf bis sieben Minuten hatte. Hoffentlich würde sie die vermeintlich besetzte Toilette eine Weile in die Irre führen, bevor sie herausfänden, dass er zu Fuß in die Wälder entkommen war. Trotz der ihn plagenden Hüfte konnte er kilometerweit ohne Pause laufen. Sofern seine Verfolger keine Elitesportler waren oder Quads hatten, würde es ihnen nicht gelingen, ihn einzuholen.

Immerhin war er ein Navy SEAL.

14

IRGENDWO

NACH DEM ABENDESSEN

WAHRSCHEINLICH FREITAG, FRÜHER ABEND

Sarah Beth hörte die falsche Großmutter kommen. Eigentlich *hörte* sie es weniger, sondern spürte eher, wie sich die rumorenden Gedanken der Frau näherten. Wie ein Gewitter. Den Großteil ihrer Kindheit hatte sie versucht, die Gedanken und Stimmen zu ignorieren, die willkürlich in ihren Kopf eindrangen. Nun hingegen versuchte Sarah Beth, sie zu nutzen. Sie ahnte, dass an diesem Ort die von ihr nie gewollte »Gabe« ironischerweise ihre Rettung sein könnte.

Ungeachtet ihrer tristen Lage schien es bergauf zu gehen. Am Vortag war ihr ein gewaltiger Durchbruch gelungen, indem sie eine Verbindung zu ihrer Mutter hergestellt hatte. Anfangs nur schwach und verschwommen, aber als sie sich aufeinander eingestellt hatten, war sie stärker geworden. Sarah Beth verstand nicht viel von Funkgeräten, aber ihr Vater hatte einmal versucht, ihr das Konzept des Abtastens verschiedener Frequenzen zu erklären. Allmählich glaubte sie, dass ihre Gabe ähnlich funktionieren könnte – dass jeder Mensch eine andere Frequenz besaß und der Trick darin bestand, sie herauszufinden und sich darauf einzustimmen.

Wenn ich nur jemanden hätte, der es mir beibringt.

Mittlerweile war die falsche Großmutter schon fast hier. Sarah Beth war so empfänglich für die Aura der Frau geworden, dass sie vorhersagen konnte, wann sie Schritte auf der Treppe hören würde, gefolgt vom Knarren des Bretts im Flur vor ihrem Zimmer und schließlich dem Schlüssel im Schloss.

So wie jetzt.

In drei, zwei, eins …

Das Brett ächzte. Gleich darauf ratterte der schwere Schlüssel geräuschvoll im Schloss.

Sarah Beth saß mit den Händen im Schoß auf der Bettkante, als die Frau eintrat. Die falsche Großmutter begrüßte sie mit einem zuckersüßen Lächeln und der widerlichen Wolke negativer Emotionen, die sie überallhin begleitete. Hass beherrschte die brodelnde, toxische Brühe des Geists der Frau. Und der Hass richtete sich nicht nur gegen Sarah Beth, sondern auch gegen eine größere unglückselige Gruppe, die diese Frau verabscheute und der sie Sarah Beth zurechnete.

»Wie geht's dir heute Abend, Liebes?«, erkundigte sich die falsche Großmutter von der Tür. »Hat dir das Essen geschmeckt?«

»Ich will nach Hause«, verkündete Sarah Beth mit tonloser Stimme.

»Ich weiß, Liebes. Aber heute lernst du stattdessen jemand ganz Besonderen kennen – jemanden, der dir helfen wird, das alles zu verstehen. Ich weiß, dass es ziemlich verwirrend für dich sein muss. Mit Victors Unterstützung wirst du begreifen, warum dein Besuch hier zu deinem Besten ist.«

Ich hasse dich. Ich hoffe, du fällst tot um.

Die falsche Großmutter legte den Kopf schief. So erinnerte sie Sarah Beth an Grace, den Goldendoodle ihrer Großeltern, wenn er einen Befehl nicht ganz verstand.

»Entschuldige, Liebes. Hast du was gesagt?«

»Ich habe gesagt, dass ich nach Hause will«, wiederholte Sarah Beth und stand auf. Einerseits wollte sie unbedingt ein Experiment durchführen, andererseits fürchtete sie sich zu Tode davor, was dabei geschehen könnte. Wenn es schiefginge, riskierte sie den Verlust des einzigen Vorteils, den sie hatte.

»Tja, das wird heute Abend nicht passieren«, sagte die Frau nach einer längeren Pause. »Komm mit. Ich möchte dir meinen Freund vorstellen. Du wirst ihn bestimmt mögen …«

Ein schauriges Bild blitzte in Sarah Beths Kopf auf, verschwand jedoch zu schnell wieder, um Einzelheiten zu erkennen.

Ein Gesicht? Ein grausames, schreckliches Gesicht …

Mit dem Bild setzte eine tief reichende Beklommenheit ein. Plötzlich fühlten sich ihre Eingeweide wie mit schwarzem Schleim gefüllt an. Dennoch rang sie sich ihr bestes Lächeln eines kleinen Mädchens ab und ging gehorsam zur Tür. Als sie die falsche Großmutter erreichte, warf sie einen Blick auf die linke Schürzentasche – in der sich der Schlüssel befand. Eine Messingkette ragte heraus und schlängelte sich nach oben um den dünnen, krummen Hals der Frau. In der rechten Schürzentasche erspähte Sarah Beth ein kleines Notizbuch und drei verschiedenfarbige Stifte.

Jetzt oder nie, sagte sie sich und nahm all ihren Mut zusammen.

»Ich hab Angst, Oma«, benutzte sie den Kosenamen zum ersten Mal bei der Frau. »Mir fehlen Mami und Papi.«

Bevor ihre Wärterin etwas erwidern konnte, streckte sich Sarah Beth und berührte die Hände der Frau, die sie zu einem festen, knöchernen Knoten gefaltet vor dem Bauch hielt. Kaum hatte sie den Kontakt hergestellt, übermittelte Sarah Beth einen einfachen Gedanken in den Kopf der falschen Großmutter.

Leg einen Stift auf die Kommode. Leg einen Stift auf die Kommode …

Die Frau schreckte zusammen und erschauderte. Einen Moment lang waberte etwas Furchteinflößendes wie ein animierter Spezialeffekt über ihr Gesicht. Als würden neue Züge darübergelegt – wutentbrannt verzerrt, unmenschlich. Nach einem kurzen Aufblitzen verschwand der Eindruck wieder. Zurück blieb nur ein schwaches gelbliches Leuchten in den Augen der Frau, das langsam verblasste, bis man es ebenfalls nicht mehr wahrnahm.

Die falsche Großmutter schauderte noch einmal, bevor sie rasch ihr unechtes Lächeln aufsetzte.

»Ist schon gut, Liebes«, sagte sie und trat an Sarah Beth vorbei zur Kommode. »Es gibt keinen Grund, sich zu fürchten.«

Sarah Beth schwieg und beobachtete staunend, wie die Frau in die Schürzentasche griff und mit zitternden knochigen Fingern den grünen Stift herausholte.

»Ich weiß, wie verwirrend das alles sein muss, Kleines«, fuhr die falsche Oma fort, während sie den Stift auf die Kommode legte, »aber bald ist alles vorbei. Und Ende gut, alles gut.«

Sarah Beth bemühte sich bestmöglich, ihre Verblüffung darüber zu verbergen, was sie gerade erlebt hatte. War der falschen Großmutter klar, dass sie den Stift auf die Kommode gelegt hatte? Sie schien es beinahe unbewusst getan zu haben.

Aber was, wenn sie mich damit nur überlisten will?

»Na gut, Oma«, sagte sie leise und blickte auf ihre Füße wie eine unterwürfige Fünfjährige. »Ich vertraue dir.«

»Das ist mein Mädchen. Jetzt komm mit«, forderte die falsche Großmutter sie auf, trat zur Seite und deutete mit der linken Hand in den Flur vor der offenen Tür.

Sarah Beth tapste in den Flur. Einerseits freute sie sich über die ersten Schritte aus ihrem unechten Kleinmädchenzimmer, das in Wahrheit ein Gefängnis darstellte, andererseits fürchtete sie sich davor. Sie blieb stehen und ließ die falsche Großmutter durch den Flur mit dem dunklen Parkettboden und einer hässlich geblümten Tapete vorausgehen.

Sieht aus wie das Haus von jemand Altem, dachte sie, *nicht wie ein Ferienlager.*

Nach einigen Schritten ertönte das vertraute Knarzen einer Bohle. Erst an der Treppe wurde Sarah Beth bewusst, dass sie barfuß lief. Sie merkte sich in Gedanken vor, den Fehler nicht zu wiederholen, wenn sie später die Flucht versuchte. Als sie die Holzstufen hinunterstieg, achtete sie darauf, in der Mitte des blutroten Läufers zu bleiben, die Hände wie die falsche Großmutter vor sich gefaltet. Aus irgendeinem Grund scheute sich Sarah Beth davor, das dunkle Holz des verzierten Geländers zu berühren. Mit jedem Schritt nach unten schlug ihr Herz schneller. Bange Erwartung schnürte ihr die Kehle zu und erschwerte das Atmen. Sarah Beth zerrte am Kragen ihres T-Shirts, damit er nicht die Haut berührte.

Sie fror, fühlte sich klein und schwach.

Wer ist dieser Victor, und was hat er mit mir vor?

Sie begann zu zittern, als ihre Fantasie eine dunkle Richtung einschlug. Ihre Eltern hatten sie immer behütet, aber sie war nicht dumm. Sie konnte sich vorstellen, was man mit entführten Mädchen anstellte …

Am Ende der Treppe folgte sie der falschen Großmutter durch eine hübsche Diele. Sonnenlicht strömte durch rechteckige, facettierte Glasscheiben einer riesigen, schwer aussehenden Tür herein. Staubkörnchen tänzelten in drei getrennten, gelblichen Strahlen und verliehen der Diele eine fremdartige, unwirklich anmutende Atmosphäre. Auf der anderen Seite des Raums sah man durch einen verkleideten Bogendurchgang einen langen Esstisch, der aus einem einzigen massiven Holzbrocken gefertigt zu sein schien. An dessen hinterem Ende saß ein Mann, der wohl Victor sein musste, die Ellbogen auf den Tisch gestützt, die langen, blassen Finger aneinandergelegt wie ein Kirchturm. Sein schmales Gesicht mit dem ordentlich gestutzten Kinnbart lächelte Sarah Beth entgegen. Dunkle Augen begegneten ihrem Blick, als sie zögerlich den holzverkleideten Bogen durchquerte. Sie erkannte darin kein gelbliches Leuchten. Als sie in ihm zu lesen versuchte, empfing sie rein gar nichts.

»Ah, Sarah Beth«, sagte er mit einer Stimme, die an den Klang eines Cellos erinnerte.

Was für ein eigenartiger Gedanke für mich.

Sie schwieg, während ihr Herz wie eine Basstrommel in der Brust pochte.

Victor saß regungslos da, ohne zu blinzeln. Hätten sich nicht seine Lippen bewegt, Sarah Beth hätte ihn vielleicht für eine Statue gehalten.

»Wie schön, dich endlich kennenzulernen, Liebes«, sagte er, bevor er sich rührte und ihr mit dem rechten

Arm bedeutete, auf dem Holzstuhl mit der hohen Lehne neben sich Platz zu nehmen.

»Ich will nach Hause«, brachte sie erstickt mit brüchiger Stimme heraus. Diesmal brauchte sie das verängstigte kleine Mädchen nicht zu spielen. Plötzlich verspürte sie den Drang, seiner Aufforderung zu gehorchen und sich hinzusetzen. Wie eine Schlafwandlerin bewegte sie sich langsam den Tisch entlang und ließ sich auf dem Platz neben ihm nieder.

Macht er mit mir dasselbe, was ich mit der falschen Großmutter mit dem Stift gemacht habe?

Bei dem Gedanken lief es ihr eiskalt den Rücken hinunter.

»Bitte lassen Sie mich nach Hause.« Diesmal sah sie den Mann nicht an.

»Ich weiß, dass du nach Hause willst, Sarah Beth«, erwiderte Victor. Seine Stimme klang nicht mehr tief und traurig. Eher herzlich, beinahe tröstlich, womit er ihr nur noch mehr Angst einjagte. »Ich weiß, dass du deine Eltern vermisst – Rachel und David. Das ist normal. Aber hast du nicht manchmal das Gefühl, dass sie dich zurückhalten?«

»Mich zurückhalten?«, echote sie. »Das verstehe ich nicht.«

»Ich kann mir vorstellen, wie frustrierend es für eine junge Frau wie dich sein muss, wie ein Kind behandelt zu werden. Immer gesagt zu bekommen, wohin du gehen sollst, was du zu tun hast, was du denken sollst. Du hast es nicht verdient, so behandelt zu werden …«

Er hat recht, erkannte Sarah Beth. Sie versuchen wirklich immer, mich zu kontrollieren. Kommandieren mich ständig herum …

»Außerdem verstehen sie deine Gabe nicht und wissen nicht zu schätzen, wie talentiert du bist. Vor allem nicht David.«

Sie blickte auf ihre Hände hinab. Überrascht stellte sie fest, dass sie beide zu Fäusten geballt hatte. Es stimmte – ihre Eltern behandelten sie wie ein Kind. Wie ein Baby. Ihr Vater konnte oder wollte nicht mal über ihre Gabe sprechen.

Dieser abschätzige Blick, den er immer aufsetzt. Er hat sogar mal behauptet, ich würde mir das alles nur einbilden. Und Rachel … Sie schüttelte den Kopf. Nein, Mama. Ich habe noch nie als Rachel von ihr gedacht …

»Rachel behandelt dich wie ein zerbrechliches kleines Mädchen statt wie die Frau, zu der du allmählich wirst.«

Sie verstehen dich nicht.

Sie verstehen mich nicht …

Panik erfasste Sarah Beth. Sie schaute zu ihm auf und fand in seinem Lächeln die Bestätigung ihrer Vermutung. Victor war in ihren Kopf eingedrungen und schändete ihre Gedanken. Ein Anflug von Übelkeit überkam sie, und sie krümmte sich vornüber.

Raus aus meinem Kopf!, kreischte sie in Gedanken. Dann verschwanden die Angst und die Übelkeit, als wäre ein Schalter umgelegt worden.

»Ich werde dich hier nicht so behandeln. Weil ich deine Gabe respektiere und schätze«, sagte er. Sarah Beth wurde bewusst, dass er plötzlich ihr gegenüber am Tisch stand. Schatten und Licht durch Lücken im schweren Vorhang hinter ihr tänzelten über sein Gesicht.

Sie stieß zittrig den Atem aus und fragte sich, ob sie ihn aufgehalten oder ob er sich ihrer erbarmt und sie von sich aus freigegeben hatte.

»Wohin wollte Rachel letzten Samstag mit dir, als wir dich gerettet haben, Sarah Beth?«

»Meine *Mutter*«, klammerte sie sich an das Wort, »wollte mit mir zu zwei Leuten. Ich bewerbe mich an einer Privatschule. Für besondere Kinder wie mich.«

»Sie wollen dich wegschicken«, sagte Victor und nickte. »Weil sie Angst vor dir haben. Angst vor der Gabe, über die sich David zu reden weigert, stimmt's? Sie wollen dich wegschicken, weil sie sich vor dir fürchten. Nur haben sie dir nicht gesagt, dass du an dieser besonderen Schule zu einer Sklavin wirst. Man wird dich dort dazu bringen, deine Gabe für deren Zwecke einzusetzen, bis du sie verbraucht hast. Und danach wird dich niemand mehr wollen. Das willst du doch nicht, oder?«

Ihr Gehirn verkündete lautstark, dass er log – das *wusste* Sarah Beth, weil die Schule ihre Idee gewesen war … Oder doch nicht? Sie verspürte erdrückenden Kummer. Das Gewicht des Alleinseins.

Was machst du mit mir?

»Das stimmt nicht«, flüsterte sie atemlos.

»Wie war das?«, hakte Victor nach und hielt sich die Hand ans linke Ohr. »Tut mir leid, ich kann dich nicht hören.«

»Nichts«, wimmerte sie und senkte den Blick auf den Schoß.

Victor kehrte zum Kopf des Tischs zurück. Seine Füße verursachten dabei kein Geräusch, beinahe so, als schwebte er über den dunkelrot-goldenen Teppich.

»Wir glauben an dich, Sarah Beth. Deshalb haben wir dich gerettet – vor Eltern, die dich weder schätzen noch verstehen. Und vor einer Schule voller böser Menschen, die dich benutzen wollen.«

»Ihr habt mich entführt! Mich meinen Eltern weggenommen.« Befeuert von einem Anflug blanker Wut schaute sie auf. In Victors Gesicht kräuselte sich die Haut – nicht ähnlich einem Spezialeffekt wie zuvor bei der falschen Großmutter, sondern so, als wänden sich darunter Schlangen. *Ihr seid die Bösen,* hatte ihr auf der Zunge gelegen, doch der Anblick ließ sie die Worte zurückhalten.

Als er hinter sie trat, schrie eine innere Stimme warnend auf. Es schien an der Zeit zu sein, vom Stuhl aufzuspringen und zu flüchten – in den Wald, wo die Tiere weit weniger furchterregend waren als dieser Mann. Oder was auch immer er sonst sein mochte. Aber sie verharrte wie gelähmt. Ihr Hinterteil fühlte sich wie an den Stuhl geklebt an. Sarah Beth neigte den Kopf wie zum Gebet oder vielleicht unterwürfig und begann zu schluchzen.

Lange, bleiche Finger senkten sich wie eisige Schlangen auf ihre Schultern und drückten sie.

Bei der Berührung erfüllten schreckliche Bilder ihren Kopf – Bilder von dämonisch maskierten Mördern, die in jener Kathedrale aus ihren Träumen sowohl Männer und Frauen als auch Kinder massakrierten. Dann jedoch verschwanden sie so abrupt, als würden sie von den kalten Skeletthänden auf ihren Schultern aus ihrem Geist gesaugt. Stattdessen fluteten neue Bilder ihr Gehirn. Sarah Beth hörte sich gequält aufschreien, als sie ihr geistiges Auge bestürmten wie rasender Gegenverkehr auf einer Straße. Sie wollte sie aufhalten, sie aussperren, doch es gelang ihr nicht. Bilder von schier unaussprechlichen Gräueln. Hinrichtungen und Enthauptungen. Kinder, die in einer staubigen Wüstenstadt getötet werden. An Wände genagelte Menschen. Auf einem Strand kniende Männer in orangefarbenen Overalls, die von schwarz gekleideten Gestalten hinter ihnen abgeschlachtet wurden, einer nach dem anderen …

Bild um Bild tauchte in ihrem Kopf auf, und sie konnte währenddessen nur schreien.

Als sie es kaum noch ertragen konnte, ließen die kalten, knochigen Finger ihre Schultern los.

Sarah Beth spürte, wie sie nach vorn sackte, als hätte sie jegliche Kontrolle über ihre Muskeln verloren. Ihre Stirn schlug mit einem dumpfen Knall schmerzhaft auf den schweren Holztisch. Da sie den Kopf nicht mehr heben konnte, verharrte sie so und weinte. Ein heftiges Schluchzen schüttelte ihren gesamten Körper durch.

Victor kehrte zu seinem Stuhl am Kopfende zurück. »Ach, Sarah Beth«, sagte er mit einer Stimme wie warmes Öl. »Anscheinend habe ich dich überfordert. Tut mir leid, das war nicht meine Absicht.«

Als ihre Kraft zurückkehrte, hob sie den Kopf. Tränen liefen ihr über die Wangen und blieben als zögerliche kleine Tropfen an ihrem Kinn hängen. Sie wollte den Mann nicht ansehen, konnte dem Zwang jedoch nicht widerstehen.

»Sie sind ein Monster«, hörte sie sich sagen. Woher die Worte kamen, wusste sie nicht.

»So also dankst du mir?« Er bedachte sie mit einem freudlosen, schmallippigen Lächeln. »Hast du nicht gespürt, wie ich die Albträume aus deinem Kopf geholt habe? Ich will nur das Beste für dich, Sarah Beth. Aber ich kann dir nicht helfen, wenn du mich nicht lässt.« Er schaute an ihr vorbei und schnippte mit den Fingern, rief die falsche Großmutter herüber. »Wir versuchen es morgen noch mal. Hoffentlich siehst du mich nach einer

Nacht voll Schlaf im frischen Licht eines neuen Tags mit anderen Augen.«

»Komm, Liebes«, rief die falsche Großmutter herüber. »Zeit fürs Bett.«

Sarah Beth stand auf, doch Müdigkeit zerrte an ihr wie ein an ihre Seele geketteter Anker. Beinahe zu schwer zum Gehen. Mühsam schleppte sie sich vom Tisch und von Victor weg. Sie wäre auch über Glasscherben gekrochen, um Abstand von diesem Mann zu gewinnen. Mit hängenden Schultern folgte sie ihrer Kerkermeisterin aus dem Esszimmer in die Diele. Mit jedem Meter, den sie zwischen Victor und sich brachte, ging es ihr ein bisschen besser, wurde sie ein bisschen stärker. Als sie den Kopf der Treppe erreichten, fühlte sie sich wieder wie sie selbst.

Fürchte dich nicht, ich bin an deiner Seite, sagte eine Stimme in ihrem Kopf – die altbekannte Stimme, der sie vertraute.

Hoffnung keimte in ihrer Brust – und entfachte eine Glut, die sie zu einem lodernden Feuer schüren musste, das wusste Sarah Beth. Denn bereits am nächsten Tag würde es zu spät sein. So viel war ihr klar geworden.

Das Massaker in der Kathedrale war kein Albtraum, sondern eine Vorahnung.

Ich muss es verhindern, dachte sie, bevor sie den Gedanken rasch abschottete, falls Victor lauschte.

Ein Ächzen tönte durch den Gang oben, als sie auf die knarrende Bohle trat. Sie merkte sich die Stelle, indem sie sich eine bestimmte Blume auf der Tapete einprägte und sie der dritten Holzplatte unter der Deckleiste zuordnete. Kurz darauf blieb die falsche Großmutter an der Schwelle zu Sarah Beths Zimmer stehen und bedeutete ihr hineinzugehen.

Sarah Beth schluckte ihre Abscheu hinunter und schlang ihre Arme um die Taille der Frau. »Danke, Oma«, sagte sie und drückte die knochige Gestalt.

Schließ die Tür nicht ab … Schließ die Tür nicht ab … Schließ die Tür nicht ab …

Die Frau zuckte zurück, als hätte sie eine heiße Herdplatte berührt, befreite sich aus der Umarmung und faltete abwehrend die Hände vor der Schürze.

»Na, na, Liebes«, sagte sie mit einem entsetzlich falschen Lächeln. »Es ist fast vorbei. Alles wird wieder gut. Ende gut, alles gut.«

Sarah Beth rang sich ein mattes Lächeln ab und nickte, bevor sie gehorsam ihr Gefängnis betrat. Die Tür schwang geräuschvoll hinter ihr zu. Prompt wirbelte sie herum und sank davor auf die Knie. Sie drückte die Hände gegen das Holz und strahlte ihren Willen aus.

Schließ die Tür nicht ab … Schließ die Tür nicht ab … Bitte schließ die Tür nicht ab …

Sarah Beth kniff das linke Auge zu und spähte durch das Schlüsselloch. Ihr Mut sank, als sie sah, wie das Licht verschwand und sich der Schlüssel im Schloss bewegte.

Schließ die Tür nicht ab …

Sie hörte ein dumpfes Klicken und ein Schrammen.

Schließ die Tür nicht ab …

Der Schlüssel begann, sich zu drehen.

In dem Moment wurde Sarah Beth klar, dass es nicht auf *ihre* Macht ankam. Nicht auf ihren Willen.

Gott, ich bin's, Sarah Beth. Bitte, Gott, bitte. Sie darf die Tür nicht abschließen. Ich werde tapfer und brav sein, aber bitte lass nicht zu, dass sie mich heute Nacht einsperrt.

Immer noch starrte sie in das dunkle Schlüsselloch. Sie hörte den Schlüssel rattern. Die Hand der falschen

Großmutter zitterte. Dann erstarrte sie. Ihre Kerkermeisterin zog den Schlüssel zurück, ohne ihn umgedreht zu haben, und es fiel wieder schwaches Licht durch das Loch.

Sarah Beth lauschte den entschwindenden Schritten und dem Ächzen der Bohle. Dann kehrte Stille ein.

Erschöpft stieß sie den Atem aus und rappelte sich mühsam auf. Sie schlurfte zum Bett, drückte sich den großen Plüschhasen fest an die Brust und richtete den Blick auf die Kommode, wo der grüne Stift knapp über den Rand ragte.

Danke, lieber Gott. Und jetzt … noch eine letzte Bitte … Mach mich stark.

15

CHEROKEE NATIONAL FOREST

ÖSTLICH VON HARTFORD, TENNESSEE

FREITAG, 19:30 UHR ORTSZEIT

Als Jed den umgestürzten Baum sah, wusste er, dass es an der Zeit war, anzuhalten. Die Sonne ging bereits unter, und bisher hatte er bei der Wanderung durch die Wälder keinen besseren Unterschlupf entdeckt. Die Chancen, noch etwas Bequemeres zu finden, schätzte er gering ein, und er war erschöpft. Nachdem er den Pick-up an der Tankstelle zurückgelassen hatte, war er förmlich durch den Wald gerannt und mehrfach umgekehrt, um seine Spuren zu verwischen. Dabei war er ständig in höchster Alarmbereitschaft geblieben, um etwaige Verfolger rechtzeitig zu bemerken. Entweder hatte die geheimnisvolle Gruppe, die ihn aus den Suburbans heraus observiert hatte, die Jagd zu Fuß nicht fortgesetzt, oder er hatte sie abgeschüttelt. Da die Dunkelheit anbrach, war es an der Zeit, sich auszuruhen. Wie alle Elitesoldaten betrachtete Jed Schlaf als Waffe. Er musste sich hinlegen, bevor ihm die Energie ausginge. Jed umkreiste die umgestürzte Schierlingstanne, ein mächtiges Exemplar mit einem Stamm, den selbst er mit seiner beachtlichen Armlänge nur halb umfassen könnte. Der Sturz hatte ein Rund der Wurzeln mit einem Durchmesser von drei Metern aus dem Boden gerissen. Zwischen einem

Großteil der verworrenen Masse hing noch dichtes Erdreich.

Perfekt, dachte Jed und kniete sich hin, um die kanuförmige Vertiefung unter dem Stamm zu begutachten.

Darunter würden ihn auf der einen Seite die Wurzeln, oben der Stamm selbst und auf der dritten Seite dichtes Unterholz verbergen. Blieb nur der Einstieg, den er tarnen musste. Er entdeckte einen großen Ast, der beim Sturz von einem angrenzenden Baum abgerissen worden war. Jed schleppte ihn herüber und lehnte ihn so hin, dass die Blätter daran seinen improvisierten Unterschlupf tarnten. Zufrieden damit streifte er den Seesack ab, hob den Ast mit einem Arm an und schob den Sack samt der Mossberg in die Mulde. Die Sig Sauer P365 trug er mittlerweile am rechten Oberschenkel – sicher, zugänglich, nicht störend. David hatte aller Unwahrscheinlichkeit zum Trotz ein Beinholster aufgetrieben. Unbelastet kroch er unter den Baumstamm und senkte den Ast zurück an seinen Platz. Er rutschte hin und her, bis er eine einigermaßen bequeme Liegeposition für den überdurchschnittlich großen Körper gefunden hatte. Als Kissen benutzte er den Seesack. Draußen senkte sich die Dämmerung über die Great Smoky Mountains. Die ersten Laubfrösche und Grillen sangen sich bereits für ihren nächtlichen Chor warm.

Jed drückte sich die Mossberg zwar entspannt, trotzdem in Bereitschaftshaltung an die Brust. Wenig später entdeckte ihn eine Stechmücke, die ihre Ankunft mit einem hohen Summen in der Nähe seines linken Ohrs ankündigte, bevor es verstummte. »Guten Appetit«, murmelte er. Er spürte nicht, wo der Blutsauger gelandet war, und vor Erschöpfung scherte es ihn auch nicht. Kurz danach übermannte ihn der Schlaf. Sein Unterbewusstsein versetzte ihn zurück zu Ereignissen, die er die letzten 17 Jahre lang geradezu verzweifelt zu vergessen versucht hatte …

Kaum war Jed aus dem Auto gestiegen, spürte er die Hitze. Jahrelang hatte er nur Geschichten über das alljährliche, inoffizielle sogenannte »Senior Bonfire« gehört. Nun jedoch, wenige Monate vor dem Abschluss, erlebten sie es endlich selbst. Rachel hatte an dem Abend nicht mit David fahren wollen, weil sie fand, dass er in letzter Zeit zunehmend außer Kontrolle geriet. Sie hatte angekündigt, sich direkt beim Lagerfeuer auf der Bailey-Farm mit ihnen zu treffen, nicht weit von dort entfernt, wo Rachels Familie lebte. Ihre Besorgnis war nicht unbegründet. David schlürfte bereits aus der großen Thermosflasche, die er mit einer verheerenden Kombination verschiedener, aus dem Schrank seines Vaters geklauter Spirituosen gefüllt hatte – ein bisschen hiervon, ein bisschen davon. Aus jeder Flasche gerade so viel, dass man es nicht auf Anhieb bemerkte.

»Wow. Das nenn ich mal 'n Feuer«, sagte David und stürzte einen weiteren Schluck aus der Thermosflasche hinunter, während er den pyramidenförmigen Turm aus fünf Meter hoch in die Luft züngelnden Flammen bestaunte.

»Ich geh Rachel suchen«, kündigte Jed an und schloss die Fahrertür.

»Eh klar«, murmelte David. »Total unter ihrer Fuchtel.«

Jed ignorierte die Bemerkung und ging um den tosenden Scheiterhaufen herum auf die andere Seite. Die meisten der versammelten Kids blieben auf Abstand. Nur ein paar furchtlose Trottel versuchten, Marshmallows auf langen Stöcken zu rösten, wurden aber wiederholt von der intensiven Hitze des Infernos zurückgedrängt. Gabe Meachams

Ford F-150 schien den Mittelpunkt des Treibens zu bilden. Durch die geöffneten Türen dröhnte Musik aus dem Radio. Auf der Ladefläche tanzten mindestens zehn Teenager. Bier- und Limonadendosen übersäten den Boden. Das schon länger nicht gemähte Gras hatte die jugendliche Horde längst platt getrampelt.

»Yo, Jedidiah«, rief eine vertraute männliche Stimme. »Ihr seid ja doch noch gekommen. Dachte schon, ihr lasst es sausen.«

»Auf keinen Fall«, erwiderte Jed und schlug mit Scot ein, einem seiner Kameraden der Footballmannschaft. »Du kennst ja mein altes Leiden – chronisch unpünktlich.«

»In der Kühlbox steht auf 'ner Flasche Budweiser dein Name«, sagte Scot. »Bedien dich ruhig.«

»Nein danke, Bro. Keinen Durst.«

»Auch gut«, erwiderte Scot, bevor er sich David zuwandte. »Hi, Dave.«

»Scot.«

»Du scheinst ja schon gut versorgt zu sein«, meinte Scot und deutete mit dem Kopf auf Davids Thermosflasche.

»Ja, hab alle meine Freunde dabei«, gab David grinsend zurück. »Mr. Daniels, Mr. Smirnoff, Mr. Beam und Captain Morgan.«

Damit löste er bei Scot und allen anderen in Hörweite Gelächter aus. Außer bei Jed, der vergeblich versucht hatte, David davon abzuhalten, den Spirituosenschrank seines Vaters zu plündern.

»He, Scot, hast du Rachel gesehen?«, fragte Jed, während er im Schein des Feuers die Gesichter absuchte, sie jedoch nicht entdeckte.

»Ja, Mann, sie ist hier«, antwortete Scot. Auch hier sah er sich kurz nach ihr um, bevor er hinzufügte: »Hab sie vorhin

mit Stacy reden gesehen. Vielleicht sind sie rüber zum Haus gegangen. Kenny könnte sie begleitet haben.«

»Okay, danke.« Jed wandte sich an David. »Kommst du mit zum Haus? Gehen wir sie suchen?«

David schnaubte gespielt irritiert und trank einen Schluck aus der Thermosflasche. »Gern. Vielleicht hat Kennys Dad ja wirklich Rippchen geräuchert. Kenny hat die ganze Woche damit rumgeprahlt.«

»Ja. Cool«, erwiderte Jed, und die beiden besten Freunde traten den Weg zum Haus an.

»Irgendwie seltsam«, meinte David, als sie die hintere Terrasse erreichten und die Schiebetür weit offen stand. Im Haus brannten keine Lichter.

»Bei dem Lärm können Kennys Eltern unmöglich schlafen«, sagte Jed.

»Kenny hat mir erzählt, dass sie ausgegangen sind und versprochen haben, nicht vor Mitternacht zurückzukommen«, erwiderte David. »Schätze mal, dasselbe haben sie für seinen älteren Bruder bei seinem Lagerfeuer vor zwei Jahren gemacht.«

Der gellende Schrei eines Mädchens aus dem Haus sträubte Jed die Nackenhaare.

»Was war das?«, entfuhr es David.

»Das war Rachel!«, gab Jed zurück und rannte in die Richtung, aus der er den Schrei gehört zu haben glaubte. »Rachel!«, brüllte er und drehte sich im Kreis. Als keine Antwort kam, blieb er unten im Flur stehen und rief erneut: »Raaaachel!«

David packte ihn am Arm, erschreckte ihn.

»Alter, ich glaub, ich hab hinter der Tür da was gehört«, sagte David und zeigte auf eine geschlossene Tür hinter Jed.

Jed wirbelte herum und riss sie auf. Zum Vorschein kam eine Treppe hinunter in einen Keller. Von unten schimmerte ein schwaches rotes Licht herauf. Schlagartig schwappte über Jed ein Anflug von Grauen und Übelkeit hinweg. Obwohl ihn jeder Urinstinkt eindringlich aufforderte, die Flucht zu ergreifen, stürmte er mit David im Schlepptau die Stufen hinunter. Als er sich dem Fuß der Treppe näherte, hörte er ein qualvolles Wimmern wie von einem verwundeten Tier, das rasch von einem anderen Geräusch übertönt wurde ...

Von einem animalischen, schrecklichen, bösartigen Laut.

Unten angekommen drehte er den Kopf und konnte nicht auf Anhieb verarbeiten, was er sah – Rachel auf dem Rücken am Boden unter einer Gestalt mit breiten Schultern, der Rock hochgeschoben, die Bluse aufgerissen. Der Kerl auf ihr versuchte, mit einer Hand die Hose runterzuziehen, während er Rachel mit der anderen an der Kehle festhielt. Aus ihren glasigen Augen strömten Tränen. Schockiert von dem Anblick stand Jed wie erstarrt da und beobachtete, wie sie sich hilflos unter ihrem Angreifer wand.

Dann begegnete ihr Blick dem seinen, und er hörte im Kopf ihr Flüstern – »Hilf mir!«.

Etwas in ihm zerriss, und Raserei übernahm die Kontrolle.

»Runter von ihr!«, schrie Jed schrill und zerrte Rachels Angreifer an den Haaren.

Der Mann – nein, ein Junge – drehte sich und schaute zu ihm auf. Was Jed zu sehen bekam, ließ ihm das Blut in den Adern gefrieren. Das Gesicht vor ihm war nicht menschlich. Ein Teil seines Gehirns registrierte, dass es Kenny Bailey gehörte, dem Gastgeber der Party, den Jed seit der Vorschule kannte. Nur wurde Kennys Gesicht von einem anderen überlagert – einer grotesken, geisterhaften Fratze. Das dämonische Gesicht knurrte Jed an. Die Augen leuchteten in der Farbe von Flammen. Ein Knistern breitete sich über seine Arme und Beine aus, gefolgt von einer Gänsehaut.

»W-Was zum Teufel ist das?«, stammelte David hinter ihm.

Rachel kreischte und kroch rücklings auf Händen und Füßen über den Betonboden von dem Monster weg.

Dann fiel Jed über die Kreatur her.

Hass, Zorn, mörderische Raserei brachen aus seinen dunkelsten Tiefen hervor und verwandelten ihn in etwas noch Furchterregenderes als seinen Gegner. Jeds erster Schlag schleuderte das Gesicht seines Klassenkameraden wuchtig nach links. Kennys Augen weiteten sich vor Angst. Das Gesicht darüber hingegen verzog sich und stimmte ein tiefes, höhnisches Lachen an. Der zweite Schlag brach Kenny die Nase. Jed verfiel in einen Rhythmus – rechte Faust, linke Faust, rechte Faust, linke Faust. Zunehmend härter und schneller prasselten die Hiebe auf Kenny ein und verwandelten sein Gesicht in einen blutigen Brei. Animalisches Gebrüll hallte durch den Keller. Jed bekam nicht mal mit, dass es von ihm selbst ausging.

Dann nahm er jemanden hinter sich wahr, der mit Schmetterlingsschlägen auf seine Schultern einhämmerte.

»Hör auf! Hör auf, Jed, du bringst ihn ja um!«, kreischte Rachel.

Er wirbelte herum und stieß sie weg. Sie fiel und schlitterte über den Boden. Unbeirrt wandte er die Aufmerksamkeit wieder der dämonischen Kreatur zu, schloss die Hände um deren Kehle und drückte zu. Dabei beobachtete er, wie sich die verzerrte Fratze von dem blutigen menschlichen Gesicht löste, durch die Luft trieb und einen verrenkten, drahtigen Körper mit sich zog. Das übernatürliche, höllische

Wesen kräuselte sich wie Rauch, während es über Kenny schwebte. Mit einem triumphierenden Lachen bohrte sich der Blick der Dämonenaugen in Jed. Dann gleißte ein rotes Licht auf. Die Kreatur raste durch den Keller, prallte gegen die Wand und verschwand. Auf dem Waschbeton blieb nur ein schwaches orangefarbenes Leuchten zurück, das nach und nach erlosch.

»Bitte, Jed«, flehte Rachel. Sie war zurück und zerrte kraftlos an seinem Arm, während sie atemlos schluchzte.

Er ignorierte sie, verzehrt von Wut und Hass, die nicht nachließen, sondern sich zu einem Crescendo steigerten.

Eine raue Stimme flüsterte ihm ins Ohr: »Tu es. Mit bloßen Händen. Es wird sich gut anfühlen zu beobachten, wie sein Lebenslicht erlischt …«

Jed verstärkte den Druck um Kennys Kehle. Während er ihn weiterhin würgte, sprach eine andere Stimme zu ihm, sanft und beruhigend. »Das reicht, Jed. Lass los. Es ist weg. Es ist vorbei.«

Die Stimme in seinem Kopf klang wie die von Pastor Tobias, seinem Betreuer bei der Jungschar. Nur konnte das nicht sein. Dennoch löschten sie das Inferno der Gewalt in ihm, und er konnte wieder klar denken. Mühsam löste er die Hände von Kennys Hals. Es fühlte sich an, als müsste er dafür einen fremden Willen überwinden, der die Muskeln in seinen Händen und brennenden Unterarmen zu kontrollieren versuchte. Aber es gelang ihm.

Als er losließ, drang ein langsames, feuchtes Rasseln zwischen den bläulich verfärbten Lippen seines Opfers hervor.

»Ist er tot?«, fragte die neben ihm kniende Rachel mit einem Schluchzen.

»Was war das für ein Ding?«, sagte David über seine Schulter.

»Antworte, Jedidiah. Ist er tot?«, wiederholte Rachel, mittlerweile mit Panik in der Stimme.

Jed drehte den Kopf und sah sie an. Er erkannte sie kaum wieder. Schwarze Mascara verschmierte, von Tränen zerlaufen, ihr Gesicht. Blut von der aufgeplatzten Oberlippe prangte an den Zähnen. Auf der linken Wange schillerte zornig ein blauer Fleck. Ein Auge schwoll gerade zu. Er starrte sie mit offenem Mund an und wusste nicht, was er sagen sollte. Dann blickte er wieder auf den übel zugerichteten Kenny hinab. Ein halb rasselnder, halb zischelnder Atemzug ertönte im verwüsteten Gesicht des Jungen.

»Was hast du getan, Jed?«, sagte Rachel mit großen Augen.

»Alter, Jed, du hättest ihn fast umgebracht«, murmelte David. Seine Stimme klang eigenartig.

Jed streckte die Hand aus, um Rachel zu trösten, aber sie schrak zurück.

»Was ist?«, fragte er, bevor ihm bewusst wurde, dass es an ihm lag. Sie hatte eine Heidenangst vor ihm. Er betrachtete seine Hände, die Knöchel wund, geschwollen, bedeckt von Kennys Blut. Da wurde ihm bewusst, was er getan hatte – wozu er um ein Haar geworden wäre.

»Gott«, entfuhr es ihm voller Angst, Wut und Verwirrung. »Gott, wo bist du gewesen?«

Abrupt erwachte Jed mit hämmerndem Herzen, die Mossberg krampfhaft umklammert. Für den Bruchteil einer Sekunde wusste er nicht, wo und vor allem in welcher Zeit er sich befand. War er der Teenager Jed? Oder der alte Jed? Als er blinzelte, änderte sich die Umgebung nicht. Es herrschte eine Dunkelheit, als steckte er in einer Kiste, aber die Laubfrösche und Grillen sangen ihn nach und nach aus seinem Dämmerzustand.

Du bist im Wald unter einem Baum und auf der Mission, Sarah Beth Yarnell zu retten, erinnerte ihn sein innerer SEAL leise.

Er atmete aus, schluckte und schloss die Augen.

Jetzt fällt's mir wieder ein …

Für Jed waren die Nachwehen der Erfahrung damals genauso traumatisch wie der Vorfall selbst gewesen. Albträume, grausige Rückblenden, das Geflüster in den Gängen der Schule … All das verstärkte die Paranoia, die sich in jener Nacht in seinem Geist festgesetzt hatte. Hinzu kamen die polizeilichen Ermittlungen, die Trennung von Rachel, der Gerichtsprozess. Schließlich war er zur Marine gegangen, ohne es jemandem zu sagen. Er biss die Zähne zusammen, als die vielköpfige Hydra der Reue an ihm zu nagen begann. Wenn er die Zeit zurückdrehen könnte, würde er so vieles anders machen.

Lass dich darauf nicht ein, Jed, nicht jetzt …

Das Knacken eines Zweigs in der Nähe löste einen jähen Adrenalinschub aus, der schlagartig für klaren Kopf sorgte und seine Muskeln aus dem Ruhezustand in Kampfbereitschaft versetzte. Er bewegte den rechten Zeigefinger vom Abzugsbügel zum Abzug. Abgesehen davon rührte er sich nicht, während er aufmerksam lauschte. Mehrere Sekunden lang hörte er nichts, doch auch das verriet ihm genug. Die Frösche und Grillen in der unmittelbaren Umgebung waren verstummt.

Er wartete.

Reglos.

Sein Herzschlag pochte durch die Ohren.

Schließlich vernahm er ein leises Knirschen. Dann erneut. Und wieder …

Schritte.

Die Entfernung schätzte er auf 15 Meter plus/minus fünf. Durch die Gleichmäßigkeit der Schritte war er zu 90 Prozent sicher, dass es sich um nur eine Person handelte – entweder jemand, der von seinem Zielort aus patrouillierte, oder ein Jäger. Einen verirrten Wanderer oder Camper schloss er aus – in beiden Fällen hätte er mit Sicherheit den Schimmer eines Taschenlampenstrahls bemerkt.

Seine Zeit bei den SEALs hatte seine Überzeugung vom Sparsamkeitsprinzip gestärkt – wenn alle Unbekannten gleich waren, stellte die einfachste Erklärung die wahrscheinlichste dar. In diesem Fall schien es ihm die zu sein, dass eine Patrouille vom Zielgrundstück die Gegend großräumig überprüfte. Aber war das wirklich die einfachste Erklärung? Oder ging sie auf seine Paranoia zurück? Er befand sich noch einige Kilometer von der Anlage entfernt. Ergab eine so weit umherstreifende Patrouille wirklich Sinn? Immerhin hielt er sich im Cherokee National Forest auf, nicht im Gebiet der Taliban im Hindukusch-Gebirge.

Was gäbe ich jetzt für ein Nachtsichtgerät … und meine Ausrüstung mit Schutzweste, Granaten und SOG Bowie, klagte er innerlich. *Aber das alles würde ich gegen mein SOPMOD M4 mit Reservemagazinen und Infrarot-Laserzielvorrichtung eintauschen.*

Drei weitere Schritte knirschten in der Nähe, jeder lauter als der davor. Dann endeten die Bewegungen.

Wenn der Kerl nur Nachtsicht hat, bemerkt er mich wahrscheinlich nicht. Aber wenn er Wärmebildtechnik benutzt, bin ich tot, dachte Jed. Sofort begann er, sich seine Gegenoffensive auszumalen, falls geschossen wurde. Er würde sich aus seiner Mulde rollen und tief geduckt nach rechts hinter dem Wurzelgeflecht in Deckung gehen. Von dort würde er aus der Hocke mit der Mossberg auf den Feind feuern und …

Ein Handfunkgerät knisterte. Dann sagte eine von Statik verzerrte Männerstimme: »Vier, hier Basis – melden.«

Jed hörte ein Schlurfen, bevor in der Nähe jemand antwortete: »Basis, hier Vier – bin im nördlichen Bereich, Überprüfung läuft noch.«

»Die Meldung kommt fünf Minuten zu spät«, kam es von der anderen Stimme.

»Ja, tut mir leid. Die Natur hat ihr Recht verlangt.«

»Verstanden«, gab die Stimme aus dem Funkgerät zurück. »Nächstes Mal erst melden, dann kacken.«

Der Angefunkte verwünschte seinen Kollegen am anderen Ende der Leitung, bevor er sagte: »Verstanden, geht klar.«

Dann setzte sich das Knirschen fort. Jed lauschte mit dem Finger nach wie vor am Abzug der Schrotflinte. Schließlich wurden die Schritte wieder leiser, als der patrouillierende Mann weiter in den Wald marschierte. Aber erst als die Frösche und Grillen ihren Chor fortsetzten, entspannte sich Jed und atmete erleichtert aus.

Das war knapp, ging ihm durch den Kopf. Dann fragte er sich, wie viele Wächter es insgesamt geben mochte und in welcher Frequenz sie patrouillierten. Wie alle brenzligen Situationen in Einsatzumgebungen erwies sich auch dieser Zwischenfall als informativ. Dass von der Basis aus so weitläufige Patrouillen erfolgten und obendrein über Funk von einem Befehlshaber koordiniert wurden, verriet Jed eine Menge. Und nichts davon verhieß etwas Gutes. Jede Hoffnung, dass er es in dieser Nacht mit einem Haufen glückloser Hinterwäldler zu tun haben würde, verflüchtigte sich restlos. Diese Truppe war organisiert, auf der Hut und verfügte über Ressourcen.

Bei diesem Maß an Wachsamkeit würde die Infiltration anspruchsvoll werden. Eine erfolgreiche Exfiltration mit einem zwölfjährigen Mädchen im Schlepptau … könnte sich sogar als unmöglich erweisen. Er schüttelte den Gedanken ab und nahm sich vor, sich später mit dem Problem auseinanderzusetzen. Vorerst brauchte er Schlaf. Selbst im Fall einer weiteren Patrouille würde er geschätzt noch mindestens zwei bis drei Stunden nahezu gefahrlos dösen können.

Jed schloss die Augen und versuchte, das dumpfe Pochen in seiner Hüfte zu ignorieren. Zu Hause hätte er längst 800 Milligramm Ibuprofen eingeworfen. Hier draußen musste er den Schmerz auf althergebrachte Weise bekämpfen, indem er die Zähne zusammenbiss und nicht darauf achtete. Dreimal hintereinander führte er seine Viertaktatmung durch, um Körper und Geist zu entspannen. Als er sich ein wenig besser fühlte, ließ er den Gedanken gerade genug Spielraum, damit sie schweifen konnten, ohne erneut in den Abgrund jener Nacht des Lagerfeuers zu stürzen.

Schließlich wandten sie sich Rachel zu.

Wenig überraschend.

Seit mittlerweile 17 Jahren begleitete ihn das Gefühl eines unsichtbaren Bands zwischen ihnen. Egal wo er sich aufhielt oder was er tat, er spürte es immer. Wie ein Beiboot, vertäut an einem Schiff auf hoher See – im kabbeligen Kielwasser schaukelnd wurde es mitgezogen.

Nach einer Weile wurde er allmählich schläfrig.

Seine Gedanken kehrten in die *Cathedral of the Incarnation* und zu Rachels Abschiedsworten an ihn zurück. Während die Sätze in seinem Kopf widerhallten, begannen die Schuldgefühle, die er mit sich herumschleppte, mit jedem Herzschlag schmerzhaft zu pulsieren.

»Du hast uns verlassen, du egoistischer Mistkerl … Du hast uns beide verlassen, und du hast all dein Licht mitgenommen.«

16

CHEROKEE NATIONAL FOREST

UNGEFÄHR DREI KILOMETER WESTLICH DER ZIELANLAGE

FREITAG, 23:40 UHR ORTSZEIT

Etwas über zwei Stunden Schlaf unter einem umgestürzten Baum konnten acht Stunden in einem Bett im Ritz zwar nicht das Wasser reichen, dennoch fühlte sich Jed nach der kurzen Auszeit erfrischt und einsatzbereit. Bei den SEALs hatte er gelernt, während einer Operation zu schlafen – unabhängig vom Ort, vom Wetter und den Umständen. Im Verlauf der Jahre war er sogar ziemlich gut darin geworden. Er hatte schon in der Wüste mit Sandskorpionen unter einem Helikopter geschlafen, an Bord eines U-Boots in einem Geschützträger neben einem Torpedo und bei Tora Bora sogar auf einem schmalen Vorsprung im Gebirge in 3000 Metern Höhe ohne Absturzsicherung. In dieser Nacht würde er nicht mehr Schlaf bekommen. Operation Daniel war angelaufen. Seine Mission bestand darin, die zwölfjährige Sarah Beth Yarnell im Alleingang aus einer befestigten Anlage im Wald zu befreien – mit unzureichender Ausrüstung, ohne schnelle Eingreiftruppe und ohne Echtzeitüberwachung …

Huu-ja, Froschmann.

In den Filmen bei Actionhelden sah es immer so einfach aus.

Nur sind wir hier nicht in Hollywood, ging ihm durch den Kopf.

Zum Glück hatte er die Nacht auf seiner Seite.

Für einen SEAL stellte sie eine genauso zuverlässige Partnerin dar wie das Meer. Eine stille Verbündete. Eine Waffe, die er verstand und einzusetzen wusste. Als Elitesoldat hatte er gelernt, sowohl die Dunkelheit als auch die Tiefen der Meere zu seinem Vorteil zu nutzen. An Orten, vor denen andere scheuten, suchte er Zuflucht. Seit fast zwei Jahrzehnten war Jed ein Geschöpf der Nacht.

Als SEAL beherrschte er die Dunkelheit.

Als Zivilist Jedidiah Johnson, der mutterseelenallein durch die Wälder streifte … weniger.

Ohne Nachtsichtgerät, ohne Augen am Himmel und mit lückenhaftem Handyempfang arbeitete er praktisch im Blindflug. Er hatte nicht mal eine ausgedruckte Karte. Und jedes Mal wenn er die Navigations-App auf seinem iPhone aufrief, opferte er Lichtdisziplin – indem er die natürliche Nachtsicht seiner Augen zerstörte und Entdeckung riskierte. Es wäre der denkbar schlechteste Zeitpunkt für seinen alten Verbündeten, ihn im Stich zu lassen. Jed schüttelte den Kopf über die lächerlichen Gedanken und konnte beinahe hören, wie die Nacht über ihn lachte.

He, Jed, erinnerst du dich an unsere alte Vereinbarung? Tja, die kannst du als null und nichtig betrachten. Du bist auf dich allein gestellt, Bruder.

Mit einem reinigenden Atemstoß holte er das iPhone hervor. Er tippte auf die Kompass-App, um sich zu orientieren. Anschließend wechselte er zur App mit der Karte. Seine aktuelle Position entsprach ungefähr seiner Vermutung. Ein Umweg um einen unerwartet losen Hang hatte ihn zwar verlangsamt, aber nicht allzu weit vom Kurs abgebracht. Jed suchte den Wegpunkt für die Zielanlage auf der Karte und zoomte, bis sich sowohl sein roter Punkt als auch der blaue Punkt auf dem Display befanden. Der direkteste Weg zum Ziel führte über einen exponierten Höhenzug, von wo er, soweit er es auf dem Satellitenbild erkennen konnte, ziemlich steil absteigen müsste. Was laut und langsam wäre, zudem barg es in der Dunkelheit ein erhöhtes Risiko, abzustürzen. So direkt der Weg aussehen mochte, der Teufel steckte im Detail.

Mit geschürzten Lippen plante er auf dem Display eine alternative Route, die ihn um den Kamm herumführen würde. Die neue Strecke enthielt eine Serpentine in eine Schlucht und schien um etwa anderthalb Kilometer länger zu sein. Aber der Aufstieg sah einfacher aus und sollte sich ohne Klettern bewältigen lassen. Vorausgesetzt natürlich, er würde das tatsächliche Gelände so vorfinden, wie es in der App dargestellt wurde.

Mit einem langen, abgehackten Seufzen lehnte er den Rücken gegen einen Baum und steckte das Telefon zurück in die Tasche. Mit der linken Hand massierte er druckvoll die lädierte Hüfte. Ein heißes Brennen flammte auf, während er die Verspannungen aus den Muskeln knetete – Muskeln, die sich verkrampften, um das beschädigte Gelenk zu schützen. Trotz der Schmerzen musste er sie lockern, sonst würde er später einen hohen Preis bezahlen. Nach einer Minute Tiefengewebsmassage streckte er das Bein mehrmals durch, bevor er es in einem Bogen drehte, wie es ihm der Physiotherapeut bei der Navy beigebracht hatte. Als er sich etwas besser fühlte, stellte er den Trageriemen der Mossberg auf Bereitschaftsposition ein und brach auf.

Mit zusammengekniffenen Augen spähte er in die Dunkelheit, bahnte sich langsam den Weg durch die düsteren Schatten und trat den Abstieg in die Schlucht an. Er bewegte sich so schnell, wie es die Lichtverhältnisse zuließen, und achtete bei jedem Schritt darauf, Löcher und Zweige zu meiden. Jed kam nicht weit, bis der Weg felsiger und steiler als erwartet wurde.

Habe ich die Kehre verpasst?

Er konnte sich noch kaum 200 Meter vom letzten Orientierungspunkt entfernt haben, und schon stimmte das Gelände nicht mehr mit der Darstellung überein. Mit dem abgedunkelten Display des iPhones als schwache Taschenlampe drehte er sich um 180 Grad, kehrte um und suchte nach einem Weg, den er als Serpentine nutzen konnte. Rechts erspähte er einen schmalen, aber gut ausgetretenen Wildpfad, der in seine Richtung verlief und eine geringere Neigung aufzuweisen schien als sein derzeitiger Weg. Mit einer Breite von knapp 80 Zentimetern bot er zudem genug Platz, um nicht alle paar Meter seitliche Äste zu streifen und Lärm zu verursachen. Links entdeckte er einen weiteren Pfad, schmaler und felsiger als der erste, trotzdem möglicherweise brauchbar. Allerdings verschwand er in dichtem Unterholz, das ihn verlangsamen würde, wenn es sich länger hinzog.

Aus reiner Richtungsperspektive wäre der linke Weg die bessere Wahl gewesen, aber neben dem Gelände musste er auch berücksichtigen, dass er leise und schnell vorankommen musste. Im Augenblick kostete ihn die Infiltration mehr Zeit, als ihm lieb war. Wenn er zu lange brauchte, um das Gelände zu erreichen, würde ihm nicht genug Nacht verbleiben, um Sarah Beth herauszuholen.

Frustriert sank Jed auf ein Knie und rief erneut die Karte im Satellitenmodus auf. Mit Daumen und Zeigefinger zoomte er so nahe heran, wie es die App zuließ, direkt auf das blaue Symbol, das ihn darstellte. Seines Wissens konnte das abgerufene Satellitenbild ohne Weiteres zehn Jahre alt sein. Jedenfalls stimmten die Darstellungen eindeutig nicht damit überein, was seine Augen ihm zeigten. Und selbst bei maximaler Vergrößerung konnte man in der App keinen der beiden neuen Pfade erkennen.

Er schloss die Anwendung und umklammerte das Smartphone. Nur mühsam konnte er den Drang unterdrücken, das verdammte Ding in den Wald zu schleudern. Als SEAL war er immer mit dem richtigen Werkzeug für die jeweilige Aufgabe ausgestattet gewesen. In dieser Nacht hingegen kam er sich wie ein Amateur vor. Erstarrt vor Unentschlossenheit stand er da. Gott allein wusste, wohin sich diese Pfade schlängelten. Jeder der beiden konnte sich entweder zum Abstieg eignen oder in die falsche Richtung führen.

Jed zögerte.

Als Spezialist für Sondereinsätze hatte es in seiner Welt nie Zeit für Diskussionen oder lange Überlegungen gegeben. Bei den SEALs galt eine schlechte Entscheidung als besser als gar keine, und als Unteroffizier war er immer ein entschlossener Anführer gewesen.

Warum also zögere ich jetzt?

Sei einfach ein SEAL – triff die Entscheidung und geh weiter.

Er warf einen weiteren Blick erst auf den breiten, einladenden Weg zu seiner Rechten, dann auf die andere, ungewissere Möglichkeit zu seiner Linken. *Sie kommen mir beide falsch vor,* dachte er und blies die Luft zwischen geschürzten Lippen hindurch aus. Vor lauter Unsicherheit beschloss er, auf etwas zurückzugreifen, das er seit über einem Jahrzehnt nicht mehr getan hatte – er neigte das Haupt und betete.

Herr, ich weiß, in letzter Zeit habe ich mich nicht oft gemeldet … gut, ziemlich selten … Na schön, eigentlich nie. Tatsache ist, dass ich nicht weiß, was ich über dich glauben soll. Wirkst du wirklich in unserem Leben? Oder schaust du nur von oben zu, wie wir ein Theaterstück aufführen, das du vor einer Million Jahren geschrieben hast? Aber ich weiß, dass es dich irgendwo gibt. Also los … Gott, dieses Mädchen braucht mich. Ich will die Kleine nur rausholen und wohlbehalten zu ihren Eltern zurückbringen. Was danach kommt, weiß ich nicht, aber jetzt brauche ich dich. Gott, bitte zeig mir den Weg. Führ mich auf den Weg, der mich zu Sarah Beth bringt. Im Namen des Vaters, des Sohnes und des Heiligen Geistes … Amen.

Jed stieß ein langes, bebendes Seufzen aus und spürte, wie seine Augen feucht wurden. Aus Gründen, die er nicht verstand, verkeilte sich ein Schluchzen in seiner Kehle. *Warum werde ich jetzt so emotional? Ich bin ein SEAL. Emotional ist nicht mein Ding.*

Wie zum Trotz kullerte ihm eine Träne über die Wange.

Jed schloss die Augen und stählte sich mit einer Runde seiner Viertaktatmung. Dann schluckte er alle Zweifel, negativen Gedanken und Emotionen tief hinunter. Nach zwei weiteren Runden kontrollierter Atmung fühlte er sich besser, hatte einen klareren Kopf.

Er schaute nach links. Obwohl kein Donnerschlag ertönte, kein Lichtstrahl herabschien und auch keine Stimme aus dem Himmel sprach, ereilte Jed eine Erkenntnis. Mit derselben Zuversicht wie früher, als Gott noch omnipräsent in seinem Leben gewesen war, wusste er, welchen Weg er einzuschlagen hatte. Er dachte an eine ziemlich sicher aus den Psalmen stammende Stelle der Bibel, allerdings hatte er sehr lange nicht mehr darin gelesen.

»Ich will dich unterweisen und dir den Weg zeigen, den du gehen sollst; ich will dich mit meinen Augen leiten …«

Falls ihm Gott die Passage in Erinnerung gerufen hatte und sie nicht bloß durch unterbewusstes Wunschdenken aus seiner Jugend aus seinem Gedächtnis aufgestiegen war, hätte die Botschaft nicht deutlicher sein können.

Mit entschlossener Miene ging er nach links.

Unterwegs wandten sich seine Gedanken dem Ablauf der bevorstehenden Infiltration der Anlage zu – ein Ablauf, den er erst noch vollständig ausarbeiten musste. Bislang hatte er viel improvisiert. Und wenn er so weitermachte, wäre sein Vorhaben zum Scheitern verurteilt. *Der Teufel steckt im Detail,* hielt er sich vor Augen. Wenn ihn seine Zeit bei der Navy etwas gelehrt hatte, dann die Wahrheit dieses Sprichworts. Soldaten lernten diese Lektion blutig, vor allem bei den Einheiten für Sondereinsätze. Deshalb nahmen die jeder Operation vorausgehenden Phasen der Planung und Vorbereitung etwa zehnmal, wenn nicht sogar hundertmal mehr Zeit in Anspruch als der eigentliche Einsatz. Im Gegensatz zu einer SEAL-Mission, bei der im Vorfeld umfangreich Informationen durch nachrichtendienstliche Überwachung und Aufklärung beschafft wurden, stand Jed in diesem Fall leider nur das zur Verfügung, was Rachel im Kopf empfangen hatte.

Er schmunzelte. *Hab noch nie 'ne Operation auf der Grundlage von Visionen durchgeführt. Dürfte interessant werden.*

Er hatte keine Ahnung, mit wie vielen feindlichen Schützen er konfrontiert werden könnte, deshalb durfte er unter keinen Umständen gesichtet werden. Mit anderen Worten, den Schlüssel zum Erfolg in dieser Nacht stellte es dar, unbemerkt zu bleiben. Reingehen, das Mädchen finden und rausschleichen, ohne gesehen oder gehört zu werden. Sollte er in irgendeiner Phase der Rettungsaktion entdeckt werden, würde er den Einsatz wohl durch hoffnungslose zahlenmäßige und waffentechnische Unterlegenheit nicht überleben.

Sieht so aus, als müsste ich auf die harte Tour eigene Aufklärung betreiben, sobald ich dem Zielgelände nahe genug bin, dachte er und seufzte.

In den nächsten 40 Minuten stieg er die Serpentine relativ leicht, leise und schnell hinab. Anscheinend hatte Gott sein Gebet erhört. Der von ihm gewählte Weg führte ihn nicht nur die Schlucht hinunter, sondern auch den letzten Hügel hinauf, den er überqueren musste. Auf der Kuppe fand er eine perfekte Stelle, um das Gelände zu observieren, auf dem Sarah Beth festgehalten wurde. Dankbar für das Geleit neigte er andächtig das Haupt.

Danke, o Herr. Nur noch eine Bitte – hilf mir, dieses Mädchen zu retten.

Der Mond, der sich die ganze Nacht hinter den Wolken versteckt hatte, entschied sich für diesen Augenblick, um hervorzukommen. Sein Licht erhellte die Landschaft ausreichend, um das Gelände mit dem Fernglas beobachten zu können. Jed suchte sich einen geeigneten Felsbrocken als Rückenlehne und setzte sich auf die Erde. Er zog die Knie an, stützte die Ellenbogen darauf, hob sich das kompakte Fernglas ans Gesicht und begann, die Umgebung abzusuchen.

»Wer hätte das gedacht?«, murmelte er, während er die Ansicht der Gebäude mit einer leichten Drehung am Regler scharf stellte. »Den Ort gibt's wirklich. Noch dazu genau so angeordnet, wie Rachel es beschrieben hat.«

Aus seinem Blickwinkel besaß die Anlage die Form einer Sichel. Drei Gebäude bildeten einen leichten Bogen auf dem gerodeten, rechteckigen Grundstück. Am unteren Rand lag das Haupthaus – zweigeschossig, die Fassade exakt so ausgerichtet, wie Rachel gesagt hatte. Von dem Zimmer im Obergeschoss, in dem Sarah Beth angeblich festgehalten wurde, würde man uneingeschränkte Sicht auf das Drehfunkfeuer haben. Auch er konnte es von seinem Aussichtspunkt deutlich erkennen – ein Kreis roter Lichter auf der Kuppe des nächsten Hügels hinter der Anlage. Neben dem Haupthaus befand sich ein einfaches, rechteckiges, eingeschossiges Fertigteilgebäude. Die Seitenwände und das Dach bestanden aus Stehfalzblechen. Keine Fenster, die Eingangstür in der Mitte auf der Ostseite.

»Das muss die Schlafbaracke sein«, murmelte er mit einem enttäuschten Seufzen. »Na toll …«

Er schwenkte das Fernglas nach rechts und richtete es auf das letzte Gebäude – eine Scheune. Den Reifenspuren nach zu urteilen, wurde sie als Garage genutzt. Mehrere Antennen auf dem Dach und ein gelblicher Schimmer aus dem einzigen Fenster im Obergeschoss legten nahe, dass sie zudem die Sicherheits- und Kommunikationszentrale beherbergte. Er schwenkte weiter über das Gelände und hielt Ausschau nach patrouillierenden Wächtern.

»Nur bitte keine Hunde … Alles, nur keine Hunde«, murmelte Jed.

Nicht etwa weil er grundsätzlich Angst vor Hunden hatte – obwohl ein gut ausgebildeter Schäferhund oder

Malinois sogar einen Elitesoldaten in Bedrängnis bringen konnte. Vor allem aber erhöhten Hunde die Wahrnehmungsfähigkeit einer Patrouille dramatisch. Während Jed die Chancen, unbemerkt von einem menschlichen Wächter zu bleiben, auf über 50 Prozent schätzte, lagen sie bei einem Gespann aus Mensch und Hund eher bei um die zehn Prozent. Wenn sie Hunde hätten, würde er abbrechen und in ein paar Tagen mit einem schallgedämpften Sturmgewehr mit Präzisionsoptik zurückkommen müssen. Und Sarah Beth *hatte* keine paar Tage mehr. Seine Lippen bildeten vor Anspannung eine schmale Linie, während er durchatmete, in Gedanken die Daumen drückte und systematisch das gesamte Grundstück nach Wachen absuchte.

Erwischt, dachte er, als er einen vereinzelten Mann entdeckte, der an der von Bäumen gesäumten Grundstücksgrenze entlangging. Jed hatte mit dem Fernglas bereits die maximale Vergrößerung ausgereizt. Zu wenig für den Detailgrad, den er gern gehabt hätte, aber es reichte, um zu erkennen, dass der Mann nicht übergewichtig und mit einer Schrotflinte bewaffnet war, nicht mit einem Gewehr, was ihn überraschte.

Er überwachte das Grundstück eine weitere halbe Stunde und achtete dabei auf die Aufmerksamkeit und Routine des patrouillierenden Wächters. In der Zeit tat sich sonst nichts auf dem Gelände – es trafen keine Fahrzeuge ein oder fuhren weg, keine Lichter gingen an oder aus, kein zusätzliches Wachpersonal ließ sich blicken oder ergänzte den einsamen Burschen, der an der Baumgrenze entlanglief. Nach der knappen Geschichte mit der Fernpatrouille während der Nacht wusste Jed, dass er auf keinen Fall leichtfertig werden durfte, wenn er sich dem Gelände näherte. Es ließ sich nicht abschätzen, wie viele

Patrouillen diese Leute auf welchen Strecken unterhielten. Mit Sicherheit wusste Jed nur, dass der Kerl, den er gerade beobachtete, nicht der einzige umherstreifende Wächter war, also war erhöhte Wachsamkeit unabdinglich.

Nachdem er festgestellt hatte, dass der Wächter für seinen Rundgang 15 Minuten brauchte, verstaute er das Fernglas wieder im Seesack und holte stattdessen eine Flasche Wasser sowie einen Energieriegel heraus. Jed aß, trank die Hälfte des Wassers und stand anschließend trotz seiner protestierenden Hüfte auf. Er hievte sich den Seesack auf den Rücken, passte den Riemen der Mossberg an und leerte dann die Blase. Nachdem er sich um die Bedürfnisse seines Körpers gekümmert hatte, trat er einen Weg durch den Wald an, durch den er zur Rückseite des Hauptgebäudes gelangen würde. Unterwegs rief er sich ein letztes Mal ins Gedächtnis, dass der Schlüssel zum Überleben darin bestand, nicht bemerkt zu werden. Er hielt die Augen nach Schlingen, Stolperdrähten und Kamerakästen an Baumstämmen offen. Bei jedem Schritt achtete er darauf, keine Geräusche zu verursachen.

Sei wie die Nacht.

Sei wie die Nacht.

Sei wie die Nacht … Es lief wie ein Mantra in seinem Kopf ab, während er sich den Hang hinab einen Weg durch den Wald bahnte. Schließlich gelang es ihm, sich in die *Zone* zu versetzen – einen zenähnlichen Zustand, in dem seine Sinne, sein Geist und seine Muskeln eine eng verschweißte Einheit bildeten. Wie ein lasergesteuertes Geschütz schien er einem unsichtbaren Gleitpfad zum Zielgelände zu folgen, und ehe er sich's versah, kauerte er tief geduckt außerhalb der Baumgrenze hinter dem anvisierten Gebäude. Vorsichtig und leise holte er das

Fernglas aus dem Seesack. Als Erstes suchte er sämtliche Fenster ab und hielt nach wachsamen Augen Ausschau. Dabei entdeckte er im ersten Stock zwei Fenster, hinter denen sich höchstwahrscheinlich Sarah Beth befand. Das folgerte er einerseits aus der Spitzenverzierung der Vorhänge, vor allem jedoch aus den Gitterstäben davor.

Wie Rachel behauptet hat, es in den Bildern gesehen zu haben, die ihr von Sarah Beth »übermittelt« worden sind …

Als Nächstes nahm er die Traufe, die Dachkante und die Fenstersimse unter die Lupe, suchte nach Kameras.

Die Typen haben mit Sicherheit elektronische Überwachung, dachte er, entdeckte jedoch nichts Verdächtiges. Was er *nicht* sehen konnte, bereitete ihm plötzlich mehr Kopfzerbrechen als das, was er sah.

Er warf einen Blick auf die Armbanduhr. 2:17 Uhr.

Mitten in der Nacht – der perfekte Zeitpunkt für einen Einsatz.

Höchstwahrscheinlich hatten die Wächter Sechs-Stunden-Schichten, die um Mitternacht und um sechs Uhr morgens wechselten. In der Regel legte man dafür die volle Stunde ganz oben oder unten auf der Uhr fest. Seinen auf Beobachtung beruhenden Berechnungen nach musste der Wächter bei seinem Rundgang irgendwann in den nächsten vier Minuten an Jeds Standort vorbeikommen. Eine wichtige Entscheidung verlangte seine Aufmerksamkeit …

Soll ich versuchen, den Wächter sofort auszuschalten und dann ins Haus einzudringen? Oder warte ich, bis er an mir vorbei ist, und rücke ich vor, während er die andere Seite des Grundstücks abgeht?

Beide Möglichkeiten boten Vor- und Nachteile.

Er sah erneut auf die Armbanduhr. 2:19 Uhr.

Ich werde tun, was sich richtig anfühlt, dachte er und beschloss, sich von seiner Intuition leiten zu lassen.

Jed holte das Klappmesser hervor und schlang sich die umgehängte Mossberg auf den Rücken. Mit einer Bewegung des Daumens fuhr er die 15 Zentimeter lange Stahlklinge aus und ließ sie einrasten. Mit dem Messer fest in der Hand nahm er eine tief geduckte Haltung ein und wartete. Bald fingen seine Oberschenkel zu brennen an, doch er nahm den Schmerz in Kauf – nur ein weiterer zu verarbeitender Sinneseindruck. Er beruhigte seine Atmung und lauschte … Kaum hörbare Schritte, Stiefel auf dem weichen Untergrund … Jed spitzte die Ohren. Langsam drehte er den Kopf in die Richtung des nahenden Wächters, der gerade um die südöstliche Ecke bog. Auf die Entfernung konnte Jed mehr Einzelheiten erkennen als zuvor. Der patrouillierende Mann war jünger als von Jed vermutet, höchstens 25 Jahre alt, wenn überhaupt. Der große, schlanke Bursche bewegte sich mit trägem Selbstvertrauen und trug mit beiden Händen eine Schrotflinte.

Eine Gänsehaut breitete sich über Jeds Körper aus, als sich der Wächter auf zehn Meter näherte – dasselbe Kribbeln, das er kurz vor dem Angriff auf dem Parkplatz in Nashville verspürt hatte. Bei der Erinnerung an den Vorfall wurde er zugleich angespannt und wütend. Der Kapuzenmann hatte für seine Größe schier übermenschliche Kraft besessen. Galt dasselbe für diesen Wächter? Unter normalen Umständen hätte Jed keine Bedenken, es mit einem Kerl aufzunehmen, der 20 Kilo weniger Muskelmasse als er auf den Rippen hatte. Aber irgendetwas an diesem Kerl fühlte sich eigenartig an.

Jed hörte auf sein Bauchgefühl und beschloss, nicht anzugreifen, wenn es sich vermeiden ließ.

Der Wächter schaute nach rechts und links, als er sich Jeds Position näherte. Dabei verharrte sein Blick nirgendwo länger. Jeds sechster Sinn sprach wie verrückt an, als sich der Bewaffnete der Stelle näherte, an der er im dichten Unterholz am Rand der Bäume kauerte. Mit pochendem Herzen beobachtete Jed, wie der Mann drei Schritte an seinem Versteck vorbeiging, bevor er stehen blieb.

Der Wächter reckte das Kinn und schnupperte zu Jeds Verwunderung.

Jed beobachtete, wie sich der Bursche mit bösartig verkniffener Miene umdrehte. Der Wächter brachte die Schrotflinte in Anschlag, spähte den Lauf entlang und schwenkte die Mündung direkt auf Jed.

17

Im Schatten kauernd starrte Jed in die Mündung der Flinte Kaliber 12 des Wächters. Auf die Entfernung würde ihn ein Treffer wahrscheinlich umbringen. Selbst wenn er überlebte, wäre er zu schwer verwundet, um die Mission zu erfüllen. Er hielt den Atem an. Jeder seiner Muskeln erstarrte, als er sich vorstellte, sich aufzulösen.

Ich bin Wasserdampf.

Ich bin die Nacht.

In einem nahen Baum schrie eine Eule. Der Wächter drehte den Kopf in die Richtung. Dann raschelte etwas im Unterholz rechts von Jed. Der junge Bursche schwenkte um 30 Grad gegen den Uhrzeigersinn und zielte dorthin. Die Eule schrie erneut, als wollte sie den Bewaffneten verhöhnen, der den Wald nach einem Ziel absuchte. Plötzlich erhoben die seit Jeds Eintreffen stummen Frösche die Stimmen und schlossen sich der Eule an.

Ausgerechnet jetzt beschließt der Wald aufzuwachen, dachte Jed und verdrehte die Augen.

Was auch immer sich im Gebüsch bewegt hatte, raschelte noch kurz, bevor es wieder still war. Der junge Wächter stapfte mit finsterer Miene auf die Bäume zu und spähte dabei entschlossen über die Schrotflinte hinweg. Jeds Blick folgte ihm, doch er wagte nicht, sich zu rühren. Er hatte sich die Mossberg auf den Rücken geschnallt. Seine beste Chance bestand daher darin, den Wächter mit dem Messer zu erledigen – sofern er sich im richtigen Winkel bewegte.

Die Kreatur im Gebüsch raschelte erneut, diesmal nicht ohne Folgen. Aus dem Augenwinkel sah Jed eine geistergraue Gestalt auf leisen Schwingen mit ausgefahrenen Krallen herabstoßen. Münzgroße Augen reflektierten das Mondlicht. Und während die Eule ihre Beute erlegte, verringerte Jed den Abstand zu seiner. Wie sein geflügeltes Vorbild schlug Jed mit tödlicher, lautloser Präzision zu. Sein Messer fand sein Ziel und stieß in die Verbindungsstelle zwischen Nacken und Schädelbasis. Mit einem Ruck bewegte er die Klinge hin und her, trennte den Hirnstamm vom Rückenmark und zog das Messer wieder heraus. Sein Opfer fiel wie eine Marionette mit gekappten Fäden in sich zusammen. Jed fing den Mann unter den Achseln auf und senkte den Körper geräuschlos zu Boden, bis er von oben in das Gesicht des anderen Mannes starrte. Ein gelblicher Ring blitzte um die Iris seines besiegten Gegners auf. Dann geschah etwas biologisch Unmögliches.

Der Wächter sprach.

»Gott kann dir hier nicht helfen«, sagte er mit klar verständlicher Stimme, obwohl Blut im offenen Mund blubberte. Und dann stimmte die Kreatur, die eigentlich tot sein sollte, ein Lachen an. »Du bist tot … ha-ha-ha … Du bist tot … ha-ha-ha …«

Jed taumelte rückwärts und wäre beinahe über eine Wurzel gestolpert.

Reiß dich zusammen, Froschmann!, blaffte der SEAL in seinem Kopf und riss ihn damit aus seinem erschrockenen Zustand wie mit einem Schlag ins Gesicht. *Ab jetzt läuft der Countdown. Überprüf den Körper, und dann los …*

Jed hörte auf seinen inneren Krieger und kehrte zu dem Gefallenen zurück.

Schau ihm nicht ins Gesicht. Was auch immer du tust, schau ihm auf keinen Fall ins Gesicht, dachte Jed, als er die schwarze Nylontasche mit Schrotmunition am Gürtel des Mannes an sich nahm. Der Drang wurde übermächtig, und er sah ihn doch an.

»Du bist tot … ha-ha-ha … Du bist tot«, höhnte der Leichnam erneut. Diesmal war Jed überzeugt davon, dass sich die Lippen nicht rührten und sich nur die Augen bewegten.

»Was zum Teufel ist hier los?«, murmelte er, während eine Gänsehaut seinen Nacken überzog.

Doch im tiefsten, dunkelsten Winkel seines Verstands kannte er die Antwort.

Er hatte sie immer gekannt.

Jed stählte sich, steckte das Messer weg, brachte die Mossberg in Anschlag und überprüfte die Ladung, bevor er sich zielstrebig zur Rückseite des Hauptgebäudes in Bewegung setzte, wo Sarah Beth festgehalten wurde. In geduckter Haltung überquerte er in Sekundenschnelle den Rasen, während er die Waffe schussbereit schwenkte. Als er die Hintertür erreichte, hielt er inne und überlegte kurz, wie er sich am besten Zutritt verschaffen sollte. Bei einem Truppeneinsatz der SEALs erfolgte dieser in der Regel schnell und mit roher Gewalt – entweder mit einer Sprengladung oder durch kraftvolles Aufbrechen der Tür. Leider war er diesmal auf sich allein gestellt und musste um jeden Preis vermeiden, Haus und Hof zu wecken.

Er betrachtete den Griff, ein zweiteiliges Standardmodell mit einem Knauf mit Schlüsselloch und Zylinderschloss darüber. Die Tür selbst schien aus lackiertem Holz zu bestehen, wies jedoch im Gegensatz zu üblichen Hintereingängen kein Fenster auf. Somit konnte er leider nicht einfach eine Scheibe einschlagen, hineingreifen und die Tür von innen entriegeln. Jed stieß die Luft durch die Zähne aus. Er könnte versuchen, die Schlösser zu knacken, allerdings gehörte das nicht zum täglichen Training eines SEALs. Mit zur Grimasse verzogenem Gesicht richtete er sich wieder auf und setzte dazu an, eine breite Schulter gegen die Tür zu rammen. Hoffentlich würde er nicht mehrere Treffer brauchen, bis der Rahmen um das Schloss splitterte.

Die Tür ist nicht versperrt, bremste ihn eine Stimme im Kopf einen Sekundenbruchteil vor seinem Angriff. Skeptisch streckte er die Hand nach dem Knauf aus. Zu seinem Erstaunen ließ er sich mühelos drehen, und die Tür schwang auf. Mit der Mossberg im Anschlag betrat er eine dunkle Küche. Er sicherte den Bereich links und rechts, bevor er zu einem Gang vorrückte, der vermutlich zur Vorderseite und zur Treppe ins Obergeschoss führte. Eine alte, laut im Flur tickende Standuhr erinnerte ihn an jene, die seine Eltern von seinen Großeltern geerbt hatten. Jed konnte solche Uhren nicht ausstehen – ständig bimmelten und tickten sie, machten sich von früh bis spät bemerkbar. Leise bewegte er sich daran vorbei und widerstand dem mächtigen Drang, den Blick vom Visier der Flinte zu lösen und nachzusehen, ob es sich um ein ähnliches Modell wie das seiner Eltern handelte.

Er schlich daran vorbei in die Diele. Sie wies zwei Durchgänge auf einander gegenüberliegenden Seiten auf. Jed ging zuerst nach rechts, sicherte das Esszimmer, das er vorfand, wendete und durchquerte die Diele. Im Vorbeigehen überprüfte er das Treppenhaus, bevor er ein Wohnzimmer auf der anderen Seite des zweiten Durchgangs betrat.

Gesichert.

Er kehrte in den Eingangsbereich um und spähte erneut die Treppe hoch, bevor er sie in Angriff nahm. Mit behutsamen Schritten nahm er zwei Stufen auf einmal, erklomm sie zugleich lautlos wie eine Katze und schnell. Oben sicherte er die linke Seite, bevor er den dunklen, schmalen Flur entlang vorrückte. Er bemerkte drei Türen rechts und eine links. Sein Blick heftete sich auf die zweite Tür auf der rechten Seite. Es musste sich um das Zimmer mit den vergitterten Fenstern handeln. Mit pochendem Herzen bewegte er sich darauf zu und achtete mit sämtlichen Sinnen auf Geräusche, die darauf hinwiesen, dass man ihn bemerkt haben könnte.

Leise und stetig verringerte er den Abstand zur Tür.

Drei Meter … zwei … anderthalb …

Als er sich noch einen Schritt entfernt befand und das Gewicht vom hinteren auf das vordere Bein verlagerte, knarrte der Boden laut. Innerlich fluchend hob er vorsichtig den rechten Fuß, verursachte durch den nachlassenden Druck jedoch ein beinahe genauso lautes Gegenknarren. Mit dem Stiefel in der Luft erstarrte er …

Als nichts geschah, atmete er aus und umging die heikle Stelle, bis er unmittelbar vor der anvisierten Tür stand. Erst da bemerkte er, dass sie nicht vollständig geschlossen war. Der Schnapper lag lediglich am Schließblech an und war nicht eingerastet. Nach wie vor mit der Flinte im Anschlag duckte er sich tiefer und drückte die Tür mit der linken Schulter nach innen auf. Das Knarzen der Angeln klang in der Stille der Nacht entsetzlich laut. Er verlagerte das Gewicht nach vorn und spähte hinein, fand das Zimmer jedoch verwaist vor. Zumindest erschien es so. Durch das jugendliche Dekor, die eindeutig für ein Mädchen gedachte Tagesdecke und die verstreuten Stofftiere war er überzeugt davon, im richtigen Zimmer zu sein. Nur wo steckte Sarah Beth?

Wenn Kinder Angst haben, verstecken sie sich …

Er nickte über den zeitgerechten Hinweis aus heiterem Himmel und schlich weiter hinein. Rasch und methodisch überprüfte er die offensichtlichen Verstecke – unter dem Bett, im Schrank, im Badezimmer. Allerdings fand er kein verängstigt zitterndes kleines Mädchen.

Komm schon, Sarah Beth, wo bist du?

Ein Anflug von Zorn flammte in seiner Brust auf, als ihm mögliche Erklärungen für ihre Abwesenheit in den Sinn kamen.

Vielleicht ist sie in einem anderen Zimmer.

Vielleicht haben die gewusst, dass ich komme, und sie deshalb verlegt.

Oder … sie haben sie bereits umgebracht.

Ein Kloß in der Größe eines Golfballs bildete sich in seinem Hals.

Nein, nein, nein – so sollte es nicht ablaufen!

Zähneknirschend wandte er sich zum Verlassen des Zimmers und fand sich mit der unerfreulichen Tatsache ab, dass er alle Zimmer im Haus nach dem Mädchen durchsuchen musste, bevor er verschwinden könnte. Mit der Mossberg schussbereit in den Händen kehrte er in den Flur zurück. Kaum hatte er die Schwelle überquert, nahm er zu seiner Linken eine reglose Gestalt wahr. Er schwenkte die Waffe herum und richtete sie auf eine kleine, dünne Frau spätmittleren Alters, bekleidet mit Nachthemd, Morgenmantel und Pantoffeln. Sie hatte im Gang keinerlei Geräusch verursacht, wusste offenbar von der knarrenden Stelle. Am auffallendsten und beunruhigendsten jedoch fand Jed, wie vollkommen gefasst sie wirkte. Obwohl sie auf die Mündung seiner Flinte starrte, stand sie einfach in der Dunkelheit da und fingerte an einem antiken Messingschlüssel, den sie an einer langen Kette um den Hals trug.

»Was für ein unartiger Junge«, sagte sie mit einer Grimasse, die ihn an das Gesicht seiner Großmutter erinnerte, wenn sie ihn früher mit der Hand in der sprichwörtlichen Keksdose erwischt hatte.

»Wo ist das Mädchen?«, fragte er und trat instinktiv einen Schritt zurück, um den Abstand zwischen ihnen taktisch zu vergrößern.

Sie ignorierte die Frage. »Du bist hier nicht eingeladen«, erwiderte sie stattdessen in giftigem Ton, der einen krassen Gegensatz zu ihrer gelassenen Miene und harmlosen Haltung bildete.

»Ich frage dich noch mal, Oma«, sagte Jed und übte leichten Druck auf den Abzug aus. »Wo ist Sarah Beth?«

»Tot«, antwortete die Frau und sah ihm in die Augen.

Sein Herz setzte einen Schlag aus.

Tot? Nein … Das kann nicht sein.

Ein Schatten huschte über die Züge der alten Frau, und einen Moment lang sah Jed zwei Gesichter – eines abgehärmt und grotesk, das darunter harmlos und fromm. Ohne Vorwarnung kam ihm ein ähnliches Bild von vor fast zwei Jahrzehnten in den Sinn – eine dämonische Fratze über den jungenhaften Zügen seines Klassenkameraden Kenny, nachdem Jed ihn dabei erwischt hatte, wie er Rachel im Keller vergewaltigen wollte.

Er drückte den Abzug.

Die Mossberg zuckte und spuckte Feuer. Ein Donnerschlag dröhnte durch den schmalen Flur. Der Treffer schleuderte die alte Frau zurück. Wie ein Sack Zement klatschte sie auf den Boden. Jed lud durch, warf die verbrauchte

Patrone aus und beförderte eine neue ins Lager. Gleichzeitig trat er vor und blickte auf die Kreatur hinab, auf die er gerade geschossen hatte. Die Ladung hatte sie mitten in die Brust getroffen und beträchtlichen Schaden angerichtet. Die Hand, die den Messingschlüssel betastet hatte, glich nur noch einem zerfetzten Stumpf, und am Brustbein klaffte ein blutiges Loch. Trotzdem war die Frau noch am Leben und bei klarem Verstand.

Sie heftete den Blick auf ihn, verzog die Lippen zu einem gehässigen Grinsen und kreischte ein einziges Wort – schrill wie eine in Jeds Schädel widerhallende Sirene.

»*Shepheeeeeeeeeerd!*«

Er drückte erneut ab. Diesmal brachte er sie endgültig zum Schweigen.

In seinem Kopf legte sich ein Schalter um. Jahrelanges Training übernahm das Kommando. Seine Muskeln und sein Geist synchronisierten sich, bereit zu tun, was er besser konnte als irgendetwas sonst.

Er warf sich die Mossberg am Trageriemen auf den Rücken und zog stattdessen die Sig P365 aus dem Holster, tauschte brutale Gewalt gegen Präzision und ein erweitertes Magazin mit 15 Schuss. Das bewegungsaktivierte Romeo-Zero-Rotpunktvisier der Waffe schaltete sich sofort ein und leuchtete bereits, als er die Waffe in Anschlag brachte.

Er hatte nur einen Versuch für seine Mission, und sein Zeitfenster schloss sich rasant.

»Sarah Beth Yarnell!«, rief er und drehte den Kopf hin und her, während er die Waffe durch den Flur schwenkte. »Deine Eltern haben mich geschickt. Ich soll dich retten. Falls du meine Stimme hörst, komm jetzt raus.« Als keine Reaktion erfolgte, versuchte er es erneut. »Sarah Beth

Yarnell, ich bin hier, um dich zu retten. Komm jetzt raus, sonst gehe ich ohne dich.«

Sie ist am Leben, aber nicht mehr dort, Jed … Verschwinde sofort.

Der Gedanke fühlte sich wie ein eigener an, stammte aber von außerhalb. Wie der Hinweis zuvor, dass die Hintertür nicht verschlossen war.

Rachel?, fragte er in Gedanken. *Bist du das?*

Geh jetzt, befahl die Stimme. *Beeilung.*

Jed stieg über die Leiche der alten Frau hinweg und steuerte auf die Treppe zu. Kaum hatte er den Absatz erreicht, flog die Eingangstür auf, und zwei Schützen stürmten herein. Da er bereits in die Diele zielte, als sie die Schwelle überquerten, hatte er sowohl einen Vorsprung von einer halben Sekunde als auch den Vorteil der höheren Umgebung.

Schuss. Schuss.

Beide Feinde gingen mit einem Treffer in den Kopf zu Boden.

Als er eine Präsenz hinter sich spürte, schaute er zurück, fand den Gang jedoch verwaist vor. Er schwenkte zurück nach vorn und eilte die Treppe hinunter, bevor er über einen der gefallenen Schützen hinwegstieg. An der offenen Haustür sank er auf ein Knie und warf einen flüchtigen Blick nach draußen.

Der Knall eines Gewehrs hallte durch die Nacht, und ein Projektil schlug nur wenige Zentimeter über seinem Kopf in den Türrahmen ein. Abrupt wich Jed zurück und ging in Deckung. Als er einen Blick auf die beiden toten Wächter warf, verzog er die Lippen zu einem Lächeln. Einer hatte eine Schrotflinte, der andere jedoch eine Smith & Wesson M&P 15 mit einem 30-Schuss-Magazin.

»O ja, komm zu Daddy«, sagte Jed, steckte die Sig ins Holster und nahm dem Toten das halb automatische Gewehr ab. »Jetzt sind wir im Geschäft.«

Im Gegensatz zur Sig wies das M&P 15 kein Rotpunktvisier auf, aber das war in Ordnung. Im Verlauf der Jahre hatte Jed Zehntausende Patronen Kaliber 5,56 verschossen. Das Gewicht und die Haptik der Waffe fühlten sich gut in den Händen an. Kimme und Korn würden ihm genügen. Er gab ein paar Warnschüsse durch die Vordertür ab, bevor er aufsprang, um durch den Flur auf demselben Weg zu verschwinden, auf dem er gekommen war. Als er diesmal an der Standuhr vorbeikam, überwältigte ihn der Zwang, einen Blick auf das Zifferblatt zu werfen.

Jawohl, dasselbe dämliche Modell …

Er betrat und sicherte die Küche, indem er das M&P 15 erst nach rechts, dann nach links schwenkte. Dann eilte er zur Hintertür, die er weit offen gelassen hatte. An der Schwelle sank er auf ein Knie, streckte den Kopf vor, spähte nach rechts … *sauber*, nach links … *sauber*. Als er hinaus in die Nacht sprinten wollte, kam ihm der Gedanke, dass ihm von einem Fenster im ersten Stock in den Rücken geschossen werden könnte.

Aber welche Wahl hatte er schon?

Das wird jetzt beschissen, dachte er, doch er wusste, was er zu tun hatte. Wie sein erster Unteroffizier Scab so gern gesagt hatte: *Sei immer schwer umzubringen.*

Mit zusammengebissenen Zähnen stürmte er durch die Tür hinaus. Nach zehn Metern wirbelte er herum und zielte nach oben. Mit geübter Präzision feuerte er von rechts nach links eine Kugel in die untere mittlere Scheibe jedes Fensters im Obergeschoss ab.

Das wird ihnen zu denken geben, dachte er beim letzten Schuss.

Als er sich gerade umdrehen und in den Wald rennen wollte, ging im mittleren Zimmer oben ein Licht an und ließ ihn unentschlossen erstarren.

Sarah Beth?

Eine Gestalt trat ans Fenster und zeichnete sich als Schatten vor den noch zugezogenen Vorhängen ab. Zu Jeds Überraschung hielt die Gestalt keine Waffe und sank nicht in Scharfschützenstellung. Stattdessen stand der hochgewachsene, breitschultrige Schemen regungslos und ohne jede Deckung da, das Gesicht durch die Vorhänge vor Jed verborgen.

Eindeutig nicht Sarah Beth.

Er richtete das Visier des M&P 15 auf die Gestalt, aber als er den Abzug drücken wollte, weigerte sich sein rechter Zeigefinger, sich zu rühren.

»Was zum Teufel ist das?«, murmelte er von plötzlicher Angst erfasst.

Während er noch versuchte, den erstarrten Abzugsfinger zu bewegen, spürte Jed etwas anderes … etwas Neuartiges, Entsetzliches und schier Unvorstellbares. Plötzlich überkam ihn der überwältigende Drang, das Gewehr fallen zu lassen, die Sig P365 aus dem Holster zu ziehen, die Mündung unter dem Kinn anzusetzen und den Abzug zu drücken.

Nein!, brüllte er in Gedanken.

Aber der Zwang war übermächtig. Es fühlte sich *richtig* an, sich zu erschießen. Wie das einzig Anständige, das er tun konnte. Ein Schicksal, das er für all die Gräuel verdiente, die er als SEAL begangen hatte. Buße für all die von ihm getöteten Menschen. Gott wollte es so. Gott *verlangte* es von ihm …

Er ließ das M&P 15 los und auf den Trageriemen über seiner Schulter fallen.

Ohne ihn würde die Welt ein besserer Ort sein. Ja, er war ein Versager. Er hatte Gott, seine Familie und seine Freunde im Stich gelassen. Niemand liebte ihn, und niemand würde es je tun.

Seine rechte Hand legte sich um den Griff der im Holster steckenden Pistole.

Ich will das nicht tun …

Aber es war das Richtige. Ehrenwert. Anständig.

Er zog die Sig und rammte die Mündung in das Dreieck aus weicher Haut unter dem Kinn zwischen den Kieferknochen. Sein Finger wanderte vom Abzugsbügel zum Abzug.

Jed, wir brauchen dich … Komm zurück ins Licht.

Hör nicht auf ihn.

Du wirst geliebt, Jed. Komm zurück ins Licht.

Er presste die Lider zu und murmelte ein Gebet. »Jesus, rette mich vor dem Bösen, das mich erledigen will. Gott, vertreib diese sündigen Gedanken …«

Jed schnappte nach Luft, als der Zwang verpuffte. Noch vor einer Sekunde hatte er sich wie von einer eisernen Faust umklammert gefühlt, nun hingegen fühlte er sich befreit. Die gegen ihn selbst gerichtete Mordabsicht schwenkte jäh auf die Gestalt am Fenster, und er feuerte sechs Schüsse auf die Silhouette ab. Die Kugeln trafen das beabsichtigte Ziel, zertrümmerten das Fenster und rissen Löcher in die Vorhänge. Aber die Gestalt zuckte nicht. Sie schwankte nicht. Sie fiel nicht.

Lauf, Jed! Lauf, so schnell du kannst …

Gewehrschüsse knallten zu seiner Rechten, und ein Projektil pfiff an seinem Ohr vorbei.

Instinktiv sank er auf ein Knie, richtete den roten Zielpunkt auf den nahenden Schützen und fällte ihn mit einem Doppeltreffer in die Brust. Dann steckte er die Sig ins Holster und brachte wieder das M&P in Anschlag. Er schwenkte nach links und erblickte einen weiteren Feind, der gerade um die andere Seite des Gebäudes bog. Seine Gegner wollten ihn ins Kreuzfeuer nehmen, aber dem ersten Schützen hatte die Disziplin gefehlt zu warten, bis sich sein Partner in Position befunden hätte. Jed verpasste dem zweiten Anstürmenden einen Kopfschuss. Er suchte den Rest des linken Bereichs ab, schwenkte zurück nach rechts und sah sich prüfend in der Richtung um. Der erste Schütze zappelte am Boden und versuchte, das Gewehr anzuheben. Jed machte ihm mit zwei weiteren Projektilen Kaliber 5,56 den Garaus, bevor er sich dem Wald zudrehte und losrannte.

Sein Brustkorb hob und senkte sich heftig.

Seine Hüfte brannte.

Jed rannte wie noch nie zuvor im Leben.

18

EIN DUNKLER WALD
MITTEN IN DER NACHT

Brennende Lunge …

Brennende Beine …

Sarah Beth rannte wie noch nie zuvor im Leben.

Ihre Füße verursachten Geräusche – Laub knirschte und Zweige knackten bei jedem einzelnen Schritt. Hinzu kam ihr schweres Keuchen. Sie bewegte sich so laut durch den Wald. Das konnte nicht gut sein. Obwohl sie das instinktiv spürte, trieb nackte Angst sie unbesonnen an, als wäre ihr ein Rudel Wölfe auf den Fersen. Bald wurde sie müde und wollte verzweifelt anhalten, um sich auszuruhen, doch die Stimme in ihrem Kopf ließ sie nicht.

Lauf weiter, Sarah Beth, sagte sie. *Lauf, so schnell und so lange, wie du kannst, und bleib nicht stehen. Was auch immer du tust, bleib nicht stehen.*

Und so rannte sie.

Am schwierigsten waren die ersten Schritte durch ihr Zimmer und in den Flur gewesen. Danach hatte sie einen nach dem anderen gemacht, bis sie es die Treppe hinunter, durch die Küche und hinaus durch die Hintertür geschafft hatte, ohne eine Menschenseele zu wecken – sofern ihre Entführer überhaupt Seelen besaßen. Und die ganze Zeit hatte sie sich vorgestellt, sie wäre der junge David vor Goliath – unerschrocken, mit Gott auf ihrer Seite.

Kaum hatte sie den Wald erreicht, hatte sich alles geändert. Zuerst hatte sie Euphorie über ihre Flucht empfunden, doch das Gefühl verblasste mit jedem Schritt tiefer in den Wald. Dann hörte sie einen Schuss hinter sich, geriet in Panik und beschleunigte, die Schritte ziellos von dem Geräusch. Nur hatte sie ohne Taschenlampe, Karte und Smartphone mit GPS nicht die geringste Ahnung, in welche Richtung sie laufen sollte. Als weitere Schüsse knallten, fragte sie sich, ob auf sie geschossen wurde. Danach hatte eine sehr einfache Strategie ihren Fluchtplan bestimmt – so viel Abstand wie möglich zum Haus mit Victor und der falschen Großmutter gewinnen. Mittlerweile litt sie an Seitenstechen und Atemnot. Also war es vielleicht an der Zeit …

Sarah Beth übersah eine Baumwurzel und stürzte mit dem Gesicht auf den Waldboden.

Sie hörte ihren unwillkürlichen Aufschrei, als an mehreren Stellen gleichzeitig Schmerzen aufflammten – am linken Schienbein, im rechten Handgelenk und in der Zunge, auf die sie sich biss. Als sie Blut im Mund schmeckte, wollte ein Teil von ihr weinen, was ihr ein anderer Teil verweigerte.

Hilfe!, brüllte sie in Gedanken. *Helft mir. Bitte, irgendjemand soll mir helfen!*

Sie rollte sich auf den Rücken und umklammerte ihr linkes Schienbein, das eindeutig am schlimmsten schmerzte.

Mama … Mama? Kannst du mich hören? Mama!

Panik überkam sie, als sie merkte, dass ihre Gedanken nicht ausgesandt wurden.

Es funktioniert nicht … Warum nicht?

Ein Rascheln im Wald riss sie aus dem Lärm in ihrem Kopf. Frische Angst ernüchterte sie, dämpfte den Schmerz in ihrem Schienbein und schärfte ihre Sinne. Sie hielt völlig still, lauschte und hörte das Rascheln erneut. Es ertönte aus der Nähe und klang, als ginge jemand und hielte inne … ginge und hielte inne.

Sie suchte die dunklen Stellen zwischen den Baumstämmen nach Bewegung ab, doch in der pechschwarzen Umgebung erkannten ihre Augen nichts.

Was, wenn es einer von Victors Wächtern ist – einer der Männer, die ich bewaffnet auf dem Hof herumlaufen gesehen habe?

Ihr Herz hämmerte so wild, dass sie es an den Rippen spüren konnte.

Als das Rascheln abermals auftrat, rappelte sie sich auf die Beine und rannte weiter. Sofort begannen ihr Schienbein und ihr Handgelenk zu pochen, aber sie versuchte, es zu ignorieren. Nachdem sie mehrere Minuten lang gerannt war, zwang Erschöpfung sie, die Schritte zu verlangsamen.

Ich weiß nicht, wie lange ich das noch durchhalte, dachte sie, als sie an einem großen umgestürzten Baum vorbeilief. *Ich könnte mich hier verstecken und ausruhen … nur ein kleines bisschen.*

Sie bremste ab und kehrte zurück, um das mögliche Versteck unter die Lupe zu nehmen. Schwer atmend sank sie auf ein Knie und begutachtete eine Mulde, die gerade groß genug zu sein schien, um hineinzukriechen. Eigentlich perfekt, außer es wimmelte darin von Spinnen, Ameisen und Tausendfüßlern. Von Insekten bekam sie Gänsehaut. *Du schaffst das,* sagte sie sich, verzog das Gesicht zu einer Grimasse und kletterte in das dunkle kleine Loch. Es erwies sich als feucht und roch nach Erde. Prompt beschlich sie das Gefühl von auf ihr krabbelnden Käfern, aber als sie eine der Stellen kratzte und nur Haut vorfand, bestätigte sich, dass ihr lediglich ihr Verstand einen Streich spielte.

Hier kann ich nicht bleiben. Die werden mich finden – aber ich bin so müde und hab solche Angst.

Schaudernd spürte sie Tränen in den Augen.

Da sie nicht wusste, was sie sonst tun sollte, murmelte sie ein Gebet. Dann ein weiteres und noch eines. Einfache Gebete, die direkt aus dem Herzen kamen. Zuerst drückte sie Gott ihre Dankbarkeit dafür aus, dass er ihr bei der Flucht aus dem Haus geholfen hatte. Danach bat sie ihn um weitere Hilfe. Und zuletzt betete sie um Geleit, um einen Hinweis darauf, was sie als Nächstes tun sollte. Mit jedem Gebet fühlte sie sich ein wenig stärker und weniger ängstlich. Am Ende senkte sich eine wohlige Ruhe über sie, als wäre sie in eine der weltberühmten Umarmungen ihrer Mutter gehüllt worden. Und in der Ruhe spürte sie, wie sich ihre Verbindung zu der seltsamen, übernatürlichen Welt der Gedanken anderer Menschen plötzlich wieder einstellte. Dann nahm sie *ihn* wahr – den schroff klingenden Mann aus ihrem Traum. Mittlerweile war sie überzeugt davon, dass man ihn geschickt hatte, um ihr zu helfen. Seinen Namen konnte sie nicht aufschnappen, doch das machte nichts, weil sie seine Güte fühlte.

Außerdem spürte sie, dass er nach ihr suchte, nur an den völlig falschen Orten.

Sie gehen in die falsche Richtung, sandte sie einen Gedanken mit Nachdruck aus.

Ich bin hier drüben … Hierher, Mister … hierher.

Ich warte hier drüben auf Sie.

Ich bin hier.

Ich bin hier.

19

CHEROKEE NATIONAL FOREST
ANDERTHALB KILOMETER NÖRDLICH DER ZIELANLAGE
SAMSTAG, 3:05 UHR ORTSZEIT

Jed hatte 2014 in Afghanistan einen schwer verwundeten Teamkameraden geborgen, der sich in einem improvisierten Versteck mitten im Gebiet der Taliban verschanzt hatte. Dutzende feindliche Kämpfer hatten den Wald in der Dunkelheit nach dem SEAL durchkämmt, während Jed die Rettungsmission geleitet hatte. An jene Nacht musste er deshalb denken, weil er damals von einer übernatürlichen Macht zu seinem Kameraden geführt worden war, auch wenn er es zu dem Zeitpunkt verleugnet hatte. Es hatte sich angefühlt, als wäre Mike Arnette – Mikey – ein Funkfeuer gewesen und Jed der einzige Empfänger des Signals. Er hatte den verwundeten SEAL unter einem großen Felsen in einer Vertiefung gefunden, die sein Kamerad nur mit den Händen und seinem Messer gegraben hatte. Obwohl Mikey so gut versteckt gewesen war, dass Jed ihn mit dem Nachtsichtgerät nicht ausmachen konnte, hatte er zielstrebig die richtige Stelle angepeilt. Nachdem er einen patrouillierenden Taliban mit bloßen Händen getötet hatte, um nicht aufzufliegen, hatte er Mikey zum Rest des Teams getragen. Für die Rettung hatte man ihm den Silver Star verliehen, aber er hatte nie jemandem die Wahrheit darüber erzählt, wie er seinen Kameraden gefunden hatte.

Bei der Suche nach Sarah Beth verhielt es sich ähnlich, nur nahm er sie deutlich stärker wahr.

Und im Gegensatz zu Mikey rief sie nach ihm …

Jed hatte noch keine Zeit gehabt, die Ereignisse auf dem Grundstück richtig zu verarbeiten. Etwas jedoch wusste er mit Sicherheit. Es war höchste Zeit, nicht länger die kalte, harte Wirklichkeit zu verleugnen, die ihm ins Gesicht starrte. Was sich in dieser Nacht abspielte, war weder der erste noch der zweite oder dritte übernatürliche Vorfall, in den er verwickelt wurde. Kenny Bailey im Keller, der Bombenbauer in der Provinz Anbar, der Kapuzenmann auf dem Parkplatz, der patrouillierende Wächter auf dem Zielgrundstück, die alte Frau im Flur und die Schattengestalt am Fenster – diese Leute waren keine *Menschen*. Er schüttelte den Kopf. Doch, waren sie. Zugleich aber auch nicht … Endlich war es an der Zeit, die Stimmen in seinem Kopf nicht länger zu leugnen. Seit seiner Ankunft in Nashville nahm er sie zunehmend öfter wahr. Es war Wahnsinn, unmöglich und trotzte jeder Erklärung. Dennoch geschah es. Also konnte er nur entweder so verrückt sein, dass er in eine Gummizelle gesperrt gehörte, oder das Phänomen musste echt sein.

Ich bin hier, sagte eine leise Stimme in seinem Kopf wie ein metaphysisches Ausrufezeichen.

Mach einfach mit, Kumpel, warf sein innerer SEAL ein, *und konzentrier dich darauf, die Mission zu Ende zu bringen.*

Jed beherzigte den Rat, würgte den inneren Monolog ab und widmete alle Aufmerksamkeit seiner Aufgabe. Im Zickzack bahnte er sich einen Weg durch die Dunkelheit, wich vorsichtig und lautlos Wurzeln, Felsbrocken und Stöcken aus, die er kaum sehen konnte. Zwei Wächter von dem Grundstück verfolgten ihn. Einmal war es bereits knapp gewesen. Er hatte sich gerade noch rechtzeitig hinter einem dicken Baum versteckt, um nicht gesehen zu werden. Nachdem die Schritte des Feinds verschwunden waren, hatte er fünf Minuten warten und die Suche nach Sarah Beth hinauszögern müssen. Die Verfolger zu ihr zu führen war das Letzte, was er wollte. Allerdings spürte er beim jüngsten Vorstoß in Sarah Beths Richtung, dass sich ihm die Bedrohung wieder näherte.

Ich bin hier …

Jed kämpfte sich weiter durch den Wald, hielt über das M&P 15 hinweg Ausschau nach Gefahr, setzte jeden Schritt mit Bedacht.

Ich bin hier …

Er legte weitere 50 Meter zurück.

Ich bin hier.

Noch zehn Schritte. Inzwischen sollte er ihr sehr nahe sein.

»Ich bin hier …«, murmelte eine leise Stimme, diesmal nicht in seinem Kopf.

Jed hielt so tief geduckt an, dass seine linke Hüfte protestierend brüllte, das Gewehr nach wie vor schussbereit im Anschlag. Sein Blick suchte den Wald ab. Er empfing das Funkfeuer, als das er Sarah Beth wahrnahm, heftiger denn je zuvor, doch er konnte sie immer noch nicht sehen. Das Mädchen versteckte sich wie ein SEAL.

»Sarah Beth?«, flüsterte er.

»Hier«, flüsterte sie zurück. »Schnell – die bösen Männer kommen.«

Langsam rückte Jed vor, dann erblickte er sie – die Kleine saß im Schneidersitz unter dem ausgehöhlten Stamm einer umgestürzten Eiche.

Unglaublich.

Lächelnd schüttelte er den Kopf, bevor er neben ihr auf ein Knie sank. »Hallo, Sarah Beth«, flüsterte er. »Geht's dir gut?«

Sie nickte. »Sie sind der Mann mit der rauen Stimme«, sagte sie leise. »Und Sie sind meinetwegen gekommen.«

Jed legte den Kopf schief und zog eine Augenbraue hoch. Er wusste nicht recht, was das Mädchen damit meinte, trotzdem grinste er vor Verwunderung über den Augenblick.

»Ich bin Jed«, flüsterte er. »Ein Freund deiner Eltern. Also kannst du ruhig Du sagen. Ich bringe dich jetzt nach Hause, Sarah Beth.«

Sie lächelte ihn an und streckte die Hände aus. Er legte das M&P weg und lehnte sich in die Mulde, um ihr herauszuhelfen. Sie schlang die Arme um seinen Nacken, klammerte sich wie ein Äffchen an ihn und schluchzte. Ihre Tränen benetzten warm und nass seinen Hals. Er hielt sie fest, während ihr Körper in seiner Umarmung zitterte.

»Ich hab dich. Jetzt wird alles wieder gut«, flüsterte er unbeholfen.

Plötzlich zog sie sich zurück und spähte über seine Schulter in die Dunkelheit. »Sie kommen«, zischte sie. »Zwei von denen.«

Im Knien drehte er sich um und schaute in die Schwärze. Mit gespitzten Ohren lauschte er auf die Geräusche sich nähernder Männer. Er schnappte nur Sarah Beths Atmung und das Pochen des eigenen Herzschlags auf.

»Ich höre sie nicht«, flüsterte er kaum vernehmbar.

Mit verkniffener Miene schüttelte sie den Kopf, als hätte er etwas völlig Lächerliches gesagt und als würde sie von einem Idioten gerettet. Sie berührte ihn am Arm, umklammerte ihn mit ihrer kleinen Hand. Plötzlich ertönte ihre Stimme so klar und deutlich, dass er zusammenzuckte und sie zum Schweigen auffordern wollte – bis er merkte, dass sie in seinem Kopf sprach.

Es sind zwei, und sie kommen von links. Ich glaube, wenn ich laut rede, können sie mich hören.

Jed setzte zu einer Erwiderung an, doch sie hob mit bangem Blick einen Finger an die Lippen und bedeutete ihm zu schweigen.

Er nickte, zeigte auf sie und gab ihr mit einer Geste zu verstehen, dass sie bleiben sollte.

Bitte lass sie mich nicht zurückbringen, Jed. Ich will lieber sterben als dorthin zurück, übermittelte sie ihm.

Er hatte das Böse erlebt, das in jenem Haus lauerte. Diese Monster würden sie nur über seine Leiche zurückbekommen – und er hatte nicht vor, in dieser Nacht zu sterben. Lächelnd berührte Jed sie am Kinn. Dann wiederholte er die Geste und beobachtete, wie sie sich in ihr Versteck zurückzog.

Jed hob das M&P auf und setzte sich lautlos in Bewegung, drängte die Schmerzen in seiner Hüfte in den Hintergrund. Mit geschmeidigen Schritten umrundete er tief geduckt den Baumstamm. Dann beschleunigte er weg von Sarah Beths Versteck. Er wollte sich in sicherem Abstand befinden, wenn Schüsse fielen. Dass eine verirrte Kugel zu einem tragischen Ende von Operation Daniel führte, war das Letzte, was er gebrauchen konnte. Während er still und tödlich vorrückte, dachte er an Rachels

Worte, als sie die Mission nach dem Alten Testament benannt hatte.

»Diese Rettung kann nur mit Gottes Hilfe gelingen.«

Zum zweiten Mal innerhalb eines Tags neigte Jed das Haupt und bat den Herrn um Hilfe.

Dann knackten in der Nähe Zweige.

Jed erstarrte und spannte den gesamten Körper wie eine mächtige Feder an, bereit, blitzschnell zu handeln. Er schwenkte nach links in die Richtung des Geräuschs und versuchte, mit zusammengekniffenen Augen etwas in der Dunkelheit zu erkennen. Der Mond spielte wechselweise Verstecken hinter den Wolken. Im Augenblick lag der Wald pechschwarz da. Sehen konnte Jed den Feind noch nicht, aber riechen – Seife und etwas, das sie nicht überdecken konnte. Angstschweiß.

Die haben auf dem Grundstück gesehen, wozu ich fähig bin. Das hat sie verunsichert.

Reglos lauschend wartete er.

Ein Hauch des silbrigen Mondlichts drang nach und nach durch die Wolkendecke und das Blätterdach. Schwache Konturen und nächtliche Schatten entstanden. Jed bemerkte den ersten Schemen, der langsam, vorsichtig durch das Gewirr der Bäume schlich – erkennbar, weil er sich stetig vorwärtsbewegte, nicht gleichmäßig schwankend wie die Schatten der Äste in der leichten Brise. Sobald Jed die Bewegung ausgemacht hatte, lieferte ihm sein Gehirn den Rest – ein schwarz gekleideter Mann zeichnete sich neben einem Baumstamm ab. Er drückte die Wange an den Kolben eines Sturmgewehrs und spähte durch dessen vermutlich mit Nachtsicht ausgestattetes Visier.

Das ist ein Problem, dachte Jed, während er langsam und lautlos in eine kniende Schussposition sank.

Der Angreifer hob die linke Faust, hieß einen zweiten Schemen anhalten, den Jed versetzt hinter dem ersten folgen sah. Der vordere Schütze drehte sich langsam in Jeds Richtung, suchte die Umgebung gegen den Uhrzeigersinn nach einem Ziel ab.

Jed hob das Gewehr und nutzte den schwachen grünen Schimmer der Visieroptik des Angreifers, der auf dessen rechte Gesichtshälfte fiel, als Ziel für Kimme und Korn seines M&P. Der Mann setzte seine langsame Drehung fort, bis er abrupt innehielt – zweifellos hatte er den knienden Jed entdeckt, der ihn in der Dunkelheit ins Visier nahm. Allerdings ließ Jed ihm keine Zeit zu reagieren, denn er hatte bereits abgedrückt. Der Kopf des Schützen zuckte zurück, der Körper sackte auf den Waldboden. Jed schwenkte die Mündung sofort auf den anderen Schemen. Diesmal gab er zwei Schüsse auf die Mitte von dessen Masse ab. Die lauten Knalle des M&P hallten durch die Hügel, gefolgt vom dumpfen Aufprall des zweiten Körpers auf dem Boden.

Im Nu hatte Jed die Männer erreicht und vergewisserte sich, dass er beide ausgeschaltet hatte. Danach tauschte er das M&P gegen die Sig Sauer MCX mit Nachtsichtoptik des ersten Schützen, hängte sie sich über die Schulter und suchte am Körper nach weiteren nützlichen Werkzeugen. Er entdeckte ein Optiketui am Gürtel des Mannes und holte ein Nachtsichtfernglas daraus hervor. Jed konnte sich ein Lächeln nicht verkneifen, als er ein Funkgerät von der Weste des Toten zog und einen Ohrstöpsel aufhob, der dem Schützen herausgefallen war, als ihn das Projektil ins Gesicht getroffen hatte. Ab sofort konnte er die feindliche Kommunikation abhören. *Huu-ja.*

Er setzte den Ohrstöpsel ein und steckte sich das Funkgerät in die Hemdtasche. Rasch durchsuchte er den zweiten Leichnam, fand jedoch nichts Brauchbares mehr.

Mit der Mossberg, der P365, der MCX mit Nachtsichtoptik und einem Funkgerät fühlte er sich endlich wieder wie ein SEAL. Mit neuem Elan kehrte er rasch zu dem ausgehöhlten Baumstamm zurück und kniete sich neben die Öffnung.

Große Augen schauten zu ihm auf.

»Hast du sie umgebracht?«, fragte sie und überraschte ihn damit.

Jed zögerte. »Sie können dir nichts mehr tun«, antwortete er schließlich ausweichend.

»Ich hab gewusst, dass du gewinnst«, sagte sie und streckte ihm die Hand entgegen. »Weil du der Krieger bist, den Gott geschickt hat, um mich zu retten.«

»Dir passiert nichts, Sarah Beth«, versuchte er, sie zu beruhigen, als er ihre Hand ergriff und ihr aus dem Baum half.

Irritiert schüttelte sie den Kopf. »Es geht nicht nur um mich, Jed. Ich habe … Dinge gesehen. Schreckliche Dinge. Er plant etwas. Wenn wir es nicht aufhalten, werden Menschen sterben.«

Jed starrte sie verwirrt an, doch im Augenblick fehlte ihm die Zeit, sich damit auseinanderzusetzen.

»Ich habe gerade eine Menge Lärm gemacht, Sarah Beth«, sagte er. »Keine Ahnung, wie viele Schützen sie noch haben, aber sie werden uns alle jagen. Wir müssen los.«

»Bevor ich weggerannt bin, hab ich gesehen, wie sie einen Truck mit Männern und Waffen beladen haben«, ließ Sarah Beth nicht locker. »Sie werden Menschen umbringen … viele Menschen. Ich muss dir sagen, was ich …«

»Und das wirst du später«, fiel er ihr ins Wort. »Aber zuerst müssen wir hier weg und an einen sicheren Ort. Wenn sie uns erwischen, können wir niemandem helfen.«

»Okay«, lenkte sie ein und schaute zu ihm auf. Ihr Kopf reichte ihm kaum bis zur Brust. »Wohin gehen wir jetzt?«

Jed zeigte zu einer Erhebung, die im Norden aus dem Wald aufragte. »Über den Höhenzug da«, sagte er. »Wir bleiben auf dem hohen Gelände, bis wir ein Tal mit Farmen und Häusern erreichen. Wir brauchen nur einen guten Samariter, dann können wir den Rücktransport nach Hause organisieren.«

Sie nickte.

»Kannst du laufen?«, fragte er und musterte sie, suchte sie von oben bis unten nach Verletzungen ab.

Wieder nickte sie.

»Gut. Wir müssen schnell vorankommen, uns aber auch bemühen, leise zu sein, okay? Ich gehe voraus. Wenn ich langsamer machen soll, sagst du es mir einfach ... hier drin«, sagte er und tippte sich mit einem schiefen Grinsen an die Schläfe.

»Verstanden«, sagte sie und grinste selbst. »So sagt man das bei der Armee, oder?«

»Ich bin beeindruckt«, erwiderte er aufrichtig. »Und jetzt los.«

Damit brachen sie Richtung Nordosten auf. Jed bewegte die Füße geschmeidig über den Waldboden. Als sie den Hang erklommen, schien sich der Baumbestand zu lichten. Mehr silbriges Mondlicht erhellte ihren Weg und vereinfachte es, sich zurechtzufinden. Geräuschlos kamen sie zwar nicht voran, aber Sarah Beth bewegte sich relativ leise. Das erbeutete Funkgerät schwieg, was Jed beunruhigte. Er hatte mit Meldungen und Nachfragen gerechnet. Alle paar Minuten hielt er an, um zu lauschen und die Frequenzen zu scannen.

20 Minuten vergingen ohne Zwischenfall.

Sie erreichten den Höhenzug und begannen den Abstieg ins Tal dahinter. Mit neuer Zuversicht überlegte er, Rachel mit dem Handy anzurufen. Einerseits hatte er versprochen, sie auf dem Laufenden zu halten. Andererseits wollte er weder anhalten noch Lärm verursachen oder sich ablenken lassen. Disziplin war entscheidend. Erst musste er Sarah Beth in Sicherheit bringen. Dann konnte er Verbindung mit David und Rachel aufnehmen und die Logistik für die Rückkehr nach Nashville organisieren.

Ein Klicken ließ Jed abrupt erstarren.

Das Geräusch ertönte so leise, dass nur jemand, der etwas von Schusswaffen verstand, es erkennen konnte – ein Daumen, der den Sicherheitsschalter eines M4-Gewehrs drehte. Jed fasste mit der linken Hand hinter sich und zog Sarah Beth dicht zu sich, während er mit der rechten seine Waffe hob.

»Bleib hinter mir«, flüsterte er und drehte sich vor ihr in die Richtung, aus der er glaubte, das Geräusch gehört zu haben.

Er nutzte die grünstichige Ansicht durch die Nachtsichtoptik der Sig MCX, um den Wald um sich herum abzusuchen. Im Krieg gegen den Terror hatte er Nachtsichtgeräte so oft eingesetzt, dass er die Bilder mittlerweile als so vertraut und natürlich wie Tageslicht empfand. Zunächst sah er den Schützen nicht selbst. Stattdessen schnappte er den schwachen, gelblichen Schimmer der Nachtsichtbrille des Mannes auf, der sich kaum sichtbar durch das dichte Gestrüpp neben einem Baum in zehn Metern Entfernung abzeichnete. Dann erst erblickte er unter dem Helm mit der Optik ein bärtiges Gesicht, das an ihm vorbei leicht nach links schaute.

Dann knackte hinter Jed ein Zweig, und er wusste, dass sie so gut wie erledigt waren – gefangen in einer Todeszone zwischen Schützen vorn und hinten.

Ich schirme Sarah Beth ab, dann überlebt sie vielleicht, dachte er, zog sie an seine Brust und zu Boden, wo er sie mit seinem Körper schützte.

Dann zerriss eine laute Stimme die Stille der Nacht. »Jedidiah Johnson – wir sind bei Ihnen. Die Bedrohung ist hinter Ihnen – beschützen Sie das Mädchen!«

Vom Feind im Unterholz brach schallgedämpfter Beschuss los. Fast gleichzeitig ertönte wesentlich lauteres Gegenfeuer ohne Schalldämpfer. Leuchtspurgeschosse zischten kreuz und quer wie ein Meteoritenschauer durch den nächtlichen Wald. Jed drückte Sarah Beth zu Boden und hievte den angespannten Körper über sie, während sich die Umgebung in ein Schlachtfeld verwandelte. Weitere Schüsse setzten von mehreren Stellen ein, an denen er noch vor wenigen Augenblicken nichts gesehen hatte.

Er hätte ja mitgemischt, wenn er wenigstens eine Ahnung gehabt hätte, wer Feind und wer Freund war und wer eigentlich auf wen schoss.

Die Schlacht tobte eine gefühlte Ewigkeit, aber aus Erfahrung und Hunderten Feuergefechten in seiner SEAL-Laufbahn wusste er, dass man im Kampf bloße Sekunden als *Ewigkeit* empfand. Er atmete aus, und es endete.

»Gesichert«, rief eine Stimme zu seiner Rechten.

»Gesichert, vier Feinde ausgeschaltet.«

»Gesichert.«

Jed richtete sich in Kampfhaltung auf, die Waffe im Anschlag. Zuerst sah er nach Sarah Beth, die sich auf der Erde eingerollt hatte und sich die Ohren zuhielt. Wie Gespenster tauchten paarweise voll ausgerüstete Kämpfer aus dem Wald auf.

»Das ist nahe genug«, rief Jed und ließ die Zieleinrichtung von einer Gestalt zur nächsten wandern. Ihm entging nicht, dass niemand auf ihn zielte. Alle trugen die Waffen entspannt vor der Brust.

Er spürte ein Ziehen am Bein seiner Cargohose, blieb jedoch konzentriert und schaute nicht nach unten.

»Ist schon in Ordnung«, sagte Sarah Beth. »Die sind auf unserer Seite.«

»Das werden wir noch sehen.« Er richtete den dunklen Visierpunkt auf die Mitte des vordersten der Kämpfer, die auf sie zukamen. »Ich sagte, das ist nahe genug. Halt, oder ich schieße«, warnte er.

Der Mann in der Mitte hob die Faust und brachte damit den gesamten Vormarsch zum Stillstand.

»Wir sind hier, um zu helfen, Senior Chief Johnson«, rief eine andere Stimme.

Jed drehte sich um und richtete die Waffe auf eine größere Gestalt, die sich leicht hinkend von hinten näherte. »Sarah Beth, geht's dir gut?«

Sie stand neben Jed auf und bestätigte: »Ja.«

»Woher kennt ihr unsere Namen?«, brüllte Jed, ohne die Waffe zu senken.

»Weil wir dasselbe Ziel verfolgen – Sarah Beth finden und wohlbehalten nach Hause bringen.« Der Mann schob sein Nachtsichtgerät auf den Helm hoch, damit Jed seine Augen sehen konnte. »Wenn Sie die Waffe senken, komme ich rüber und schüttle Ihnen die Hand.«

Jed sah Sarah Beth an und zog fragend eine Augenbraue hoch.

Sie nickte. »Es ist in Ordnung. Ich spüre, dass wir ihnen vertrauen können.«

Unfassbar, dass ich taktische Anweisungen von einem kleinen Mädchen entgegennehme, dachte er und ließ widerwillig die Waffe sinken.

»He, ich bin zwölf. Fast 13«, beschwerte sie sich, stemmte die Hände in die Hüften und bedachte ihn mit einem mürrischen Blick.

»Tut mir leid«, entschuldigte er sich schulterzuckend. »Ich kenne mich mit dem Alter von Kindern nicht wirklich aus.«

Der unbekannte Kämpfer setzte den Weg zu Jed fort.

»Gar nicht so einfach, 'ne Audienz bei Ihnen zu kriegen, Jed«, sagte der voll ausgerüstete Teamleiter mit einem schiefen Grinsen, und Jed fiel auf, dass ihm der Mann seltsam bekannt vorkam. »Wir haben gehofft, Ihnen bei der Rettung von Sarah Beth zu helfen. Aber Sie haben uns jedes Mal abgeschüttelt, wenn wir an Sie ranwollten, um mit Ihnen zu reden.«

»Also wart ihr das in den grauen SUVs, die mich beobachtet haben, was?«

»Genau.« Der Mann löste den Kinnriemen und nahm den Helm ab. Er fuhr sich mit der Hand durch dichtes, dunkles Haar, bevor er die Aufmerksamkeit auf Sarah Beth richtete. »Sieht allerdings so aus, als wäre unsere Hilfe gar nicht nötig gewesen. Sie haben sie ganz allein wohlbehalten rausgeholt. *Huu-ja.* Stimmt's, Sarah Beth?«

»Meine Mutter hat ihn geschickt, um mich zu retten«, sagte sie. »Na ja, ihn und Gott.«

Der Mann lachte darüber und drückte ihr väterlich die Schulter. Jed betrachtete das Gesicht genauer, konnte es jedoch immer noch nicht zuordnen. Irgendwo tief in seinem Gedächtnis schlummerte ein Name, den er nicht hervorzukramen vermochte.

»Kenne ich Sie?«, fragte er.

Der Mann streckte die rechte Hand aus, und Jed schüttelte sie.

»Ben Morvant«, stellte sich der Kämpfer vor und rüttelte damit Jeds Erinnerung wach.

Er spürte, wie ihm der Mund aufklappte. *Ben Morvant … Den Namen habe ich lange nicht mehr gehört.*

»Die Reaktion kenne ich«, merkte Morvant schmunzelnd an. »Wir haben viel zu besprechen, Jed. Aber bringen wir Sarah Beth zuerst in Sicherheit.«

Jed nickte und folgte dem legendären ehemaligen SEAL zu den anderen Kämpfern, die als engmaschiger Schutzkreis auf sie warteten.

»Ich muss Ihnen was sagen«, kam es von Sarah Beth mit verzweifelter Dringlichkeit in der Stimme, während sie hinter Morvant hereilte. »Etwas Wichtiges. Es wird was Schreckliches passieren.«

»Schon gut, Sarah Beth«, erwiderte Morvant auf dem Weg durch seine Männer. Sie reihten sich in einer losen Rautenformation hinter ihm ein, als er Richtung Osten durch den Wald vorausging. »Sobald wir dich an einen sicheren Ort gebracht haben, kannst du uns alles darüber erzählen. Bleib bis dahin dicht bei Jed, ja?«

»Verstanden«, gab sie zurück. Dann drehte sie sich mit ungeduldiger Miene zu Jed um und forderte ihn wortlos auf, einen Zahn zuzulegen. Schmunzelnd verfiel Jed in Laufschritt, um zu der Gruppe aufzuschließen. Zu seiner Überraschung spürte er, wie sich unterwegs eine Kinderhand in seine schob. Und zu seiner noch größeren Überraschung hielt er sie fest.

20

STAATSSTRASSE 25 RICHTUNG WESTEN

KNAPP AUSSERHALB VON NEWPORT, TENNESSEE

SAMSTAG, 5:25 UHR ORTSZEIT

Sobald sie mit dem Konvoi grauer Suburbans unterwegs waren, senkte sich Erschöpfung wie eine bleierne Decke über Jed. Die Mühe, die es ihn kostete, die Augen offen zu halten, schien mit jedem Kilometer, den sie zwischen sich und den Wald mit dem Zielgelände brachten, exponentiell zu steigen. Er blickte auf das Mädchen hinab. Die Kleine schlief auf der Rückbank des Suburban, die Beine an die Brust gezogen, den Kopf auf Jeds Oberschenkel. Er betrachtete ihr Profil.

Du siehst deiner Mutter so ähnlich, dass es unheimlich ist.

Er zog ihr die Jacke, die ihm einer der Kämpfer gegeben hatte, zur Schulter hoch, aber sie rührte sich nicht. Keine 30 Sekunden nachdem sich der SUV in Bewegung gesetzt hatte, war sie eingeschlafen wie eine ausgeblasene Kerze.

Ein Lächeln umspielte seine Lippen.

Mission erfüllt.

Jed schaute auf und musterte den Mann in der mittleren Sitzreihe vor sich. Ben Morvant, der ehemalige Navy SEAL, galt als lebende Legende. Als junger Soldat in Afrika hatte der SEAL-Sanitäter im Alleingang sein gesamtes Team bei einem Gefecht gegen eine überwältigende Streitkraft von Terroristen gerettet. Ein Großteil der Operation und jener Schlacht wurde nach wie vor geheim gehalten, sogar innerhalb der Spezialeinheiten. Und die damals überlebenden SEALs hatten nie darüber geredet. Gerüchten zufolge hatte sich jedoch bei der Operation etwas Seltsames ereignet. Es war nicht ungewöhnlich, dass sich um Männer, die an streng geheimen Einsätzen teilgenommen hatten, Legenden rankten. Aber in dem Fall verhielt es sich anders. Mit Sicherheit wusste Jed nur, dass man Morvant für seinen Heldenmut mit dem Navy Cross ausgezeichnet hatte, alle Mitglieder des Einsatzteams lebend nach Hause gekommen waren und Morvant selbst schwere Verletzungen erlitten hatte. Berichte darüber, dass der Mann aus medizinischen Gründen aus dem Dienst ausgeschieden und an den Rollstuhl gefesselt war, konnten nur völlig übertrieben oder blanker Unsinn gewesen sein. Morvant hinkte zwar merklich, dennoch hatte er sich geschmeidig wie ein routinierter Elitesoldat durch den Wald bewegt.

Jed schwirrte der Kopf vor Fragen.

Aber was sollte es bringen, sie zu stellen? Aus langjähriger Erfahrung im Umgang mit ultrageheimen Sondereinsatzspezialisten wusste er, dass sie nie etwas über ihre Identität oder Ziele preisgaben. Was sie an Informationen herausrückten, war von ihrem Unteroffizier oder sonstigen Vorgesetzten frei erfunden. Und wozu sollte er sich Lügen anhören? Wenn ein Elitesoldat mit abwesendem Blick erklärte, dass er dieser oder jener Joint Taskforce angehörte, konnte man nichts gewinnen, indem man sich nach mehr erkundigte. Das hatte Jed bereits vor langer Zeit gelernt.

Und das sind eindeutig Typen einer Joint Taskforce.

Jeds Hüfte heischte zum zehnten Mal nach Aufmerksamkeit und flehte ihn an, die Position zu verlagern, um die zunehmenden Schmerzen vom Stillsitzen zu lindern. Aber da das Kind seine Oberschenkel als Kissen benutzte und dringend Schlaf brauchte, würde er die Qualen einfach ausblenden und sich auf etwas anderes konzentrieren.

»Sir«, unterbrach er ein leises Gespräch zwischen Morvant und einem seiner Leute über dem Bildschirm eines Laptops. »Ich müsste wissen, wann es in Ordnung wäre, Sarah Beths Eltern wissen zu lassen, dass es ihr gut geht.«

Morvant drehte sich um und lächelte über die Schulter. Selbst im schwachen Licht vom Monitor auf dem Schoß des Mannes bestand für Jed kein Zweifel daran, dass es sich um den legendären Ben Morvant handelte.

»Ich denke, das sollte jetzt jederzeit in Ordnung sein, Jed«, erwiderte der ehemalige SEAL. »Und wenn's dir nichts ausmacht, können wir uns gern alle duzen. Ich nehme an, du willst sie anrufen, oder?«

»Wenn's in Ordnung ist«, sagte Jed mit einem Blick auf Sarah Beth. »Aber ich will nicht gegen eure Operationssicherheit verstoßen. Ich weiß, wie ernst ihr das nehmt, vor allem bei ausgehenden Signalen.« Kurz kaute er auf der Innenseite der Wange, bevor er nicht widerstehen konnte hinzuzufügen: »Offensichtlich gehört ihr alle einer Taskforce an.«

Morvants Lächeln wurde breiter. »So was Ähnlichem. Aber ich bezweifle, dass du schon mal mit dieser Taskforce zusammengearbeitet hast. Zumindest würdest du es nicht *wissen.*« Darüber schmunzelte der Kämpfer neben ihm. »Ruf die Yarnells ruhig an; aber würdest du dafür eins unserer verschlüsselten Telefone nehmen?«

»Sicher«, erwiderte Jed und nahm aus Morvants ausgestreckter Hand ein klobiges Satellitentelefon entgegen. »Gibt's irgendetwas Bestimmtes, das ich ihnen sagen oder das ich nicht erwähnen soll?«

Morvant dachte kurz darüber nach. »Auf jeden Fall kannst du Bescheid geben, dass du sie hast und sie in Sicherheit ist. Du kannst auch sagen, dass dich eine Taskforce unterstützt hat, aber keine Namen oder Einzelheiten.«

»Ich kenne ja keine Einzelheiten«, merkte Jed an, der damit nach Informationen fischte, während er Davids Handynummer eingab.

»Richtig«, erwiderte Morvant, nach wie vor mit jenem charismatischen Lächeln. »Wenn wir endgültig in Sicherheit sind, würde ich das gern ändern ... falls es dich interessiert, mehr zu erfahren.«

Jed zog überrascht die Augenbrauen hoch. Gleichzeitig spürte er jedoch, wie sich paranoide Vorsicht einstellte. Informationen hatten immer einen Preis, vor allem wenn sie von solchen Leuten stammten. Er spielte mit dem Gedanken, darauf hinzuweisen. Stattdessen drang aus seinem Mund: »Sicher – gern.«

»Wir haben einen sicheren Unterschlupf etwas östlich von Sevierville. Dorthin sind wir unterwegs. Wir lassen den Druck abfließen, überprüfen unsere Ausrüstung, melden uns bei unseren Vorgesetzten und holen ein Update über den Stand der Dinge ein. Außerdem besorgen wir dem Mädchen – und dir – was zu essen und zu trinken und lassen sie von unserem Arzt untersuchen. Du erwähnst natürlich nicht, wo genau wir sind, aber gib ihnen Bescheid, dass wir hoffen, sie bis heute Nachmittag nach Hause und in ihre Obhut zu bringen. Wir haben Fluggeräte, die uns in wenigen Stunden am Flughafen Gatlinburg Pigeon Forge abholen können, dann ist es nur noch ein Katzensprung zurück nach Nashville. Solche Einzelheiten musst du ihnen nicht weitergeben, aber wir wollen, dass du informiert bist – immerhin bist du vorläufig mit im Boot.«

»Danke dafür«, erwiderte Jed. Dann verengte er die Augen zu Schlitzen. »Du bist also wirklich Ben Morvant.«

»Ja, ich bin Ben Morvant«, bestätigte der Mann mit einem gutmütigen Schmunzeln. »Ich sehe wohl besser aus, als du erwartet hast, was?«

Jed lachte über die Herzlichkeit des vertrauten Scherzens unter SEALs. »Das nicht unbedingt – aber eindeutig nicht so angeschlagen und eingeschränkt, wie ich erwartet habe. Nach den Geschichten, die ich gehört habe, meine ich.«

Morvant nickte, und in seinen Augen schimmerte etwas anderes als die Schlagfertigkeit eines SEALs. »Darüber können wir später reden, wenn du willst.« Mit einem seelentiefen Blick fügte er hinzu: »Wie geht's übrigens der Hüfte, Jedidiah? Kommst du klar, Kamerad?«

Jed schluckte das unangenehme Gefühl runter, das jener Blick in ihm auslöste. »Immer noch kampftauglich.«

»Wie wir alle«, meinte Morvant kryptisch und drehte sich zurück nach vorn.

Einen Moment lang starrte Jed auf das Profil des Mannes, bevor er den Kopf schüttelte und die Ruftaste des Satellitentelefons drückte. Es klingelte nur ein Mal, bevor Rachel ranging.

»Hallo?« In ihrer Stimme schwang die Last von tausend Sorgen mit.

»Ich bin's. Jed«, meldete er sich. »Sie ist in Sicherheit, Rachel. Ich hab sie rausgeholt.«

Rachel sagte etwas, das er durch ihr plötzlich losbrechendes Schluchzen unmöglich verstehen konnte. Im Hintergrund hörte er David, der nach Informationen verlangte.

»Danke, Jedidiah«, brachte Rachel schließlich unter weiterem Schluchzen hervor. »Danke, danke, danke.«

Er hörte raschelnde Geräusche und stellte sich das Telefon zwischen der Umarmung von Sarah Beths Eltern vor. Der mit Schuldgefühlen verbundene Neid, den das Bild in ihm auslöste, wurde von dem warmen Gefühl einer erfolgreich abgeschlossenen Rettung eines Mädchens überrollt, das bald wieder zu Hause sein würde. Er blickte auf die Kleine hinab und verspürte einen Anflug von Dankbarkeit, der er Ausdruck verleihen wollte.

Danke für deine Hilfe, o Vater. Allein hätte ich das nicht geschafft.

Als er aufschaute, stellte er fest, dass Morvant ihn mit einem wissenden Blick über den mittleren Sitz hinweg anstarrte. Der Mann nickte knapp, bevor er sich zurück nach vorn drehte. Jed hatte damit gerechnet, sich dafür zu schämen, dass er bei einem stillen Gebet ertappt worden war. Tat er allerdings nicht.

»Jed? Bist du noch dran?«, fragte David und lenkte seine Aufmerksamkeit abrupt zurück auf den Anruf.

»Ich bin da, David.«

»Geht's ihr gut, Jed? Ist sie … verletzt? Haben sie ihr *wehgetan?*« Davids Stimme wurde brüchig.

»Nein, es geht ihr gut, David. Und ihr könnt sehr stolz auf sie sein. Sie ist stark und *unheimlich* tapfer. Jetzt schläft sie, sonst würde ich sie dir geben. Aber heute Nachmittag könnt ihr sie wieder in die Arme schließen. Wir haben noch ein paar Dinge zu erledigen, bevor wir nach Nashville zurückkommen. Du kannst dir vielleicht vorstellen, dass man die

Leute, die sie entführt haben, nicht unterschätzen sollte. Wir müssen dafür sorgen, dass die Reise sicher verläuft.«

»Verstehe«, sagte David. »Aber du hast *wir* gesagt … Seid ihr mit jemandem zusammen?«

»Ja. In letzter Minute hab ich Unterstützung von Leuten mit Erfahrung in meiner Branche bekommen.«

»Sag mir, was passiert ist, Jed. Ich will alles wissen.«

Das konnte Jed nachvollziehen, nur war es nicht der richtige Zeitpunkt dafür. »Wenn wir zurück sind, David. Nicht am Telefon. Und noch etwas – sag vorerst niemandem, dass sie gerettet ist. Nicht mal der Polizei in Nashville, okay?«

»Verstanden«, bestätigte David. »Wann können wir mit ihr reden?«

»Sobald wir den sicheren Unterschlupf erreicht haben. Wird nicht lange dauern.«

»Danke, Jed. Danke, dass du mein Baby gerettet hast.«

»Gern geschehen«, erwiderte Jed und beendete den Anruf mit einem breiten Grinsen im Gesicht.

Sarah Beth verlagerte auf dem Sitz das Gewicht und murmelte etwas im Schlaf. Er blickte wieder zu ihr hinab und strich zart eine Strähne zurück, die ihr ins junge, hübsche Gesicht gefallen war.

»Es geht nicht nur um mich, Jed. Ich habe … Dinge gesehen. Schreckliche Dinge. Er plant etwas. Wenn wir es nicht aufhalten, werden Menschen sterben.«

Jed schauderte, als ihm ihre Worte aus dem Wald einfielen. Er entschied, dass er Morvant an ihre Warnung erinnern sollte.

»Weißt du noch, was Sarah Beth bei der Exfiltration zu dir gesagt hat?«, fragte er und tippte dem ehemaligen SEAL auf die Schulter.

Morvant nickte. »Ja.«

»Was, glaubst du, hat sie damit gemeint? Ist das echt? Ich jedenfalls glaube, ihre Entführer könnten noch etwas planen.« Als Morvant nichts erwiderte, bohrte Jed nach. »Du weißt etwas, nicht wahr? Du weißt, wovon sie gesprochen hat.«

»Vielleicht ... Sarah Beth hat eine unglaubliche Tortur hinter sich. Man hat sie ... Dingen ausgesetzt.«

»Das ist ein bisschen vage«, klagte Jed. »Was für *Dingen?*«

»Darüber und über alles andere reden wir ausführlicher im Unterschlupf«, gab Morvant zurück und beendete damit die Diskussion. »Vorerst muss dir genügen, dass wir nicht zum ersten Mal mit der Gruppierung zu tun haben, die Sarah Beth entführt hat. Wir sind mit ihrer ... Vorgehensweise vertraut.«

Jed schnaubte zwar leicht über Morvants ausweichende Antwort, ließ es aber vorerst dabei bewenden.

Die Typen von Taskforces sind doch alle gleich.

Und dennoch kam ihm an dieser Truppe irgendetwas anders vor. Diese Leute hatten ihn seit der Buchhandlung am Tag seiner Ankunft in Nashville überwacht. Warum? Wichtiger noch war die Frage, warum sich eine geheime Taskforce der Regierung überhaupt für die entführte Tochter eines angehenden Priesters interessierte. Fiel so etwas nicht in die Zuständigkeit des FBI?

Er schaute aus dem Fenster und beobachtete, wie die grünen Hügel vorbeizogen, während ihm das Einzige durch den Kopf ging, was er mit Sicherheit wusste.

Hinter der Geschichte steckt mehr, als alle zugeben wollen. Viel mehr.

Und koste es, was es wolle, ich werde herausfinden, was.

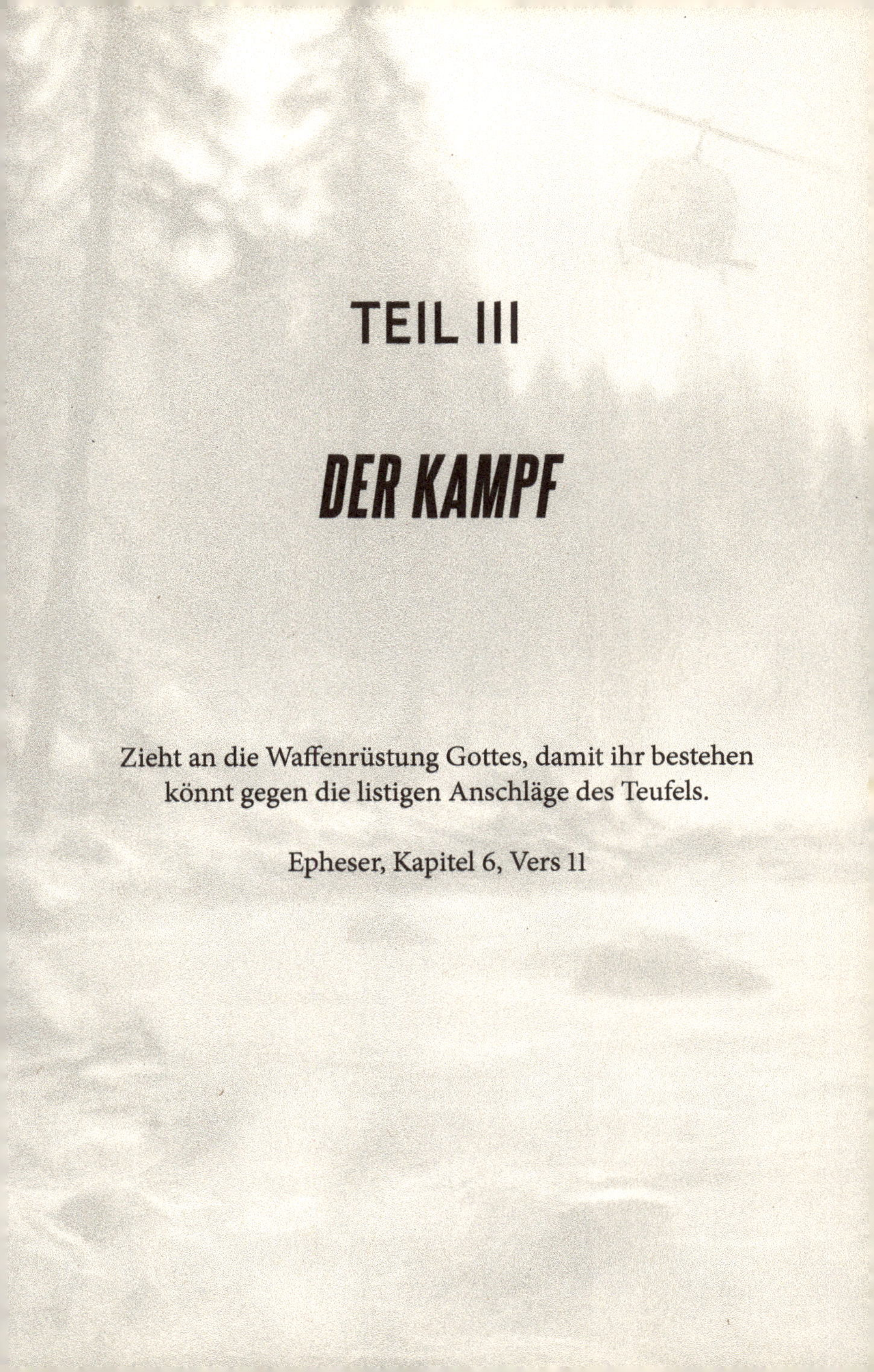

TEIL III

DER KAMPF

Zieht an die Waffenrüstung Gottes, damit ihr bestehen
könnt gegen die listigen Anschläge des Teufels.

Epheser, Kapitel 6, Vers 11

21

IRGENDWO AN EINEM SEHR, SEHR DUNKLEN ORT

Der Mann namens Jed – ihr Retter, ihr weißer Ritter, ihr Racheengel – streichelte ihr Haar und diente ihr als provisorische Kopfunterlage, die sie weitaus beruhigender fand als jedes flauschige Kissen. Und zur Abwechslung fühlte sich Sarah Beth sicher. Sie dachte an die plötzliche Stille im Wagen zurück, als er abgestellt wurde, und daran, wie seine starken Arme sie hochgehoben, sie an seine breite Brust gedrückt und in ein Haus getragen hatten. Dort hatte er sie in ein Bett gelegt und ihr das Haar glatt gestrichen, bevor er gegangen war und die Tür mit einem leisen Klicken hinter sich geschlossen hatte.

Dann hatte die Dunkelheit sie umhüllt.

Allerdings fühlte sie sich nicht *darin,* sondern wie ein *Teil* davon. Als käme die Dunkelheit irgendwie aus ihrem Inneren – aus einem winzigen Schatten in ihrem Kopf, der wuchs und den gesamten Raum erfüllte. Die ganze Welt. Das Gefühl widerte sie zugleich an und jagte ihr eine Heidenangst ein.

Mit einem schweren Schlucken beschloss sie, tapfer zu sein – was blieb ihr schon anderes übrig? Also schwamm sie durch die Dunkelheit und sah sich darin um. Wenn sie sich in der Dunkelheit befand und wie ein Teil davon fühlte, dann nur, weil das Licht wollte, dass sie darin etwas sah oder erfuhr oder fand. Denn sie wusste mit Gewissheit, dass ihre Gaben von Gott stammten – vom Licht.

Sarah Beth öffnete die Augen.

Sie saß an einem Tisch ähnlich jenem, an dem sie Victor kennengelernt hatte, aber nicht am selben. Ihr gegenüber rutschte ein Mann nervös auf seinem Sitz herum.

»Wir können nicht weitermachen«, sagte er. Eine Schweißperle zeichnete sich an einer lichten Stelle an seinem Haaransatz ab, als wollte sie sich vergewissern, dass die Luft rein war, bevor sie ihm über die Schläfe und Wange hinablief und eine schmale nasse Spur hinterließ. »Wir wissen nicht, was sie ihnen erzählt hat. Die Shepherds könnten auf uns warten.«

»Hättest du sie nicht entkommen lassen, müssten wir dieses Gespräch nicht führen.«

Die ölige Stimme kam ihr bekannt vor und drang aus ihr, tief aus ihrem Inneren. Sie beobachtete, wie Lider, die nicht ihr gehörten, zweimal blinzelten. Mit der Stimme setzten ein Schwindelgefühl und ein Anflug von so heftiger Übelkeit ein, dass sie sich bestimmt hätte übergeben müssen, wenn sie etwas im Magen gehabt hätte. Irgendwie steckte Victor in ihr. Oder sie in ihm.

»Wie hätten wir wissen sollen, dass er so eine Bedrohung ist?«, argumentierte der nervöse Mann.

Sarah Beth blickte ohne eigenes Zutun auf ihre – seine – knochigen Hände mit schmalen Fingern und langen, scharfen Fingernägeln hinab. Sie hielten eine Feige, die sie unablässig drehten. Die Hand mit der Feige hob sich und verschwand aus ihrem Blickfeld – vermutlich vor Victors Mund.

»Und doch sitzen wir jetzt hier – und sie haben sie.«

»Ja. Aber sie ist nur ein Mädchen ohne Ausbildung und Mentor. Ich glaube, du überschätzt ihre Fähigkeiten gewaltig,

Victor. Sie weiß nichts, kennt bestenfalls nutzlose Bruchstücke. Und die wird sie aus Angst und Scham für sich behalten.«

Die Hände kehrten zurück, zumindest die rechte. Sie zeichnete sich verschwommen am Rand ihres Sichtfelds auf dem Tisch ab. Bräunlich-rosa Saft breitete sich von der Feige auf die Haut unter dem Daumennagel aus.

»Was weißt du schon über ihre Fähigkeiten?«, sagte Victors Stimme, und Sarah Beth spürte darin seine urteilende Bösartigkeit. »Du warst für die Sicherheit der Anlage zuständig. Dabei hast du versagt. Und ich dulde keine Inkompetenz.«

Plötzlich geriet die andere Hand in Sicht und hielt eine silbrig glänzende Pistole. Der lange Lauf mit der kleinen Erhebung vorn bewegte sich vorwärts, bis er unmittelbar vor dem Nasenrücken des schwitzenden Mannes auf der anderen Seite des Tischs innehielt.

»Bitte nicht …«

Sarah Beth wollte die Augen schließen, konnte es jedoch nicht. Weil es nicht ihre waren. Ihr blieb nichts anderes übrig, als zuzusehen.

Die Pistole spie Feuer, und eine kleine Rauchwolke umwirbelte die knochige Hand. Durch sie hindurch sah Sarah Beth, wie die Kugel über dem linken Auge in die Stirn des Mannes einschlug, einen Brocken aus dem Schädel riss und gegen die Wand klatschte. Das verbliebene, leblose Auge starrte sie durch die Rauchwolke an, bevor das Gesicht nach vorn kippte und mit einem grässlichen, nassen Laut auf den Tisch krachte.

Sarah Beth schrie auf.

Und plötzlich erstarrte alles.

Die Welt wurde wieder dunkel – obwohl sich die Augenlider nicht wie zuvor schlossen, als Victor geblinzelt hatte.

Vielmehr stürzte sie mit rasender Geschwindigkeit in tiefe Schwärze. Dann tauchte daraus Victors knochiges Gesicht in einem roten Lichtkranz auf und schwebte vor ihrem geistigen Auge. Seine Augen leuchteten mit einem Blutrot, das alle anderen Schattierungen von Rot im Vergleich dazu blass erscheinen ließ. Seine schmalen grauen Lippen verzogen sich zu einem Lächeln.

»Na so was. Hallo, Liebes. Vermisst du mich schon?«

Blankes Grauen erstickte sie, als hätte ihr jemand eine Socke in den Mund gestopft. Sie griff sich an ihre Kehle.

Ich muss aufwachen, sagte sie sich. Sie kniff sich in die Haut am linken Unterarm und verdrehte sie mit aller Kraft. Dabei hoffte sie inständig, der Schmerz würde sie zurück ins Bewusstsein schleudern. Aber nichts geschah.

Warum funktioniert es nicht?

»Oh, so einfach ist das bei mir nicht, Liebes«, sagte Victor, ohne dass sich die schmalen, blutleeren Lippen bewegten. »Sag, wo versteckst du dich?«

Sie verdrehte die Haut fester und fester, bis es ihr irgendwie gelang, die Stimme wiederzufinden und einen markerschütternden Schrei zu entfesseln.

22

UNTERSCHLUPF DER TASKFORCE

SÜDLICH DES FLUGHAFENS GATLINBURG PIGEON FORGE

SEVIERVILLE, TENNESSEE

SAMSTAG, SIEBEN UHR ORTSZEIT

Jed saß unruhig am Küchentisch und zwang sich, die Knöchel nicht in seine schmerzende Hüfte zu bohren. Er hatte die Angewohnheit, vor Kameraden nie eine Schwäche zu zeigen. Kindisches Machogehabe?

Ja.

Störte ihn das?

Nein.

Morvant lehnte sein Gewehr in die Ecke der Essküche und unterhielt sich leise mit dem Mann, den Jed als seinen Stellvertreter identifiziert hatte. Jed verengte die Augen zu Schlitzen, während er versuchte, das Gesicht einzuordnen, das ihm bekannt vorkam. Morvant nannte den Mann Eli. Plötzlich fiel es ihm ein – zottiges braunes Haar, ein schmaler Bart, smaragdgrüne Augen …

»Ich kenne dich«, unterbrach er die beiden, den Blick auf Eli geheftet. »Du warst neulich in der Vanderbilt-Buchhandlung. Du bist die Rolltreppe runtergefahren und hast dabei telefoniert.«

Eli grinste und zuckte mit den Schultern. »Schuldig«, sagte er.

»Das Pärchen am Tisch, das mich beobachtet hat – auch Leute von eurer Taskforce?«, fragte Jed und sah dabei Morvant an.

»Ja. Im Nachhinein betrachtet hätten wir schon da Verbindung mit dir aufnehmen sollen. Eigentlich hatte ich vor, mich mit dir zu einem Bier zusammenzusetzen. Aber dann bist du festgenommen worden und, na ja, es wurde alles kompliziert«, meinte Morvant und fuhr sich mit den Fingern durchs Haar.

»*Kompliziert* ist eher untertrieben, findest du nicht?«

Morvant schmunzelte. »So ist das in der Welt, in der wir leben.«

Plötzlich ertönte von oben ein Schrei, der durch Mark und Bein ging. Jed hörte ihn, zugleich jedoch fühlte er sich an wie ein heißer, in ihn gebohrter Säbel. Mit dem Sturmgewehr bereits in der Hand stürmte er durch die Küche und zum Fuß der Treppe.

»Jed, warte«, rief Morvant hinter ihm her und bremste ihn, bevor er die Treppe hinaufrennen konnte.

»Wer ist noch da oben?«, presste Jed zwischen zusammengebissenen Zähnen hervor.

»Nur Sarah Beth, Jed«, erwiderte Morvant mit ruhiger, ungerührter Stimme. Er legte Jed die Hand verständnisvoll auf die Schulter. »Geh und sieh nach ihr. Wir bleiben hier.«

Jed brummte nur und stieg rasch die Stufen hinauf. Dabei bewegte er sich seitwärts, um gleichzeitig die Truppe unten und den anscheinend verwaisten Treppenabsatz oben im Auge zu behalten. Sein Verstand wurde von einem jäh einsetzenden Wirbelsturm paranoider Gedanken bestürmt. *Kann ich diesen Leuten wirklich vertrauen? Woher weiß ich, dass ihre Motive rein sind? Sie haben mich überwacht und sind nach meinem Einsatz auf dem Zielgelände im Wald aufgetaucht. Und ich habe ihnen Sarah Beth ohne Beweis dafür anvertraut, wer sie sind oder für wen sie arbeiten. Wie konnte ich so naiv sein – so dumm?*

Mit der rechten Wange am Gewehrschaft und angespannten Schultern nahm Jed eine kampfbereite Haltung ein. Bei den letzten sechs Stufen nahm er zwei auf einmal. Dabei ignorierte er das Brennen in seiner Hüfte, als ein zweiter markerschütternder Schrei die Stille zerriss und ihm mitten ins Herz fuhr. Mit einem erneuten Gefühl von Dringlichkeit sicherte er den oberen Flur links und rechts, obwohl eine Stimme in seinem Kopf meinte, es wäre längst zu spät, falls Morvant und sein Team keine Verbündeten waren. Die Tür zu Sarah Beths Zimmer am Ende des Gangs stand leicht offen. Jed pflügte hinein wie ein Güterzug. Er sicherte erst die linke Ecke, dann die rechte, bevor er zum Bett stürmte, in dem Sarah Beth aufrecht saß, die Hände krampfhaft zu Fäusten geballt. Die Lider presste sie gequält zu, der Mund hingegen stand weit offen, während sie nach Luft schnappte.

Jed nahm das Gewehr ab und lehnte es an den Nachttisch. Er setzte sich auf die Matratze und streckte die Hand nach ihr aus. Verängstigt stieß sie ihn weg, fuchtelte mit den Armen und schlug nach ihm. Dabei gab sie halb benommene Laute von sich. »M-m … m-m … m-m …« Er bemerkte einen frischen dunklen Bluterguss an ihrem linken Unterarm, der ihm nicht aufgefallen war, als er sie ins Bett gebracht hatte.

»Wach auf, Sarah Beth. Ich bin's, Jed, der Freund deiner Eltern«, redete er mit ruhiger, beschwichtigender Stimme auf sie ein. »Du bist in Sicherheit, Sarah Beth. Hier kann dir niemand was tun.«

Ihre Augen quollen so weit aus den Höhlen, dass er fürchtete, sie könnten herausfallen, und einen Moment lang glaubte er, ein schwaches gelbliches Leuchten darin zu erkennen. Er schüttelte den irrationalen Gedanken ab und griff erneut nach ihr. Das Leuchten musste eine Täuschung des durch das Panoramafenster hinter ihm hereinströmenden morgendlichen Lichts sein.

»J… J… Jed?«, stammelte sie.

Bevor er etwas erwidern konnte, sank sie in seine Arme und schlang die Hände krampfhaft um seinen Nacken.

»Er war hier«, sagte sie und wiederholte es immer wieder und schneller, bis es weniger nach Worten und mehr nach dem Geheul eines verwundeten Tiers klang.

»Alles gut«, murmelte er und hielt sie fest. »Alles wird wieder gut.«

In seiner Zeit bei den SEALs hatten sich öfter befreite Geiseln, sowohl Männer als auch Frauen, ähnlich an ihn geklammert, aber nie ganz so, wie Sarah Beth es tat. Er wiegte sie sanft und murmelte dazu beruhigende Worte. Schließlich entspannte sie sich und ihr Schluchzen ließ nach. Als sie die Fassung einigermaßen wiedererlangt hatte, ließ sie ihn los und zog sich zurück, um ihn anzusehen. Besorgte Falten zerfurchten ihre Stirn, während sie sich im Zimmer umsah. »Wo bin ich?«

»In einem sicheren Unterschlupf«, erwiderte er und ergriff ihre Hand. »Du hattest einen Albtraum, aber jetzt ist er vorbei.«

»Es war kein Albtraum«, widersprach sie. »Er war hier – oder ich war dort, ich war er … Keine Ahnung. Ich verstehe es nicht wirklich, aber ich will, dass es nie wieder passiert«, brachte sie hervor und wischte sich mit dem Handrücken Rotz aus dem Gesicht.

»Hier sind keine bösen Männer. Nur du, ich und die Männer, die uns geholfen haben.«

»Nein.« Sie schüttelte den Kopf mit einer resignierten Gewissheit, die ihm eine Gänsehaut bescherte. »Victor *war* hier.«

»Wer ist Victor?«, fragte Jed, doch ein unangenehmes Kribbeln im Magen ließ ihn ahnen, dass er die Antwort bereits kannte. Er hatte selbst eine flüchtige Begegnung mit dem Mann gehabt, obwohl er den Namen der schemenhaften Gestalt hinter den Vorhängen im Haus nicht gekannt hatte. Ihn schauderte bei der Erinnerung an den plötzlichen Zwang, sich das Leben zu nehmen. »Hat … Hat er dir auf dem Grundstück im Wald wehgetan, Sarah Beth?«

Wieder schüttelte sie den Kopf, diesmal beinahe gereizt. »Nein … Oder eigentlich doch. Er hat mich nicht gefoltert oder vergewaltigt oder was immer du denkst. Aber er hat mich innerlich verletzt. Meine Seele. Er kann in meinen Kopf eindringen, und ich war in seinem. Dabei habe ich grauenhafte Dinge gesehen. Und ich weiß, dass er sie tun wird.« Mit feuchten Augen heftete sie einen flehentlichen Blick auf ihn. »Bitte, Jed. Du musst ihn aufhalten. Lass nicht zu, dass er all die Menschen umbringt. Bitte lass den kleinen Jungen nicht sterben.«

»Welche Menschen, Sarah Beth?«, fragte er zunehmend frustriert und verwirrt. »Welchen kleinen Jungen? Hatte der Mann noch andere Kinder im Haus – diesen kleinen Jungen? Weitere Geiseln? Wer ist Victor?«

»Ich weiß, wer Victor ist«, sagte eine Stimme hinter ihm.

Jed drehte sich um und erblickte Morvant an der Tür des Zimmers. Er war allein gekommen und stand mit vor der Brust verschränkten Armen da.

»Ich habe gesehen, wie Menschen ermordet werden. Wir müssen das verhindern«, wandte sich Sarah Beth an Morvant. »Können Sie uns helfen, Mister? Können Sie es aufhalten?«

»Wir werden es versuchen«, erwiderte Morvant. »Glaub mir, Sarah Beth, ich weiß, wie schrecklich diese Bilder und Stimmen sein können. Vor allem am Anfang, wenn sie willkürlich einsetzen und man nicht weiß, was sie bedeuten. Das ist wirklich beängstigend, nicht wahr? Ich hatte das auch.«

Wieder wirkte Sarah Beth irritiert, und Jed glaubte es zu verstehen. Sie hatte etwas Wichtiges zu sagen und wollte ernst genommen werden. Jed hatte keine Ahnung, woher er das auf einmal wusste, aber sie hatte das Gefühl, dass Erwachsene beim Versuch, Kinder zu trösten, nicht wirklich zuhörten.

»Ich denke, wir sollten ernst nehmen, was sie zu sagen hat, Ben«, meinte Jed. Den Vornamen benutzte er bewusst in der Hoffnung, den richtigen Knopf bei dem Mann zu drücken.

»Bin ganz deiner Meinung«, erwiderte Morvant. »Deshalb sind gerade ein paar besondere Freunde unterwegs hierher. Sie werden uns dabei helfen, das alles zu durchschauen. Du wirst sie mögen, Sarah Beth – vor allem Pastorin Dee. Sie ist spitze. Außerdem kommt ein Mädchen mit, das nicht viel älter ist als du. Fühlst du dich gut genug, um mit nach unten zu gehen? Wir besprechen alles, du frühstückst, und danach rufen wir deine Eltern an.«

»Ich bin am Verhungern«, verkündete Sarah Beth und rutschte aus dem Bett. Nachdem sie ihr Shirt über die Jeans gezupft hatte, marschierte sie zu Morvant. Ihre Angst wirkte wie weggeblasen. »Was habt ihr denn zu essen?«

»Einer meiner Jungs brät gerade Speck und Eier. Wie hört sich das an?«

Sarah Beth sah ihn skeptisch an. »Eigentlich will ich mich ja vegan ernähren«, erklärte sie. Dann schnupperte sie, und Jed bemerkte zum ersten Mal, dass der Duft von Speck heraufwehte. »Aber ich denke, das kann warten, bis alles vorbei ist.« Sie schaute zurück zu Jed. »Kommst du?«

»Ja«, sagte er und hievte sich auf die Beine. »Bin auch am Verhungern.«

Lächelnd schob sich Sarah Beth an Morvant vorbei und ging den Flur hinunter.

Jed sah Morvant in die Augen, suchte nach irgendeinem Hinweis darauf, dass er dem legendären SEAL wirklich vertrauen konnte. »Ich denke, es ist höchste Zeit, dass wir beide uns unterhalten«, schlug er entschlossen, aber ruhig vor.

»Einverstanden«, gab Morvant zurück. »Lass uns nur erst hören, was die Kleine zu sagen hat. Wir frühstücken und lassen sie ihre Eltern anrufen. Danach unternehmen wir beide einen Spaziergang, und ich sage dir alles, was du wissen willst. Komm jetzt, das Essen wartet.«

Jed wollte schon einwilligen, überlegte es sich jedoch anders und schüttelte stattdessen den Kopf. »Nein, ich will es nicht länger aufschieben. Ich will jetzt wissen, was los ist. *Bevor* euer Psychiater die verängstigte Kleine verhört. Fang damit an, wer ihr wirklich seid, warum ihr euch für ein entführtes Mädchen aus Nashville interessiert und wer dieser *Victor* ist.« Damit verschränkte er die Arme vor der Brust, ahmte Morvants Haltung nach. »Zeit für ein Gespräch von SEAL zu SEAL«, fügte er hinzu. »Für die Bruderschaft.«

»Na schön, Jed«, erwiderte Morvant mit einem versöhnlichen Lächeln. »Für die Bruderschaft – der Vergangenheit und Gegenwart.«

23

Morvants Gesichtsausdruck verriet Jed, dass er nicht alles erfahren würde. In seinem früheren Leben hatte er bei solchen Gesprächen oft genug in den Schuhen des anderen Mannes gesteckt. Er wusste, wie es ablaufen würde. Ganz gleich, wie fordernd jemand bohrte, Leute einer Taskforce wussten, wie man gerade genug preisgab, um die drängendste Neugier zu befriedigen. Es war ein verbreiteter Irrglaube, dass Nachrichtendienste einem undurchdringlichen Tresor glichen. In Wirklichkeit ähnelten sie eher einer riesigen Zwiebel, geschützt von endlosen Schichten. Knackte man einen Tresor, hatte man auf einen Schlag Zugriff auf den gesamten Inhalt. Schälte man bei einer Zwiebel eine Schicht ab, stieß man darunter nur auf eine weitere. Bei den meisten Menschen genügte es, eine solche Schicht offenzulegen, um sie zufriedenzustellen, weil sie nichts von dieser Struktur wussten.

»Wir nennen uns Shepherds«, begann Morvant.

Jed dachte zurück an den Flur im Obergeschoss des Zielgebäudes – an seine Konfrontation mit der wie eine Großmutter wirkenden Kreatur. *Shepherd* hatte sie ihn genannt und dabei zugleich vor Angst und Hass gestrotzt. Sie hatte das Wort so gekreischt, dass es wie ein Alarm geklungen hatte.

»Wir gehören einer Joint Taskforce an, die sowohl Bedrohungen im Land als auch internationalen Verschwörungen gegen die Heimat nachgeht …«

So also willst du es spielen, dachte Jed und fing bereits an abzuschalten. *So viel zum Versprechen der Bruderschaft der Vergangenheit und Gegenwart.*

Offenbar verriet ihn seine Miene, denn Morvant verstummte.

»Nicht gut?«, fragte der ehemalige SEAL mit geschürzten Lippen.

Jed schüttelte den Kopf. »Nein.«

»Okay, verständlich.« Morvant lachte. »Aber du kannst mir den Versuch nicht übel nehmen. Du weißt ja, wie so was läuft.«

»Ja.«

Die beiden Männer starrten einander an, als stünden sie auf gegenüberliegenden Seiten einer unsichtbaren Kluft. Jed brach das Schweigen zuerst. »Also klärst du mich nicht auf?«

Morvant zuckte verhalten mit den Schultern. »Tja, Jed, das hängt ganz von dir ab. Davon, ob du für den nächsten Schritt bereit bist.«

»Und wenn ich sage, dass ich's bin?«

»Dann sage ich, dass du bluffst. Wir wissen beide, dass du dich für bereithältst, die Zwiebel zu schälen. Aber das bist du noch nicht ganz.«

Jed schnaubte leicht und überlegte, was er als Nächstes zu dem irritierend weisen Kämpfer sagen sollte. Bei jemand anderem hätte sich die Aussage ätzend selbstgefällig angehört, bei Morvant fühlte sie sich eher brüderlich an.

»Ein Vorschlag.« Der Mann legte Jed die Hand auf die Schulter. »Wir gehen runter, und du isst mit uns. Verbring ein bisschen Zeit mit uns, dann siehst du, dass wir dir nichts verheimlichen. Du gehörst bereits zu den

Eingeweihten, Jed. Du musst nur auf die Kleinigkeiten achten.«

Jed dachte über die Bemerkung nach, als er Morvant die Treppe hinab folgte. Unten zog er den Kopf ein, denn die Kombination aus einer niedrigen Deckenschräge und einer versetzten letzten Stufe stellte eine heikle Stoßgefahr für jemanden seiner Größe dar. Er bog um die Ecke und betrat die Küche. Dort saß Sarah Beth mit vier von Morvants Leuten an einem langen, rechteckigen Holztisch. Zu seiner Überraschung lachte sie gerade über etwas, das einer der Männer gesagt hatte. Auf dem Teller hatte sie Eier, Speck und zwei mit Butter bestrichene Toastscheiben. Die Kleine hatte eine genauso große Portion vor sich wie die Männer, die mit ihr lachten.

Kaum bemerkten sie Jed, verstummte das Gespräch. Alle Anwesenden drehten sich ihm zu.

»Macht Platz, Leute«, sagte Morvant. Prompt rutschten alle am Tisch weiter, um der Aufforderung nachzukommen.

Morvant ließ sich auf dem freien Stuhl am Kopfende nieder. Jed steuerte zum Ende der langen Bank und setzte sich neben Sarah Beth. Schmerzen flammten in seiner Hüfte auf, als er das Bein herumschwang und unter den Tisch schob, aber er ertrug sie mit einem Grinsen.

Der Mann namens Eli arbeitete in der Küche und erfüllte zufrieden die Rolle des Schnellkochs. Lächelnd rief er Jed zu: »Was darf's für dich sein?«

»Ich nehme, was sie hat«, antwortete er und zwinkerte Sarah Beth zu. »Aber meine Eier kannst du ruhig in Tabasco ertränken, falls du welchen hast.«

»Das volle Programm, scharf«, bestätigte Eli und ließ den Spatel in der erhobenen rechten Hand rotieren wie ein Schlagzeuger einen Drumstick.

»Für mich auch«, sagte Morvant.

»Geht's dir gut?«, wandte sich Jed an Sarah Beth.

»Ja«, erwiderte sie kauend.

Ein Mobiltelefon vibrierte. Ein adretter Mann am anderen Ende des Tischs kramte ein Handy aus der Tasche und nahm den Anruf entgegen. »Grayson«, sagte er, bevor er lauschte. »Ja ... Danke für die Vorwarnung. Ihr könnt einfach in die Garage fahren. Schließt das Tor hinter euch und kommt rein. Wir frühstücken gerade in der Küche. Ja, bis gleich.« Damit beendete er das Telefonat und sah Morvant an. »Das war Pastorin Dee. Sie sind gleich da.«

»Wie hat sie geklungen?«, fragte Morvant.

»Normal.«

»Geh sicherheitshalber nachsehen, ob sie auch nicht verfolgt werden.«

»Verstanden, Boss«, erwiderte Grayson und erhob sich vom Tisch. Jed beobachtete, wie der Mann ein Gewehr ergriff und in den vorderen Bereich des Gebäudes verschwand.

»Und hier kommt die Bestellung«, sagte Eli und reichte Jed einen warmen Teller mit einem Berg in Tabasco ertränktem Rührei, vier Speckstreifen und zwei Scheiben gebuttertem Toast.

»Danke, Bruder«, erwiderte Jed, der sofort begann, die Eier in sich hineinzuschaufeln. Als ihm auffiel, dass ihn alle anstarrten, sagte er: »Was ist?«

»Nur so ein kleines Spiel von uns«, antwortete Morvant. »Wir nennen es Erster Bissen.«

»Hä?«, machte Jed und zog eine Augenbraue hoch.

»Schon mal darüber nachgedacht? Wenn du einen Teller mit köstlichem Essen bekommst, wovon nimmst du zuerst einen Bissen?«, sagte Morvant, als Eli einen Teller vor ihm abstellte, der dem von Jed glich. Morvant neigte kurz das Haupt zu einem stummen Dankgebet, dann griff er sich einen Speckstreifen und biss die Hälfte davon ab. »Du hast dich auf die Eier gestürzt. Ich kann Speck nicht widerstehen.«

»Ist das so was wie ein Psychotest?«, fragte Jed etwas verlegen. »Was bedeutet das?«

Morvant zögerte. Dann verkündete er trocken: »Es bedeutet, dass du total auf Eier stehst.«

Einen Herzschlag später brachen alle in Gelächter aus, auch Sarah Beth. Jed warf ihr einen verspielt vorwurfsvollen Blick zu, konnte sich jedoch selbst ein Lächeln nicht verkneifen.

»Bei mir war's der gebutterte Toast«, sagte sie. »Ich *liiiebe* Brot.«

Jed hörte durch die hintere Wand der Küche das Geräusch des Garagentorantriebs. Der Mann namens Grayson kehrte zurück, zwar nach wie vor bewaffnet, aber er trug das Gewehr in entspanntem Griff. Mit einem knappen Nicken gab er Morvant zu verstehen, dass alles in Ordnung war. Einen Moment später öffnete sich die Tür von der Garage zum Haus, und zwei Gestalten traten ein. Zum einen eine gut gekleidete Afroamerikanerin mittleren Alters, zum anderen ein dünnes weißes Mädchen im Teenageralter mit Bluejeans und einem marineblauen Kapuzenpulli.

Ein breites, herzliches Lächeln erhellte Morvants Züge. Er schob sich vom Tisch zurück und stand auf, um die Neuankömmlinge zu begrüßen. Während er die Frau umarmte, sagte er zu ihr: »Pastorin Dee, danke, dass Sie gekommen sind. Tut mir leid, dass ich Sie mitten in der Nacht geweckt habe. Aber Sie wissen ja, wie das ist.«

»Ach hören Sie auf, Benjamin«, erwiderte die Geistliche. »Sie brauchen keine Ausrede, um mich aus dem Bett zu holen. Außerdem konnte ich Elis Kochkünste schon in Murfreesboro riechen.«

Pastorin Dee erwiderte die Umarmung und tätschelte ihm dabei den Rücken. Kurz flüsterten sie einander etwas in die Ohren, bevor sie sich voneinander lösten. Ihre Aufmerksamkeit richtete sich auf ihre junge Begleiterin. »Das ist Corbin, eine wunderbar talentierte junge Wächterin.«

Corbin errötete und senkte den Blick.

Jed spürte, wie sein Mund aufklappte. »Corbin? Corbin Worth?«

»Ja«, bestätigte das Mädchen und schaute mit einem Feuer in den Augen auf, das ihn ein wenig an Sarah Beth erinnerte.

»Tut mir leid wegen Pater Maclin«, sagte Morvant zu dem Mädchen. »Er war ein guter Mann.«

Jed spürte, wie sich sein Puls beschleunigte. Seine Gedanken überschlugen sich. »Moment – meinst du Pater Maclin aus dem Buchladen?«, fragte er.

»Ja«, antwortete Morvant.

Jed verspürte einen Anflug eines Schwindelgefühls, als sich die Puzzleteile endlich zusammenfügten. Er hatte von Anfang an geahnt, dass die beiden Vorfälle miteinander zusammenhingen. Nun hatte er die Bestätigung. Allerdings verblieb noch eine weitere Frage. »Ihr wart die Leute von der Privatschule, mit denen sich die Yarnells an dem Tag treffen wollten?«

Corbin sah Morvant an, der für sie antwortete.

»Ja, Jed.« Morvant verzog mit schmalen Lippen das Gesicht. »Du warst auf der richtigen Spur.«

»Du gehst also auf die St. George?«, warf Sarah Beth ein und klang geradezu ehrfürchtig. »Du bist die Schülerin, die ich hätte treffen sollen?«

»Ja und ja«, bestätigte Corbin und sah Sarah Beth mit einem traurigen Lächeln an. »Du kannst dir nicht vorstellen, wie froh ich bin, dass es dir gut geht, Sarah Beth.«

»Danke«, erwiderte Sarah Beth und warf einen bewundernden Blick auf Jed. »Er hat mich rausgeholt.«

»Wird das Bild für dich allmählich klarer?«, wandte sich Morvant an Jed.

»Also … war Maclin ein Shepherd«, folgerte Jed und nickte. Seine Worte klangen mehr wie eine Feststellung als wie eine Frage.

»Gewissermaßen«, sagte Morvant. »Pater Maclin hat mit den Wächtern gearbeitet. Er war ein Hüter.«

»Er war *mein* Hüter«, fügte Corbin mit belegter Stimme hinzu. »Und mein Freund.«

»Ich weiß … Und sein Andenken lebt in allem weiter, was du tust«, sagte Morvant und legte Corbin tröstend die Hand auf die Schulter, bevor er hinzufügte: »Danke für deine Dienste, Corbin.«

Danke für deine Dienste? Was für eine seltsame Aussage, dachte Jed und musste an Morvants Äußerung oben im Flur denken. *»Du gehörst bereits zu den Eingeweihten, Jed. Du musst nur auf die Kleinigkeiten achten.«*

Das konnte man laut sagen!

Morvant richtete den Blick auf den Mann, der auf Sarah Beths anderer Seite saß, und gab ihm wortlos ein Zeichen. Prompt griff sich der Agent seinen Teller und verließ den Platz.

»Lass nur, mein Lieber«, sagte Pastorin Dee zu ihm. »Du musst unseretwegen nicht gehen.«

»Passt schon, Ma'am. Ich bin sowieso schon fertig«, erwiderte der Kämpfer mit einem freundlichen Lächeln. Dann wandte er sich an Morvant und fügte hinzu: »Ich fange mit der Organisation der Fluggeräte an.«

»Ich helfe dir«, sagte Grayson, und die beiden verschwanden.

»Soll ich Ihnen einen Teller bringen?«, rief Eli vom Herd herüber.

»Zwei Spiegeleier mit Toast wären wunderbar«, antwortete Pastorin Dee. »Danke, mein Lieber.«

»Was ist mit dir, Corbin?«, fragte Eli.

Das Mädchen ließ den Blick über den Tisch wandern, betrachtete die Auswahl und antwortete schließlich: »Nur Toast mit Marmelade. Danke.«

Pastorin Dee ließ sich auf der Bank neben Sarah Beth nieder, allerdings mit dem Rücken zum Tisch und den Knien nach außen, damit sie sich von Angesicht zu Angesicht unterhalten konnten, als sich Sarah Beth zu ihr drehte. »Ich bin Pastorin Dee«, stellte sie sich vor, die Stimme sanft wie eine laue Sommerbrise. »Und wie heißt du?«

»Sarah Beth … Sarah Beth Yarnell«, antwortete das Mädchen und schaute von Dee zu Corbin und zurück. »Aber das haben Sie schon gewusst. Das merke ich.«

»Freut mich trotzdem sehr, dich endlich persönlich kennenzulernen, Sarah Beth«, erwiderte die Geistliche mit einem herzlichen Lächeln. »Tut mir leid, dass du eine so schreckliche Tortur durchgemacht hast. Muss unheimlich beängstigend gewesen sein.«

»Ja«, sagte Sarah Beth. »War jede Sekunde lang ätzend.«

Die saloppe Äußerung sorgte bei Morvant, bei Eli in der Küche und bei den beiden am Tisch verbliebenen Agenten für schmunzelnde Gesichter.

»Kann ich mir vorstellen.« Pastorin Dee tätschelte Sarah Beth den Rücken. »Jeder hier hatte schon selbst eine Begegnung mit den Finsteren. Du bist in guter Gesellschaft.«

»Habe ich gemerkt.« Lächelnd biss Sarah Beth von ihrem Toast ab.

»Leute«, ergriff Morvant das Wort. »Was haltet ihr davon, wenn wir uns verdrücken und unsere jungen Wächterinnen ein bisschen mit Pastorin Dee allein lassen?«

Die restlichen Männer erhoben sich, nickten respektvoll und setzten zum Gehen an.

Jed wusste nicht recht, ob Morvants verschleierter Befehl auch für ihn galt. Er beschloss, sich vorerst nicht von der Stelle zu rühren. Eli reichte Pastorin Dee einen Teller mit Eiern und Toast. Für Corbin stellte er einen mit Toast und Speck an einen freien Platz, bevor er zwei Gläser Orangensaft folgen ließ. Danach hängte er seine Schürze an einen Haken.

»Danke, Eli«, sagte Pastorin Dee und trug ihren Teller zur anderen Seite des Tischs, damit sie Sarah Beth ansehen konnte.

»Gern«, erwiderte der entspannte Elitekrieger und hobbymäßige Schnellkoch. »Rufen Sie einfach, falls Sie noch was brauchen.«

Morvant nickte Eli dankend zu und kehrte zu seinem früheren Platz am Kopfende des Tischs zurück. Er wandte sich an Corbin, die noch unbeholfen etwas abseitsstand. »Ist schon gut, Corbin. Bitte setz dich zu uns.« Er deutete auf den für sie gedachten Teller.

Das Teenagermädchen nickte und nahm rasch neben Pastorin Dee Platz. Die Frau streckte die Hände in beide Richtungen aus. Mit hochgezogenen Augenbrauen beobachtete Jed, wie Corbin und Morvant sie um den Tisch herum ergriffen. Jed folgte ihrem Beispiel und nahm mit seiner Pranke Sarah Beths zierliche Hand.

Sie neigten die Köpfe.

»Herr, wir danken dir, dass du hier bei uns bist. Danke, dass du unsere Schwester Sarah Beth von dem Bösen befreit hast, das sie geholt hatte. Und danke, dass du deine schützende Gnade über uns alle ausbreitest. Bitte segne diese Mahlzeit und wie immer das Werk, das wir für dich verrichten. Hilf uns dabei, dein Licht in der Finsternis zu sein. Im Namen des Vaters, des Sohnes und des Heiligen Geistes. Amen.«

Die Hände um den Tisch senkten sich, und Jed spürte, wie sich eine warme Ruhe in ihm ausbreitete. Auf der anderen Seite des Tischs lächelte Pastorin Dee und zwinkerte ihm zu, bevor sie den ersten Bissen von dem mit Dotter durchtränkten Toast nahm und verkündete: »Mmmh … köstlich.«

Die beiden Mädchen gaben zustimmende Laute von sich. Morvant brachte scherzhaft an, dass Elis Kochkünste sein taktisches Geschick in den Schatten stellten. Jed fand, dass es sich gut anfühlte, mit diesen Leuten eine Mahlzeit zu teilen. Richtig gut.

»Wie ich höre, verdanken wir Sarah Beths Rettung Ihnen, Jedidiah«, ergriff Pastorin Dee das Wort und richtete den Blick auf Jed.

Er schürzte die Lippen, bevor er erwiderte: »Nein, die Flucht hat sie ganz allein geschafft. Ich hab ihr nur auf den letzten Kilometern geholfen.«

»Auch noch bescheiden«, meinte sie und zwinkerte, diesmal in Morvants Richtung. »Kann man nicht von all Ihren Leuten behaupten.«

Jed schaute von Pastorin Dee zu Corbin, die sich Himbeermarmelade auf den Toast schmierte. Den unangetasteten Speck hatte sie an den Rand des Tellers geschoben. Trotz der zierlichen Statur strahlte das Mädchen etwas aus, das er nicht recht zu beschreiben vermochte – er nahm sie ähnlich wahr wie Sarah Beth im Wald, nur vielfach stärker. Pastorin Dee hatte das Mädchen als *Wächterin* bezeichnet. Er fragte sich, was das bedeutete.

»Also, Sarah Beth«, sagte die Geistliche. »Corbin ist wie du, nur ein paar Jahre älter. Und sie erhält eine Ausbildung, die ihr hilft, ihre Gaben zu nutzen und zu kontrollieren.«

Jed beobachtete, wie Sarah Beths Aufmerksamkeit abrupt von der Pastorin zu Corbin schwenkte. Dann brachen beide Mädchen in Gelächter aus, als hätte die Frau einen Insiderwitz gerissen.

Dee schmunzelte und warf einen Seitenblick zu Jed. »Es dauert eine Weile, aber Sie werden sich daran gewöhnen.«

Jed sah Sarah Beth an. Zum ersten Mal, seit er sie im Wald gefunden hatte, fühlte es sich an, als wäre ihre Beklommenheit verschwunden. Zwischen den beiden Mädchen hatte sich auf Anhieb eine Verbindung eingestellt, die Jed in Erstaunen versetzte.

Sarah Beth wandte sich an Pastorin Dee. »Ich bin jetzt bereit, über meinen Traum zu reden. Corbin sagt, ich kann Ihnen vertrauen.«

»Ich bin erleichtert, das zu hören«, erwiderte die Geistliche und legte die Gabel weg. »Du musst mir nur sagen, was du gesehen hast. Spielt keine Rolle, ob es dir sinnvoll erscheint oder nicht. Auch nicht, ob du dich an alle Einzelheiten erinnern kannst. Dir muss nichts peinlich sein. Sei nicht schüchtern und hab keine Angst davor, mich vielleicht zu beleidigen. Wir unterhalten uns nur.«

Pastorin Dee strahlte eine Ruhe und ein Einfühlungsvermögen aus, wie Jed es noch nie zuvor erlebt hatte. Diese Frau glich einem Fels in der Brandung, gefeit gegen sie umtosende Strömungen und Strudel.

»Okay, aber, äh, ein Teil davon ist nicht schön … echt nicht.«

»Das ist schon in Ordnung, Sarah Beth. Daran bin ich gewöhnt. Aber wenn du willst, kann Corbin dir dabei helfen«, sagte die Frau und sah dabei das ältere Mädchen an.

»Sicher«, bestätigte Corbin mit einem verhaltenen Lächeln. »Ich habe kein Problem damit.«

Sarah Beth schaute verwirrt drein. »Das verstehe ich nicht. Was soll ich tun?«

»Ist ganz einfach«, sagte Corbin und streckte Sarah Beth den Arm entgegen. »Nimm einfach meine Hand, schließ die Augen und erinnere dich an deine Vision. Wenn ich dich darum bitte, brauchst du mich nur reinzulassen.«

»Reinzulassen?«, wiederholte Sarah Beth mit gerunzelter Stirn.

»Du wirst schon sehen. Bitte Gott, uns den Moment teilen zu lassen. Diese ganze Kraft geht von ihm aus, Sarah Beth. Vom Heiligen Geist. Gott hat uns diese Gaben geschenkt, weil er entschieden hat, dass wir sie brauchen, um sein Werk zu verrichten.« Pastorin Dee nickte mit einem anerkennenden Lächeln. »Wenn es dir nicht gefällt, können wir jederzeit aufhören. Aber die Shepherds brauchen uns. Wir sind ihre Ohren und manchmal ihre Augen. Ohne uns wäre die Schlacht vorbei, bevor sie begonnen hat.«

»Na schön«, willigte Sarah Beth mit einem nervösen Lächeln ein. Sie ergriff Corbins Hand und schloss die Augen.

Als Erstes fiel Jed auf, dass Sarah Beths Lächeln abrupt verschwand. Dann entwich alle Farbe aus ihrem Gesicht, und ihre Atmung beschleunigte sich. Er spähte zu Morvant, der das Geschehen ebenfalls beobachtete und in keiner Weise beunruhigt wirkte. Der Shepherd musste seinen Blick bemerkt haben, denn er hob die Hand zu einer Geste, die besagte: *Sieh einfach zu und lerne.*

Corbin schloss ebenfalls die Augen und lächelte.

»Oh. Hallo«, sagte Sarah Beth mit Erleichterung in der Stimme. »Das ist ja cool …«

Jed beobachtete ihre Gesichter – die Mimik ließ auf eine Unterhaltung schließen, doch was auch immer sie untereinander austauschten, fand ausschließlich in ihren Köpfen statt. Er wünschte sich geradezu verzweifelt, an dem Gespräch teilhaben zu können. Die anderen anwesenden Erwachsenen saßen nur ruhig da.

Sarah Beth ließ die Augen geschlossen. Jed sah, dass sich ihre Lippen kaum merklich bewegten und unausgesprochene Worte bildeten. Etwa eine Minute lang wirkten beide Mädchen hoch konzentriert. Gelegentlich murmelten sie etwas, und obwohl sich ihre Lippen noch öfter bewegten, drang nie ein Laut über sie.

»Schon gut, Sarah Beth, nimm meine Hand … Sie können dir nichts tun«, sagte Corbin plötzlich laut und deutlich, zweifellos für die Erwachsenen im Raum. »Willst du was Cooles sehen?«

»Wow«, murmelte Sarah Beth. »Das ist ja irre – als würde man eine Sendung auf einem DVD-Player anhalten.«

Corbins Lippen bewegten sich mit einer stummen Antwort. Dann schlug sie die Augen auf. Sie heftete einen so unheimlichen, ausdruckslosen Blick auf Pastorin Dee, dass Jeds Herz einen Schlag aussetzte. Dann redete sie mit distanzierter Stimme sehr schnell drauflos. »Kirchenbänke aus Holz unter einer Kuppeldecke. Eine weiße Marmorstatue von Jesus am Kreuz. An der Kuppel darüber ist ein Gemälde – schillernde Engel an der Seite von Maria. Sie trägt ein rotes Gewand und schaut auf den Heiland runter. Fünf schwarz gekleidete Schützen mit Sturmgewehren schießen auf die Gemeinde. Sie verteilen sich zu einem Halbkreis, gehen von vorn nach hinten durch. Es ist kein Gottesdienst, sondern was anderes …« Corbins Lider klappten zu. Ihre Stimme verfiel wieder in den Plauderton von zuvor, vermutlich an Sarah Beth gerichtet. »He, lass uns nach vorn gehen … Sieht aus, als wäre alles für ein Konzert oder so vorbereitet.«

Die von Corbin beschriebenen Bilder einer Marmorstatue am Kreuz und des Freskos von Maria lösten bei Jed eine Erinnerung aus. Er räusperte sich, um Pastorin Dees Aufmerksamkeit zu erlangen. Sie drehte den Kopf, sah ihn an, forderte ihn mit einem Blick zum Sprechen auf.

»Ich glaube, ich weiß, wo sie sind«, sagte er. »Fragen Sie, ob die beiden an der Eingangstür – am Narthex, meine ich – ein Buntglasfenster mit einer weißen Taube mit ausgebreiteten Flügeln vor einem königsblauen runden Hintergrund sehen. Wenn es die Kathedrale ist, an die ich denke, ist das Fenster am hinteren Ende des Hauptaltarraums.«

Pastorin Dee nickte und sagte: »Corbin, kannst du …?«

»Ich habe ihn gehört«, fiel das Mädchen ihr mit nach wie vor geschlossenen Augen und nüchterner Stimme ins Wort.

Wieder bewegten sich Corbins Lippen lautlos.

Jed beobachtete beide Mädchen, während sie sich mit geschlossenen Lidern über den Tisch hinweg an den Händen hielten. So unmöglich es zu sein schien, offenbar besuchte Corbin gerade Sarah Beths Gedankenwelt und konnte die Bilder ihrer Vision sehen. Jed fertigte einen mentalen Schnappschuss an. Er wusste, dass es sich um einen jener Momente handelte, über die er für den Rest seines Lebens grübeln würde.

Corbin öffnete als Erste die Augen. Sofort heftete sie den Blick auf Sarah Beth, die mit verträumtem Gesichtsausdruck leicht schwankte. Dann schlug auch Sarah Beth die Lider auf und lächelte Corbin an. Das ältere Mädchen ging um den Tisch herum und zog sie in eine Umarmung. »Hast du toll gemacht, Sarah Beth, besonders fürs erste Mal.«

»Danke«, erwiderte Sarah Beth. »War echt cool, dich bei mir zu haben. Wie hast du das gemacht?«

»Eigentlich warst du das«, erwiderte Corbin. »Ich war nur Trittbrettfahrerin.«

»Echt jetzt? Das war ich?« Sarah Beth wirkte beinahe berauscht.

»Es war Gott«, korrigierte Pastorin Dee lächelnd mit einem Blick zu Corbin. »Und ist es nicht eine Ehre, ihm dienen zu dürfen?«

»Es war beängstigend … und schwierig.«

»Das gilt meiner Erfahrung nach für die meisten lohnenden Dinge«, erwiderte die Pastorin. »Gott beruft uns nicht nur zu einfachen Aufgaben. Aber er rüstet uns für das, was er von uns will.«

Aus dem Augenwinkel bemerkte Jed, wie Morvant auf dem Stuhl das Gewicht verlagerte. Pastorin Dee schnappte den Wink auf.

»Ich bin unheimlich stolz auf dich, Sarah Beth«, sagte sie mit honigsüßer Stimme. »Du hast also einen Überfall auf eine Kirche gesehen?«

Corbin nickte. Sie holte einen Zeichenblock und eine Packung Buntstifte aus der Umhängetasche, die sie mitgebracht hatte. Neugierig beobachtete Jed, wie sie die Seiten auf der Suche nach einem leeren Blatt durchblätterte. So etwas wie die Zeichnungen darin hatte er noch nie zuvor gesehen – zugleich wunderschön und makaber. Spektakulär und Furcht einflößend. Corbins Block erinnerte an ein Comicbuch mit Dutzenden und Aberdutzenden Bildern. Manchmal nahm eine große Szene eine gesamte Seite ein, andere Male bildeten sieben bis acht verschiedene Bilder eine Collage. Die meisten Skizzen zeigten Orte oder Menschen – Männer, Frauen und Kinder jedes Alters und unterschiedlichster Rassen. Aber es befanden sich auch Symbole, alphanumerische Abfolgen und bizarre Muster darunter. Einige Dinge stachen ihm besonders ins Auge – düstere, kranke, unmenschliche Dinge. Bei einem der flüchtig wahrgenommenen Bilder breitete sich abrupt eine Gänsehaut über seine Unterarme aus – eine freundlich wirkende Frau im späten mittleren Alter, deren Gesicht eine dämonische Fratze überlagerte. Jed lief ein Schauder über den Rücken, als er die Skizze erkannte. Er spähte zu Morvant, doch der Mann hatte den Blick nüchtern und analytisch auf den Block geheftet.

Kaum hatte Corbin ein leeres Blatt gefunden, begann sie zu zeichnen. Sie arbeitete unfassbar schnell. Ihre Hand verschwamm praktisch, während eine Taube auf dem Papier erschien, die Flügel wie ein Adler ausgebreitet, dahinter ein königsblauer Himmel.

»Unglaublich …«, entfuhr es Jed atemlos, verblüfft vom Talent des Mädchens. »Das ist sie – die Taube im Buntglasfenster in …«

»Der *Cathedral of the Incarnation*«, fiel Morvant ihm ins Wort und wechselte einen Blick mit Pastorin Dee. »Findet dort heute eine Messe statt? Oder irgendeine besondere Veranstaltung?«

»Ich glaube, es könnte heute sein«, warf Jed ein, in dessen Hals sich ein Kloß bildete. »Sarah Beth, hast du nicht erwähnt, dass du gesehen hast, wie Männer mit Waffen in einen Truck gestiegen sind, der weggefahren ist, bevor ich angekommen bin?«

»Ja. Etliche Männer. Die Gesichter konnte ich nicht sehen, aber ich weiß, dass sie es sind, die diese Kirche angreifen werden.«

»Heute Nachmittag findet ein Gemeindekonzert statt – *Join Hands in Praise and Peace*«, sagte Corbin und schaute von der Internetrecherche auf ihrem Handy auf.

Morvant wandte sich an Jed. »*Join Hands in Praise and Peace* ist die erste überkonfessionelle Konzertreihe ihrer Art in Nashville. Sie wandert von einem Veranstaltungsort zum nächsten, um Menschen aller Glaubensrichtungen durch Musik zusammenzubringen.«

»Es beginnt um halb fünf«, sagte Corbin.

»Gut, dann haben wir noch Zeit«, meinte Morvant mit einem Blick auf die Armbanduhr, bevor er wieder Pastorin Dee ansah. »Wären Sie und Corbin vielleicht bereit, Sarah Beth nach Hause zu begleiten?«

»Hätte ich auch getan, wenn Sie mich nicht eingeladen hätten«, erwiderte die Geistliche und zwinkerte Sarah Beth zu.

»Wir werden von einem Hubschrauber abgeholt, aber

ich hätte gern, dass zwei meiner Leute als Eskorte bei Ihnen bleiben.«

»Ist das eine Frage oder eine Mitteilung?«, sagte Pastorin Dee mit gespielter Entrüstung.

»Mir würde nicht im Traum einfallen, Ihnen vorzuschreiben, was Sie tun sollen«, erwiderte er und schob sich vom Tisch zurück. »Meine Mama hat keinen Trottel großgezogen.«

Darüber lachten sie beide, bevor die Geistliche meinte: »Mir wäre recht, wenn einer davon Jeremy ist. Der Junge bringt mich immer zum Lachen. Und ich ziehe ihn zu gern auf.«

Ein schiefes Grinsen umspielte Morvants Lippen. »Ihn hätte ich ohnehin dafür vorgesehen gehabt.«

»Du, Sarah Beth«, sagte Corbin, klappte ihren Zeichenblock zu, verstaute ihn und holte stattdessen ein Kartenspiel aus ihrer Tasche. »Magst du *Speed* spielen, bis wir losmüssen?«

»Ich weiß nicht, wie das geht«, gestand Sarah Beth.

»Kein Problem. Ist ganz einfach. Ich bring's dir bei«, gab Corbin zurück und stand auf. Kurz sah sie Pastorin Dee in die Augen, die zustimmend nickte. »Komm, gehen wir ins Wohnzimmer und spielen am Couchtisch.«

»Okay«, sagte Sarah Beth, bevor sie Jed einen zögerlichen Blick zuwarf.

»Klar, geh nur«, sagte er, obwohl sie seine Erlaubnis nicht brauchte. Dann fügte er unbeholfen hinzu: »Ich bin hier, falls du mich brauchst.«

Sie lächelte erfreut darüber, sprang auf und folgte Corbin aus der Küche.

Jed blickte auf seinen leeren Teller hinab. Er wusste nicht recht, wohin er bei alledem gehörte, und entschied, er sollte zumindest an seinem Platz aufräumen. Als er sich vom Tisch erheben wollte, verkrampfte sich seine Hüfte. Ein stechender Schmerz flammte im Gelenk auf, als hätte ihm jemand ein Schwert hineingerammt. Die Muskeln zuckten. Er sackte zurück auf die Bank und stützte sich am Tisch ab, wodurch er alles ins Wanken brachte. Ein halb ausgetrunkenes Glas Orangensaft kippte um.

»Ach du meine Güte«, entfuhr es Pastorin Dee. »Geht es Ihnen gut, Jedidiah?«

»Alles in Ordnung«, behauptete er, obwohl die Anspannung in seiner Stimme die Worte Lügen strafte. »Tut mir leid – lästige alte Hüftverletzung.«

»Ihr Navy SEALs treibt alle Raubbau an euren Körpern«, meinte sie, stand auf und holte eine Rolle Papiertücher. »Ihr haltet euch für unbesiegbar, aber alles Fleisch ist sterblich, junger Mann.«

»Ja, Ma'am, das stimmt.« Jed rang sich ein verlegenes Lächeln ab, während er versuchte, das linke Bein in eine Position zu bringen, in der sich die Muskeln entspannten.

»Leg dich auf die Bank, Jed«, forderte Morvant ihn auf, kam um ihn herum und stellte sich neben ihn. »Lass mich einen Blick auf die Hüfte werfen.«

»In Ordnung.« Jed tat, wie ihm geheißen, obwohl er sich fragte, was Morvant schon tun könnte, um ihm zu helfen.

Oh, richtig, er ist ja ein 18 Delta, fiel ihm wieder ein. Bei den SEALs war Morvant Sanitäter für Spezialeinsätze gewesen – eine als 18 Delta bekannte Rolle.

»Mir ist schon vorhin aufgefallen, dass du hinkst«, sagte der ehemalige SEAL. »Die Exfiltration muss heftig für dich gewesen sein, oder?«

»Ja. Normalerweise hätte ich längst Ibuprofen und ein Muskelrelaxans eingeworfen. Aber in Anbetracht der

Umstände …«, presste er zwischen zusammengebissenen Zähnen hervor, während er versuchte, das Bein auf der Bank auszustrecken.

»Jed, hör auf.« Morvant klang ernst, als er neben ihm auf ein Knie sank. »Lass gut sein.«

»Aber die Ärzte haben mir gesagt …«

»Vergiss mal vorübergehend, was die Ärzte gesagt haben«, fiel Morvant ihm ins Wort. »Mach die Augen zu …«

Jed schloss die Augen, fühlte sich dazu so gezwungen, als hätte ihm sein früherer Unteroffizier den Befehl erteilt.

»Ich möchte, dass du dir vorstellst, wie sich die Entzündung in deiner Hüfte beruhigt, Jed. Stell dir vor, wie das angesammelte Narbengewebe geschmeidig und kooperativ wird. Stell dir vor, wie sich die von der Arthritis verursachten Dellen füllen und das Gelenk geschmiert wird …«

Während Morvant sprach, spürte Jed, wie der Mann außen und oben am Gelenk tastete. Dann nahm er wahr, wie der ausgebildete Sanitäter mit beiden Handflächen behutsamen Druck ausübte, wiederum aus rechtwinkligen Richtungen, von oben und von der Seite.

»Stellst du dir vor, was ich dir gesagt habe? Oder gibst du dich Fantasien von meinen Händen in der Nähe deines Schritts hin?«, scherzte Morvant.

»Tut mir leid«, sagte Jed, während eine Stimme in seinem Kopf kundtat, für wie absurd sie den Versuch hielt. Was konnten drei Minuten Massage schon bei einer Verletzung nützen, die durch drei Jahre Physiotherapie nicht vollständig geheilt werden konnte? Dann schüttelte er die negativen Gedanken ab und versuchte widerwillig, sich vorzustellen, wie sich seine aufmüpfige Hüfte beruhigte und normalisierte. Nach einigen langen Sekunden ließen die Krämpfe nach. Er spürte, wie Morvant die Hände verlagerte und gegen zwei andere Stellen drückte, bevor er wieder losließ. Jedes Mal stellte sich Jed eine warme Energie um seine Hüfte herum vor, ein Glühen, das er spüren konnte. Beinahe glaubte er, wenn er die Augen öffnete, könnte er tatsächlich ein schwaches Leuchten an Morvants Händen sehen.

Was er so lächerlich fand, dass ihm ein ungläubiger Laut herausrutschte. Jed verharrte noch einen Moment, bevor er die Augen öffnete.

Mittlerweile war Morvant aufgestanden und blickte eindringlich auf ihn herab. »Wie fühlt es sich an?«

»Der Krampf ist weg«, antwortete Jed und schwang das Bein vorsichtig von der Bank. Aber als er sich aufsetzte und die Füße belastete, kehrten die Schmerzen zurück, diesmal begleitet von einem dumpfen Pochen im Gelenk. Er nahm den Druck vom Bein und sagte: »Aber die Schmerzen sind ziemlich unverändert.«

»Heilung ist keine Einbahnstraße, Jed«, erklärte Morvant mit einem Anflug von väterlicher Enttäuschung. »Es spielt keine Rolle, was ich mache, wenn du deinen Teil nicht beiträgst.«

»Verstehe«, erwiderte Jed, der nicht recht wusste, was er sonst sagen sollte.

Morvant schien seine Verwirrung zu spüren. »Ich kann dir keine Heilung aufzwingen«, stellte er klar. »Du musst bereit sein, sie zu empfangen. Das heißt, du musst dafür offen sein und daran glauben, dass es möglich ist.«

Jed ging ein Licht auf, und er spürte, wie ihn Zynismus überkam. »Oh, du redest von Geistheilung. Nicht von irgendeinem 18-Delta-Trick. Soll das heißen, du kannst mich … *heilen?*«

Darüber lachte Morvant. »Nein, Jed. Mach dich nicht lächerlich. Das ist kein Jedi-Trick. Ich hab keine Superkräfte oder so. Ich kann niemanden heilen.« Der Anführer der Shepherds seufzte. »Aber Gott kann es. Und ich bin dankbar, dass er mich manchmal dafür benutzt.«

»He, Boss«, rief eine Stimme von der anderen Seite der Küche und ersparte Jed eine Verlegenheitsantwort. »Der Lufttransport ist unterwegs. Bereit zur taktischen Planung.«

Jed drehte sich um und erblickte Eli in voller Ausrüstung an der Tür.

»Danke, Eli. Ich komme gleich«, gab Morvant zurück, bevor er sich an Pastorin Dee wandte. »Danke fürs Kommen. Ohne Sie könnten wir das nicht.«

»Wir sind ein Team. Kein Dank nötig.« Sie ging zu ihm und umarmte ihn. »Passt gut auf euch auf, Benjamin. Ich habe ein schlechtes Gefühl bei der Sache.«

»Das sagen Sie immer«, erwiderte Morvant mit einem Soldatenlächeln. »Solange uns Ihre Kinder den Rücken freihalten, passiert uns nichts. Geben Sie mir Bescheid, wenn Sarah Beth zu Hause ist, ja?«

»Natürlich. Und Sie mir umgekehrt, wenn Sie den Angriff verhindert haben.«

Er neigte das Haupt, und beide falteten die Hände, während sie ein kurzes, aber kraftvolles Schutzgebet sprach.

»Amen«, sagte sie zum Abschluss.

»Amen«, echote der Anführer der Shepherds. »Falls von einem der Mädchen noch etwas taktisch Relevantes über den Angriff kommt, lassen Sie es mich bitte wissen.«

»Selbstverständlich.« Die Geistliche drehte sich Jed zu und streckte ihm die Hand entgegen. »Hat mich gefreut, Sie kennenzulernen, Jedidiah.«

»Gleichfalls«, sagte er und schüttelte ihr die Hand.

»Kommt Jed mit Sarah Beth?«, fragte sie Morvant mit erwartungsvoller Miene.

»Das ist deine Entscheidung, Jed«, sagte Morvant. »Falls du dich uns anschließen und mithelfen willst, den Überfall auf die *Cathedral of the Incarnation* zu verhindern, freuen wir uns über einen zusätzlichen Schützen. Wenn du lieber bei Sarah Beth bleiben und sie mit Pastorin Dee und Corbin nach Hause bringen willst, ist das auch in Ordnung.«

»Schickst du Leute zu ihrem Schutz mit?«, fragte er sicherheitshalber.

Morvant nickte.

Jed rieb sich unschlüssig das Kinn. »Ich kenne euch immer noch nicht richtig«, meinte er ebenso sehr zu sich selbst wie zu Morvant.

»Wie gesagt, wir sind die Shepherds«, gab Morvant zurück, als wäre damit alles erklärt. »Wir gehörten einer multinationalen Taskforce an, die damit beauftragt ist, böse Kräfte auf der Welt zu bekämpfen.«

»Klingt für mich ein bisschen nach James Bond, Ben. Kampf gegen böse Kräfte?«

Morvant lächelte. »Die Zeit ist knapp, sonst würde ich dich umfassend einweihen, Jed, aber hier kommt die Kurzfassung. Du hast bei deinen Einsätzen erlebt, dass es auf der Welt das wahre Böse gibt – wie alle Mitglieder dieser Taskforce, bevor sie hier gelandet sind. Und Victor gehört zu diesen bösen Kräften. Du hast dich auch schon gefragt, wie Menschen anderen die Dinge antun können, die du gesehen hast. Du hast die kalte Hand des Bösen gespürt. Hinter den Kulissen der Realität tobt ein spiritueller Krieg – unsichtbar, aber nicht unbemerkt, falls du verstehst, was ich meine. An der Stelle kommen die Shepherds ins Spiel. Die Finsteren sind die fünfte Säule der Welt, Jed. Sie wollen Gottes Frieden und Wohlstand um jeden Preis untergraben. Und sie bleiben dabei unter dem kollektiven Radar der Menschheit. Unsere Aufgabe besteht darin, sie auszurotten. Wenn du mitkommen und sehen willst, wie wir arbeiten, kannst du die Mission zu Ende bringen, die du begonnen hast, als du einverstanden warst, Sarah Beth zu retten. Wir würden uns freuen, dich dabeizuhaben. Wenn du lieber bei dem Mädchen bleiben und die Kleine sicher nach Hause bringen willst, respektiere ich das auch. Aber so oder so hast du mein Wort darauf, dass wir dieses Gespräch noch zu Ende führen werden.«

Jed erkannte in Morvants Blick weder ein Urteil noch eine Erwartung. Ein Teil von ihm fühlte sich verpflichtet, bei Sarah Beth zu bleiben. Ein anderer verspürte den heftigen Drang, tiefer in dieses Kaninchenloch hinabzusteigen, um herauszufinden, wohin es führte. In seiner früheren Einheit hatte er alle möglichen gruseligen Informationen über die eine oder andere Terrorgruppe erhalten und Anschläge vereitelt, worüber man nie etwas in den Nachrichten gehört hatte. Durchschnittsbürger ahnten nichts von den Bedrohungen, die gleich nebenan in den Schatten lauerten. Aber was Morvants Taskforce tat, fühlte sich anders an. Was er in der Anlage im Wald bezeugt hatte, aus der er Sarah Beth befreien wollte, war übernatürlich in einem Ausmaß gewesen, wie er es noch nie erlebt hatte.

Das redest du dir ein, meldete sich eine Stimme in seinem Kopf zu Wort. *Aber in Wahrheit hast du so etwas sehr wohl schon erlebt, nicht wahr? Deshalb bist du damals weggelaufen …*

»Wenn's wirklich nichts ausmacht, wäre ich gern bei eurem Einsatz dabei«, entschied er schließlich.

Morvant legte ihm die Hand auf die Schulter. »Gut. Dann gebe ich den Jungs Bescheid.«

Jed nickte. »Danke für die Gelegenheit. Gib mir nur eine Minute, um es der Kleinen zu sagen und ihr bei einem Anruf zu Hause zu helfen. Dann bin ich startklar.«

Damit ging er zum Wohnzimmer, wo er an der Tür stehen blieb, um Sarah Beth beim Spielen mit Corbin zu beobachten. Die Hände der beiden Mädchen flogen hin und her, weil es offenbar darum ging, die Karten schneller zu ordnen als die Gegnerin. Beide lächelten und lachten. Gleichzeitig wirkten sie hoch konzentriert und legten ein Tempo vor, gegen das er selbst an seinem besten Tag keine Chance gehabt hätte.

Ja, in Tennessee ging etwas ausgesprochen Seltsames vor sich … und es war an der Zeit für ihn, sich damit abzufinden, dass er dabei eine Rolle zu spielen hatte, ob es ihm passte oder nicht.

24

VORDERSTER HELIKOPTER UH-1

150 METER ÜBER DEM PERCY PRIEST STAUSEE

SÜDÖSTLICH VON NASHVILLE, TENNESSEE

13 KILOMETER VOM ZIEL ENTFERNT

SAMSTAG, 16:32 UHR ORTSZEIT

Jed lehnte sich gegen das Schott hinter der Sitzbank neben der offenen Backbordtür des Helikopters. Der Wind zerrte an seinem linken Stiefel, der über der Kufe baumelte, während er mit geübten Handgriffen seine Ausrüstung überprüfte. Als er das blaue Wasser des Stausees unter sich vorbeiziehen sah, fühlte er sich wieder wie ein SEAL. Langsam drehte er das Bein und lächelte, als er feststellte, dass die lästigen alten Schmerzen in seiner Hüfte nahezu verschwunden waren. Lag das an der Heilung? Oder handelte es sich um einen aus Wunschdenken entstandenen Placeboeffekt? Spielte es eine Rolle? Das volle Ausmaß der Beeinträchtigung durch die Schmerzen war ihm erst richtig bewusst geworden, als sie durch Morvants Berührungen verpufft waren. Obwohl *verpufft* eigentlich nicht das richtige Wort war – eher verflüchtigt, denn es hatte eine Weile gedauert, bis die ganze Wirkung eingesetzt hatte. Wäre er Ben Morvant bereits vor sechs Monaten begegnet, würde er sich vielleicht gerade bei seiner alten Einheit auf den nächsten Einsatz vorbereiten, statt als *ehemaliger* SEAL diese

Mannschaft zu begleiten. Natürlich wäre er dann nicht hier. Und Sarah Beth wäre nicht unterwegs nach Hause zu ihren Eltern …

Er lächelte, als ihm ein Bibelzitat in den Sinn kam.

»Denn ich weiß wohl, was ich für Gedanken über euch habe«, spricht der Herr. »Gedanken des Friedens und nicht des Leides, dass ich euch gebe Zukunft und Hoffnung.«

»Zukunft und Hoffnung«, murmelte Jed und fragte sich, warum ihm plötzlich ausgerechnet dieser Vers aus dem Buch Jeremia im Alten Testament einfiel.

Trifft er in dem Fall zu? Ist das die Zukunft, die Gott von Anfang an für mich geplant hatte?

»Fünf Minuten«, verkündete Morvant über ihre Peltor-Headsets und hob die linke Hand mit fünf gespreizten Fingern.

Bei dem Stichwort folgten die anderen Jeds Beispiel und überprüften ihre Ausrüstung, wie er es bereits getan hatte. Jed verdrängte die Gedanken an Geistheilung, Bibelverse und seine Zukunft. Stattdessen konzentrierte er sich auf die bevorstehende Aufgabe. Wenn sich der Pulverrauch lichtete und die Schäfchen gerettet waren – dann konnte er sich mit derlei Überlegungen auseinandersetzen. Vorerst musste er die vertraute mentale Rüstung für einen Kampf anlegen.

Ablenkung führte in seiner Branche zu unerwünschten Ergebnissen.

Durch Disziplinlosigkeit konnten Menschen sterben.

Wenn Sarah Beth recht hatte, würden sie gleich einen Terroranschlag auf amerikanischem Boden verhindern und Dutzende, wenn nicht Hunderte Menschenleben retten. *Dafür* war er überhaupt zum SEAL geworden. Trotz der Lügen, die er sich über die Jahre eingeredet hatte, der

Dienst beim Militär hatte seinen Glauben an Gott nicht ausgelöscht. Und auch wenn er weit von seinem ursprünglichen Glauben abgekommen war, an seiner Wahrnehmung des Bösen hatte sich nichts geändert. Im Verlauf der Jahre hatte er an den dunklen Orten der Welt einige Dinge gesehen, die Durchschnittsmenschen für den Rest ihres Lebens emotional schädigen würden. Als SEAL hatte er den empirischen Beweis für die Existenz des reinen Bösen. Pastor Tobias hatte offen über einen spirituellen Krieg gesprochen, einen überall tobenden Kampf zwischen Gut und Böse. War es wirklich so schwer zu glauben, dass dunkle Mächte den Menschen Versuchungen und Lügen in die Ohren flüsterten, während Gott und der Heilige Geist sie auf den rechten Weg führen wollten? Das eine konnte nicht ohne das andere bestehen, oder?

»Zwei Minuten«, kündigte Morvant über den offenen Kanal an.

Es ist so weit, Jed. Genug über Gut und Böse philosophiert. Ob ich als Soldat für Gott oder für mein Land kämpfe, spielt keine Rolle. So oder so muss ich jetzt ein knallharter Krieger sein.

Jed beobachtete durch die Seitentür, wie ein zweiter Helikopter in eine Formation mit ihnen schwenkte. Sein Daumen ertastete den Sicherheitsschalter seines Sturmgewehrs und drehte ihn mit einem Klicken im Uhrzeigersinn auf Einzelschussabgabe. Der Rest des Teams rückte näher und ging für das schnelle Abseilen in Stellung. Morvant würde das Aussteigen überwachen, Jed als Nummer zwei auf der Backbordseite hinter Eli folgen. Der war bereits neben dem großen gelben Seilsack auf ein Knie gesunken. Morvant würde Jed folgen, sobald die letzten drei Männer von der Steuerbordseite unten angekommen wären.

»Eine Minute«, sagte Morvant. »Shepherd Eins ...«

»Zwei«, kam von Eli, dem stellvertretenden Befehlshaber.

»Drei«, rief Jed die ihm zugewiesene Nummer.

»Vier.«

»Fünf«, sagte der Mann, der Grayson hieß.

»Sechs.«

»Chapel, Shepherd Eins im Anflug«, meldete Morvant dem Kontrollteam, das den Einsatz von einer taktischen Operationszentrale aus koordinierte – an einem Ort, den Jed von Morvant nicht erfahren hatte.

»Shepherd Eins, hier Chapel – grünes Licht«, antwortete der Mann am Funk aus der Zentrale.

»Eins«, bestätigte Morvant mit seinem Rufzeichen, wie es das übliche Protokoll vorsah.

Der andere Hubschrauber würde in der Nähe kreisen. Die vier Soldaten an Bord würden als schnelle Eingreiftruppe für das Angriffsteam fungieren, falls etwas schiefginge. Gleichzeitig bildeten sie die Evakuierungstruppe, falls es Opfer unter den Shepherds gab. Jener Hubschrauber hatte das Rufzeichen »Sword«. Laut Morvant handelte es sich bei allen an Bord, Sword Eins bis Vier, um ausgebildete Kampfsanitäter. Jeds Vermutung, dass es sich um ein von der Regierung sanktioniertes Team für Geheimoperationen handelte – was von Morvant unerwähnt geblieben war –, hatte sich bestätigt, als er erfahren hatte, dass für den Evakuierungsplan ein sogenanntes »Raphael-Protokoll« im *Baptist Ambulatory Surgery Center* und im angrenzenden *Ascension Saint Thomas Midtown Hospital* anlaufen würde. Morvant hatte erklärt, dass es sich um ein Protokoll handelte, durch das militärisch ausgebildete Notversorgungsspezialisten im Rahmen eines Regierungsauftrags während

Kampfeinsätzen in den USA in Regionalkrankenhäusern eingesetzt wurden. Jed war nicht entgangen, dass es sich bei beiden um kirchliche Krankenhäuser handelte. Und allein die Erwähnung von »Kampfeinsätzen in den USA« warf offensichtliche politische Fragen auf.

Als der UH-1 seinen Sinkflug zum Parkplatz an der 20th Avenue South am Terrace Place verlangsamte, nur einen Block südlich der Kathedrale, ging Jed dicht hinter Eli in Bereitschaftsstellung. Ein Blick nach unten offenbarte, dass Autos über die Hälfte der Fläche einnahmen, aber die südliche Ecke war noch relativ frei und eignete sich als Landeplatz beim schnellen Abseilen. Der Parkplatz einen Block nördlich direkt hinter der *Cathedral of the Incarnation* sah voll aus. Jed spürte, wie sich seine Brust beim Gedanken zusammenzog, wie viele Menschen sich offenbar bereits für das Konzert am Nachmittag in dem Gotteshaus eingefunden hatten.

»Holen wir uns was«, murmelte er wie schon vor Hunderten Einsätzen im Verlauf der Jahre.

»Huu-ja«, sagte Eli über die Schulter und bestätigte damit Jeds Vermutung, dass auch er ein ehemaliger SEAL war. Jed hatte in seiner Laufbahn mit Sondereinsatzspezialisten aus allen militärischen Bereichen zusammengearbeitet, aber die Brüderlichkeit unter Froschmännern fühlte sich tiefer und vertrauter an. Vielleicht hatte er Morvant deshalb ausreichend vertraut, um überhaupt zu der Mission mitzukommen.

Sechs Meter über dem Boden brachte der Pilot den Helikopter in einen perfekten Schwebeflug. Morvant trat mit dem Fuß den großen gelben Sack hinaus, der im Fallen ein drei Zentimeter dickes grünes Seil hinter sich herzog, befestigt an einer Stütze über der Tür. Noch während es sich abwickelte, ergriff Eli es mit beiden Händen und stieg hinaus. Mit den Füßen unten und den Händen oben kontrollierte er den Abstieg, während er am Seil entlang hinunter zum Boden rutschte. Jed folgte ihm mit nur einer Sekunde Abstand, damit der Helikopter so wenig Zeit wie möglich im ungeschützten Schwebeflug verbringen musste.

Hitze drang durch die doppelten Handschuhe zu Jeds Haut durch, als er kurz vor dem Boden abbremste. Trotz einer relativ harten Landung brüllte seine linke Hüfte nicht wie sonst vor Schmerzen auf. Rasch bewegte er sich nach rechts, um den Platz für Morvants Abstieg freizugeben. Er sank auf ein Knie und behielt seinen Sektor aufmerksam im Auge, als Morvant hinter ihm landete. Gleich darauf drückte Morvant ihm die Schulter, und er rückte mit dem Team vor. Im Aufbruch nahm er wahr, wie das riesige Seil hinter ihm auf den Boden fiel. Während er sich mit dem Gewehr im Anschlag in gewohnt kampfbereit geduckter Haltung schnell vorwärtsbewegte, ging ihm ein weiterer Vers durch den Kopf.

Der Herr macht alles zu seinem Zweck, auch den Frevler für den bösen Tag.

Er spürte, wie sich ein Grinsen in seinem Gesicht ausbreitete. Ob die Worte nun aus der Bibel, einem irgendwann gelernten und längst vergessenen Gedicht oder von Gott selbst stammten, Jed hatte vor, sie in den kommenden Minuten wahr werden zu lassen. Die Männer, die Sarah Beth entführt und dieses Massaker geplant hatten, waren eindeutig Frevler – und wenn es nach ihm ging, würde es ihr letzter böser Tag auf Erden sein.

25

HAUS DER YARNELLS

2316 ST. LOUIS STREET

NASHVILLE, TENNESSEE

SAMSTAG, 16:35 UHR ORTSZEIT

Sarah Beth kuschelte lächelnd im großen Bett ihrer Eltern zwischen den beiden. Ihr Vater atmete schwer, hatte die Augen geschlossen und war kurz vor dem Einschlafen, falls er nicht bereits döste. Ihre Mutter jedoch war wach und streichelte zärtlich ihr Haar. Noch vor einer Woche wäre sie lieber *gestorben*, als sich von ihren Eltern wie ein Kleinkind knuddeln zu lassen. An diesem Tag jedoch brauchte sie es genauso sehr wie die beiden.

Ich hab euch lieb, Mama und Papa.

Jed und die anderen Soldaten waren unterwegs, um den schrecklichen Angriff zu verhindern, den sie vorausgesehen hatte – bis auf zwei, die Mr. Morvant dafür abgestellt hatte, auf sie und ihre Familie aufzupassen. In Gedanken betete sie, dass die anderen erfolgreich sein würden. Wenn jemand Victors Plan verhindern konnte, dann Onkel Jed.

»Schläfst du?«, flüsterte ihre Mutter so leise, dass sie es wegen der Geräusche des klobigen Deckenventilators kaum hören konnte.

»Nein«, flüsterte sie zurück.

»Geht's dir gut?«

Sarah Beth zog mit einer Hand den Arm ihrer Mutter fester um ihre Taille. Mit der anderen berührte sie den Unterarm ihres Vaters.

»Jetzt schon«, hauchte sie.

Irgendwie hatte sie das Gefühl, dass ihre Mutter mehr als das brauchte, doch sie wusste nicht, was sie ihr geben sollte.

»Haben sie dir wehgetan?« Die Stimme ihrer Mutter wurde brüchig, und eine warme, kitzelnde Träne tropfte auf Sarah Beths Schulter. Schniefend wischte ihre Mutter sie weg.

»Nein, Mama«, erwiderte sie mit fester Stimme. In ihren Gedanken fühlte sich Victor noch so frisch und erschreckend an. Sie stellte sich sein schmales, skelettartiges Gesicht vor, rief sich seine ölige, falsche Stimme ins Gedächtnis. Mit einem schweren Schlucken drängte sie die Erinnerung zurück. »Sie haben mir zwar Angst eingejagt, aber es hat mir niemand wehgetan. Ich war in einem Zimmer eingesperrt und hab zu essen gekriegt. Meistens haben sie mich in Ruhe gelassen. Außer … außer …« Ihr selbst kullerten nun Tränen über die Wangen. Zornig wischte Sarah Beth sie ab. Sie musste stark bleiben, damit ihre Mutter aufhörte, sich zu sorgen. »Niemand hat mich angefasst, ehrlich«, beteuerte sie und drückte fest den Arm ihrer Mutter. »Es war nur so beängstigend. Und dann … keine Ahnung. Ich hab inständig gebetet. Dann hat Onkel Jed mich gefunden, und jetzt bin ich zu Hause.«

Sie spürte, wie sich der Körper ihrer Mutter versteifte.

»Onkel Jed? Wollte er, dass du ihn so nennst?«

Aus irgendeinem Grund klang ihre Stimme komisch. Aber Sarah Beth war zu müde, um sie danach zu fragen oder sich in ihren Kopf zu schleichen, um es selbst herauszufinden.

»Nein«, antwortete sie, während ihre Lider schwerer und schwerer wurden. Sie gähnte und schauderte. Ihre Mutter zog ihr die Decke über die nackte Schulter. »Hab ich jetzt gerade beschlossen. Scheint mir einfach passend zu sein. Er ist toll. Mein weißer Ritter. Oder vielleicht ein Schutzengel.«

Sie spürte die Lippen ihrer Mutter am Hals, dann döste sie langsam ein.

Als sie die Augen öffnete, stand – oder schwebte – sie über einem großen Parkplatz voller Autos. Sie starrte auf eine Kirche – die »Kathedrale«, korrigierte sie sich in Gedanken. Schwarz gekleidete Soldaten bewegten sich in zwei Dreiergruppen und kleinen Pfeilformationen vorwärts. Eine Gruppe überquerte einen Hof neben dem Altarraum, die andere ging an einer Doppeltür in Stellung, um die Kathedrale zu betreten. Dann hielten sie inne und starrten über ihre Waffen. Plötzlich traten mehrere Explosionen auf. Feuer und Rauch verhüllten den Hof. Die sechs Männer waren verschwunden – verpufft in Sprühnebeln aus Blut und Knochensplittern.

Sarah Beth setzte sich im Bett auf, kämpfte sich aus dem Traum. Sie drohte in dem Grauen zu ertrinken, das sie gesehen hatte. Am Rande nahm sie wahr, dass die Schreie, die sie hörte, von ihr stammten.

Es ist eine Falle. Du musst es ihnen sagen. Schnell.

Die Vision war verschwunden. Sie befand sich wieder im Schlafzimmer ihrer Eltern unter dem Deckenventilator, umschlungen von den Armen ihres Vaters und ihrer Mutter.

»Ein böser Traum, Schatz?«, fragte ihr Vater und versuchte, sie wieder in seine Umarmung zu ziehen.

Sie schüttelte seine Hände ab, kroch zum Fußende des Bettes und rutschte auf den Boden.

»Wach auf, Sarah Beth. Ich bin's, Mami. Du schlafwandelst.«

»Nein«, rief sie zurück. »Wo sind die Männer? Die Shepherds. Sind sie noch hier?«

»Ja, Schatz«, antwortete ihre Mutter, die ebenfalls aufgestanden war und erneut versuchte, Sarah Beth in die Arme zu nehmen. »Rede mit mir, Sarah Beth. Was ist passiert? Was hast du im Traum gesehen? Du bist in Sicherheit, Liebes. Wir sind hier und du bist in Sicherheit.«

Sarah Beth riss sich von ihrer Mutter los und rannte zur Tür. »Nein, Mama. Es war kein Traum. Und wir haben keine Zeit. Sie laufen in eine Falle. Ich muss sie warnen.«

Sarah Beth stürmte aus dem Zimmer und die Treppe hinunter. Hinter sich hörte sie die Füße ihrer Eltern über den Boden stampfen und zu ihr aufschließen.

»Ihr müsst sie aufhalten«, schrie sie, als sie am Fuß der Treppe nach links bog. Ihr Blick heftete sich auf den großen Mann mit dem Gewehr und dem zottigen Bart. »Es ist eine Falle – Sie müssen es ihnen sagen!«

Er nickte und sagte: »He, Pastorin Dee. Wollen Sie das übernehmen?«

Die Geistliche schaute von der Couch auf, wo sie neben Corbin saß.

Letztere hatte die Augen geschlossen und im linken Ohr einen Stöpsel, von dem ein Kabel zu einem radioähnlichen Gegenstand in ihrer rechten Hand verlief. Bei dem Tumult riss sie abrupt die Lider auf. »Süße, kannst du uns sagen, was du gesehen hast?«

Rasch schilderte Sarah Beth ihren Traum.

Mit vor Besorgnis triefender Stimme wandte sich Pastorin Dee an Corbin. »Was siehst du?«

Corbin presste die Augen wieder zu. Einige Sekunden danach öffnete sie die Lider und zuckte mit den Schultern. »Ich empfange nichts, aber das muss nichts heißen.«

»Ihr müsst sie aufhalten«, beharrte Sarah Beth, mittlerweile panisch. »Auf dem Hof dort sind Bomben. Es ist eine Falle. Sie werden in die Luft gesprengt.«

Sarah Beth legte Corbin die Hand auf die Schulter, schloss selbst die Augen und versuchte, in die Vision zurückzukehren. Die Bilder tauchten wieder auf, während sie die Lider fest zusammenkniff und die Finger in Corbins nackte Schulter bohrte.

»O Gott«, entfuhr es Corbin, und die Worte klangen beinahe wie ein Gebet.

Sarah Beth öffnete die Lider und starrte in die großen Augen des älteren Mädchens. »Glaubst du mir jetzt?«

Corbin verlor keine Zeit mit einer Antwort, sondern drückte einen Finger auf den Sendeempfänger in ihrem Ohr und aktivierte ihr Funkgerät. »Chapel, hier Wächterin. Verschwindet von dort! Es ist eine Falle!«

26

PARKPLATZ SÜDLICH DER *CATHEDRAL OF THE INCARNATION*
ECKE 20TH AVENUE SOUTH UND TERRACE PLACE
NASHVILLE, TENNESSEE
SAMSTAG, 16:40 UHR ORTSZEIT

Obwohl Jed in der Ferne schrille Sirenen hörte, war die örtliche Polizei noch nicht eingetroffen. Seine Befürchtung, die Beamten von Nashville könnten kompromittiert sein, hatte Morvant bewogen, die Polizei erst für den letztmöglichen Moment zu rufen, um die Einsatzsicherheit zu optimieren. Die Uhr tickte. Morvant ging davon aus, dass der Anschlag kurz nach Beginn des Musikprogramms erfolgen würde, das bereits begonnen hatte. Aus dem Augenwinkel bemerkte Jed die verblüfften Mienen der Passanten angesichts der Präsenz der voll ausgerüsteten Kämpfer – ein außergewöhnlicher Anblick in einer so sicheren Stadt wie Nashville.

In geducktem Laufschritt erreichte er den Parkplatz der Universität. Unmittelbar vor ihm führte Morvant das Team der Shepherds schnell und anmutig wie eine Dschungelkatze an – nichts an ihm ähnelte auch nur ansatzweise dem an den Rollstuhl gefesselten, behinderten Veteranen, von dem man sich bei den SEALs erzählte. Morvant scherte mit seinem Team nach rechts, wich geparkten Autos aus und bog dann ab auf den Bürgersteig der 20th Avenue, während Eli seine dreiköpfige Pfeilformation links über den Parkplatz in Richtung der Kathedrale führte.

»Weg hier und in Deckung. Terrorgefahr«, rief Morvant einem jungen Paar zu, das Händchen haltend auf die sechs Kämpfer starrte, die auf die beiden wirken mussten, als stammten sie direkt aus einer Folge von *SEAL Team*.

Sie sahen einander kurz an, bevor sie sich im Laufschritt in Sicherheit brachten.

Morvant eilte weiter nach rechts zur Ecke des Verwaltungsgebäudes des katholischen Campus. Es begrenzte den Hof in der Mitte auf jener Seite, die Kathedrale auf der anderen. Vorn, hinter einem Durchgang, der den Altarraum mit dem Verwaltungsgebäude verband, befand sich eine Grundschule. Eli und seine beiden Kameraden, Team Bravo, kauerten bereits neben den Türen der Kathedrale. Team Alpha, das aus Morvant, Jed und Grayson bestand, würde in den Durchgang am vorderen Ende des Hofs eindringen und die Kathedrale von Osten her betreten. Danach würden sich die beiden Mannschaften innen aus entgegengesetzten Richtungen aufeinander zubewegen.

»Chapel, hier Eins – Shepherds in Stellung. Späher?«, funkte Morvant. Damit meldete er einerseits, dass sie bereit zum Reingehen waren, und bat zugleich um ein letztes Update über die Position von Zivilisten und möglichen Feinden.

Jed wartete. Er fragte sich, was diese Taskforce als Späher aus der Luft einsetzte. Kreiste über ihnen eine Predator-Drohne? Oder hatte man einen Satelliten für ihre Operation abgestellt? Er hatte so viele Fragen. Allerdings verblasste seine Neugierde neben der berauschenden Freude darüber, wieder im Einsatz zu sein.

»Shepherds, zurückhalten«, ertönte eine ruhige Stimme wie jene, die Jed von unzähligen Missionen als SEAL kannte.

»Wir kriegen in diesem Moment neue Informationen rein. Augenblick …«

Morvant schaute stirnrunzelnd zu Jed zurück. Jed zog die Augenbrauen hoch, und Morvant zuckte mit den Schultern. Dann beobachtete er, wie der ehemalige SEAL die Augen schloss und ausatmete. Gleich darauf schlug er die Lider abrupt auf und aktivierte sein Mikrofon.

»Shepherds – sofortiger Rückzug zum Parkplatz«, blaffte Morvant.

Der Einsatzkoordinator in irgendeiner Zentrale sprach über Morvants Funkspruch hinweg. »Abbruch, Shepherds! Abbruch, Abbruch … Rückzug!«

Mit konzentriertem Blick den Lauf der Waffe entlang bewegte sich Jed rückwärts und sicherte gleichzeitig den Hof. Grayson drehte sich neben ihm um und sicherte seinerseits den Weg zurück zum vollen Parkplatz.

»Was ist los, Eins?«, fragte Eli mit besorgter Stimme über die Funkverbindung. »Dadrin sind haufenweise Zivilisten.«

»Verschwindet von dort! Es ist eine Falle!«, ertönte über die Leitung eine weibliche Stimme, die für Jed höchstens 13 bis 14 Jahre alt klang. Und so unmöglich es zu sein schien, sie hörte sich verdächtig wie Corbin an, die Teenagerin, die er im Unterschlupf kennengelernt hatte. Ihre Angst und Panik bildeten einen krassen Gegensatz zu der ruhigen, professionellen Stimme zuvor.

»Die Finsteren wissen, dass ihr kommt, und haben Bomben auf dem Hof gelegt. Ihr seid das Ziel. Sie wollen euch …«

Falls das Mädchen »in die Luft sprengen« sagen wollte, hörte Jed es nicht mehr, weil eine Reihe von Explosionen – drei hintereinander im Abstand von einer halben Sekunde – den backsteingepflasterten Hof in ein Kriegsgebiet verwandelte. Feurige Wolken stiegen auf. Splitter spritzten durch die Gegend. Diejenige Seite des Verwaltungsgebäudes, an der sie noch vor wenigen Sekunden gekauert hatten, fiel in sich zusammen. Die hufeisenförmige Anordnung der Gebäude um den Innenhof verstärkte die Explosion und leitete ihnen die Druckwelle direkt entgegen. Sie traf Jed wie ein Truck. Er spürte, wie seine Stiefel den Bodenkontakt verloren, als er nach hinten geschleudert wurde. Er krachte gegen Grayson. Zusammen segelten sie etwa anderthalb Meter durch die Luft, bevor sie gegen eine kastanienbraune viertürige Limousine prallten. Die Scheiben sämtlicher Autos im Umkreis von 50 Metern zersprangen. Glassplitter und Staub fegten in alle Richtungen. Aus dem Augenwinkel bekam Jed mit, dass Morvant wie eine Stoffpuppe über die Motorhaube eines Wagens geschleudert wurde und hinter dem Fahrzeug verschwand.

Als sich der Staub setzte, befand sich Jed als verrenkter Haufen auf seinem Kameraden. Seine linke Seite und sein Knie brüllten vor Schmerzen.

So viel zu meiner geheilten Hüfte, dachte er, als er sich in eine kniende Gefechtsposition kämpfte.

Er prüfte seine Waffe, hob sie an und suchte den Parkplatz nach Zielen ab. Im Nahen Osten folgten auf Anschläge mit Sprengfallen so gut wie immer feindliche Schützen, die in der Nähe lauerten, um die Gefallenen zu erschießen. Damit rechnete er, doch er entdeckte keine Ziele – nur einen Zivilisten, der 20 Meter entfernt mit dem Gesicht nach unten auf der Straße lag und sich mühsam aufrappelte.

»Shepherd Zwei, hier Drei – Lagebericht«, rief Jed instinktiv. Er war nicht zum ersten Mal in einen Hinterhalt geraten und hatte keine Ahnung, wie es Morvant ging.

»Zwei alles gut«, meldete Eli zurück. »Wir drei sind alle unversehrt. Wo ist Eins?«

»Bleibt auf Empfang«, sagte Jed in das sprachaktivierte Mikrofon und führte es wieder näher zum Mund, nachdem er Helm und Headset zurechtgerückt hatte. Er wandte sich dem Kämpfer zu, der sich neben ihm schwerfällig aufrichtete. »Alles klar, Bruder?«, fragte er, packte Grayson an der Ausrüstung und half seinem Kameraden auf die Knie.

Grayson schüttelte sich und blinzelte mehrmals, bevor er Jed zunickte. »War kurz benommen, aber geht schon wieder«, sagte er. »Noch kampftauglich.«

»Übernimm die Ecke, während ich nach Eins sehe.«

»Verstanden.«

Jed wartete, bis Grayson die Waffe im Anschlag hatte, dann eilte er um das Heck des Wagens davon, neben dem sie gekauert hatten. Die Fahrzeuge auf dem Parkplatz hatten schwere Schäden erlitten. Bei einem silbernen viertürigen BMW in der Nähe waren zwar seltsamerweise die Scheiben intakt geblieben, dafür hatte eine schmiedeeiserne Parkbank die Motorhaube verbeult. Jed bahnte sich den Weg zu Morvant und ging neben dem Teamleiter der Shepherds in die Hocke. Der Mann hatte es auf die Hände und Knie geschafft, weiter jedoch nicht.

»Ben, ich bin's, Jed«, sagte er und packte Morvant unter der Achselhöhle. »Ich hab dich, Bruder.«

Er half dem ehemaligen SEAL in eine sitzende Position. Dabei fiel ihm Blut im Gesicht des Mannes auf. Knapp unter dem Rand des Helms floss es von beiden Enden eines tiefen Schnitts an der Stirn. Jed zog ein Erste-Hilfe-Set aus einer Tasche, holte einen Verband heraus und drückte ihn kräftig auf die Wunde.

»Zwei, hier Drei – Eins ist bei Bewusstsein, braucht aber …«

»Eins ist kampftauglich«, fiel Morvant ihm mitten im Lagebericht ins Wort. »Wächterin, hier Shepherd Eins …«

»Hier Wächterin. Sind alle in Ordnung? War ich zu langsam?« Die Stimme des Mädchens klang zittrig. Jed fragte sich, was um alles in der Welt sich diese Leute dabei dachten, einen Teenager in so etwas hineinzuziehen. Dann fiel ihm ein, was Corbin im Unterschlupf zu Sarah Beth gesagt hatte.

»Wir sind ihre Ohren und manchmal ihre Augen. Ohne uns wäre die Schlacht vorbei, bevor sie begonnen hat.«

»Wächterin, du hast das spitze gemacht. Wir sind alle wohlauf«, sagte Morvant, nahm Jed den Verband ab und hievte sich auf die Beine. Mit dem Ärmel wischte er sich Blut vom Kinn und spuckte auf den Boden. Dabei wirkte er ziemlich verärgert darüber, von der Druckwelle erfasst worden zu sein. »Siehst du noch etwas?«

»Nicht wirklich«, antwortete sie. »Die Mauer ist wieder hochgezogen. Ich kann es zwar versuchen, aber nichts garantieren.«

Jed schürzte die Lippen, verwirrt über den Wortwechsel. Steuerte etwa Corbin – mittlerweile war er sich zu 99 Prozent sicher, dass es sich um ihre Stimme in der Leitung handelte – die Überwachungsdrohne oder den Satelliten für die Operation? Wurde wirklich ein Kind für die Aufklärung eingesetzt?

»Wächterin, danke. Du hast uns gerettet, Kleine.«

Morvant bewegte die linke Hand im Kreis über dem Kopf, womit er Jed und die anderen aufrief, sich zu formieren. »Zwei, hier Eins – nach dem Hinterhalt scheint es eine Sackgasse zu sein. Trotzdem müssen wir uns umsehen, um uns zu vergewissern. Derselbe Angriffsplan. Aber falls sie hier sind, haben wir offensichtlich das Überraschungsmoment verloren. Eins, Drei und Fünf, in einer Minute in Position ...«

»Verstanden«, kam von Eli zurück.

Morvant führte sie über den Parkplatz. Diesmal eilten sie in vollem Lauf zu den Überresten des mit Backsteinen gepflasterten Hofs. Drei schwarze Krater beherrschten die Umgebung. Nur um die Ränder des Areals war die Pflasterung intakt geblieben. Den schlimmsten Schaden hatte der Verbindungsgang genommen – ein verglaster Korridor, der vor der Grundschule zwischen der Kathedrale und dem Verwaltungsgebäude verlief. In der Mitte klaffte ein riesiges Loch, wo Jed noch vor wenigen Minuten eine wunderschöne Doppeltür aus Glas gesehen hatte. Innerlich betete er, dass bei der Explosion der Bomben niemand in dem Gang unterwegs gewesen war. Die beiden Gebäude links und rechts davon hatten weniger abbekommen, wahrscheinlich dank der Trichterwirkung der Geometrie. Corbin – die »Wächterin« – hatte recht gehabt. Die Attentäter hatten es auf ihre Teams abgesehen, denn das Ziel war der Hof gewesen. Jed sicherte die rechte Seite, Morvant die linke. Innerhalb von Sekunden hatten sie das schwelende Trümmerfeld durchquert und waren bereit, durch die Überreste des Durchgangs reinzugehen.

Morvant sank an der Schwelle der früheren Doppeltür auf ein Knie und sah sich drinnen erst nach links, dann nach rechts um. »Gesichert.«

Jed bewegte sich an Morvant vorbei. Glasscherben knirschten unter seinen Stiefeln, als er den Korridor durch das klaffende Loch betrat. An der Decke sprühten zerfetzte, Strom führende Drähte knisternd Funken. Jed stiegen die typischen Gerüche von Zerstörung in die Nase – Betonstaub, schwelendes Holz, Rückstände flüchtiger organischer Verbindungen. Sie lösten eine intuitive Reaktion in ihm aus. Jed hegte eine besondere Abneigung gegen Bombenbauer – ultimative Feiglinge, die sich ihren Feinden nicht im Kampf stellten, sondern sich versteckten und geistlose, unkontrollierte Zerstörung entfesselten. Als eine Erinnerung an Scabs lächelndes Gesicht aus seinem Gedächtnis auftauchte, drängte er sie beiseite.

Mit verbissener Miene schwenkte er nach links, sicherte erst den kleinen, hinter sich verbliebenen Winkel, dann den langen, von Rauch erfüllten Flur. Gleichzeitig sicherte Grayson den Bereich rechts hinter ihm. Eine Sekunde später trat Morvant zwischen sie und deutete mit einer zackigen Handbewegung in Richtung ihres Ziels – zur Kathedrale. Ja, die Bomben im Innenhof waren für sie bestimmt gewesen, aber in dem Gotteshaus saß immer noch ein ganzer Haufen Konzertbesucher fest. Aus dem Funkverkehr hatte Jed erfahren, dass Corbin und Morvant über unschlüssige Informationen verfügten und nicht wussten, ob sich der Feind in der Kirche versteckte und kurz davorstand, die Versammelten zu massakrieren. Was bedeutete, dass es an Jed und den Shepherds lag, die Kathedrale zu sichern und all die Menschen darin unversehrt nach draußen zu bringen.

Jed reihte sich links neben Morvant ein, Grayson rechts. Zu dritt durchquerten sie mit schnellen Schritten den zerstörten Verbindungsgang zur Kathedrale.

»Zwei, hier Eins – fast in Position. Eintritt auf mein Zeichen«, sagte Morvant.

»Zwei«, meldete Eli zurück.

Sekunden später rief Morvant: »Los … los … los!« Jed folgte ihm durch eine schwere Doppeltür aus Holz in die Kathedrale. Sie betraten das östliche Querschiff. Jed drehte sich nach rechts und bewegte sich Stufen entlang, auf denen vermutlich normalerweise ein Chor stand. Durch das holografische Visier hielt er Ausschau nach Bedrohungen, entdeckte jedoch keine, obwohl Sarah Beth beschrieben hatte, dass die Angreifer in ihrer Vision von dieser Position aus schossen.

Die Explosionen draußen hatten für weniger Panik gesorgt, als Jed erwartet hätte. Die Konzertbesucher befanden sich dicht an dicht im Hauptteil des Altarraums – sie drängelten nicht und rempelten sich nicht gegenseitig an, sondern kauerten nervös im Mittelgang zwischen den Bänken. Er spürte, dass sie die Kathedrale durch den Haupteingang im Norden hatten verlassen wollen, doch sie hatten stattdessen beschlossen, im Schutz des Gotteshauses auszuharren. Jed verlagerte die Suche nach Bedrohungen auf das gegenüberliegende Querschiff. In dem Moment tauchte Elis dreiköpfiges Team hinter dem Altar auf, ging vor der Nische mit dem Kreuz und unter der mit Fresken bemalten Kuppel vorbei. Die Menschen in der Kirche atmeten kollektiv auf und setzten sich beim beruhigenden Anblick voll ausgerüsteter Soldaten mit Sturmgewehren in Bewegung wie eine Herde panischer Beutetiere.

»Shepherd Eins, hier Chapel – die örtlichen Behörden haben die West End Avenue gesichert. Keine Bedrohungen entdeckt«, meldete der Koordinator über die Funkverbindung. »Sicheres Sammeln ist am Qdoba-Parkplatz nebenan möglich.«

»Verstanden«, gab Morvant zurück. Bevor die Lage außer Kontrolle geraten konnte, ergriff er mit dröhnender Stimme das Wort. »Meine Damen und Herren, wir gehören zu einer Joint Taskforce zur Terrorbekämpfung und sind hier, um zu helfen. Das Gebäude wurde von einheimischen Terroristen angegriffen. Sie haben die Explosion draußen gehört, aber mittlerweile haben wir die Umgebung gesichert. Wir unterstützen Sie beim geordneten Rausgehen auf die West End Avenue. Bitte kein Schubsen, kein Drängeln. Sobald Sie draußen sind, gehen Sie nach Westen – links – zum Qdoba-Parkplatz nebenan. Falls Sie hinter der Kirche geparkt haben, gehen Sie vorläufig nicht zu Ihrem Fahrzeug. Der Bereich wird noch gesichert. Polizisten werden Sie unterstützen.«

Morvant versammelte seine Leute vor dem Altar. Die fünf Shepherds und Jed blieben instinktiv in geduckter Kampfhaltung, hielten die Waffen aber in einem Winkel von 45 Grad gesenkt. Jed sah sich zwar weiter suchend um, war jedoch inzwischen überzeugt, dass sich der Feind nicht im Gebäude aufhielt. Victor war der Party ferngeblieben, sonst hätte Jed seine Gegenwart gespürt.

Keine kribbelnde Gänsehaut – ein gutes Zeichen, beschloss er.

Morvant sah Jed einen Moment lang in die Augen. »Fehlanzeige«, sagte der Shepherd.

Jed nickte knapp.

Sie haben gewusst, dass wir kommen würden. Aber woher? Bis vor wenigen Stunden haben wir es ja nicht mal selbst gewusst. Wie haben sie den Sprengstoff für den Hinterhalt unbemerkt platziert?

Ein neuer Gedanke beschleunigte seinen Herzschlag.

Wer hat die Bomben eigentlich gezündet? Jemand draußen mit Blick auf den Hof, der uns beobachtet hat?

Er wollte den Gedanken Morvant mitteilen, doch der ehemalige SEAL schien bereits zu einem ähnlichen Schluss gelangt zu sein.

»Fünf und Sechs, koordiniert die Evakuierung, danach kommt ihr zum Kirchenparkplatz. Haltet unterwegs Ausschau. Irgendjemand hat die Sprengladungen gezündet, es könnten also noch Beobachter da draußen sein. Der Rest kommt mit mir. Wir müssen den Parkplatz hinten noch mal absuchen.« Morvant schob sich mit dem linken Handrücken das Mikrofon näher zum Mund. »Chapel, hast du den letzten Funkspruch mitbekommen?«

»Verstanden, Shepherd Eins«, meldete der Koordinator.

»Meine Wächterin soll noch mal einen genauen Blick auf die Ecke 20th und Terrace werfen«, fügte Morvant hinzu.

»Verstanden, Eins. Sie ist schon dabei.«

Morvant sah Jed mit Feuer in den Augen an. »Komm. Sehen wir nach, ob wir den Kerl finden, der den Knopf gedrückt hat.«

27

Jed reihte sich hinter Morvant ein, als dieser ihren Tross aus der Kathedrale und zurück über den Innenhof zum Parkplatz führte. Draußen scherten Eli und sein Teamkamerad nach links aus, während Jed und Morvant nach rechts gingen, um die Effizienz der Suche zu erhöhen. Jed beschlich ein ungutes Gefühl. Sein sechster Sinn sprang plötzlich an, obwohl es keinerlei Hinweise auf eine anhaltende Bedrohung gab. Im Irak und in Afghanistan war es nach einer Sprengfalle immer zu einem Feuergefecht gekommen. Er ertappte sich dabei, wie er die Fenster und das Dach des Wohngebäudes gegenüber der 20th Avenue absuchte. Als er dort nichts entdeckte, richtete er den Blick wieder auf Straßenhöhe und hielt weiter Ausschau nach einem Schützen oder vielleicht dem Bombenleger, der weitere Sprengsätze zünden wollte.

Dann sah Jed *ihn*.

Er erkannte den Polizisten auf Anhieb, trotz der Entfernung und des grellen Lichts der untergehenden Sonne hinter ihm, das die Tausenden über das Areal verstreuten Scherben zum Funkeln brachte wie eine Discokugel. Zähneknirschend streckte Jed die linke Hand aus, um Morvant auf die Schulter zu klopfen, der prompt stehen blieb. Der Shepherd hob die linke Faust, das Zeichen für Stopp – obwohl das Team nur aus ihm selbst und Jed bestand.

»Siehst du den Cop da an der Ecke? Den Uniformierten? Ich glaube, er gehört dazu. Das ist Police Corporal

Alexander, der Typ, der mich vor zwei Nächten festgenommen hat.«

Der Shepherd nickte zwar, aber Jed wusste nicht recht, ob dem Mann die Dringlichkeit der Lage klar war. Wut flammte in ihm auf. Jed richtete den roten Punkt in seinem holografischen Visier mitten auf Alexanders Stirn, während er um Morvant herumging und vorwärtsmarschierte.

»Sie da – keine Bewegung. Wir sind Bundesagenten einer Joint Taskforce und müssen mit Ihnen reden«, sagte er und orientierte sich damit vage daran, was Morvant in der Kathedrale zu den Leuten gesagt hatte.

»Ich bin Polizeibeamter aus Nashville«, rief Alexander und bewegte die rechte Hand wagemutig zum Griff der Dienstpistole an seiner Hüfte.

»Keine Bewegung, hab ich gesagt!«, brüllte Jed und legte den Zeigefinger auf den Abzug. Alexander *musste* der Bombenleger sein. Dass der Polizist in diesem Augenblick hinter dem Gebäude mit freier Sicht auf den Hof auftauchte, sprach Bände.

Zufälle gibt es nicht.

Als Jed den Abstand verringerte, veränderte sich Alexanders Miene. Sein Mund klappte auf und seine Augen wurden groß, als er Jed erkannte.

»*Sie*«, stieß der korrupte Bulle hervor.

»Hand von der Waffe, oder ich erledige Sie«, warnte Jed giftig und meinte es ernst. Alexander hatte nicht nur versucht, Jeds Tod zu inszenieren, er wollte auch seine Ermittlungen zum Mord an Maclin unterbinden und verhindern, dass er ihn mit Sarah Beths Entführung in Verbindung brachte. Ihn in der Nähe des Bombenanschlags auf die Kathedrale zu erwischen brachte das Fass zum Überlaufen.

Alexander erlangte die Fassung wieder und schüttelte seine Überraschung ab. Eine hässliche, spöttische Miene breitete sich über das blasse, unscheinbare Gesicht aus, als er die Hand von der Waffe entfernte und die Arme trotzig vor der Brust verschränkte. »Ihr Partner wird von der Stadtpolizei zur Befragung über einen Mord gesucht, der sich nur ein paar Blocks entfernt ereignet hat«, wandte sich der Polizist an Morvant. »Ich wette, das haben Sie nicht gewusst, oder?«

»Meinen Sie die Notwehr gegen den Kerl, der mir die Kehle aufschlitzen wollte, während Sie zugesehen haben, ohne einen Finger zu rühren? Ich würde sagen, dass eher Sie etwas zu erklären haben.«

Morvant hob die Hand, um den Wortwechsel zu bremsen. »Mein Kollege gehört einer Joint Taskforce zur Terrorbekämpfung an. Er ist an einer laufenden Operation beteiligt, die sich mit dem eben bezeugten Anschlag zugespitzt hat. Er wird nicht außerhalb unserer Befehlskette verhört werden«, erklärte Morvant mit ruhiger, kontrollierter Stimme. Er wandte sich an Jed. »Drei, geh zu Zwei und Vier, während ich mit dem Beamten hier rede.«

»Aber der Kerl …«, setzte Jed zu einem Protest an, den er abrupt abbrach, als Morvant erneut die Hand hob.

Jed ließ die Waffe sinken und blickte in die stoische Miene des ehemaligen SEALs, aus der er klar und deutlich eine wortlose Botschaft empfing. *Ich kläre das, Jed … Bitte geh.*

Widerwillig entfernte sich Jed. Immer wieder schaute er über die Schulter zurück, während er sich den Bürgersteig entlang Eli und dem anderen Agenten näherte. Als er sie erreichte, blieb sein Körper angespannt. Das Gewehr hielt er nach wie vor mit festem Griff, bereit, Alexander sofort zu erschießen, falls er Morvant angriff.

»Was ist los?«, fragte Eli, stellte sich neben Jed und beobachtete seinen Teamleiter und den Cop. »Was macht der Boss?«

»Das«, erwiderte Jed mit angespannter Stimme, »ist der Bulle, der vor zwei Nächten tatenlos zugesehen hat, während mir ein Irrer die Kehle aufschlitzen wollte. Ich glaube, er könnte die Bombe gezündet haben.«

Überrascht zog Eli die Augenbrauen hoch. »Falls er zu den Finsteren gehört, findet's der Boss raus. Ben entgeht nichts. Das gehört zu seinen Gaben … oder vielleicht ist es eher ein Fluch. Kommt wohl auf die Sichtweise an.«

Jed verzog bei der merkwürdigen Wortwahl das Gesicht, bevor er den Kopf schüttelte. »Die Finsteren? So nennt ihr diese Dreckskerle?«

Eli nickte. »Ja.«

Jed beobachtete, wie sich Morvant und Alexander unterhielten, zu weit entfernt, um etwas zu hören. Aber nahe genug, um zu erkennen, wie Alexanders arrogante Haltung schwand und allmählich echte Besorgnis in seine Züge trat. Der Polizist sagte etwas. Morvant streckte die linke Hand aus und packte ihn knapp über dem Ellenbogen am Arm. Alexander schüttelte Morvants Hand ab, wich einen Schritt zurück und setzte dazu an, nach der Pistole zu greifen.

Jed preschte los und hob unterwegs das Gewehr an.

Morvant ließ das eigene Gewehr auf dem Riemen über der Schulter hängen und packte den Bullen erneut, diesmal mit beiden Händen. Jed beobachtete, wie sich der Körper des Polizisten versteifte, als wäre ein Stromstoß durch ihn gejagt worden. Plötzlich schoss Blut aus Alexanders Nasenlöchern und strömte über die Lippen zum Kinn hinab. Morvant löste den schraubstockartigen

Griff nicht von dem Mann. Ungläubig beobachtete Jed, wie Alexanders Kopf nach hinten kippte und sich der Mund zu einem stummen Schrei öffnete. Einen Herzschlag später gaben die Knie des Polizisten nach und er wurde in Morvants kraftvollem Griff zu einem toten Gewicht. Verdattert sah Jed, wie der ehemalige SEAL den Beamten zu Boden senkte, bis Alexander ausgestreckt und regungslos auf dem Rücken lag.

»Was zum Teufel geht hier ab?«, entfuhr es Jed, als er an Morvants Seite eintraf und das Gewehr sinken ließ.

Die Augen des Polizisten standen offen, allerdings sah man nur ein milchiges Weiß darin. Die Lippen bildeten ein unheimliches, erstarrtes O, sein Teint verfärbte sich vor Jeds Augen besorgniserregend violett und grau. Im Schritt der Hose bildete sich ein nasser Fleck, als die Kontrolle über die Körperfunktionen versagte.

»Ist er … tot?«

»Sieht so aus«, sagte Morvant.

»Was ist passiert?«

»Ich hab ihn geheilt«, erwiderte der Shepherd ohne Ironie oder Sarkasmus in der Stimme.

»Ihn geheilt?«, fragte Jed ungläubig. »Bro, der Mann ist tot! Was für eine Heilung soll das sein?«

»Es gibt nur eine Art, Jed«, sagte Morvant und legte ihm eine Hand auf die Schulter wie ein geduldiger Lehrer einem Kind. »Es läuft alles darauf hinaus, woran es mangelt. Verstehst du, was ich meine?«

Der Mann verzog leicht die Lippen, bevor er sich abwandte und zu Eli und Grayson ging, die noch auf dem Bürgersteig warteten. Jed blickte auf den Toten hinab, dann zu Morvant, der davonschlenderte, schließlich wieder auf den Leichnam.

Was in Gottes Namen geht hier ab?

»Chapel, hier Shepherd Eins – gib der Stadtpolizei Bescheid, dass hinter dem Gebäude an der Ecke Terrace Place und 20th ein Beamter zu Boden gegangen ist«, meldete Morvant über Funk. »Keine Anzeichen auf ein Trauma. Sieht so aus, als hätte er einen Schlaganfall oder einen Herzinfarkt oder so erlitten. Ich warte hier auf einen zuständigen Officer.«

Jed schwirrte der Kopf, als er hinter Morvant herlief. Als er zu den anderen aufschloss, erteilte der Teamleiter bereits Anweisungen.

»Ihr sucht die Gasse nach Westen ab und sichert die Rückseite zu Ende. Danach trefft ihr euch vor dem West End mit Fünf und Sechs. In zehn Minuten rücken wir ab.« Dann sprach Morvant wieder ins Mikrofon. »Chapel, wir brauchen in weniger als zehn Minuten eine Exfiltration auf dem Landweg. West End Avenue an der nordwestlichen Ecke.«

»Verstanden, Eins«, kam von Chapel zurück. »Nur zur Information, Eagle hat eure Tarnung bei der Staatspolizei und der örtlichen Polizei bestätigt. Ihr solltet keine Probleme mit ihnen bekommen.«

»Verstanden, Chapel«, sagte Morvant und drehte sich Jed zu. »Du bleibst bei mir.«

Jed nickte. Sie kehrten zu Alexanders Leiche zurück, um auf den zuständigen Polizisten zu warten. Es dauerte nicht lange, bis jemand aufkreuzte.

»Jedidiah Johnson«, sagte Detective Perez, als sie sich näherte. Alexanders Tod schien sie weniger zu verblüffen als Jeds Anblick in voller Ausrüstung und Bewaffnung. »Warum überrascht es mich nicht, *Sie* hier vorzufinden?«

»Detective«, grüßte er sie und bemühte sich, nicht zu Alexander zu schauen, bis sie es tat. Jed beobachtete, wie sie Morvant ansah, bevor sie die Aufmerksamkeit endlich auf den Leichnam richtete. Dabei schürzte sie die Lippen, als verurteilte sie ihren Kollegen dafür, dass er die Frechheit besessen hatte, so unerwartet zu sterben.

»Ich hätte es mir wohl denken können«, meinte sie schließlich, als sie wieder Jed ansah. »Im Nachhinein betrachtet haben Sie nicht wirklich den Eindruck vermittelt, im Ruhestand zu sein.«

Jed zuckte mit den Schultern, weil er nicht wusste, wie er sonst reagieren sollte.

Ein Krankenwagen kam mit eingeschaltetem Blaulicht über die 20th Avenue angerast und bog auf den Parkplatz. Zwei Sanitäter sprangen heraus und stürmten zum Leichnam des gefallenen Beamten. Jed, Morvant und Detective Perez verlagerten ihre Unterhaltung, um Platz für die Rettungskräfte zu schaffen, damit sie den Puls und sonstige Lebenszeichen überprüfen konnten, bevor sie zum offensichtlichen Schluss gelangen würden.

»Also«, wandte sich Perez an Morvant. »Sie sind Teamleiter dieser Antiterror-Taskforce vom Heimatschutzministerium? Dann können Sie mir vielleicht sagen, was mit Officer Alexander passiert ist.«

Für Jeds Empfinden wirkte sie nicht überrascht darüber, dass einer ihrer Kollegen vom Revier tot zu ihren Füßen lag. Zwar hatte er bei ihrem Gespräch im Verhörraum gespürt, dass sie nicht viel für den Mann übrighatte, aber …

»Ich fürchte, das wissen wir nicht, Detective«, erwiderte Morvant. »Wir haben ihn an der Ecke gesehen, sind zu ihm hin, um unsere Suche mit ihm abzustimmen, und er ist einfach mitten im Satz zusammengeklappt. Anscheinend war er auf der Stelle tot – Herzinfarkt oder ein Aneurysma, würde ich tippen. Keine Schussverletzungen oder Ähnliches – das haben wir sofort überprüft. Wissen Sie, ob er gesundheitliche Probleme hatte?«

»So gut hab ich ihn nicht gekannt. Er war mehr ein Einzelgänger und ist nicht gut mit Leuten ausgekommen, wie Ihnen Agent Johnson – oder wie auch immer er wirklich heißt – sicher bestätigen kann«, sagte sie und deutete mit dem Daumen auf Jed.

»Sie scheinen den Verlust eines Kollegen ziemlich gut zu verkraften«, merkte Jed eher fragend als vorwurfsvoll an.

»Tut mir leid.« Ihre Miene wurde eine Spur milder. »Bringt wohl der Job mit sich. Im Irak war ich bei der Militärpolizei. Dabei habe ich mir wohl mehr angewöhnt, mich abzuschotten, als gesund ist. Tut mir leid, wenn ich kalt wirke. Ich kann Ihnen versichern, das bin ich nicht.«

Jed musterte sie mit hochgezogener Augenbraue. »Davon haben Sie nichts erwähnt. Ich weiß noch, dass Sie gesagt haben, Ihr Bruder sei bei der MARSOC-Gruppe. Aber ich wusste nicht, dass Sie auch gedient haben.«

»Ach, das hab ich nicht erwähnt?« Sie zuckte mit den Schultern. »Wahrscheinlich wollte ich an dem Tag nicht, dass Sie denken, Sie hätten mich in der Tasche. Jedenfalls wissen wir beide, wie es ist, Menschen zu verlieren, Jed … falls Sie wirklich so heißen.«

Jed bedachte sie mit dem wissenden Lächeln eines Kriegsveteranen. »Verstehe. Und es tut mir leid, ich wollte damit nicht andeuten, Sie wären …« Er zögerte, den Gedanken zu Ende auszusprechen. »Und ja, Jed ist mein richtiger Name.«

»In dem Fall, Jed, kann ich Ihnen nur dafür danken, was Sie und Ihr Team hier getan haben.« Sie musterte ihn eindringlich, als wöge sie in Gedanken eine Frage ab. Schließlich blickte sie auf ihre Hände hinab. »Wenn wir jetzt nur noch das arme Yarnell-Mädchen finden könnten.«

»In der Hinsicht gibt's gute Neuigkeiten, Detective«, sagte er und schaute zu dem toten Polizisten hinab, der soeben zweifelsfrei als fauler Apfel bei der Polizei von Nashville geoutet worden war. »Unser Team hat das Yarnell-Mädchen vor wenigen Stunden von der Anlage dieser Terrororganisation gerettet. Wir haben die Kleine bereits zurück zu ihrer Familie gebracht.«

In Detective Perez' Züge trat Erleichterung – vermischt mit Zorn, was er verständlich fand. Immerhin hatten Außenstehende sie bei ihren eigenen Ermittlungen völlig außen vor gelassen.

»Und Sie sind nicht auf die Idee gekommen …« Abrupt verstummte sie, hob die Hand, schloss die Augen und beruhigte sich. »Entschuldigung. Tut mir leid. Sie haben das kleine Mädchen den Yarnells zurückgebracht, was mir nicht gelungen ist. Dafür danke ich Ihnen. Sie werden nie wissen können, was mir das bedeutet. Ich wollte die Kleine unter keinen Umständen verlieren. Bei Kindern ist es so anders …«

Jed beobachtete, wie der Schatten einer entfernten Erinnerung ihre Züge verdüsterte – vielleicht an die Schrecken im Irak oder an einen Verlust als Ermittlerin in Nashville. Jedenfalls sah er, wie sich Tränen anbahnten. Verlegen wandte sie sich ab, wischte sich mit dem Ärmel über die Augen und drehte sich ihm mit einem traurigen Lächeln wieder zu.

»Also« – sie streckte die Hand aus – »danke für alles. Wenn Sie mir nur gesagt hätten, für wen Sie arbeiten, dann hätte ich mich nicht aufgeführt wie eine … Na, egal. Danke noch mal.«

Jed ergriff ihre kleine, aber kräftige Hand und schüttelte sie. »Gern«, erwiderte er nur.

»Detective«, ergriff Morvant das Wort. »Ich weiß nicht, ob Sie oder die Staatspolizei für den Tatort zuständig sind, aber mein Team rückt in Kürze ab. Unsere Leute agieren unter Tarnung, also müssen wir weg sein, bevor die Presse eintrudelt. Das FBI sollte jeden Moment hier sein und sich um die Ermittlungen im Bereich Inlandterror kümmern. Ich wünschte, ich könnte Ihnen mehr sagen, aber Sie verstehen bestimmt, dass mir die Hände gebunden sind.«

»Natürlich«, sagte Perez. »Mir wurde gesagt, dass Sie an der Sache dranbleiben, also werde ich wohl keine Täter einsperren. Aber ich hab noch Papierkram im Fall Yarnell zu erledigen.« Sie schüttelte den Kopf. »Mir ist immer noch nicht klar, was diese Leute mit der kleinen Yarnell wollten … Was sie dem Mädchen und den Eltern angetan haben, ist unverzeihlich.«

»Wir fahren später zu den Yarnells«, verriet Morvant. Jed sah ihn überrascht an. »Wir müssen noch ein paar Wissenslücken schließen, bevor wir die restlichen Mitglieder der Terrorzelle aufspüren und festnehmen können. Wenn Sie auch hinkommen und dabei sein wollen, profitieren wir vielleicht alle von einem Informationsaustausch.«

»Oh, es macht mir nichts aus, mit einem Besuch bis morgen zu warten«, erwiderte Perez. »Ich will mich nicht aufdrängen.«

»Wie Sie wollen. So oder so, ich halte Sie auf dem Laufenden, Detective«, versprach Morvant.

»Nochmals danke Ihnen allen«, sagte sie. »Ich rede mal mit den Sanitätern, während ihr abrückt und in euer Geheimversteck verschwindet – oder wo auch immer ihr lebt.«

Alle schüttelten sich zum Abschied die Hände. Als Jed danach Morvant in westliche Richtung folgte, spürte er Perez' Blick im Rücken. Er wartete, bis sie sich außer Hörweite befanden. »Warum hast du ihr gesagt, dass wir zu den Yarnells fahren?«

Morvant sah ihn entschlossen an. »Weil die Sache noch längst nicht ausgestanden ist. Unsere Wächterin ist bei ihnen zu Hause. Wir brauchen sie – und vielleicht auch Sarah Beth –, um weiterzukommen. Die Schachpartie ist noch nicht vorbei. Es sind noch Figuren auf dem Brett, die in diesem Augenblick in Bewegung sind. Wie ich Victor kenne, haben die für einen Fall wie diesen ein zweites Ziel im Visier. Wenn wir es nicht finden, kommt es heute immer noch zu einem Massaker.«

»Und warum hast du Detective Perez eingeladen? Wäre es nicht besser, sie rauszuhalten? Du hast offensichtlich nicht vor, sie einzuweihen. Warum also das Risiko?«

»Weiß ich ehrlich gesagt nicht«, erwiderte Morvant seufzend. »Ich hab bloß das vage Gefühl, dass sie bei alldem noch eine Rolle spielen könnte. Außerdem wird sie so oder so irgendwann bei den Yarnells nachbohren. Dann lieber, wenn die gerade ein wenig Unterstützung bei sich haben. Verstehst du, was ich meine?«

»Ja.«

»Vertraust du Perez?«

Jed dachte über die Frage nach. Die Frau war bei jeder Begegnung mit ihm ehrlich gewesen. Und sie schien völlig in ihrem Job aufzugehen. Hinzu kam, dass sie bei der

Militärpolizei gedient hatte. Damit qualifizierte sie sich in seinen Augen als eine der Guten.

»Ja«, antwortete er schließlich. »Denke, schon.«

Sie bogen um die Ecke in die Gasse, die das Grundstück mit der Kathedrale querte, und steuerten auf den Qdoba-Parkplatz zu. Dort standen vor dem Hintergrund des zunehmend dunkleren Himmels sechs Streifenwagen mit eingeschalteten Blaulichtern. Morvant beschleunigte die Schritte, als sich zwei graue Chevy Suburbans mit getönten Scheiben auf der West End Avenue näherten und rechts ranfuhren.

»Die sind für uns«, sagte Morvant über die Schulter.

»Oh, das weiß ich inzwischen«, gab Jed schmunzelnd zurück. »Und Gott sei Dank werd ich diesmal drin sein, statt draußen beobachtet zu werden.«

28

2316 ST. LOUIS STREET

VIER KILOMETER NÖRDLICH DER *CATHEDRAL OF THE INCARNATION*

NASHVILLE, TENNESSEE

SAMSTAG, 18:25 UHR ORTSZEIT

Sarah Beth verspürte Stolz, Erleichterung und Verärgerung, alles zugleich. Sie spürte die Blicke so vieler Augenpaare auf sich, dass es ihr allmählich unheimlich wurde. Sie wollte, dass ihre Mutter aufhörte zu fragen, was sie ihr bringen könnte. Sie wollte, dass ihr Vater aufhörte, sie anzusehen, als wäre sie ein verletztes Vogelbaby. Sie wollte, dass Corbin aufhörte, sie für ihre gute Arbeit zu loben. Sie wollte, dass Pastorin Dee aufhörte, sich zu erkundigen, wie es ihr ging. Und sie wollte, dass die beiden Shepherds aufhörten, ihr mit ihren ernsten Soldatengesichtern respektvoll zuzunicken.

Gleichzeitig wollte sie irgendwie, dass nichts davon aufhörte.

»Sarah Beth, Schatz, kann ich dir irgendwas bringen?«, fragte ihre Mutter hoffnungsvoll.

Sie unterdrückte den Reflex, die Augen zu verdrehen und es rundheraus abzulehnen. Stattdessen lächelte sie und erwiderte: »Ich hätte gern ein Glas Wasser.«

»Sicher, mein Liebling. Kommt sofort.« Sarah Beth merkte ihrer Mutter an, wie sie sich freute.

»Danke, Mama«, sagte sie, als sie den Becher kurz darauf entgegennahm.

»Gern geschehen. Ich bin immer für dich da. Das weißt du, oder?«

Sarah Beth nickte, nippte an dem Wasser, das sie gar nicht gewollt hatte, sah sich in der überfüllten Küche um und fragte sich plötzlich, warum eigentlich noch alle anwesend waren.

Wir haben diese Leute doch aufgehalten. Jetzt bin ich in Sicherheit, oder?

Pastorin Dee sah Sarah Beth in die Augen, bevor die Frau den Blick auf ihre Eltern richtete. »Wäre es in Ordnung, wenn wir alle ins Wohnzimmer gehen? Wir müssten uns unterhalten.«

Sarah Beth beobachtete, wie ihre Eltern einen Blick stillen Einverständnisses wechselten. Das schienen sie ständig zu tun.

»Sicher, Dee«, sagte ihr Vater und lud die Gruppe mit einer Handbewegung ein, sich dorthin zu begeben.

Sarah Beth setzte sich aufs Sofa und wurde schützend von ihren Eltern eingekeilt. Pastorin Dee ließ sich auf dem Lehnsessel ihres Vaters nieder, Corbin im Schneidersitz auf dem Boden.

»Ich weiß nicht recht, wie ich anfangen soll. Vielleicht mit den unsterblichen Worten von Julie Andrews in *The Sound of Music*. Beginnen wir am Anfang – das ist ein sehr guter Ausgangspunkt«, ergriff Pastorin Dee das Wort.

Damit erntete sie ein Schmunzeln von Sarah Beth und ihrem Vater. Die beiden teilten sich den Sinn für Humor über Peinliches und Albernes.

»Eure Familie«, fuhr die Geistliche fort, »ist mitten in einen Krieg geraten, der schon tobt, seit Menschen auf der

Erde wandeln – der ewige Kampf zwischen Gut und Böse. Ich weiß, das klingt vielleicht ein bisschen abgedroschen, aber mir fällt keine einfachere Formulierung ein. Beide Seiten kämpfen um dasselbe – um die Herzen, Köpfe und Seelen der Menschen, die den Planeten bevölkern. Jeder spürt sie unterschwellig, aber die meisten nehmen es nicht richtig wahr. Früher hat mich das gestört und sogar nachts wach gehalten. Mittlerweile habe ich mich damit abgefunden, dass die Menschen nichts dafürkönnen. Das war so, als wäre ich jemandem böse, weil er nicht weiß, was gerade in meiner Lieblingsserie passiert, weil er eine andere schaut. Aber ich greife vor … Gehen wir noch mal einen Schritt zurück. Erzählt mir mal, was ihr über die St. George's Academy wisst und wie ihr in Kontakt mit Pater Maclin gekommen seid.«

Sarah Beth wollte antworten, bremste sich aber, als sie merkte, dass die Frage an ihre Eltern gerichtet war. Sie spürte, wie ihr Hitze in die Wangen stieg, und schaute zu Boden.

»Ist schon gut, Sarah Beth. Du kannst ruhig antworten«, sagte ihre Mutter und drückte ermutigend ihr Bein.

Sarah Beth schaute wieder auf und empfand unerwartete Dankbarkeit. »Na ja, mir gefällt's in meiner Schule nicht besonders. Ich meine, es ist dort ganz in Ordnung – eine Schule halt. Aber ich hab nie das Gefühl gehabt dazuzugehören. Irgendwann waren Papa und ich in einem Supermarkt, da hab ich diesen Jungen mit einem Sweatshirt der St. George's Academy gesehen. Er hat mich angelächelt. Ich hab zurückgelächelt, und er hat mich in meinem Kopf gegrüßt.« Sie sah Corbin an. »So wie du heute Morgen.«

»Was?«, entfuhr es ihrer Mutter mit verdutzter Miene. »Das hast du mir nie gesagt.«

Sie biss sich auf die Unterlippe. »Ich weiß. Es war mir peinlich, weil er … na ja, ein Junge war. Außerdem sind du und Papa schon wegen meiner Albträume ausgeflippt. Deshalb wollte ich nicht, dass …«

»*Ausgeflippt* ist wohl nicht der richtige Ausdruck.« Ihre Mutter legte die Stirn so in Falten wie immer, wenn sie verärgert war, aber nicht wusste, ob sie es sein sollte.

»Jedenfalls … Ich hab zu ihm gesagt, dass ich noch nie was von der St. George's Academy gehört habe, und wollte von ihm wissen, wie es dort so ist. Er hat gesagt, es sei spitze. Eine Schule für Kinder wie uns. Er hat gemeint, ich sollte sie mir unbedingt ansehen. Deshalb hab ich angefangen, mich dafür zu interessieren.«

»Warte«, ergriff ihr Vater das Wort. »Hast du das ganze Gespräch … im Kopf geführt?«

»Irgendwie schon«, antwortete Sarah Beth lachend. »Außer Mama war er der Einzige, mit dem ich das bis dahin konnte.«

Pastorin Dee lächelte. »Nur um das klarzustellen«, wandte sie sich an Sarah Beths Eltern. »Hattet ihr vor dem Zwischenfall den Eindruck, dass die St. George's Academy eine typische Jesuitenschule für Jungen und Mädchen ist?«, fragte die Geistliche.

Sarah Beth beobachtete, wie ihre Eltern einander ansahen, bevor sie sich wieder Pastorin Dee zuwandten und nickten.

»Auf Sarah Beths Drängen«, ergriff ihre Mutter das Wort, »habe ich mich bei der Schule erkundigt, ob eine Besichtigung möglich wäre. Aber man hat mir mitgeteilt, dass man stattdessen lieber mit einem persönlichen Treffen beginnt.« Sarah Beths Mutter richtete den Blick auf Corbin. »Wenn ich das richtig mitbekommen habe, hast du dich freiwillig dafür gemeldet, dich an dem Tag mit uns zu treffen.«

»Stimmt«, bestätigte Corbin mit gequälter Miene.

Pastorin Dee nahm die Zügel wieder in die Hand. »Hätte dieses Treffen stattgefunden, wäre Sarah Beth von Corbin und Pater Maclin überprüft worden. Sie hätten sich vergewissert, dass sie die Gabe und die richtigen moralischen Voraussetzungen für die Aufnahme an der Schule besitzt. Wisst ihr, die St. George's Academy ist eine Schule für Wächter. Sie werden dort darin ausgebildet, das bestgehütete Geheimnis unserer Dachorganisation zu verstehen und zu schützen. Und im Namen des Schulleiters und der Zulassungsstelle möchte ich Sarah Beth hiermit offiziell dazu einladen, an die St. George's zu kommen.«

Ein Lächeln breitete sich in Sarah Beths Gesicht aus. »Wirklich?«

»Ja, wirklich«, bestätigte Pastorin Dee und lächelte zurück. »Du bist ein so furchtloses und besonderes Talent, junge Dame. Deshalb wärst du eine wunderbare Ergänzung für unsere Schülerschaft und das Wächterprogramm.«

Ein dunkler Gedanke kam Sarah Beth in den Sinn – mit Victors Stimme.

Die wollen dich für ihre Zwecke benutzen …

Sie verscheuchte den Gedanken – die Lüge. Mittlerweile wusste sie mehr darüber, wer und was Victor war. Und sie hatte gesehen, was ihre Gabe in der Praxis bewirken konnte. Einen anderen Weg konnte sie sich nicht vorstellen.

»Moment«, ergriff ihr Vater das Wort und hob die Hand. »Wenn sie die St. George's besucht, muss sie dann eines dieser Wächterkinder werden, die man Gefahren aussetzt? Bitte nicht falsch verstehen, aber für mich hört es sich so an, als würden diese Kinder benutzt, um …«

»David«, fiel Rachel ihm ins Wort und setzte dabei diesen strengen Blick auf, den Sarah Beth nur zu gut kannte. »Ich denke, das sollten wir nur mit Pastorin Dee oder der Schulleitung besprechen.«

»Ich will unsere Tochter nicht in Gefahr wissen«, entgegnete ihr Vater unnachgiebig.

»Jetzt bin ich nicht an der St. George's, und was ist passiert?«, argumentierte Sarah Beth. »Man hat mich entführt.«

»Schätzchen, Mama und ich brauchen ein bisschen Zeit, um darüber zu reden«, sagte ihr Vater.

Pastorin Dee hob die Hand und schaltete sich als Moderatorin ein. »Das ist eine wichtige Entscheidung. Ich erwarte und will gar nicht, dass Sie beide sie sofort treffen. Aber angesichts der jüngsten Ereignisse sollt ihr alle wissen, dass wir einen Platz für Sarah Beth haben – an einem sicheren Ort, der ihr einen Schutz bietet, wie er in ihrer derzeitigen Umgebung nicht möglich ist. Damit will ich niemanden beleidigen oder abwerten. Ich betone es nur, weil der Feind, aus welchen Gründen auch immer, Sarah Beth ins Auge gefasst hat. Sie ist hier schlichtweg nicht sicher.«

Corbin räusperte sich, um die Aufmerksamkeit der Geistlichen zu erlangen, zog damit jedoch die Blicke aller Anwesenden auf sich. »Uns läuft die Zeit davon«, sagte sie.

Pastorin Dee nickte und wandte sich wieder der Familie zu. »Sarah Beth, es widerstrebt mir, dich darum zu bitten, erst recht nach allem, was du durchgemacht hast. Aber wir brauchen noch einmal deine Hilfe. Ben glaubt, dass die Finsteren ein anderes Ziel ins Visier genommen haben.«

»Das verstehe ich nicht«, sagte Sarah Beth. Ihre kurzzeitige Freude zerplatzte wie ein Luftballon. Stattdessen drängte sich ihr die bange Frage auf, was man noch von ihr verlangen würde. »In meiner ersten Vision habe ich den Überfall auf die *Cathedral of the Incarnation* gesehen. In der zweiten die Falle. Der Überfall ist aufgehalten worden, die Falle vermieden. Also haben wir gewonnen, oder?«

»So einfach ist das nicht«, sagte Corbin. »Der Kampf gegen die Finsteren ist wie ein Footballspiel – beide Teams haben eine Offensive und eine Defensive. Wir sind für die Verteidigung zuständig, die Shepherds für den Angriff. Aber auch die anderen haben eine Offensive und eine Defensive. Sie ändern ständig ihre Strategie und rufen verschiedene Spielzüge ab, um unsere auszugleichen. Als deine Vision ihren ursprünglichen Plan durchkreuzt hat, bei dem Konzert anzugreifen, haben sie ihn zu einer Falle geändert. Dann hast du auch die vereitelt, also werden sie es jetzt vermutlich mit etwas anderem versuchen.«

»Und endet das Spiel jemals?« Allein beim Gedanken daran fühlte sie sich müde.

»Ja, junge Dame«, antwortete Pastorin Dee mit einem herzlichen Lächeln. »Die Bibel sagt uns nicht nur, dass es endet, sondern auch, dass wir für das Siegerteam spielen. Doch vorerst müssen wir uns wieder rüsten, zurück aufs Feld und versuchen, sie noch einmal aufzuhalten.«

»Aber ich hatte nur zwei Visionen«, sagte Sarah Beth. Ein Anflug von Schuldgefühlen und Versagensangst spülte die Freude von vor wenigen Augenblicken fort. »Mehr habe ich nicht gesehen.«

»Ich weiß«, sagte Corbin und stand auf. »Deshalb probieren wir beide etwas Neues aus. Bist du dabei?«

Sarah Beth zuckte mit den Schultern. »Na schön.«

»Ist das für Sie in Ordnung, David und Rachel?«, fragte Pastorin Dee.

Sarah Beths Vater öffnete den Mund zum Antworten, doch ihre Mutter kam ihm zuvor.

»Ja. Aber nur hier bei uns«, sagte sie. Sarah Beth lächelte ihre Mutter nervös an, die ihre Hand drückte.

Ich bin stolz auf dich, Sarah Beth …

Danke, Mama.

»Darf ich mich zu euch aufs Sofa setzen?«, fragte Corbin.

David stand sofort auf. »Nimm meinen Platz.«

»Danke«, sagte Corbin, setzte sich neben Sarah Beth und ergriff ihre linke Hand. »Du wirst deinen Geist aussenden, um Victor aufzuspüren. Dann versuchst du, aus seinem Kopf zu holen, welches Ersatzziel die Finsteren angreifen wollen.«

»Was?«, entfuhr es Sarah Beth. Sie riss die Hand zurück. »M-m, kommt nicht infrage! Das mache ich auf keinen verdammten Fall.«

»Sarah Beth!«, schimpfte ihre Mutter.

»Tut mir leid, aber das ist nicht mal eine Verwünschung, weil Victor wirklich ein Verdammter ist, der in die Hölle gehört. Er … Er ist böse. Ich kann das einfach nicht.«

Corbin schaute Hilfe suchend zu Pastorin Dee.

»Ist schon gut, Sarah Beth, du musst es nicht tun«, sagte die Geistliche nach kurzer Überlegung. »Ich weiß, es war viel verlangt. Wir finden einen anderen Weg.«

»Corbin, warum kannst du es nicht?«, fragte Sarah Beth und schaute nach links.

»Hab ich schon versucht. Mehrmals. Aber ich bin Victor noch nie begegnet. Zwischen uns besteht keine Verbindung, deshalb ist er vor mir verborgen«, erklärte das ältere Mädchen. »Das ist, als würde man versuchen, in einer Menschenmenge jemanden zu finden, den man noch nie gesehen hat, von dem man noch nicht mal die Haarfarbe kennt, geschweige denn weiß, was er anhat.«

»Und warum kann es sonst niemand machen? Es muss doch am St. George's irgendjemanden geben, der es versuchen könnte.« Sarah Beth spürte, wie ihr Tränen in die Augen stiegen. Sie stellte sich Victor vor, wie er mit seinen dunklen, toten Augen, den langen, knochigen Fingern und dieser öligen Stimme an dem langen Holztisch saß. Und sie dachte an seine unheilvolle Macht zurück, die er auf sie ausgeübt hatte. Nein, sie konnte unmöglich eine Verbindung zu Victor herstellen. Ihr graute vor dem Gedanken.

Gott, bitte. Ich will das nicht machen. Zeig mir einen anderen Weg, damit ich es nicht tun muss.

Die Erinnerung an Victor wurde von einem kalten schwarzen Schatten verdrängt, der den Raum ausfüllte und über sie kroch. Eine Gänsehaut breitete sich auf ihren Armen aus. »Irgendetwas passiert mit mir … Corbin, was ist das?«

»Was ist los?«, hörte sie ihre Mutter neben sich sagen, aber ihre Stimme klang weit entfernt. »Was geschieht mit ihr?«

Dunkle Wolken zogen vor ihre Augen, und plötzlich hatte sie das Gefühl zu fallen.

»Sie hat ihn gefunden!«, stieß Corbin panisch hervor. Auch ihre Stimme entfernte sich. »Halt, Sarah Beth! Du bist noch nicht bereit … Hör auf und lass mich mitkommen!«

Panik überkam Sarah Beth, als sich das Wohnzimmer um sie herum auflöste. Sie spürte, wie sie an einen anderen Ort gesaugt wurde, als würde sie von einer unsichtbaren Strömung aufs offene Meer gezogen.

»Was passiert mit mir?«, schrie sie und wusste nicht, ob ihre Stimme überhaupt funktionierte.

Weit entfernt hörte sie Corbin rufen, dass sie aufhören sollte.

Aufhören? Womit?

Dann ereilte Sarah Beth eine Erkenntnis. *Ich mache das!*

Dann stellte sie es ab, als legte sie in ihrem Kopf einen unsichtbaren Lichtschalter um. Sie spürte eine abrupte Verlangsamung, und plötzlich schwebte sie allein in der Luft. Ein leiser Knall ertönte, als wäre jemand auf eine Luftpolsterfolie getreten, dann stand Corbin neben ihr. Oder eigentlich stand sie nicht wirklich, denn an dem Ort schien es keinen Boden zu geben.

»Was ist passiert?«, fragte Sarah Beth. Ihre Stimme hallte seltsam und verstörend wider. »Wo sind wir?«

»Noch hier und zugleich halb dort. Du hast angefangen, eine Verbindung zu Victor herzustellen«, antwortete Corbin.

»Wie? Das wollte ich gar nicht. Ich hab sogar Nein zu dir gesagt, als es angefangen hat.«

»Das liegt daran, dass dein Herz helfen möchte, auch wenn es einem Teil von dir widerstrebt. Anscheinend kennt dein Herz keine Angst.«

»Oh«, machte Sarah Beth. Tief in ihrem Innersten wusste sie, dass Corbins Worte stimmten. Nur wollte sie es nicht wahrhaben. »Einen Moment lang dachte ich, du zwingst mich vielleicht, die Verbindung aufzubauen.«

Corbin lachte. »Dich zwingen? Selbst wenn ich das könnte, ich würde es nie tun. Unsere Gaben stammen von Gott, Sarah Beth. Das ist der Unterschied zwischen uns und *denen*. Vergiss das nie.«

»Wie bist du hierhergekommen?«

»Ich habe gebetet und Gott gefragt, ob ich dir helfen darf.« Sie zuckte in der seltsamen, dunstigen Welt, in der sie schwebten, mit den Schultern. »Er war wohl damit einverstanden, denn hier bin ich.«

»Und wie finden wir ihn jetzt?«, fragte Sarah Beth und stählte sich.

»Du musst nur noch mal tun, was du gerade gemacht hast, dann werden wir zu Victor gezogen.«

»Aber ich weiß nicht, was ich gemacht hab. Es hat einfach angefangen, bevor ich es irgendwie angehalten habe. Hat sich mehr wie ein Reflex als wie etwas Bewusstes angefühlt.«

»Am Anfang ist es schwer. Und ich glaube auch nicht, dass es bei jeder Wächterin gleich funktioniert. Gut möglich, dass es sich für dich anders anfühlt als für mich.« Nach einer kurzen Gedankenpause fragte Corbin: »Wie überträgst du Gedanken zu deiner Mutter?«

»Ich denke einfach an sie und finde sie.«

»Woher weißt du, dass *sie* es ist?«

»Äh, weil es nur sie sein kann. Es gibt nur eine Rachel Yarnell, die meine Mutter ist.«

»Genau. Und es gibt auch nur einen Victor. Ihn findest du auf dieselbe Weise. Aber – und das ist sehr wichtig – du darfst ihm keine Gedanken übertragen oder ihn um Erlaubnis bitten, in seinen Geist einzudringen. Wir wollen wie Moskitos sein, schleichen uns leise an und saugen ihm etwas ab, ohne dass er es merkt. Wir suchen nach nur einem Gedanken – dem Namen des nächsten Ziels. Du musst dich konzentrieren und daran festhalten. Halte dich daran ganz fest und an mir. Okay? Kannst du das?«

»Denke, schon.«

»Nein, das reicht nicht«, entgegnete Corbin. »Glaube, Liebe und Gewissheit sind unsere einzigen Waffen. Der Glaube mehr als alles andere. Wir sind Gottes Soldatinnen, Sarah Beth. Dieses Wissen ist ein Teil deiner Rüstung.«

Sarah Beth nickte, dann jedoch hakte sie nach: »Welche *Gewissheit* meinst du?«

»Die Überzeugung von deiner Sache, deinen Freunden und Verbündeten, deinen Werten und Moralvorstellungen. Und vor allem von dir selbst und Gott. Die Finsteren nutzen Ängste und Zweifel aus.«

»Okay, das kann ich«, sagte Sarah Beth und versuchte, in dem Meer von Selbstzweifeln, das sie ständig umgab, Gewissheit zu finden.

Sie atmete tief durch und zwang sich zu tun, was sie am wenigsten auf der Welt wollte – Victor zu finden. Dafür versuchte sie zu wiederholen, was versehentlich passiert war, als sie auf dem Sofa gesessen hatte. Sie bündelte all ihre Abscheu für Victor, all ihre Angst vor ihm. Und als sie ihn sich vorstellte – unheimlich, bösartig, abstoßend –, geschah es. Eine schleichende Kälte schien sie zu umhüllen. Dann setzte eine Beschleunigung ein, als würde sie in ein riesiges schwarzes Loch gesaugt. Ein schreckliches, grauenhaftes Gefühl von Verzweiflung und Wertlosigkeit brach über sie herein, und sie spürte seine Gegenwart.

Bin ich in seinem Kopf oder kreise ich außen um ihn?

»Er ist nah«, flüsterte Corbin. »Jetzt konzentrier dich darauf, das nächste Ziel zu erfahren. Nur darauf.«

Sie tat, wie ihr von Corbin geheißen, aber der Sog war so stark …

»Nein!«, sagte Corbin scharf. »Das ist zu viel …«

»Ich kann es nicht bremsen!«

Sie hörte einen leisen Knall, dann befand sie sich in ihm und blickte wie in ihrem Albtraum durch seine Augen. Er sprach gerade mit jemandem, einem Mann in schwarzer, militärischer Kleidung. Sarah Beth versuchte, sich umzusehen, um mehr zu erkennen, doch er hatte den Blick fest auf den Mann geheftet. Sie spürte bösartige Vorfreude, während er sprach. Sofort wurde sie von dem Widerspruch zwischen seiner ruhigen, besonnenen Stimme und dem in seinem Kopf tobenden Orkan aus Wut und Hass in den Bann geschlagen. Wie konnte jemand mit so viel Rage in sich überhaupt funktionieren? Sie zwang sich, nicht auf die negativen Empfindungen zu achten, orientierte sich an Corbins Anweisungen, und konzentrierte sich ausschließlich darauf, das nächste Ziel in Erfahrung zu bringen.

Was ist das nächste Ziel?

Was ist das nächste Ziel?

»Oh, hallo, Sarah Beth. Was für eine Überraschung, dass du unverhofft vorbeischaust, nachdem du einfach so davongerannt bist.« Seine Stimme ertönte sehr laut, sehr nahe, und überraschte Sarah Beth völlig, weil sie ihn gleichzeitig immer noch mit dem Soldaten reden hörte. »Und wie ich sehe, hast du eine Freundin mitgebracht – von der ich schon viel gehört habe, die ich aber bisher noch nicht kennenlernen durfte. Danke, Sarah Beth, dass du das Problem für mich gelöst hast.«

»Wir müssen weg, Sarah Beth«, drängte Corbin mit Angst in der Stimme. »Sofort!«

»Aber ihr seid doch gerade erst gekommen«, sagte Victor. Damit verwandelte sich alles um sie herum, bis sie sich wieder in dem Zimmer auf dem Grundstück der

Finsteren im Wald befand. »Bleibt doch ein Weilchen. Wir haben noch ein Hühnchen zu rupfen.«

»Corbin, Hilfe!«, schrie Sarah Beth und wollte fliehen, stieß jedoch mit Victor zusammen. Sie wandte sich und versuchte es in einer anderen Richtung. Prompt rannte sie erneut in ihn.

»Du erstickst«, sagte er und blickte mit einem verschlagenen Grinsen auf sie herab. Plötzlich fühlte sich ihre Lunge wie mit Styropor gefüllt an.

»Irgendwas stimmt nicht«, sagte jemand weit, weit entfernt.

»Sie atmet nicht!«, brüllte eine andere Stimme, ebenfalls weit, weit entfernt. Ihre Mutter. Ja, das war ihre Mutter.

Sarah Beth wollte mit den Stimmbändern und in ihrem Geist schreien, doch es ging nicht.

»Sie läuft blau an!«, rief ihr Vater.

»Es war sehr ungezogen von dir, wegzurennen«, tadelte Victor und kratzte mit einem Fingernagel über ihre Wange. »Und ungezogene Mädchen müssen bestraft werden.«

Die Schlafzimmertür flog auf. Corbin stürmte herein.

»Gott sei Dank hab ich dich gefunden«, stieß das Teenagermädchen hervor und nahm eine ungewohnt steife Haltung ein.

»Warte gefälligst, bis du dran bist«, zischte Victor und entfesselte einen schwarzen Wind in ihre Richtung, um sie zurück aus dem Zimmer zu drängen.

Aber Corbin stemmte sich dagegen, und der Wind teilte sich um sie herum, offenbar abgelenkt von einer goldenen Aura, die ihre Haut ausstrahlte.

Hilfe, Corbin, ich kann nicht atmen!, kreischte Sarah Beth in ihrem Kopf.

»Doch, kannst du … Gewissheit, weißt du noch?«, rief Corbin, ohne dass sich ihre Lippen bewegten. *»Atmen ist eine Entscheidung, Sarah Beth. Von hier zu verschwinden auch. Leg einfach den Schalter um, dann können wir zurück.«*

Ich kann nicht …

»Doch, du kannst«, widersprach Corbin mit leuchtenden Augen. *»Ich glaube an dich. Bete …«*

Ihr Blick fiel auf die offene Tür hinter Corbin. Der Anblick erinnerte sie an ihre Flucht aus der Anlage in der realen Welt. Damals war sie allein gewesen, trotzdem war es ihr gelungen, Mut in sich zu finden, ihre Gabe und ihren Verstand zu benutzen, um zu entkommen.

Ich habe es ein Mal geschafft, also kann ich es wieder, erkannte sie. *Für Mama, für Papa, für Corbin und für Jed … Ich schaffe das!*

Ihre Sicht verschwamm, als sie sich auf ihren inneren David konzentrierte und so betete, wie er es in ihrer Vorstellung vielleicht getan hatte, bevor er Goliath allein auf dem Schlachtfeld gegenübergetreten war.

Gott, lass mich stark sein. Gott, bring mich nach Hause …

Japsend saugte sie Luft ein und flog aus dem Zimmer. Auf dem Weg hinaus packte sie Corbin am Handgelenk und schlug die Tür hinter ihnen zu. Zeit und Raum verschwammen pulsierend. Dann erschien nach und nach ihr Wohnzimmer, in dem sich ihre Eltern und Pastorin Dee um sie drängten und auf sie herabblickten. Keuchend schlang sie die Arme um den Hals ihrer Mutter und drückte sie fest an sich.

»Geht's dir gut, Sarah Beth?«, fragte ihre Mutter und wiegte sie sanft.

»Das war schrecklich«, brachte sie nur heraus. »Geht es Corbin gut?«

»Ich bin hier«, sagte das Teenagermädchen neben ihr auf dem Sofa.

»Äh, Mama, du kannst jetzt loslassen«, murmelte Sarah Beth und drückte ihre Mutter ein letztes Mal. »Es geht mir gut.«

»Du hast uns einen Mordsschrecken eingejagt, Schatz«, sagte ihr Vater mit vor Emotionen belegter Stimme. »Was ist passiert?«

»Victor«, kam von Corbin.

»Wer ist Victor?«, fragte er.

»Ein sehr mächtiger Finsterer. Aber Sarah Beth hat ihm die Stirn geboten und sich unglaublich gut geschlagen.«

»Dass sie beinahe erstickt wäre, nennst du unglaublich?« In die Stimme von Sarah Beths Vater schlich sich Zorn.

Corbin nickte. »Ja, tu ich.«

Die Türklingel unterbrach das Gespräch.

»Das sind Ben und Jedidiah«, sagte Pastorin Dee, und Sarah Beth spürte, dass sie recht hatte.

»Stimmt«, bestätigte sie nickend. Ihr Vater eilte los zur Eingangstür. Nachdem er durchs Seitenfenster gespäht hatte, schloss er auf und ließ den Anführer der Shepherds und Jed herein. Sarah Beth spürte sofort, dass sich deren Blicke auf sie hefteten.

»Ist hier alles in Ordnung?«, fragte der oberste Shepherd.

Sarah Beth sprang von der Couch auf, rannte zur Tür und schlang die Arme um Onkel Jeds kräftige Taille.

Endlich fühlte sie sich wieder vollkommen sicher.

»Wir hatten eine kurze Schrecksekunde, aber jetzt ist wieder alles gut«, sagte Pastorin Dee. »Unsere zwei tapferen jungen Damen haben gerade eine ziemlich haarige Aufklärungsmission für Sie unternommen.«

»Aber wir haben versagt«, warf Sarah Beth ein, beendete die Umarmung und schaute erst in Jeds Augen, dann auf ihre Hände hinab. »Es tut mir leid.«

»Haben wir nicht«, sagte Corbin von der Couch. Sarah Beth drehte sich mit großen Augen zu ihr um. »Während du Victor abgelenkt hast, hab ich in einem der Männer bei ihm gelesen und den Namen gesehen – *Cross Landing Church*.«

»Wirklich?«

»Wirklich«, beteuerte Corbin breit grinsend.

»Bist du sicher?«, fragte der Anführer der Shepherds mit ernster Miene und umklammerte den Kolben des Gewehrs vor seiner Brust.

»Ja. Sie bereiten gerade einen Anschlag darauf vor«, sagte Corbin. »Die Zeit weiß ich nicht, aber ich vermute, dass es in der Kirche einen Abendgottesdienst gibt.«

»Gute Arbeit, Mädels«, sagte er mit dem knappen Nicken eines Soldaten. »War sehr mutig, was ihr getan habt. Ich bin stolz auf euch.«

»Danke.« Sarah Beth lächelte Jed an, der mit ihr abklatschte.

Der Anführer der Shepherds wandte sich an ihn. »Lust auf noch einen Einsatz?«

»Huu-ja, Bruder«, antwortete Jed.

»Was ist mit dir, Corbin?«, fragte der Anführer der Shepherds. »Ich hätte dich gern im Helikopter dabei, falls wir in Echtzeit reagieren müssen, weil sie das Ziel noch mal ändern.«

»Okay, ich komme mit«, willigte Corbin ein und stand auf.

»Bis wir wieder auf dem Schulgelände sind, weiche ich nicht von Corbins Seite«, verkündete Pastorin Dee und nickte entschlossen. »Und das nennt man Engagement. Ihr wisst ja alle, dass ich Hubschrauber auf den Tod nicht ausstehen kann.«

»Ausgezeichnet. Yarnells, ich möchte, dass ihr euch hier verschanzt, bis alles vorbei ist. Bis morgen früh lasse ich Jeremy und Rob zu eurem Schutz hier. Danach beurteilen wir neu, welche Sicherheitsmaßnahmen wie lange für euch nötig sind.« Er drehte sich den bärtigen Kämpfern zu, die sich nach wie vor im Wohnzimmer aufhielten. »Niemand kommt rein – weder die Polizei von Nashville noch das FBI. Jedenfalls nicht heute Nacht. Falls jemand davon auftaucht, soll er draußen warten, bis wir zurück sind. Verstanden?«

»Verstanden, Boss«, gab einer von Sarah Beths behaarten Beschützern zurück.

»Danke.« Ihr Vater schüttelte dem obersten Shepherd und danach verlegen auch Jed die Hand. »Viel Glück. Möge Gott euch beistehen.«

Die beiden Krieger nickten und wandten sich ab, um Corbin und Pastorin Dee nach draußen zu den wartenden Fahrzeugen zu geleiten. Während Sarah Beth ihnen nachschaute, kroch ihr ein bedrückender Gedanke in den Kopf. *Bitte verlasst mich nicht.*

Corbin drehte sich um und warf ihr an der Haustür einen Abschiedsblick zu. *Es wird alles gut. Versprochen.*

Und was, wenn Victor versucht, in meinen Kopf einzudringen?, fragte Sarah Beth.

Dann knall ihm die Tür vor der Nase zu und sag ihm, er soll zur Hölle fahren, antwortete Corbin mit einem schiefen Grinsen. *Zurück dorthin, wo er hergekommen ist.*

29

HELIKOPTER MH(S)-60

UNTERWEGS ZUR *CROSS LANDING CHURCH*

GEBIET VON GREEN HILLS, NASHVILLE, TENNESSEE

SAMSTAG, 19:05 UHR ORTSZEIT

Mit verkrampftem Magen starrte Jed durch die offene Seitentür des Hubschraubers hinaus.

»Was geht dir durch den Kopf, Jedidiah?«, ertönte Morvants Stimme in seinem Ohr, dank spezieller Rauschunterdrückung der Kopfhörer und der bemerkenswert leisen Rotoren des Hubschraubers glasklar. In der Maschine kam eindeutig Technik mit geringem Luftwiderstand für schnelle, geräuscharme Flüge zum Einsatz. »Ich merke dir an, dass du was auf dem Herzen hast.«

»Mir gefällt die Sache nicht«, sagte Jed und drehte sich ihm zu. »Du hast gesagt, der Feind ist bereits vor Ort. Also entweder versteckt unter den Zivilisten oder in Scharfschützenposition. Beides ist nicht gut. Selbst wenn wir den Einsatz perfekt umsetzen, werden heute Abend etliche Unschuldige sterben. Wir können unmöglich alle feindlichen Kämpfer aufspüren und ausschalten, bevor sie das Feuer eröffnen.«

Mit schmalen Lippen neigte Morvant den Kopf erst auf die eine, dann auf die andere Seite, als wollte er damit zum Ausdruck bringen: *vielleicht, vielleicht auch nicht.*

»Ein gerettetes Leben ist ein gerettetes Leben. Wir geben unser Bestes.«

»Wir geben unser Bestes?«, echote Jed und verzog das Gesicht. »Mehr hast du nicht auf Lager?«

Morvant lächelte ihn an, schluckte den Köder jedoch nicht.

Jed dachte daran zurück, wie auf dem Grundstück in den Bergen der Finstere am Fenster – Victor, wie er mittlerweile erfahren hatte – in seinen Kopf eingedrungen war. Der Mann hatte Jed zwingen wollen, sich umzubringen. Und um ein Haar wäre es ihm gelungen.

»Nach allem, was ich bisher gesehen habe … Gibt's nicht irgendwas anderes, das du noch tun kannst?«, bohrte er nach. »Zum Beispiel in die Köpfe der Schützen eindringen und sie zwingen …«

»Sie wozu zwingen?«, fiel Morvant ihm ins Wort. Sein Ton klang geduldig, aber auch wie der, den Jed selbst unzählige Male benutzt hatte, wenn er einen ahnungslosen Neuling frisch von der Ausbildung übernommen hatte.

»Die Waffen fallen zu lassen und sich zu ergeben. Oder sich gegenseitig abzuknallen oder sich selbst die Schädel wegzupusten. Keine Ahnung, irgendetwas«, sagte er. Seine Stimme hörte sich dabei verzweifelter als gewollt an. »Auf althergebrachte Weise reinzugehen wie ein Haufen Türen eintretender SEALs, die mit Sturmgewehren Ausschau nach Zielen halten, kommt mir gegen einen solchen Feind so … so unzulänglich vor. Können Corbin und du nicht einfach eure übersinnlichen Fähigkeiten einsetzen?«

Morvant lachte und legte Jed die Hand auf die Schulter. »Für dich ist das alles noch neu. Du hast in den letzten Tagen einige Dinge gesehen und gespürt, die den meisten

Menschen die Sicherungen durchbrennen lassen würden. Du hast das wie ein Profi weggesteckt und dich bei uns eingegliedert. Aber die Sache ist die, Jed: Was du bisher erlebt hast, ist nur die Spitze des Eisbergs. Es ist wichtig zu verstehen, dass es bei solchen Gefechten eine physische, eine psychologische und eine spirituelle Komponente gibt. Am besten lassen sich unsere Operationen mit einem dreibeinigen Hocker vergleichen – fällt eines der Beine weg, kippt der Hocker und wir landen hart auf dem Hintern. Mein Geist kann keine Kugeln aufhalten, Jed, und eine Umarmung kann es auch nicht. Ich wünschte, es wäre anders, aber wir wissen beide, dass es so nicht funktioniert. Und deshalb, mein Freund, gibt es die Shepherds. Solange der Feind auf physischen Schaden setzt, bleibt uns keine andere Wahl, als mit physischer Präsenz darauf zu reagieren. Ungeachtet dessen kann ich dir versichern, dass mein Geist und meine Seele beim Einsatz genauso mitwirken werden wie mein Körper. Aber ich möchte, dass du dir darüber im Moment nicht den Kopf zerbrichst, okay? Von dir will ich nur, dass du alles gibst, was du als Elitesoldat draufhast. Überlass die anderen zwei Beine des Hockers uns. Kannst du das für mich tun?«

»Ja, Sir.« Das *Sir* rutschte ihm einfach so heraus, ob aus Respekt oder Gewohnheit, vermochte er nicht zu sagen.

»Guter Mann«, lobte Morvant und klopfte ihm noch einmal auf die Schulter. Dann lehnte er sich auf dem Sitz zurück und begann, den an dem Einsatz beteiligten Agenten ihre Nummern zuzuweisen – Morvant bekam die Eins, Eli die Zwei und so weiter. Jed fasste die Sechs aus.

Er schaute von Morvant zu der jungen Wächterin Corbin, die eingepfercht zwischen Pastorin Dee und Grayson saß. Es mutete unwirklich an, das zierliche Teenagermädchen in einer Kevlar-Weste und einem Helm samt Peltor-Headset und Galgenmikrofon zu sehen. Merkwürdigerweise trug Corbin die Aufmachung wie ein Profi. In seiner Zeit als SEAL hatte er in Afrika und Nahost viele Jungen mit Sturmgewehren gesehen, aber noch nie eine voll ausgerüstete Internatsschülerin im Teenageralter.

»90 Sekunden«, meldete der Hubschrauberpilot und riss Jed damit aus seinen Gedanken.

»Verstanden«, bestätigte Morvant, bevor er sich an die Gruppe wandte. »Shepherds, wir gehen wie besprochen mit drei Zwei-Mann-Teams rein. Eins und Zwei durch den Vordereingang, Drei und Vier durch den nördlichen Ausgang, Fünf und Sechs durch den südlichen Ausgang. Der Gottesdienst hat bereits angefangen. Messdiener stehen bereit, um uns reinzulassen. Unsere Wächterin koordiniert die Ziele und hilft uns bei der Abstimmung mit Pastor Mike Boseman, der über die Bedrohung informiert ist. Außerdem haben wir den Campus-Koordinator mit Pastorin Dee in der Leitung. Der Kinderbereich wird gerade klammheimlich in den Tornadoschutzraum vor Ort evakuiert. Unser Ziel besteht darin, die Schützen aufzuspüren und auszuschalten, bevor sie das Feuer auf die Gemeinde eröffnen können. Irgendwelche Fragen?«

Jed hatte etliche, trotzdem schwieg er und beschloss, dem Ablauf und seinen Teamkameraden zu vertrauen.

»Wächterin Eins, hast du was für uns?«, fragte Morvant und sah Corbin an.

»Bleibt aufgeschlossen und auf Empfang«, gab sie zurück.

Morvant streckte die Arme aus. Alle rückten im Passagierraum des Helikopters näher zusammen und hielten sich im Kreis an den Händen. Dann sagte er etwas auf, das Jed für das Credo der Shepherds hielt – ein Kriegergebet, das sich vertraut anfühlte und ihm sofort Kraft und Zuversicht verlieh.

»Vater, hilf uns, deine volle Rüstung anzulegen und uns für den Kampf zu wappnen, nicht nur gegen Fleisch und Blut, sondern auch gegen die Herrscher, die Mächte der Finsternis und gegen die geistlichen Kräfte des Bösen an himmlischen Orten und hier auf Erden.«

»Amen«, kam unisono vom Team.

»Amen«, sagte Jed leise.

Der Hubschrauber ging in den Landeanflug auf die Grünfläche hinter dem Hauptaltarraum.

»Mit Gott, Shepherds«, sagte Morvant und deutete mit der Hand zackig erst auf die linke, dann auf die rechte geöffnete Kabinentür des Helikopters. Jed folgte seinem Team aus der Maschine, rutschte an dem dicken grünen Seil nach unten und landete mit einem dumpfen Aufprall auf einem Fußballfeld. Er sprintete vom Hubschrauber weg zum Südeingang und hoffte, der Feind würde keinen Scharfschützen auf dem Dach haben, der sie bei der Annäherung unter Beschuss nehmen würde.

Das würde Corbin spüren, sagte er sich und verdrängte den beunruhigenden Gedanken.

Er rückte zusammen mit Grayson vor – Rufzeichen Fünf – und sicherte die linke Seite, während sein Partner die rechte übernahm. In wenigen Augenblicken hatten sie das Fußballfeld überquert und sprinteten auf den Südeingang zu, während die beiden anderen Teams nach links und rechts zu den Ecken des Hauptgebäudes ausschwärmten. Als sie die Tür ohne Griff erreichten, die nur als Ausgang diente, klopfte Grayson zweimal mit den behandschuhten Knöcheln an. Die Tür öffnete sich.

Eine Frau mittleren Alters begrüßte sie mit einem wortlosen Blick ihrer weit aufgerissenen Augen. Offensichtlich hatte sie außer im Fernsehen noch nie voll ausgerüstete Sondereinsatzspezialisten zu Gesicht bekommen. Aber ebenso offensichtlich hatte sie an der Tür darauf gewartet, sie hineinzulassen.

»Es wird alles gut«, sagte Grayson zu ihr. »Bleiben Sie hier. Wenn es so weit ist, den Altarraum zu evakuieren, möchte ich, dass Sie ein Musterbeispiel an Ruhe und Ordnung sind. Wir wollen nicht, dass jemand über den Haufen getrampelt wird. Können Sie das?«

»Ich denke, schon«, antwortete sie zittrig.

Grayson legte ihr die Hand auf die Schulter und murmelte ein kurzes Gebet. Jed beobachtete, wie sich die Frau prompt beruhigte und die Schultern straffte. »Gehen wir«, sagte Grayson über die Schulter zu Jed und brachte das Gewehr in Anschlag.

Wie um alles in der Welt soll das funktionieren?, ging Jed durch den Kopf, als sie vorrückten.

Wachsam spähten sie die Läufe ihrer Gewehre entlang, während sie mit schnellen Schritten die abschüssige Ausgangsrampe hinaufliefen, die wie eine Rutsche links an dem großen, erhöhten Podium entlangführte. Der Altarraum selbst erwies sich als riesig – er erinnerte mehr an ein Kino oder eine Konzerthalle als an die Methodistenkirchen, die Jed kannte. Er schätzte das Fassungsvermögen auf mindestens 1500 Personen, vielleicht sogar mehr. Die Sitzreihen verliefen abgestuft nach oben wie in einem Stadion. Wie bei anderen modernen christlichen Gottesdiensten, die er schon besucht hatte, fand an diesem Abend ein multimediales Spektakel statt, mehr wie ein MercyMe-Konzert als wie eine Messe mit traditionellem

Chor. Der abgedunkelte Altarraum beherbergte eine Bühne, erhellt von professionell bedienten Scheinwerfern. Mehrere riesige, von der Decke hängende Bildschirme zeigten den Auftritt der Band. Dem Klang nach schätzte Jed, dass mindestens ein Dutzend Sänger und Musiker einen vollen Saal unterhielten. Die Stimme der Leadsängerin schlug ihn auf Anhieb in ihren Bann wie ein Sirenengesang. Er musste den Kopf schütteln, um konzentriert zu bleiben.

Ein kurzer Blick in die Runde bestätigte, dass es nicht nur ihm so ging. Fast die gesamte Gemeinde wiegte sich im Rhythmus der Musik und wippte mit den Knien dazu. Viele hatten die Lider geschlossen und das Haupt gesenkt, während sie die Hand des Sitznachbarn hielten. Alle anderen hatten die Blicke mit feuchten Augen auf die Leadsängerin gerichtet, während sie den Text eines langsamen, melodischen Loblieds sang und den Heiligen Geist in die Kirche einlud. In dem Moment begriff Jed endlich. An diesem Ort wirkte der Heilige Geist. Niemand schien die bewaffneten Männer zu bemerken, die in ihren Altarraum vorrückten, nicht mal die nur drei Meter davon entfernten Besucher der Messe.

Moment …

Einige Leute bekamen es mit, und Jed bemerkte sie seinerseits.

Obwohl er weder eine Nachtsichtbrille trug noch durch ein Wärmebildgerät blickte, erlebte er eine auf unheimliche Weise ähnliche Wirkung. Über das Publikum verteilt zählte er fünf Gestalten mit einer entschieden dunklen Aura. Wie er das in der *Dunkelheit* des Saals erkennen konnte, vermochte er sich nicht zu erklären, aber sie stachen unübersehbar hervor.

»Eins, hier Fünf – habe fünf Feinde gesichtet«, meldete Grayson neben ihm über Funk.

»Bestätige, fünf Feinde«, sagte eine Männerstimme. Jed erkannte sie als die des Koordinators aus der Einsatzzentrale der Shepherds mit der Rufbezeichnung Chapel, wo auch immer sie sich befinden mochte.

»Verstanden«, sagte Morvant, und einen Moment lang wusste Jed nicht genau, ob der Teamleiter über die Funkverbindung oder in seinem Kopf sprach. Oder beides. Er konzentrierte sich wieder auf seine Aufgabe und hob sich derlei Fragen für später auf.

Fünf nahm eine sehr tiefe Kampfhaltung ein und rückte den Gang rechts entlang vor, eine abschüssige Reihe von Stufen und Absätzen, die zum Hauptsitzbereich führte. Keiner der Gläubigen in der Gemeinde schaute in ihre Richtung. Jed spähte zu Grayson und sah, dass der Shepherd eine der dunklen Gestalten 15 oder 16 Reihen höher ins Visier genommen hatte. Jed sank auf ein Knie und wählte ein anderes Ziel aus, einen Finsteren auf einem Platz, der sich am besten als »mittleres Orchester« beschreiben ließ.

»Passt, Sechs«, ertönte Corbins Stimme in seinem Kopf.

Du weißt, wen ich im Visier habe?

»Natürlich«, antwortete sie knapp, und ihm wurde klar, dass sie für die Männer im Einsatz über Gedankenverbindung die Ziele bestätigte. Der Koordinator in der Zentrale hatte sie gar nicht im Blick – das blieb Corbin überlassen.

Die Musik schwoll zu einem Crescendo an und endete mit der letzten Textzeile. »*… überwältigt von deiner Gegenwart, o Herr.*« Stille trat ein, und der Bandleader trat beiseite, als Pastor Mike Boseman mit einem Funkmikrofon in die Mitte der Bühne trat.

»Das war wunderschön, Andi«, sagte er. »Danke. Lobet den Herrn! Jetzt möchte ich, dass sich alle setzen. Neigt mit mir tief die Häupter. Zeigt Demut vor Christus wie Maria, als sie zu Jesu Füßen saß, und wie Christus selbst, als er seinen Jüngern die Füße wusch.«

Aus dem Augenwinkel beobachtete Jed auf dem großen Monitor, wie der Pastor auf die Knie ging, bevor er sich tief auf die Bühne senkte. Auf das Zeichen hin geschah dreierlei gleichzeitig. Erstens ahmten ihn die Mitglieder seiner Gemeinde bereitwillig nach, wodurch nur die dunklen Gestalten aufrecht blieben. Zweitens zischte von einem Scharfschützen auf dem mittleren Balkon ein Geschoss dort vorbei, wo sich den Bruchteil einer Sekunde zuvor Bosemans Kopf befunden hatte. Und drittens schritten die Shepherds zur Tat.

Jed widmete die volle Aufmerksamkeit dem optischen Visier und richtete den roten Punkt auf die Schläfe eines Kämpfers der Finsteren aus. Der Mann drehte ihm den Kopf zu – um die Regenbogenhäute schillerten die Augen gelblich, und eine knurrende Fratze überlagerte das Gesicht. Als Jed den Abzug drückte, blitzten zusätzlich zu seiner Mündung vier weitere in der Dunkelheit des Raums um ihn herum auf. Fünf Geschosse aus schallgedämpften Sig-Sauer-Gewehren rasten wie Miniaturkometen und fällten fünf Zielpersonen.

Einen Herzschlag später brach Chaos im Saal aus, aber ihre Arbeit war verrichtet.

»Ich ersuche euch alle, den Altarraum schnell und geordnet zu verlassen«, ergriff Pastor Boseman über die Lautsprecher das Wort. »Helft eurem Nächsten. Kein Drängeln. Wir haben ein Team von Spezialisten hier. Diese Leute haben die Bedrohung bereits ausgeschaltet.«

Die Durchsage zeigte zumindest etwas Wirkung, und die verängstigten Gemeindemitglieder strömten zu den Ausgängen. Dennoch blieben Jeds Nerven angespannt. Er hatte es mit genug Dschihadisten zu tun gehabt, um zu wissen, dass jeder der erschossenen Feinde eine Selbstmordweste tragen konnte. Er rechnete fest damit, dass jeden Moment eine Explosion, aufzüngelndes Feuer und in alle Richtungen spritzende Splitter den Saal füllen und erschüttern lassen würden.

Jed aktivierte sein Mikrofon. »Wissen wir, ob der Feind Sprengstoffwesten hat?«

»Nur einer«, erwiderte Corbin in seinem Ohr.

»Ich übernehme das, Jed«, kündigte Morvant an, und Jed sah, dass der Anführer der Shepherds bereits zur Mitte des größten Sitzbereichs sprintete. Jed drängte sich an den fliehenden Gläubigen vorbei und bahnte sich einen Weg den Seitengang hinauf, bis er auf die Höhe der Reihe gelangte, die Morvant ansteuerte. Als er hinschaute, erblickte er einen Mann mittleren Alters, dem der halbe Kopf fehlte und der unnatürlich verrenkt über der Rückenlehne eines Sitzes hing. Ein tränenüberströmter Teenager umklammerte mit beiden Händen die rechte Hand des Toten, während seine Eltern fassungslos dreinschauten.

»Beeilung, Ben«, drang zum ersten Mal Pastorin Dees Stimme über den Funkkanal. »Corbin verliert den Halt.«

»Ich weiß«, gab Morvant zurück und schnitt das Hemd des Finsteren mit einem Messer auf. Unter der Kleidung des Toten kam eine Sprengstoffweste zum Vorschein.

Trotz Morvants Warnung lief Jed in die Sitzreihe zu dem Shepherd. Aus der Nähe wurde alles klar. Der Erschossene mit der Bombe hatte einen Totmannschalter in der Hand. Irgendwie hatte der Junge neben ihm gewusst, dass er die Hand des Mannes umklammern und den Auslöser gedrückt halten musste, nachdem der Kopfschuss den Finsteren ausgeschaltet hatte.

Corbin. Sie muss dafür gesorgt haben …

Falls sie seinen Gedanken aufschnappte, war sie wohl zu beschäftigt im Geist des Jungen, damit er die Hand des Toten nicht losließ. Jedenfalls hörte er weder im Headset noch im Kopf etwas von ihr. Und ein Blick auf den elektronischen Zünder an der Weste verriet Jed auf Anhieb, dass die Gefahr nicht gebannt war. Er beobachtete, wie Morvants Hände die Drähte und Kabel auf der Bombe entlangfuhren, weil er krampfhaft versuchte, den Zünder zu entschärfen.

So berechenbar, ertönte eine Stimme in Jeds Kopf – eine vertraute Stimme, die vor Bösartigkeit, Hass und Verbitterung strotzte. *Lebt wohl, ihr Trottel.*

Jed wirbelte herum und sichtete unten an der Nordseite der Bühne eine schlaksige Gestalt mit einem Smartphone in der Hand. »Fernzünder!«, brüllte Jed, riss das Gewehr hoch und nahm die Gestalt ins Visier. Doch als er zielte, verspürte er den überwältigenden Drang, die Waffe stattdessen auf seine Teamkameraden zu richten. Die Stimme in seinem Kopf war dieselbe wie auf dem Grundstück im Wald. Und wie damals wurde der Zwang zu gehorchen so stark, dass er nur mühsam das Gewehr senken konnte, bevor er es auf einen Shepherd schwenken würde.

Victor …

Neben ihm klingelte ein Handy. Da wusste Jed, dass es vorbei war.

Wir haben verloren …

Doch statt eines Donnerschlags aus Licht, Hitze und Leid senkte sich tiefe Stille über den Altarraum. Nur

Morvant bewegte sich. Er schleuderte den klingelnden Fernzünder weg, bevor er das Gewehr auf die dunkle Gestalt richtete, die angerufen hatte. Morvant verfeuerte das gesamte Magazin, aber der Schemen unten preschte mit einer Geschwindigkeit los und verschwand, wie Jed es noch nie erlebt hatte.

»Sollen wir die Verfolgung aufnehmen?«, rief Eli, der ebenfalls die Waffe in Anschlag brachte.

»Nein«, antwortete Morvant. »Victor ist bald fällig, aber nicht heute.«

»Wir können ihn erwischen«, beharrte Grayson und trat neben Eli. »Ich weiß es.«

»Ich hab Nein gesagt. Selbst wenn ihr ihn schnappt, wäre der Preis dafür zu hoch«, gab Morvant barsch zurück. »Wir müssen den Tatort absuchen und sicherstellen, dass er keine weiteren Überraschungen für uns bereithält.«

Die beiden Shepherds nickten und setzten sich in Bewegung, um der Anweisung nachzukommen.

»Wächterin Eins, Lagebericht?«, fragte Morvant über Funk.

»Alles klar«, antwortete Corbin, bevor sie hinzufügte: »Tut mir leid, dass ich Victor übersehen habe. Er hat sich vor mir verborgen.«

»Tut mir auch leid«, erwiderte Morvant mit einem matten Lächeln. »Trotzdem tolle Arbeit, Wächterin Eins. Danke für die Zielbestätigungen.«

»Gern«, sagte Corbin.

Jed löste den Blick von dem Teenager, der immer noch die Hand des Toten mit der Bombenweste umklammerte, und richtete ihn auf Morvant. »War es das? Oder musst du noch was machen, um die Bombe zu entschärfen?«

»Oh, tut mir leid«, sagte Morvant und kniete sich väterlich neben den Jungen. »Du kannst jetzt loslassen. Es ist vorbei. Die Gemeinde hier und meine Männer verdanken dir unser Leben, junger Mann.«

»Äh, sind Sie sicher?«, vergewisserte sich der verängstigte Teenager.

»Ganz sicher«, beteuerte Morvant und löste behutsam die Finger des Jungen von der Hand des Toten.

Jeds Herz setzte trotzdem einen Schlag aus, bevor er erleichtert durchatmete, als er nicht zerfetzt wurde.

»Fünf, würdest du den jungen Mann und seine Eltern hinaus zum Parkplatz begleiten?« Morvants Miene verdeutlichte, wie knapp es gewesen war, ein Ausdruck, den nur ein anderer Elitesoldat erkennen würde.

»Sicher, Boss«, erwiderte Grayson, der gerade zu ihnen gestoßen war. Dann wandte er sich an den Jungen. »Das war unheimlich mutig von dir. Wie heißt du?«

»Äh … Robbie«, antwortete der nach wie vor zitternde Teenager.

»Also, Robbie«, sagte Grayson, nickte den Eltern des Jungen zu und legte ihm den Arm um die Schultern. »Ich erzähl dir 'ne Geschichte, die ich mal in Dschibuti erlebt habe …«

Morvant sah Jed mit einem Lächeln im Gesicht an – nicht arrogant oder selbstgefällig, sondern stolz.

»Was denkst du, Jed?«, fragte er. »Lust, dauerhaft bei so was mitzumachen?«

Schmunzelnd ließ Jed den Kopf hängen, als Erschöpfung über ihn hereinbrach. »Vielleicht …« Er hatte immer noch Fragen, die beantwortet werden mussten. Aber er hatte sich lange nicht mehr so erfüllt und nützlich gefühlt. »Vielleicht«, wiederholte er.

Morvant klopfte Jed auf die Schulter und ließ ein Lächeln aufblitzen, aus dem sprach, dass er es für weit mehr als ein *Vielleicht* hielt. »Ich sag dir was – wir reden morgen. Diesmal richtig, ohne Ablenkung und ausführlich. Ich denke, du bist bereit, die Zwiebel zu schälen.«

Jed nickte. »Denke ich auch.«

30

SARAH BETHS ZIMMER

2316 ST. LOUIS STREET

NASHVILLE, TENNESSEE

SAMSTAG, 21:15 UHR ORTSZEIT

Wenn ihr kommen wollt, dann jetzt. Ich kann nicht mehr lange warten, sonst werde ich gesehen.

Wir haben nur noch ein paar Leute übrig, gerade genug für die Mission.

Schick sie zu ihr. Das hat Priorität, sonst verlieren wir noch viel mehr.

Was ist mit den Eltern?

Tut, was ihr müsst, aber lasst keine Shepherds am Leben. Zwei sind drin. Beide im Erdgeschoss.

Sarah Beth erwachte.

Abrupt und bange setzte sie sich auf wie nach ihren Albträumen. Allerdings gestaltete sich die Rückkehr ins Bewusstsein zäh. Als kämpfte sie sich nach einem zu tiefen Tauchgang mit Gewichten um die Fußgelenke durch dunkles Wasser zurück an die Oberfläche. Sie weigerte sich, die Augen zu öffnen, weil sie fürchtete, sie würde feststellen, dass sie noch in jenem Zimmer gefangen war. Die falsche Großmutter würde neben ihrem Bett warten, Victor würde mit verschränkten Fingern an der Tür stehen. Ihre Rettung würde sich als bloßer Traum erweisen.

Wunschdenken ist vergeudetes Denken …

Sie lauschte auf Atemgeräusche von jemandem in der Nähe, hörte jedoch nichts.

Resigniert stieß sie die Luft aus, öffnete die Lider und orientierte sich.

Sarah Beth befand sich in *ihrem* Zimmer, umgeben von *ihren* Sachen. Sie umklammerte ihre kuschlige Raupe, die sie wie einen Schal um sich geschlungen hatte. Den Oberkörper hatte sie in ihre rosa Lieblingsdecke gewickelt. Bei der Kommode auf der anderen Seite des Zimmers handelte es sich um ihre, auf der sich ihr Schmuckkästchen, ihr Spiegel und ihre Haarbürste befanden. Gott sei Dank.

Während sie im Bett saß, versuchte sie, einen klaren Kopf zu bekommen. Diese Vision war nicht wie ihre anderen gewesen, nicht lebendig und sprunghaft. Mehr wie einer dieser Träume, die man instinktiv als schlimm empfand, obwohl sie sich beim Aufwachen wie Rauch auflösten. Sie versuchte, sich an Einzelheiten der Stimmen zu erinnern. Vielleicht war ihr etwas daran entgangen, das ihr helfen könnte, sie zeitlich und räumlich zuzuordnen. Schließlich sank sie auf den Rücken und starrte an die Decke. Warum hatten die Stimmen keine Bilder begleitet? Wenn es sich um etwas handelte, das bald eintreten würde, wieso hatte sie es nicht als lebendige, glasklare, dreidimensionale Erfahrung erlebt? Warum war sie nicht dabei gewesen – wie bei dem Massaker in der *Cathedral of the Incarnation?*

Sie hatte zwar keine Ahnung, wie spät es war, aber die tiefe Stille der Nacht verriet ihr, dass seit dem Einschlafen einige Zeit vergangen sein musste. Von unten drangen keine gedämpften Unterhaltungen der Erwachsenen herauf.

Kein Fernseher lief. Auch auf der Straße vor ihrem Fenster herrschte Ruhe.

Sarah Beth erschauderte.

Irgendetwas stimmte nicht. Sie spürte es in den Knochen.

Schick sie zu ihr … Die Worte kehrten wie ein Echo in ihren Kopf zurück.

Könnte damit ich gemeint sein? Haben sie es auf mich abgesehen?

Sie schloss die Augen und versuchte, sich an mehr zu erinnern, weitere Echos einzusammeln.

Lasst keine Shepherds am Leben. Zwei sind drin. Beide im Erdgeschoss.

Plötzlich fiel Sarah Beth die Unterhaltung mit dem Anführer der Shepherds wieder ein, mit Ben. Er hatte versprochen, zwei Soldaten zu ihrem Schutz zurückzulassen, bis alles vorbei wäre. Vermutlich hatte sie seither stundenlang geschlafen. Waren die beiden Shepherds noch unten?

»O Gott, nein«, hauchte sie, zugleich wie ein Gebet und ein Ausdruck von Furcht. Ihr Herz schlug wilder. Sie spürte, wie ihr Puls in den Schläfen pochte. Ihre Atmung beschleunigte sich. Sie setzte sich im Bett wieder auf und ließ die bunte Raupe auf den Boden fallen. Ihr Blick wanderte suchend durchs Zimmer, über die dunklen Winkel und den halb offenen Schrank. Plötzlich fühlte sie sich zutiefst verwundbar. Aber sie hörte nichts und sah nur die von der Leselampe auf ihrem Schreibtisch geworfenen Schatten.

Dann bewegte sich einer davon – der an der Wand neben ihrem Fenster.

Ihr Kopf wirbelte so schnell nach links zur Tür, dass sie einen stechenden Schmerz im Hals verspürte – gerade noch rechtzeitig, um einen Schatten auf sich zukommen zu sehen – nein, keinen Schatten, sondern eine dunkle, von oben bis unten schwarz gekleidete Gestalt mit einer Mütze und einer Gesichtsmaske. Bevor sie schreien konnte, schlang sich ein Arm schmerzhaft fest um ihre Taille und hob sie hoch. Schwarz behandschuhte Finger pressten sich auf ihren Mund. Der von dem Leder ausgehende Geruch ließ Erinnerungen des Grauens auf sie einstürzen, denn es handelte sich um denselben Geruch wie damals, als man sie in Nashville vom Bürgersteig entführt hatte.

Es passiert schon wieder … genau wie vor dem Buchladen. Sie entführen mich wieder, und diesmal wird Jed mich nicht finden.

Zappelnd setzte sie sich zur Wehr, doch ihr Körper steckte im Griff des kräftigen Mannes fest, der sie trug. Ihre Arme und Beine fuchtelten nutzlos hoch über dem Boden. Als sie schreien wollte, gelang es ihr nicht. Also presste sie stattdessen die Augen zu und schrie in Gedanken.

MAMA … MAMA … Die entführen mich! Bitte hilf mir! Hilfe … Hilfe … Hilfe!

Sie wirbelte das linke Bein um die Taille ihres Entführers, womit sie lediglich bewirkte, sich das Knie schmerzhaft am Türpfosten anzuschlagen. Aus Leibeskräften versuchte sie, sich zu befreien oder den Mann aus dem Gleichgewicht zu bringen. Beides gelang ihr nicht, und die zusätzliche Anstrengung ließ ihre Lunge brüllend nach Luft verlangen. Geräuschvoll atmete sie durch das linke Nasenloch ein. Das rechte verdeckte der behandschuhte Daumen, während die restlichen Finger ihr den Mund zuhielten.

Sarah Beth spürte, wie ihr schwindlig wurde, und befürchtete, man hätte sie wieder betäubt wie beim ersten Mal. Dann erkannte sie, dass dem nicht so war. Sie brauchte nur mehr Luft. Mühsam beruhigte sie ihren in Panik verfallenen Geist, um nicht mehr zu hyperventilieren.

Auf halbem Weg die Treppe hinunter versuchte sie verzweifelt, mit ausgestreckter Hand eines der Bilder an der Wand zu fassen zu bekommen. Wenn es zu Boden krachte, würde der Lärm ihre Eltern wecken oder die beiden Shepherds warnen, falls sie sich noch im Haus aufhielten. Aber der sie tragende Mann verlagerte den Griff und drückte ihre Arme fest an ihre Seiten. Ihre Brust konnte sich kaum ausreichend dehnen, um das bisschen Luft einzusaugen, das sie durch das eine Nasenloch bekam. Sarah Beth öffnete den Mund und biss kräftig zu – womit sie sich nur den säuerlichen Geschmack des Handschuhs einhandelte, sonst bewirkte sie nichts.

MAMA!

Als sie unten ankamen, stieg neue Panik in ihr auf – zusammen mit Erbrochenem, das sie im Schlund schmeckte.

Neben der Treppe lagen nebeneinander die beiden Shepherds, die Kehlen so tief aufgeschlitzt, dass es aussah, als würden die Köpfe abfallen, sobald jemand sie zu bewegen versuchte. Die Augen starrten blicklos ins Leere. Um die beiden Männer herum erkannte Sarah Beth eine riesige dunkle Lache, die bis zum runden, cremefarbenen Teppich neben der Eingangstür reichte. Er hatte einen Teil des Bluts in einem eigenartigen Bogen so aufgesaugt, dass er wie ein bizarres, blutig lächelndes Smiley-Emoji wirkte.

Wenn sie die Shepherds getötet hatten …

In ihrer Erinnerung liefen erneut die unheimlichen Stimmen aus dem Traum ab. *Was ist mit den Eltern? Tut, was ihr müsst …*

Tränen strömten Sarah Beth über die Wangen, während sie stumm betete. *Gott, bitte, bitte, bitte. Lass meine Eltern nicht tot sein. Lass sie nicht tot sein.*

Die Shepherds waren tot und ihre Mutter reagierte nicht …

Onkel Jed! Jed, bitte! Sie entführen mich, und ich glaube, sie haben Mama und Papa verletzt! Beeil dich!

Ihr Entführer bog nach links und durchquerte das Esszimmer in Richtung Küche. Ihr wurde klar, dass er mit ihr durch die Seitentür wollte, die zur Garage und zur Einfahrt führte. Dort würde ein schwarzer Lieferwagen darauf warten, sie wegzubringen. Während der Mann sie trug, wurde alles zunehmend grauer. Vielleicht hatte er sie doch betäubt. Oder vielleicht verlor sie aus Panik das Bewusstsein. Als sich Dunkelheit von ihren Augenwinkeln nach innen ausbreitete, folgerte sie, dass sie vermutlich an Sauerstoffmangel sterben würde. Und ihr wurde bewusst, dass ihr das lieber wäre, als wieder zu Victor gebracht zu werden.

Sie spürte, wie ihr Körper erschlaffte, zu schwach für Gegenwehr wurde. Zu schwach für irgendetwas anderes als zu beobachten …

Mittlerweile befanden sie sich in der Küche, in der Licht brannte. Trotzdem nahm Sarah Beth alles grau wahr. Während sie in dem schraubstockartigen Griff hing, wandten sich ihre Gedanken Gott zu.

Ich liebe dich, Gott …

»Bring sie nicht um, du Idiot!«, schimpfte jemand. Eine Frauenstimme. Aber nicht die ihrer Mutter …

Die erstickende Hand entfernte sich von ihrer Nase und ihrem Mund. Gierig saugte Sarah Beth Luft in die Lunge. Der Nebel in ihrem Kopf lichtete sich, während sie die Küche durchquerten. Ihr nackter Fuß prallte gegen die Kochinsel. Schmerzen zuckten außen durch den Knöchel. Farben kehrten in die Welt zurück, als ihr Gehirn wieder mit Sauerstoff aus ihrem Blutkreislauf versorgt wurde.

»Lass meine Tochter los!«, kreischte jemand – diesmal handelte es sich um die Stimme ihrer Mutter.

Ein Schrei hallte durch die Küche – wutentbrannt, animalisch. Und plötzlich fiel Sarah Beth. Sie versuchte, den Sturz mit den Armen abzufangen, jedoch zu spät. Als sie mit der linken Seite auf dem Boden aufschlug, spürte sie ein Knirschen. Ein grässlicher Schmerz schoss durch ihre Brust den Hals hinauf bis in den Kiefer. Als sie sich keuchend auf den Rücken rollte, rechnete sie damit, dass sich der Mann mit den Lederhandschuhen nach ihr strecken würde. Stattdessen drehte er sich grunzend im Kreis und schnappte mit den Händen nach ihrer Mutter, die in ihrem golden-schwarzen Seidenpyjama an ihm hing wie an einem Rodeopferd. Den linken Arm hatte sie um seinen dicken Hals geschlungen. Ihre Beine umklammerten mit überkreuzten Fußgelenken seine Taille. Als Sarah Beth allmählich schärfer sah, verstand sie die schmerzerfüllten Laute, die der Mann von sich gab. Das Licht funkelte auf einem blutverschmierten Tranchiermesser in der rechten Hand ihrer Mutter. Sarah Beth beobachtete, wie sie hoch damit ausholte und es in die fleischige Brust des Mannes stieß.

Er schrie auf, wölbte den Rücken durch und griff über die Schultern nach der Dämonin auf seinem Rücken.

Die holte erneut mit dem Messer aus und entfesselte ein kehliges Brüllen, wie Sarah Beth es noch nie zuvor gehört hatte. Diesmal rammte ihre Mutter das Messer ins Gesicht des Mannes, tief ins linke Auge. Fast sofort brach er zusammen. Dabei drehte er sich, und Sarah Beths Mutter ging mit ihm zu Boden. Es lief wie in Zeitlupe ab, und während ihre Mutter fiel, sah Sarah Beth ihr in die Augen. Mama lächelte triumphierend, und in dem Moment flammte Hoffnung in Sarah Beth auf. Dann knallte der Hinterkopf ihrer Mutter wuchtig gegen die Ecke der Granitarbeitsplatte, und das Licht in ihren Augen erlosch. Mit einem dumpfen Aufprall landete Mama auf dem Küchenboden, rührte sich nicht mehr und verharrte eingekeilt unter dem Gewicht des toten Entführers.

»Mama!«, kreischte Sarah Beth und kroch zu der erschlafften, leblosen Gestalt.

»Sarah Beth! Komm zu mir! Schnell, wir haben keine Zeit!«, rief eine weibliche Stimme hinter ihr.

Sarah Beth schaute über die Schulter. Sie erblickte eine Frau in einem Businessanzug. Eine goldene Polizeimarke hing an einer Kette um ihren Hals. »Wer sind Sie?«, fragte sie.

»Ich bin von der Polizei. Ich heiße Perez«, sagte die Frau und breitete die Hände aus, als wollte sie Sarah Beth zu einer Umarmung einladen. »Komm zu mir. Ich muss dich hier wegschaffen!«

Mit zusammengekniffenen Augen musterte Sarah Beth die Polizistin.

Irgendetwas fühlte sich falsch an.

»Onkel Jed kommt mich holen!«, brüllte sie der Frau entgegen, ohne zu wissen, warum.

Dann preschte sie los – sie rannte um die Kücheninsel herum, duckte sich unter den Armen der Polizistin hindurch und flüchtete ins dunkle Wohnzimmer. Ihr Fuß verfing sich an der Kante des dicken Orientteppichs unter dem Sofa und dem Sessel. Obwohl sie stolperte, gelang es ihr, auf den Beinen zu bleiben und durch den Raum zu sprinten. Sie bog nach links ins Esszimmer und rechnete fest damit, dass die nächste dunkle Gestalt nach ihr greifen würde. Ein Schatten bewegte sich über die Wand. Mit einem Aufschrei stürmte sie in die Diele – wo sie über die zwei Leichname am Fuß der Treppe stolperte, als sie um die Ecke raste. Schmerz flammte in ihrem Brustkorb auf. Ein spitzes Quieken entfuhr ihr, als sie verzweifelt versuchte, von den beiden Toten fortzukriechen. Klebriges Blut durchtränkte bereits ihre Pyjamahose, und sie hatte das Gefühl, von den zwei Leichen angestarrt zu werden. Voll Grauen schnappte sie nach Luft und strampelte mit den Füßen wie eine Zeichentrickfigur, bis sie endlich Halt an der Schulter eines der toten Soldaten fand, sich davon abstieß und die Stufen erreichte. Als sie die Treppe halb kriechend hinaufhastete, ertönte hinter ihr ein widerhallender Schuss.

»Jed, hilf mir!«, kreischte Sarah Beth laut. Glaubte sie zumindest. Vielleicht hatte sie es aber auch nur im Kopf gebrüllt. Die Grenzen dazwischen verschwammen mittlerweile.

Als sie oben ankam, rappelte sie sich auf die Beine und setzte sich in Richtung ihres Zimmers in Bewegung, bevor sie verunsichert bremste. Dann wirbelte sie herum und preschte stattdessen zu dem Zimmer, das ihr Vater als Büro nutzte. Als sie die Tür erreichte, hörte sie Schritte auf der Treppe. Ohne zu wissen, ob es sich um ihre Mutter, die Polizistin oder einen weiteren Entführer handelte, schlug sie die Tür hinter sich zu, drehte das Schloss auf und suchte verzweifelt nach einem Versteck.

31

UNTERWEGS ZUM HAUS DER YARNELLS

SAMSTAG, 21:25 UHR ORTSZEIT

Jed gähnte.

Das stand ihm zu.

Dann stieß er die Luft zwischen geschürzten Lippen hindurch aus, während er den grauen Suburban, den Morvant ihm geliehen hatte, durch den Samstagabendverkehr zu den Yarnells steuerte. Mit der rechten Hand am Lenkrad ballte er die linke zur Faust und bearbeitete damit die lädierte Hüfte, ohne darüber nachzudenken. Er bohrte die Knöchel tief hinein und wartete auf das Einsetzen des vertrauten Brennens. Aber es blieb aus. Angenehm überrascht zog er die Augenbrauen hoch. Trotz der Beanspruchung seines Körpers in den letzten 24 Stunden fühlte sich seine Hüfte wie am ersten Tag seiner Ausbildung zum SEAL an – vollkommen unbeeinträchtigt und normal.

Er presste tiefer – nichts.

Ein Lächeln breitete sich in seinem Gesicht aus. Das war kein Placeboeffekt.

Sondern Glaube.

Freudig dachte er ein Dankgebet – zuerst dafür, dass er dabei helfen durfte, all die Menschen zu retten, dann dafür, dass er zum ersten Mal seit 17 Jahren wieder seinen

Glauben spürte, und zuletzt für die Heilung seiner Hüfte. Abschließend dankte er noch tief empfunden dafür, dass er dazu beigetragen hatte, Sarah Beth nach Hause zu bringen, wo sie endlich in Sicherheit war.

Seine Gedanken wandten sich dem Mädchen und dessen Eltern zu. Er hatte zwar versprochen, sich zu melden, bevor er für die Nacht ins Hotel zurückkehrte, doch er fragte sich, ob es wirklich nötig wäre. Nach einer praktisch schlaflosen Woche musste die gesamte Familie völlig erschöpft sein, und Morvant hatte zwei Shepherds zu ihrem Schutz dort gelassen. Jed kaute auf der Innenseite der Wange, als er den Blinker vor der Abzweigung zur Gegend der Yarnells einschaltete. Unschlüssig bremste er und rollte kurz vor der Ecke rechts ran. Er klopfte mit den Fingern aufs Lenkrad. Was würde es bringen, beim Haus vorbeizuschauen und zu stören, abgesehen von seiner eigenen egoistischen Beruhigung? Vielleicht war es für ihn ohnehin an der Zeit, sich in den Sonnenuntergang zu verabschieden und es David zu überlassen, mit *dessen* Frau und *dessen* Tochter die Scherben zu kitten.

Und was ist mit mir? Was soll ich jetzt machen? Wieder abhauen?

Was würde Rachel in dem Fall von ihm denken? Und was war mit Ben Morvant und den Shepherds?

Diesmal ist es anders, sagte er sich. *Anders als damals.*

Er blickte auf das Wegwerfhandy im Becherhalter. Die Navigations-App zeigte einen grünen Pfeil, der ihn anwies, nach 60 Metern links abzubiegen.

Ich rufe sie einfach an, beschloss er. *Und den Rest überlege ich mir morgen.*

In dem Moment ertönte ein Schrei – so laut und klar, dass Jed herumwirbelte, weil er überzeugt davon war, dass er vom Rücksitz stammte. *Onkel Jed! Jed, bitte! Sie entführen mich, und ich glaube, sie haben Mama und Papa verletzt! Beeil dich!*

Sarah Beths Rufe rissen ein Loch in sein Herz. Frisches Adrenalin strömte wie ein flüssiger Blitz durch seine Adern.

»Sarah Beth!«, brüllte er. »Ich bin's. Jed. Wo steckst du?«

Er bekam keine Antwort, hörte nur das Ticken des Blinkers, die eigene Atmung und das Pochen seines Herzschlags in den Ohren. Jed wartete eine gefühlte Ewigkeit, aber die Stimme des kleinen Mädchens ertönte nicht mehr. Er spürte, wie Panik in ihm aufstieg.

»Ich komme, Sarah Beth«, brüllte er ins Leere. »Halt durch, Liebes. Ich komme.«

Damit trat er das Gaspedal durch und bretterte auf die Kreuzung zu. In der Kurve geriet er in ein unerwartetes Schlagloch. Der Suburban holperte hindurch, sprang hoch und sackte so tief ab, dass der Rand der vorderen Stoßstangenverkleidung aufsetzte. Jeds Seesack rutschte vom Beifahrersitz auf den Boden. Er griff nach rechts, behielt aus dem Augenwinkel die Straße im Auge, hob den Sack aus dem Fußraum und hievte ihn auf die Mittelkonsole. Als er sich der nächsten Kreuzung näherte, öffnete er den unteren Reißverschluss des Sacks und zog das Holster mit der Sig Sauer und den beiden Reservemagazinen heraus. Während er mit der linken Hand lenkte, befreite er mit der rechten die Pistole aus dem Holster und steckte sie sich unter den Hosenbund. Er überfuhr ein Stoppschild und raste mit quietschenden Reifen um die Kurve. Danach verstaute er die Reservemagazine in der linken Hosentasche.

Jed, hilf mir!

Wieder Sarah Beths Stimme, diesmal mehr schluchzend als schreiend. Jed umklammerte das Lenkrad mit beiden Händen und trat das Gaspedal durch. Der Suburban schlingerte und schaukelte, während er mit halsbrecherischer Geschwindigkeit durch die Straßen der Wohngegend raste.

»Ich komme, Sarah Beth«, rief er, ohne zu wissen, ob sie ihn im Kopf hören konnte. »Bin nur noch ein paar Blocks entfernt. Halt durch!«

Er warf einen Blick auf das Navi und merkte sich, wo er als Nächstes abbiegen musste. Dann ergriff er das Handy und wählte Bens Nummer aus den Kontakten, dankbar, dass er sie gespeichert hatte, weil sie morgen miteinander telefonieren wollten. Als es klingelte, drückte er am Lenkrad die Taste zum Aktivieren der Bluetooth-Verbindung zum System des SUV. Eine weibliche Stimme meldete: »Verbunden.« Dann drang der Klingelton aus den Lautsprechern des Suburban. Nach einem weiteren Klingeln ging Ben ran. Seine Stimme klang so ruhig und entspannt, als säße er gerade auf einer Terrasse und nippte an süßem Tee.

»Vermisst du mich schon?«

»Ben, hör zu!«, brüllte Jed und wappnete sich für die nächste Kreuzung. »Bei den Yarnells zu Hause stimmt was nicht. Sarah Beth hat sich gerade bei mir gemeldet. Sie steckt in Schwierigkeiten. Ich glaube, die versuchen, sie wieder zu entführen.«

Schlagartig wurde Morvants Stimme ernst. »Wo bist du?«

»Nur ein paar Blocks von ihr entfernt. Hast du was von deinen Leuten gehört?«

»Nein«, antwortete Morvant. Jed hörte ihn vom Telefon

abgewandt jemandem etwas zurufen. »Wir funken sie gerade an und sind schon unterwegs. Aber wir sind 15 Minuten entfernt, vielleicht auch mehr.«

»Ich bin in weniger als zwei Minuten da«, erwiderte Jed, in dem ein Inferno tobte. Wenn jemand der Kleinen nach allem, was sie durchgemacht hatte, etwas antäte, würde er dem Drecksack eigenhändig die Gliedmaßen ausreißen.

»Jed, meine Leute melden sich über Funk nicht«, sagte der Shepherd in grimmigem Ton. »Hast du Waffen dabei?«

»Eine Schrotflinte und eine Pistole«, erwiderte er, als ihm die Mossberg einfiel. Eli hatte beim letzten Einsatz daran gedacht, sie mitzunehmen, danach hatte er sie Jed zurückgegeben. »Das wird reichen.«

»Sei vorsichtig. Wir sind unterwegs.«

Damit war die Leitung tot.

Die Reifen schlitterten kreischend durch die nächste Kurve. Jed blickte auf das Display der Konsole, das die GPS-Karte anzeigte.

Noch ein Block …

Und Gott mochte demjenigen beistehen, den er am Ziel antreffen würde.

32

Es gab kein Versteck, das Sarah Beth länger als zwei Sekunden verbergen würde.

Die Erkenntnis stürzte Sarah Beths Verstand in Panik, während sie sich verzweifelt im Zimmer umsah.

Unter dem Schreibtisch ihres Vaters würde man sie auf einen Blick entdecken. Hinter einer geteilten Falttür verbarg sich ein flacher Schrank voller Gerümpel, das nirgendwo sonst hinpasste. Papa klagte gern lachend, sein Büroschrank sei der größte Mülleimer im Haus. Selbst wenn Sarah Beth es versuchte, darin würde sie keinen Platz finden. Sonst enthielt der Raum nur den Lehnsessel ihres Vaters.

Sie verwünschte ihre Lage. Diesmal entschuldigte sie sich nicht dafür.

Draußen vor der Tür knarrte es leise – das Geräusch von jemandem, der langsam die Treppe heraufkam.

Was soll ich tun? Was soll ich tun? Was soll ich nur tun … Panisch fuchtelte sie mit den Händen, während sie überlegte.

Schließlich rannte sie zum einzigen Fenster in der Mitte der Wand hinter dem Schreibtisch.

Es wies zum Vorgarten. Sarah Beth erblickte auf Anhieb einen schwarzen Van, der mit eingeschaltetem Standlicht in der Einfahrt parkte. Daneben stand ein Mann, wie der andere von Kopf bis Fuß schwarz gekleidet. Er starrte zur Eingangstür und wirkte wütend. Sarah Beth könnte das Fenster öffnen und versuchen, sich hinunter auf den Boden fallen zu lassen. Vielleicht könnte sie den tiefen Sturz sogar überstehen, ohne sich beide Beine zu brechen. Nur würde der Mann am Van sie so oder so im Nu erreichen und hinten in den Wagen zerren wie schon einmal.

Ein Schluchzen entrang sich ihrer Kehle, dann schluckte sie schwer. Irgendwie musste sie an der Person vorbei, die gerade die Treppe hochkam. Danach musste sie rennen, so schnell sie konnte. Vielleicht könnte sie es durch die Hintertür hinaus in den Garten schaffen.

Warum bin ich bloß nach oben? So dumm!

Sie drehte sich um und blickte zur verriegelten Bürotür. Die würde niemanden lange aufhalten. Sogar sie wusste, wie man die lächerlichen Schlösser mit einer Büroklammer knacken konnte.

Ich muss in den Garten hinter dem Haus. Das ist meine einzige Chance. Aber was ist mit Mama? Ich muss sie auch retten.

Und wo steckte ihr Vater? Sarah Beth spürte, wie sich ihre Brust zusammenzog, als sie an *einen* möglichen Grund dachte, warum sie ihn noch nicht gesehen hatte. Sie stellte sich vor, wie er wie die Shepherds mit aufgeschlitzter Kehle an einer Wand lehnte.

Tränen waberten in ihren Augen.

Sie presste die Lider zu und ließ die Tränen über ihre Wangen laufen, während sie versuchte, das Zittern ihrer Hände zu unterbinden.

Nein, nein, nein. Er ist in Sicherheit. Ich weiß es, sagte sie sich. *Ich muss stark sein. Ich muss kämpfen.*

Schnell durchsuchte sie den Raum nach irgendetwas, das sie als Waffe benutzen konnte. Ein silbriger Schimmer auf der schwarzen Lederunterlage am Schreibtisch ihres Vaters fiel ihr ins Auge. Sarah Beth schnappte sich den langen Brieföffner mit der Gravur *Vanderbilt University* im Griff. Sie umklammerte ihn wie ein Messer, eilte zur Tür und lauschte. Ihre Mutter sagte immer, sie habe Ohren wie ein Luchs, und tatsächlich konnte sie die leisen Schritte im Flur hören. Zuerst presste sie sich an die Wand auf der Scharnierseite rechts der Tür, dann biss sie sich unschlüssig auf die Unterlippe. Zwar würde die Tür sie kurz verdecken, nur müsste sie erst daran vorbei, um hinauszugelangen. Sie überlegte es sich anders, huschte auf die andere Seite und wartete.

Der Türknauf ratterte – jemand überprüfte, ob abgeschlossen war.

Ihre Beine begannen zu zittern.

Der Rahmen knarrte, als sich ein Gewicht gegen die Tür lehnte.

Um ein Haar wäre Sarah Beth ein Schluchzen herausgerutscht, aber sie presste die Lippen zusammen und ging in die Hocke. Ihre Knie schlotterten so heftig, dass sie sich kaum auf den Beinen halten konnte. Sie verlagerte den Griff um den Brieföffner und umklammerte ihn mit beiden Händen, um zuzustechen wie ihre Mutter mit dem Messer in der Küche.

Gott, bitte lass mich stark sein … Lass mich stark sein. Stark und SCHNELL.

Alles wurde still. Einen Moment lang gestattete sie sich die Vorstellung, die Person draußen wäre gegangen. Allerdings konnte sie immer noch die beiden dunklen Schatten der Füße unter dem Türspalt sehen.

Dann flog die Tür mit lautem Krach auf. Eine riesige dunkle Gestalt stürmte herein und füllte den Rahmen aus.

Holzsplitter spritzten vom zerfetzten Türpfosten auf den Boden. Sarah Beths Kopf befand sich auf Hüfthöhe. Der Mann sah sich über eine Pistole hinweg links und rechts im Zimmer um. Sie wusste, dass ihr nur ein kurzer Augenblick blieb. Also sprang sie kurz entschlossen vor und rammte den Brieföffner mit aller Kraft tief in die rechte Kniekehle des Eindringlings, bis die Klinge auf etwas Hartes traf. Heißes Blut ergoss sich auf ihren Handrücken. Der Mann schrie vor Schmerz und fiel auf die Knie. Die Waffe landete klappernd auf dem Boden neben ihm.

Sarah Beth ließ den Brieföffner los und eilte durch die Tür hinaus. Der Mann rollte sich auf die Seite und hechtete hinter ihr her. Seine große Pranke rutschte von ihrem linken Handgelenk ab, doch dann schlossen sich seine Finger um ihr linkes Fußgelenk und brachten sie zum Stolpern. Sie landete hart auf der rechten Seite, und die bereits angeknacksten Rippen auf der anderen Seite brüllten vor Schmerz. Ein neues Stechen zuckte durch ihren rechten Ellbogen, mit dem voran sie diesmal auf den Boden knallte. Dann wurde sie von dem wesentlich größeren und schwereren Mann mühelos zurückgezogen. Auf der Seite liegend bildete sein Körper ein L an der Türöffnung. Er griff mit der anderen Hand nach ihr, um sie besser zu fassen zu bekommen, während er sie wie einen Fisch an der Angel einholte.

Sie rollte sich auf den Rücken, während sie über den Parkettboden zu ihm rutschte. Mit aller verbliebenen Kraft trat sie ihren rechten Fuß mitten in sein wutentbrannt verzerrtes Gesicht. Sie spürte ein Knacken unter der Ferse. Blut schoss aus den Nasenlöchern des Mannes, der einen animalischen Schrei ausstieß. Er ließ ihr Fußgelenk los und hob beide Hände an die gebrochene Nase.

Sarah Beth krabbelte hastig davon und rappelte sich erst auf die Hände und Knie, dann auf die Beine. Am Kopf der Treppe rutschte sie aus und schlitterte mit dem Gesicht voraus gegen die Ecke der Wand. Sie spürte, wie beim Aufprall ihre Unterlippe aufplatzte. Ohne auf das von ihrem Kinn tropfende Blut zu achten, wechselte sie den Kurs und eilte halb rennend, halb rutschend die Treppe hinunter, holperte auf dem Steißbein, schaffte es kurz auf die Beine und landete dann wieder hart auf dem Hintern. Wie aus weiter Ferne nahm sie bei jedem kleinen Aufprall dumpfe Geräusche wahr.

Irgendwie gelang es ihr, auf den letzten beiden Stufen die Kontrolle zurückzuerlangen. Diesmal sprang sie über die beiden Leichen in der Diele hinweg und griff nach dem Knauf der Eingangstür.

Dann erstarrte sie. Zwei gleichzeitige Gedanken bremsten sie. Zum einen ein Bild ihrer Mutter, die mit dem Gesicht nach unten in einer Blutlache auf dem Küchenboden lag. Zum anderen das des Mannes, den sie aus dem Fenster neben dem Van gesehen hatte.

Sie wandte sich nach links und kehrte denselben Weg durchs Esszimmer zurück, den sie vor wenigen Minuten nahezu bewusstlos im Griff des ersten Entführers getragen worden war. Als sie um den Tisch herumging, warf sie einen Blick über die Schulter, bevor sie den Kopf drehte, um in die Küche zu spähen.

Ihre Mutter lag ausgestreckt auf dem Bauch neben dem reglosen Körper des toten Mannes, in dessen Kopf noch das Tranchiermesser steckte. Stöhnend bewegte sie die Beine. Da Sarah Beth sonst niemanden sah, ignorierte sie den grausigen Anblick der Leiche und hastete um den Tisch herum in die Küche.

»Hab ich dich, du kleines Miststück«, raunte eine Männerstimme, als sie gegen eine feste Wand aus Fleisch und Knochen rannte.

Gleich darauf befand sie sich mit strampelnden Füßen einen halben Meter hoch in der Luft und starrte auf ihre stöhnende Mutter hinab. Ein anderer Mann kam aus dem Wohnzimmer. Blut aus der gebrochenen Nase verschmierte die untere Gesichtshälfte. Mit finsterem Blick humpelte er herüber und hob unterwegs ein Funkgerät an den Mund.

»Wir haben sie. Wir kommen jetzt raus. Bereithalten zur Abfahrt.«

Sarah Beth erschlaffte.

Obwohl sie alles versucht hatte, war sie gescheitert. Sie war eben doch noch ein Kind. Ihre Mutter lag sterbend auf dem Boden. Ihr Vater war vermutlich auch tot.

Und selbst wenn beide überlebten, würde Sarah Beth sie nie wiedersehen.

Es ist vorbei.

Sie haben mich erwischt.

33

In über einem Jahrzehnt mit unzähligen Einsätzen hatte Jed noch nie eine solche Dringlichkeit verspürt wie in dem Augenblick, als er den Wagen zwei Häuser von der Adresse der Yarnells entfernt abrupt zum Stehen brachte. Er schaltete den Motor aus, ließ den Schlüssel im Zündschloss stecken und streifte seine Einsatzweste über. Mittlerweile ohne Reservemunition, Granaten oder ein Funkgerät – das alles hatte er den Shepherds zurückgeben müssen, bevor Morvant ihn die Weste hatte behalten lassen. Trotzdem war sie dazu geeignet, Niedergeschwindigkeitsprojektile aus Pistolen aufzuhalten, zudem wies sie vorn und hinten Träger mit Keramikplatten auf, die sogar Hochgeschwindigkeitsprojektile stoppten. Mit der Mossberg in der Hand und der Pistole im Hosenbund stieg Jed aus und eilte in den Schatten der großen Eichen an der Nordseite der Straße. In der Einfahrt der Yarnells zwei Häuser westlich sichtete er einen Van. Kurz spielte er mit dem Gedanken, zum Suburban zurückzukehren und dem Van damit den Weg zu versperren, doch im Augenblick stellte das Überraschungsmoment seinen einzigen Verbündeten dar. Dass der bewaffnete Schütze neben dem Van erwartungsvoll zum Haus starrte, zeigte ziemlich deutlich, dass die wertvolle Fracht noch nicht verladen war. Wenn sie Sarah Beth bereits hätten, wären sie längst weg. Seine Hauptsorge galt der Frage, wie viele Männer der Feind hatte. Jedenfalls genug, um zwei bestens ausgebildete Shepherds auszuschalten …

Nein, ich muss klug vorgehen, sagte er sich. *Ein reines Feuergefecht kann ich nicht gewinnen. Ich muss wie die Nacht sein und sie einen nach dem anderen ausschalten. Wie auf dem Grundstück im Wald, von dem ich Sarah Beth das erste Mal retten wollte.*

Er setzte sich in Bewegung und sprintete durch den Vorgarten des Nachbarn. Mit langen, schnellen Schritten überquerte er die Rasenfläche, die sich zwei Häuser teilten. Seine beste Möglichkeit sah er darin, hinten herumzugehen, sich unbemerkt in Sarah Beths Haus zu schleichen und die Eindringlinge einen nach dem anderen auszuschalten.

Aber was, wenn die sie vorn raus in den Van schleifen, während ich mich hinten reinschleiche? Von der Rückseite kann ich die Einfahrt nicht sehen.

Wie in jener Nacht im Cherokee National Forest schlichen sich Unentschlossenheit und Zweifel ein.

Tu das nicht, blaffte der SEAL in seinem Kopf. Triff eine Entscheidung und zieh sie durch.

Mit zusammengebissenen Zähnen sprang er über den Lattenzaun des Nachbarn, ohne die Schritte zu verlangsamen. Im Hintergrund staunte ein Teil seines Gehirns über die Kraft und das Fehlen jeglicher Schmerzen in seiner linken Hüfte. Nur noch ein Haus entfernt durchquerte er den Hinterhof des nächsten Nachbarn. Dabei verlor er den Van vorübergehend aus den Augen und konnte nur beten, dass der Nachbar keinen Hund draußen haben würde. Erleichtert atmete er auf, als er die andere Seite ohne Zwischenfälle erreichte. Dort sprang er lautlos über eine Hecke, wieder ohne zu bremsen. Dahinter sank er auf ein Knie und zwang sich, innezuhalten und zu lauschen. Von der Stelle aus konnte er zwischen den

Häusern hindurch das hintere Viertel des Vans sehen, nicht jedoch den neben dem Fahrzeug stehenden Mann.

Plötzlich hörte er einen Schrei, gedämpft zwar, trotzdem laut genug, um ihn hinter dem Haus zu hören. Der Laut fuhr wie ein Blitz in Jed, und er spürte Sarah Beths Qualen. Instinktiv wollte er zur Seitentür sprinten, die in die Küche führte, wie er wusste. Aber er hielt sich zurück und überlegte stattdessen.

Ich bin allein, nicht zusammen mit einem vierköpfigen Team … Also brauche ich ein größeres Überraschungsmoment.

Tief geduckt rannte Jed zu einem Vertikalschiebefenster im Erdgeschoss, riss das Insektenschutzgitter davon ab und schob leise die untere Scheibe hoch. Mit der Mossberg in der rechten Hand kletterte er lautlos über den Sims und senkte sich neben dem Esszimmertisch auf den Boden. Ein Blick durch den Durchgang zur Küche offenbarte eine schwarz gekleidete Gestalt, die in ein Funkgerät sprach.

»Wir haben sie«, sagte der Mann mit dem Rücken zu Jed. »Wir kommen jetzt raus. Bereithalten zur Abfahrt.«

Mit der Mossberg im Anschlag schlich Jed um den Tisch herum, denn er wollte sich hinter dem Mann in Stellung bringen. Wenn er unbemerkt nahe genug an ihn herankäme, würde er ihm das Genick brechen. Wenn nicht, würde die Hölle los sein. Als er sich noch anderthalb Meter vom Ziel entfernt befand, knarrte eine Diele unter seinem rechten Fuß.

Der Mann mit dem Funkgerät wirbelte herum, und Jed drückte den Abzug.

Die Schrotflinte brüllte auf. In den beengten Verhältnissen dröhnte der Knall wie eine Bombenexplosion.

Ohne den Schallschutz eines Peltor-Headsets brach in Jeds Ohren sofort ein schmerzhaftes Klingeln aus, doch er ignorierte es. Die schwarz gekleidete Gestalt wankte mit einem klaffenden Loch in der Brust rückwärts und fiel. Jed stürmte vorwärts, lud die Mossberg durch, warf die verbrauchte Patrone aus und beförderte eine neue ins Lager. In geduckter Kampfhaltung überquerte er die Schwelle und sicherte den Raum rechts.

Ein Schuss ertönte, und ein Projektil streifte seinen Nacken am Trapezmuskel. Sengende Schmerzen schossen durch seinen Arm bis in die Hand. Die Mossberg landete klappernd neben ihm auf dem Boden. Ein Mündungsblitz vom dunklen Durchgang erhellte die Küche. Ein zweites Projektil schwirrte an seinem Kopf vorbei und zerschmetterte Kristalle des Kronleuchters über dem Esszimmertisch hinter sich. Jed sank auf ein Knie, zog die Sig P365 aus dem Hosenbund und zielte.

Hinter der Kücheninsel löste sich eine weitere schwarz gekleidete Gestalt aus dem Schatten. Der Mann umklammerte die verzweifelt wirkende Sarah Beth. Der Entführer rückte mit schlurfenden Schritten von Jed aus nach links vor, wo die Hintertür teilweise offen stand. Das Mädchen benutzte er dabei als Schutzschild. Obwohl er sich unregelmäßig bewegte, gelang es ihm, das Gesicht fast vollständig hinter Beths Kopf zu verbergen. Jed richtete den roten ROMEO-Punkt des Visiers trotzdem auf den schmalen sichtbaren Bereich und ließ ihn knapp über der rechten Augenbraue des Mannes schweben. Sein Finger spannte sich am Abzug an. Er hoffte, Sarah Beth würde den Kopf einziehen oder zur Seite neigen, ihm den Sekundenbruchteil verschaffen, den er für einen tödlichen Schuss brauchte.

»Du kannst nirgendwohin«, rief Jed, während er aus den Augenwinkeln Ausschau nach anderen Gegnern hielt. Er vermeinte, einen Schemen auf der anderen Seite der halb offenen Tür auszumachen, konnte sich jedoch nicht sicher sein. »Wir haben draußen ein ganzes Team. Es ist vorbei. Lass das Mädchen runter. Du musst heute Nacht nicht draufgehen.«

Er wartete auf eine Reaktion, aber anscheinend zog sein Bluff nicht.

Im schwachen Licht begann das einzige sichtbare Auge des Mannes hinter Sarah Beths Kopf zu leuchten – zuerst orange, bis es nach und nach rot wurde. Ein Schatten huschte über die Züge, ein tiefes, animalisches Knurren drang hinter den gefletschten Zähnen hervor.

Mit schierer Willenskraft verlangsamte Jed seinen Herzschlag. Seine Hand musste so ruhig wie möglich sein, falls sich die Möglichkeit zu einem Schuss ergäbe. Er durfte unter keinen Umständen riskieren, Sarah Beth in den Kopf zu treffen. Mit einem schweren Schlucken improvisierte er einen Notfallplan … Zur Vordertür sprinten, sobald der Entführer durch die Hintertür zur Garage ginge? Aus einem anderen Winkel könnte er vielleicht einen Schuss abgeben, bevor die Entführer das Mädchen in den Wagen verfrachteten.

Vielleicht.

Draußen wartete mit dem Fahrer mindestens ein weiterer Schütze. Allerdings konnten sich im Laderaum noch mehr verbergen.

Jed blinzelte heftig, während er verzweifelt auf die Gelegenheit zum Schießen hoffte.

Der Mann erreichte die Tür, setzte ein triumphierendes Grinsen auf und sagte: »Du hast verloren.«

In dem Moment knallte irgendwo rechts von Jed ein Schuss. Der Schädel des Entführers wurde nach rechts geschleudert, zerbarst über dem Ohr und bespritzte die Wand neben ihm mit Blut, Knochensplittern und Hirnmasse. Als der Getroffene fiel, nach wie vor mit Sarah Beth in den Armen, rückte Jed vor und schwenkte nach rechts. Auf dem Weg in die Küche konnte er durch den Durchgang ins Wohnzimmer sehen. Dort stand an der von ihm vermuteten Stelle Detective Perez mit einer Pistole im Anschlag. Vor ihrem Gesicht kräuselte sich Rauch. Statt die Waffe auf ihn zu richten sackte sie gegen die Sofalehne, als die Knie unter ihr nachzugeben schienen. Die blutgetränkte linke Seite ihrer weißen Bluse beantwortete Jeds unausgesprochene Frage. Sie war angeschossen worden, möglicherweise von einem weiteren Feind, der sich noch im Haus aufhielt. Er schaute suchend über ihre Schulter an ihr vorbei, um sich zu vergewissern, dass sich ihr niemand von hinten näherte. Plötzlich riss sie die Augen weit auf.

»Hinter Ihnen!«, brüllte sie.

Jed wirbelte um 180 Grad herum. Er sah gerade noch, wie eine dunkel gekleidete Gestalt von hinten Sarah Beth packte und mit ihr durch die Tür zur Einfahrt verschwand.

Jed nahm um die Kücheninsel herum die Verfolgung auf und wäre beinahe über zwei Menschen gestolpert, die er bis dahin nicht bemerkt hatte – einen Mann und eine halb unter ihm vergrabene Frau mit kastanienbraunem Haar. *Rachel!* Ein Teil von ihm wollte anhalten, um nachzusehen, ob sie noch lebte, doch der Elitesoldat in ihm behielt die Oberhand. Er sprang über die Körper hinweg und rannte zur Tür.

Als er vollständig auftrat, spürte Jed unter dem Schulterblatt einen Aufprall, als hätte ihn jemand mit einem

Baseballschläger getroffen. Das Glück verließ ihn. Das Projektil schlug knapp neben der Keramikplatte seiner Weste ein, die ihn vor Verletzungen geschützt hätte. Er spürte ein Knacken und einen stechenden Schmerz. Er konnte nur hoffen, dass die Kugel nicht das Kevlar seiner Weste durchdrungen hatte. Falls sich seine Lunge in der nächsten Minute mit Blut füllte oder ein Pneumothorax eintrat, würde er wissen, dass es doch passiert war.

Er stolperte durch die Tür und in die an die Küche grenzende Garage. Zu spät bemerkte er, dass ihm die Sig aus der Hand gerutscht war. Als er den Kopf drehte, um über die Schulter nachzusehen, wer auf ihn geschossen hatte, verpasste er die erste Stufe und verlor das Gleichgewicht. Als er die kurze, dreistufige Holztreppe hinunterstürzte, versuchte der Einsatzcomputer in seinem Kopf zu verarbeiten, was gerade passiert war.

Wer auch immer auf Perez geschossen hat, muss sich im Esszimmer hinter mich geschlichen haben, dachte er. *In der Zwischenzeit hat sich der Fahrer angepirscht und sich Sarah Beth geschnappt.*

Zwar schlug er hart auf dem Boden auf, aber er war ein Profi im Fallen. Sein Muskelgedächtnis setzte ein. Er rollte sich wie bei einer missglückten Fallschirmlandung ab und kam in der Hocke auf die Beine. Seine Sicht verschwamm noch nicht, und er konnte problemlos atmen. Demnach hatte die Weste das Geschoss aufgehalten. Nur die Schmerzen erzählten eine andere Geschichte, denn es fühlte sich an, als hätte ihm jemand ein Schwert von hinten unter dem Schulterblatt in den Leib gerammt.

Gebrochene Rippe, Kumpel, meldete sich der SEAL in ihm zu Wort. *Im Rücken am Übergang zur Wirbelsäule. Jetzt steh auf und rette das Mädchen.*

Wie ein Linebacker preschte er aus der Hocke los. Mit gesenktem Kopf rammte er mit der Schulter voraus die dunkle Gestalt, die Sarah Beth trug. Und wie ein Linebacker bei einem entscheidenden Spielzug schlang er die Arme um seine Beute. Als sie zusammen durch die Luft flogen, senkte Jed die linke Schulter und drehte sich so, dass sie beide nicht auf Sarah Beth landen und sie zerquetschen würden.

Das Manöver funktionierte, doch er zahlte einen Preis dafür. Er knallte auf den Rücken. Der schwarz gekleidete Unbekannte kam auf ihm zum Liegen und presste Jed die Luft aus der Lunge. Obwohl er nach Atem rang, verlor er nicht den Kopf, schlang von hinten den rechten Arm um den Hals des Mannes und nahm ihn in den Würgegriff. Aus dem Augenwinkel bekam er mit, dass Sarah Beth zum Glück weggerollt war. Sie saß benommen ein Stück entfernt und schüttelte den Kopf. Jed ergänzte den Würgegriff, indem er beide Beine um die Körpermitte seines Gegners schob und die Schienbeine hinter dessen Knien überkreuzte, um sich die vollständige Kontrolle über den Mann zu sichern. Aus der Kehle des wesentlich kleineren Kerls drang ein Röcheln, als Jed den Druck auf die Halsschlagader erhöhte und die Blutversorgung des Gehirns abschnürte. In wenigen Sekunden würde der Mann in seinem eisernen Griff das Bewusstsein verlieren.

Dann geschah etwas Unmögliches.

Sein Gegner wand sich und rutschte aus Jeds Griff, als kämpfte er plötzlich nicht mehr gegen einen Mann, sondern gegen eine glitschige Schlange. Als er blinzelte, kauerte der Kerl plötzlich rittlings auf ihm, die behandschuhten Finger um Jeds dicken Hals geschlungen. Die kleinen Hände seines Gegners drückten mit übernatürlicher

Kraft zu. Für Jed fühlte es sich an, als würde er von einer Maschine gewürgt, nicht von einem Menschen. Als er die Handgelenke seines Angreifers packte, spürte er, wie ein Schwindelgefühl einsetzte. Seine Sicht verschwamm. Er starrte in das zu einer mordlüsternen Fratze verzerrte Gesicht über sich. Gelbliche Ringe flammten um die Regenbogenhäute des Mannes auf und wurden greller, bis beide Augen wie glühende Kohlen leuchteten. Jed fürchtete, sein Kehlkopf würde unter dem Druck brechen. Er drosch mit den Fäusten gegen die Unterarme seines Gegners, doch es war, als träfe er auf Betonsäulen. Die Farbe verschwand aus Jeds Sicht, zuerst nur am Rand, dann vollständig, bis er den ihn Würgenden wie eine Figur aus einer alten Fernsehserie in Schwarz-Weiß wahrnahm.

Herr, gib mir Kraft, betete er. Zu mehr als den vier Worten kam er nicht, bevor sich die Welt verdunkelte.

Er hörte ein Rauschen. Plötzlich erfüllte ihn ein Energieschub und seine Gedanken wurden klar.

Jed ließ von den Handgelenken seines Gegners ab. Stattdessen holte er mit den Armen aus und verschränkte die Finger über dem Kopf zu einer geballten Doppelfaust. Dann ließ er sie mit aller Kraft niedersausen und landete einen wuchtigen Treffer am linken Unterarm des Mannes über ihm. Das laute, Übelkeit erregende Knacken von nachgebenden Knochen wurde vom Aufschrei seines Gegners übertönt. Kurz lockerte sich der Würgegriff um Jeds Hals, was jedoch genügte, um wieder in Farbe zu sehen. Er holte ein zweites Mal aus. Diesmal brachen die Knochen vollständig. Der Unterarm verbog sich zu einem unnatürlichen Winkel von 90 Grad. Jed bäumte sich auf, rollte sich kraftvoll nach links und warf seinen Angreifer ab wie ein Stier einen Rodeoreiter. Hastig rappelte er sich auf die Beine. Seine Sicht wurde klarer, als er seinem übernatürlichen Feind gegenüberstand.

Der Mann hatte sich aufgerichtet und ihm zugedreht, das Kinn gesenkt. Die Augen leuchteten rot im Schatten der Stirn. Der Kerl schien die schier unerträglichen Schmerzen des verstümmelten Arms nicht zu bemerken. Wie ein Boxer hob er die Fäuste, aber die linke sackte nach unten, drehte sich nach hinten und sank auf seine Brust. Jed griff an. Die Rechte des Mannes schnellte blitzschnell vor und traf Jed an der linken Schläfe. Sternchen tanzten vor seinen Augen, und er taumelte zurück. Jed konterte mit einem rechten Haken durch die nicht vorhandene Deckung des erschlafften gebrochenen Arms. Seine Faust traf den Mann links am Kinn. Er beobachtete, wie der Schädel des Dieners der Finsternis nach rechts geschleudert wurde. Blut und vielleicht auch Zähne spritzten in Richtung der Einfahrt. Der Schlag hätte den Mann in die Knie zwingen müssen. Stattdessen drehte der Wahnsinnige den Kopf, setzte ein blutiges Grinsen auf und rückte vor.

Jed schlug erneut zu, diesmal mit einer Geraden. Er spürte, wie sie dem Mann die Nase brach und plättete. Sofort setzte er mit einem gezielten Handkantenschlag gegen die Kehle nach. Der Hals seines Gegners schwoll sofort an. Blutiger Schaum blubberte über die Lippen, aber immer noch ging er nicht zu Boden. Wie zwei Gladiatoren im Kampf auf Leben und Tod umkreisten sie einander. Nach einer Drehung um 90 Grad griff der Wahnsinnige mit einem gellenden Aufschrei erneut an, die heile Hand zu einer Klaue verkrümmt. Jed wich wie ein Stierkämpfer nach rechts aus und verpasste seinem Gegner in der Bewegung einen vernichtenden Tritt ins Kreuz.

Dann erkannte er seinen Fehler.

Sein Gegner wollte ihn nicht angreifen, sondern an ihm vorbei. Das Ziel war die Sig Sauer P365 auf dem Betonboden neben der Treppe, die in die Küche führte. Jed hechtete hinterher und packte den Mann noch in der Luft um die Taille, als der mit der rechten Hand die Pistole aufhob. Jed zerrte ihn zurück, dann rangen sie miteinander und droschen erbarmungslos mit Ellbogen, Knien und Kopfstößen aufeinander ein, während sie um die Kontrolle über die Waffe kämpften. Plötzlich wurde Jed irgendwie zur Seite geschleudert, als wäre er eine Lumpenpuppe. Er landete schmerzhaft verrenkt im Vorgarten.

Das SEAL-Credo – sein Credo – schoss ihm durch den Kopf.

Ich gebe niemals auf. Ich halte durch und blühe in Krisen auf…

Mit einem müden Grunzen stemmte sich Jed auf die Knie. Als er aufschaute, erkannte er, dass es vorbei war.

Der Dämonenkrieger hielt Jeds Pistole direkt auf ihn gerichtet. Die Mündung starrte ihn an wie ein dunkles Auge. Instinktiv dachte er an Sarah Beth, das einzige Leben, das für ihn in dem Moment zählte.

»Lauf, Sarah Beth!«, brüllte er.

Dann knallte ein Schuss, und er kniff die Augen zusammen.

Als keine Kugel in sein Gesicht einschlug, öffnete er die Lider, verblüfft darüber, dass der Mann ihn aus gerade mal drei Metern Entfernung verfehlen konnte.

Dunkles Blut aus einem großen Einschussloch knapp über dem Rand der linken Augenbraue strömte seitlich am Gesicht seines Angreifers herab. Zunächst dachte Jed, der aufrecht stehende Tote würde noch einmal die Pistole heben, dann jedoch erlosch das rote Leuchten der Augen. Der Arm sackte nach unten. Der Körper schwankte kurz, bevor er zu Boden sackte und sich nicht mehr rührte.

Jed löste den Blick von der verstümmelten Leiche und schaute nach rechts, wo Ben Morvant in Schussposition stand, das holografische Visier seines Sturmgewehrs noch auf den Toten gerichtet.

»Danke, Bruder«, presste Jed hervor, die Stimme rau und brüchig vom früheren Würgegriff seines nunmehr toten Feinds. »Bin dir was schuldig.«

»Ich setze es auf deine Rechnung«, gab Morvant zurück. Vier weitere Shepherds kamen angestürmt. Zwei sicherten den Van und den Leichnam, die anderen betraten das Haus durch die Tür von der Garage zur Küche.

Jed mühte sich auf die Beine. Sein Körper fühlte sich bleiern an.

»Onkel Jed!«, rief Sarah Beth hinter ihm. Er drehte sich gerade noch rechtzeitig um, bevor sie die Arme um seine Taille schlang. »Ich hab gewusst, dass du kommen würdest. Ich hab dich gerufen und gewusst, dass du mich hören und kommen würdest.«

Sie begann zu schluchzen. Jed erwiderte nichts. Er sank nur auf ein Knie, schloss die Augen und hielt sie fest. Einen Herzschlag später hörte er das Geräusch rennender Schritte. Abrupt öffnete er die Lider und erblickte David, der auf sie zuhastete.

»Sarah Beth? O himmlischer Vater, bitte sag, dass es ihr gut geht«, stieß David hervor, der vor lauter Eile im Vorbeilaufen Morvant anrempelte. Dann fiel er auf die Knie und schloss sich ihrer Umarmung an. Jed bemerkte die baseballgroße lila Schwellung an der linken Schläfe seines früheren besten Freundes. Aus einer Platzwunde in der Mitte des Hämatoms ausgetretenes Blut war an seinem Hals und seiner Wange getrocknet. Auch im Weiß von Davids linkem Auge waren Äderchen geplatzt.

Sarah Beth zog sich zurück und sah ihren Vater an. »Papa?«, entfuhr es ihr ungläubig, als hätte sie einen Geist vor sich. Dann quiekte sie. »Papa! Geht's dir gut?«

»Ja, Liebes«, antwortete David mit brüchiger Stimme.

Bei dem Stichwort rappelte sich Jed mühsam auf die Beine, während sich Vater und Tochter umarmten.

»Ich konnte dich nicht finden«, sagte sie. »Da dachte ich, du wärst tot. Aber es geht dir gut. Es geht dir gut!«

»Ich war auf dem Rückweg vom Briefkasten, als mir jemand seitlich gegen den Kopf geschlagen hat. Ich bin im Garten der Nachbarn aufgewacht und hab Jed kämpfen gesehen. Dann sind Ben und seine Leute aufgetaucht und …« Mitten im Satz verstummte David. Alle Farbe entwich aus seinem Gesicht. »Sarah Beth, wo ist Mama? Ist sie in Ordnung?«

Die Frage traf Jed wie ein Schlag in die Magengrube. Sofort setzte er sich zum Haus in Bewegung.

»Sie lebt, Papa. Sie lebt, Onkel Jed«, fügte Sarah Beth übersprudelnd hinzu. »Sie ist auch gerade aufgewacht und hat mir gesagt, dass sie rauskommt.«

Als Jed die Worte hörte, atmete er erleichtert aus, setzte sich ins Gras und vergrub das Gesicht in den Händen. In seinem Herzen brach ein Damm. 17 Jahre voller Beklommenheit, Schuldgefühlen und Bedauern fluteten seinen Geist, seinen Körper und seine Seele. Ein Schluchzen setzte ein und wurde schneller und heftiger, bis es sein gesamtes Wesen erschütterte.

»Geht's dir gut, Onkel Jed?«, fragte Sarah Beth und legte ihm die Hand auf die Schulter.

»Ja«, brachte er erstickt hervor. In dem Moment empfand er inneren Frieden. »Dank dir, Sarah Beth.«

Bald.

34

Die Erleichterung beim Anblick, wie Rachel aus eigener Kraft aus dem Haus kam, verflüchtigte sich, als Jed beobachtete, wie sie David umarmte und den Kopf an der Brust ihres Ehemannes vergrub. Als Jed zur Beruhigung tief einatmete, löste er damit einen Hustenanfall aus. Schmerzen flammten rechts im mittleren Rückenbereich auf. Im Mund hatte er immer noch den Kupfergeschmack von Blut. Als Sarah Beth die Arme um den Hals ihrer Mutter schlang und David zärtlich die Gesichter der beiden streichelte, schämte sich Jed für seine Eifersucht. Ihm kam ein tröstlicher Gedanke. Vielleicht waren alle dort, wo sie sein sollten.

Wäre ich nicht zu den SEALs gegangen und hätte mir dort über anderthalb Jahrzehnte meine Fähigkeiten angeeignet, würden David und Rachel jetzt vielleicht den Verlust ihrer Tochter betrauern, statt das Leben zu feiern.

Eine Hand auf seiner Schulter ließ ihn aufschrecken. Er drehte den Kopf und schaute zu dem Shepherd auf, der mit einem Ärztekoffer neben ihm aufgetaucht war.

»Hi, Jed. Ich bin gewissermaßen der 18 Delta im Team. Lass mich mal ansehen, was du alles abbekommen hast«, sagte der drahtige Sanitäter für Sondereinsätze und deutete auf Jeds ramponierten Körper.

»Sieh zuerst nach der Polizistin«, gab er zurück und zeigte in Richtung der Eingangsstufen, wo Detective Perez an den Rahmen der weit offenen Haustür gelehnt saß, auf dem Schoß die Pistole. Der Blutfleck auf ihrer weißen Bluse hatte sich deutlich vergrößert.

»In Ordnung«, erwiderte der Sanitäter, offenbar erfahren genug, um zu wissen, dass es sinnlos wäre, mit einem Elitesoldaten zu diskutieren. »Aber sobald ich mit ihr fertig bin, untersuche ich dich.«

»Abgemacht«, willigte Jed ein, bevor sie zusammen zur Eingangstreppe gingen.

»Hallo, Jed«, sagte Perez und lehnte den Kopf zurück. »Sie sehen fürchterlich aus.«

»Schon möglich, aber ich wette, Sie fühlen sich noch schlechter.« Er setzte sich neben sie. Der Sanitäter tat es ihm gleich. »Geht's?«

Sie nickte, während der Sanitäter ihren Puls überprüfte, bevor er ihre Bluse anhob, um einen Blick auf die Schussverletzung im unteren Bauchbereich zu werfen.

»Das war es wert«, sagte sie und schaute an ihm vorbei zu den Yarnells, die sich immer noch im Vorgarten umarmten.

»Ja«, brachte Jed heraus.

»Sieht nach einem glatten Durchschuss aus«, sagte der Sanitäter. »Ich kann mir natürlich nicht sicher sein, aber Ihr Puls ist stabil und Sie sind nicht schweißgebadet, also scheinen Sie nicht unter Schock zu stehen. Im Krankenhaus wird man wahrscheinlich einen CT-Scan machen. Ist sonst noch was verletzt?«

»Mein Stolz«, antwortete sie. Dann zuckte sie zusammen und fügte hinzu: »Und mein Hinterkopf. Jed, ich habe diesen anderen Kerl nicht bemerkt, bis er mir irgendwas übergezogen und dann Sie angegriffen hat. Als ich gesehen habe, wie er Ihnen aus nächster Nähe in den Rücken geschossen hat, dachte ich, Sie wären tot, und … und …«

Ein Schluchzen blieb ihr in der Kehle stecken, und er sah Tränen in ihren Augen.

»Die Weste«, sagte Jed und klopfte darauf.

»Entschuldigung. Normalerweise bin ich nicht so nahe am Wasser gebaut«, sagte sie und wischte sich die Wangen ab. »Als Sie zu Boden gegangen sind, dachte ich, wir hätten das Mädchen endgültig verloren.«

Jed ließ sein bestes Macholächeln aufblitzen. »Ist schon mehr als 'ne Kugel in den Rücken nötig, um mich außer Gefecht zu setzen. Übrigens, was ist aus dem Kerl geworden, der auf mich geschossen hat? Haben Sie ihn ausgeschaltet?«

»Hab ich versucht«, antwortete Perez. »Aber er ist durch die Vordertür geflüchtet. Hat ihn einer Ihrer Freunde erwischt?«

»Glaub, nicht.« Jed drehte den Kopf und suchte das Grundstück nach einem schwarz gekleideten Toten ab, den er vielleicht übersehen hatte. »Er muss wohl davongekommen sein …«

»Ein Krankenwagen wird jeden Moment hier sein«, sagte der Sanitäter der Shepherds mit der Hand an seinem Ohrstöpsel. »Wir haben durchgegeben, dass wir eine verletzte Polizistin haben, aber in stabilem Zustand.«

»Danke«, sagte Perez. Sie zuckte zusammen, als der Sanitäter einen dicken Einsatzverband auf ihre Wunde drückte und um ihre Taille wickelte.

»Geht aufs Haus«, sagte der Mann grinsend. Er half ihr, die Waffe zu sichern, dann senkte er Perez auf den Boden und legte ihr ihre zusammengeknüllte Jacke als Kissen unter den Kopf.

In der Ferne heulten Sirenen – etliche. Jed mühte sich auf die Beine, salutierte salopp vor der Ermittlerin und wandte sich zum Gehen.

»He«, hielt Perez ihn auf. »Die Mutter, Rachel … Sie hat sich mit einem Messer auf diesen Kerl gestürzt. Obwohl er um die 50 Kilo mehr auf die Waage gebracht haben muss als sie, hat sie ihn ausgeschaltet.«

Jed schürzte die Lippen und rief sich den grausigen Anblick auf dem Küchenboden ins Gedächtnis. »Ja.«

»Sie muss wohl in dem Moment mütterliche Superkräfte entwickelt haben«, meinte Perez zufrieden und schloss die Augen.

»Genau.« Jed starrte zu Rachel und spürte, wie sich Emotionen in ihm regten. »Mütterliche Superkräfte.«

»He, Jed, wir müssen weg. Solltest du wohl besser auch«, sagte Morvant, der mit ernster Miene angelaufen kam. »Die Yarnells nehmen wir mit. Wir haben einen sicheren Unterschlupf für sie, eine Ranch südlich von Clarksville.«

Jed nickte, aber er spürte, wie sich Besorgnis in ihm regte. »Was, wenn die Polizei es nicht erlaubt?«

Morvant lachte. »Ich hab in der Tasche 'nen Brief, mit dem wir darüber erhaben sind. Weißt du, ich kenne da jemanden, der jemanden kennt …«

Schmunzelnd schüttelte Jed den Kopf. *Typisch Taskforce.*

»Komm jetzt«, sagte der Anführer der Shepherds. »Zeit zum Aufsatteln. Wir müssen los.«

Jed schaute zu seiner Jugendliebe in den Armen seines ehemals besten Freundes mit ihrer gemeinsamen Tochter zwischen ihnen. »Nein«, sagte er. »Geht ihr nur. Ich fahre zurück ins Hotel.«

»Jetzt sei kein Sturkopf. Wir müssen dich untersuchen. Dein Hals sieht nicht gut aus, Bruder.«

»Ich brauche keinen Babysitter.«

»Das hab ich auch nicht behauptet.«

»Ist nicht mein erstes Rodeo«, erwiderte Jed, als sich sein Stolz in den Vordergrund drängte.

»Weiß ich«, sagte Morvant mit einem entwaffnenden Lächeln. »Na schön, dann schicke ich dir meinen Sanitäter zum Hotel, sobald wir hier fertig sind. Er kann dich auch dort zusammenflicken.«

Jed nickte. »Und morgen führen wir zwei unser Gespräch. Ich hab noch 'ne Menge Fragen.«

»Am Montag«, entgegnete Morvant und legte Jed brüderlich die Hand auf die Schulter. »Morgen ist Sonntag. Da gehen wir erst in die Kirche, danach ist Ruhetag.«

»Dann Montag.«

»Ich freu mich schon darauf, Jed«, sagte Morvant und wandte sich zum Gehen.

»Ich auch … Ach, Ben?« Plötzlich fühlte sich Jed seltsam wohl dabei, den legendären Elitesoldaten zu duzen.

»Ja?«

»Passt gut auf sie auf«, bat er und deutete mit dem Kopf auf die Yarnells. »Sonst kriegt ihr es mit mir zu tun.«

»Ist angekommen«, gab Ben mit einem schiefen Grinsen zurück. Dann deutete er mit der rechten Hand eine Kreisbewegung an und rief: »Zeit zum Abrücken, Leute. In drei Minuten sind wir unterwegs.«

Jed ließ den Blick von Ben zu Sarah Beth, Rachel und David wandern. Kaum hatte er es getan, schaute die Kleine aus den Armen ihrer Mutter auf und sah ihm in die Augen. Er zwinkerte ihr zu. Sie grinste und zwinkerte zurück.

Mit einem verkniffenen Lächeln wandte er sich ab und ging über den Rasen zurück zu seinem geliehenen SUV, als der erste Streifenwagen und ein Krankenwagen in die Einfahrt bogen.

»Jed!«, rief Rachel hinter ihm.

Er erstarrte und scheute sich davor, sich umzudrehen, weil er fürchtete, ihr Anblick könnte seine emotionalen Fortschritte zunichtemachen. Vielleicht fürchtete er auch, es würde nicht so sein.

»Jed«, wiederholte sie. Er nahm allen Mut zusammen und drehte sich gerade noch rechtzeitig um, bevor sie die Arme um ihn schlang.

Schmerzen flammten in seinem Rücken auf, doch er achtete nicht darauf. Stattdessen gestattete er sich, ihre erste Umarmung seit einer Ewigkeit zu genießen. Schließlich zog sie sich zurück und schaute zu ihm auf. Ihr Gesicht war wunderschön, so übel mitgenommen es auch sein mochte.

»Danke«, sagte sie.

»Gern geschehen«, gab er verlegen zurück.

Er drückte ihre Hand, bevor er sich abermals zum Gehen wandte, weil er ihren Anblick in seinem erschöpften Zustand als zu viel empfand. Aber sie ließ ihn nicht los, hielt ihn zurück, zog an ihm, bis er sich ihr wieder zuwandte.

»Weißt du überhaupt, wofür ich dir danke, Jed?«, fragte sie mit jenem vertrauten Blick – ernst, schulmeisterlich, bedingungslos liebend. Ein Blick, den er schon im Alter von zehn Jahren zugleich geliebt und gehasst hatte.

Er lachte.

»Vermutlich dafür, dass ich mich zweimal heftig geprügelt habe, um dir deine Tochter zurückzubringen. Sie ist was Besonderes, Rachel. Sarah Beth ist unglaublich und …« Abrupt verstummte er, als ihm klar wurde, dass sich wirklich alle genau dort befanden, wo Gott sie haben wollte. Er. Rachel und David. Und ihr kleines Mädchen. »Wie auch immer, gern geschehen.«

»Das stimmt alles.« Sie bedachte ihn mit einem wissenden Lächeln. »Aber ich habe dir nicht dafür gedankt. Diesmal nicht.«

»Und wofür dann?«, fragte er, verwirrter denn je von ihr.

Sie ergriff seine riesigen Hände und drückte sie fest. »Danke, dass du dein Licht zurückgebracht hast …« Sie warf einen Blick zu David, der sie beobachtete, den Arm um Sarah Beths Schultern gelegt. »Dass du es uns allen zurückgebracht hast.«

Bei den Worten setzte Jeds Herz einen Schlag aus, und ihm wurde bewusst, dass er sich plötzlich etwas weniger müde fühlte.

»Gern geschehen«, sagte er und meinte es aufrichtig.

Mit einem Lächeln im geschundenen Gesicht löste er sich von ihr und ging davon – und zwang sich, nicht bei jedem einzelnen Schritt zurückzuschauen.

35

CATHEDRAL OF THE INCARNATION

2015 WEST END AVENUE

NASHVILLE, TENNESSEE

MONTAG, 18:30 UHR ORTSZEIT

Mit dem überwältigenden Gefühl eines Déjà-vu folgte Jed Pater Newman durch den Eingangsbereich und durch die Doppeltüren in den Hauptaltarraum. Wieder fiel sein Blick auf das Glasbildnis der aufsteigenden Taube mit den Flügeln eines Adlers.

An der Taube ist mehr dran, als man auf den ersten Blick sieht, schoss ihm durch den Kopf, während sie durch den Mittelgang zum Podium marschierten. Wieder sinnierte Jed über die stille Schönheit der Kathedrale, während Pater Newman ihn in den Leseraum führte, in dem er sich in der ersten Nacht mit David und Rachel getroffen hatte. Diesmal jedoch hätten die Umstände kaum gegensätzlicher sein können. Sarah Beth war in Sicherheit, die Tortur der Yarnells hatte geendet. Wie zur Bestätigung war der Priester diesmal legerer gekleidet. Er trug Bluejeans und ein gelbes Golfhemd mit offenem Kragen unter einem grauen Sakko.

An der Schwelle zur Bibliothek drehte sich Newman um und musterte Jed durch seine runde Drahtgestellbrille von oben bis unten.

»Sie sehen fürchterlich aus, Jedidiah«, meinte er mit einem entwaffnenden Lächeln. »Unsere Freunde scheinen Sie auf eine harte Probe gestellt zu haben.«

»Könnte man so sagen.«

»Wie ich Ben kenne, dürften die Empfänger eurer Einsatzbemühungen wohl noch übler mitgenommen sein. Oder tot«, fügte er mit einem unerwarteten Schmunzeln hinzu. »Das ist wohl wahrscheinlicher.«

»Sie kennen Ben?« Jed verblüffte, wie unbekümmert der Geistliche über Gewalt sprach. »Ben Morvant?«

»Ja, natürlich«, antwortete Newman, hielt ihm mit der linken Hand die Tür zu dem kleinen Leseraum auf und winkte ihn mit der rechten hinein. »Seit vielen Jahren. Ben ist ein überaus beeindruckender Mann Gottes. Wir haben sozusagen denselben Boss«, fügte der Priester hinzu und blickte vielsagend gen Himmel.

Jed betrat den menschenleeren Lesesaal verwirrter als je zuvor.

Er drehte sich um, wollte eine weitere Frage stellen, verkniff es sich aber, als Pater Newman das Sakko ablegte. Zum Vorschein kamen athletische Arme, die das freundliche, rundliche Gesicht nicht erahnen ließ. Mitten auf dem linken Unterarm entdeckte Jed eine blau-weiße Tätowierung, eine Miniaturversion der emporsteigenden Taube von der Glasmalerei. Am anderen Unterarm prangten der Adler, die Weltkugel und der Anker des United States Marine Corps.

Seit seiner Rückkehr nach Nashville war Jed bei jeder Begegnung mit irgendjemandem überrascht worden und mit mehr Fragen als Antworten zurückgeblieben.

»Das endet heute«, murmelte er.

»Was?«, fragte Newman lächelnd und deutete auf den

Kaffee und die Snacks, die auf der Anrichte zwischen den hohen Bücherregalen warteten. »Oder soll ich raten?«

Jed lächelte. »Nur zu.«

»Kann ich Ihnen einen Kaffee anbieten?«

»Gern – einfach schwarz.« Während der Geistliche einschenkte, zeigte Jed auf seine Unterarme. »Mir gefallen Ihre Tätowierungen«, merkte er vielsagend an.

»Ah.« Der Priester drehte sich um, reichte ihm die zu drei Vierteln gefüllte Kaffeetasse und deutete auf die Lehnsessel. »Welche?«

»Alle«, sagte Jed, nachdem er sich auf einem der bequemen Ledersessel gegenüber seinem Gastgeber niedergelassen hatte. »Bei einem meiner ersten Einsätze als SEAL hab ich mehrere Monate mit Aufklärungsspezialisten von den Marines verbracht. War das erste Mal, dass ich abseits von Feuergefechten mit Marines zu tun hatte, und ich war durch und durch beeindruckt. Marines muss man einfach lieben.«

»Hu-ha«, sagte der Geistliche lächelnd und nippte an seinem Kaffee.

»Und die Taube gefällt mir auch. Lässt sich nicht übersehen, dass die Tätowierung der Glasmalerei am Eingang zum Altarraum entspricht. Eine Taube mit Adlerflügeln – aus irgendeinem Grund geht mir das nicht aus dem Kopf.«

»Ich vermute, darüber werden Sie heute Abend mehr erfahren«, meinte der Priester mit einem kryptischen Lächeln und lehnte sich in dem Sessel zurück. »Wenn Sie das wollen.«

Jed setzte zu einer Erwiderung an, doch bevor er etwas sagen konnte, erschien ein Besucher an der Tür.

»Ben Morvant«, sagte Pater Newman und erhob sich. »Wie er leibt und lebt!«

Jed drehte sich um und beobachtete, wie Ben die Bibliothek betrat.

»Tust du auch noch, wie ich sehe«, erwiderte der Shepherd und umarmte Newman herzlich. »Allen gegenteiligen Prognosen zum Trotz.«

Die beiden lachten – vermutlich ein Insiderwitz –, und Ben wandte sich Jed zu, um ihn zu begrüßen.

Jed stand auf und schüttelte die starke, wettergegerbte Hand des ehemaligen SEALs.

Lange nicht mehr erlebte Aufregung und Erwartung breiteten sich in ihm aus.

»Schön, dich zu sehen, Bruder«, sagte Ben, als sie den Händedruck beendeten und sich setzten. »Dein Hals sieht schrecklich aus. Das bedeutet wohl, er heilt bereits.«

»Meine Kehle fühlt sich beim Schlucken oder Husten normal an. Was man sieht, sind bloß Blutergüsse. Dein Sanitäter war bei mir im Hotel und hat die Wunde am Hals und an der Schulter prima verarztet. Wie sich herausgestellt hat, ist wirklich eine Rippe gebrochen. Die fühlt sich nicht so toll an. Aber *huu-ja, semper fi* und *amen,* es hätte schlimmer sein können. Gott sei Dank hast du mir die Weste überlassen.«

»Ja, Gott sei Dank«, pflichtete Morvant ihm mit jenem weisen Lächeln bei, an das sich Jed allmählich gewöhnte. »Und ich danke ihm auch dafür, dass er es dir ermöglicht hat, rechtzeitig zu reagieren. Wärst du nicht zum richtigen Zeitpunkt zur Stelle gewesen, hätte es ganz anders ausgehen können. Ich weiß nicht, Pater Newman – kommt mir fast so vor, als wäre Jed schon ein Shepherd.«

Jed beobachtete, wie Ben und der Priester einen Blick wechselten.

»Stimmt«, pflichtete Newman ihm bei.

»Wenn wir schon dabei sind, ihm zu danken«, warf Jed ein, »dann vielleicht auch dafür, dass Detective Perez aufgetaucht ist. Ohne sie wäre ich vielleicht tot, und Sarah Beth wäre wieder entführt worden.«

»Ja.« Ben sah ihm in die Augen. »Ein weiterer Glücksfall, wie es manch einer wohl nennen würde.«

»Wie geht's Sarah Beth?«, erkundigte sich Jed, der plötzlich an das Mädchen denken musste.

»Auf dem Weg der Besserung. Die Ranch passt zu ihr wie die Faust aufs Auge. Sie hat sich auf Anhieb in die Pferde verliebt. Wir können sie gar nicht mehr vom Stall fernhalten. Heute Morgen ist die ganze Familie ausgeritten. Ich glaube, sie kommt sich ein bisschen vor wie im Ferienlager. Pastorin Dee ist bei ihr und kümmert sich um alles Wichtige, das nicht in meine Zuständigkeit fällt.«

Jed nickte. Gern hätte er sich auch nach Rachel erkundigt. Aber er wusste, damit würde er Gefühle aufwühlen, mit denen er sich im Augenblick nicht auseinandersetzen konnte und wollte.

»Also …«, sagte er stattdessen.

»Ja?« Ben faltete die Hände im Schoß.

Jed seufzte. Er wusste, wie diese geheimen Organisationen vorgingen. Er würde darum bitten müssen, in den Club aufgenommen zu werden. Erst dann würde ihm jemand den geheimen Handschlag verraten. Obwohl er seinen Entschluss so gut wie gefasst hatte, ertappte er sich dabei, herumzudrucksen.

Er wandte sich an den Priester. »Also sind Sie wohl auch ein Shepherd.«

Der Geistliche lachte. »Das schmeichelt mir, aber nein. Ich bin mit Leib und Seele Marine gewesen, aber selbst als ich jünger und schlanker war, hätte ich nie wirklich zum Shepherd getaugt.«

»Hätte ich Ihnen aber ohne Weiteres zugetraut«, meinte Jed und betrachtete die kräftigen Arme des Priesters.

»Am Anfang war ich Offizier bei der Feldartillerie, aber den Großteil meiner Laufbahn hab ich im Nachrichtendienst verbracht. Ich war nie Aufklärer – oder was man heute MARSOC nennt. Shepherds sind Spezialisten für Sondereinsätze. Das ist nie meine Berufung gewesen.«

Der ehemalige Marine stützte sich mit funkelnden Augen auf die Ellbogen. »Aber es ist mir eine Ehre, am Wächterprogramm mitzuwirken. Im Verlauf der Jahre habe ich etliche erstaunliche junge Menschen als Hüter betreut. Mittlerweile diene ich in einer Führungsrolle.« Er hob einen Arm und zeigte Jed die aufsteigende Taube darauf. »Das bedeutet die Tätowierung. Die Taube steht für Frieden, aber die überdimensionalen Flügel sind eine Metapher.«

»Argusaugen von oben?«, riet Jed.

Newman nickte. »Frieden durch Wachsamkeit.«

»Einzelne Teile hab ich mir schon zusammengereimt, aber was genau beinhaltet das Wächterprogramm?«

»Lass uns doch erst über die Shepherds reden«, schlug Ben vor. »Das heißt, falls du noch interessiert bist.«

Bin ich dabei oder nicht? Soll ich ins kalte Wasser springen oder mich umdrehen und das Weite suchen?

Er sah dem Shepherd in die fast schon lächerlich geduldigen Augen. »Ben, ich will ehrlich sein. Ich hab die letzten zwei Tage viel darüber nachgedacht. Dabei ist es mir zwar gelungen, 17 Jahre des Leugnens hinter mir zu lassen, trotzdem fällt es mir schwer, die Reihe scheinbarer Zufälle zu verarbeiten, durch die ich heute hier sitze.«

»Meiner Erfahrung nach gibt's keine Zufälle«, sagte Ben leise.

»In meiner Jugend dachte ich, bereits alles durchschaut zu haben. Ich war sehr gläubig. Bis Rachel, David und mir etwas passiert ist …« Er schloss die Augen und schüttelte den Kopf, um die Dämonen jener Nacht zu vertreiben. Dann blinzelte er und konzentrierte sich auf Ben. »Man hat mir gesagt, ich soll für diese Entscheidung beten. Das hab ich getan – meine einzigen Gebete der letzten 17 Jahre habe ich alle in den letzten Tagen gesprochen. Ich werde das Gefühl nicht los, dass ich aus einem bestimmten – einem *göttlichen* – Grund hier bin und mit dir an diesem Tisch sitze. Aber ich weiß nicht, ob …« Er schürzte die Lippen. »Könnte es nur Wunschdenken sein? Ich bin aus medizinischen Gründen kein SEAL mehr. Es war nicht meine freie Entscheidung. Und wenn man als SEAL aus seinem Team ausscheidet, verliert man den Sinn im Leben. Ich schätze, ich will mich wohl nur vergewissern, dass ich mich nicht auf eine eingebildete höhere Berufung stürze, die in Wahrheit nur eine Lücke nach meinem Leben als SEAL füllen soll.«

Ben nickte. Sein Gesichtsausdruck wirkte mitfühlend. »Wunschdenken ist vergeudetes Denken, Jed. Das ist zumindest meine Überzeugung. Und danach zu urteilen, wie du dein Leben bisher geführt hast, teilst du sie offenbar. Irgendwann erzähle ich dir die Geschichte, wie ich hier gelandet bin. Aber sagen wir vorerst einfach, dass ich alles, was du gesagt hast, nachvollziehen kann, weil ich die gleichen Gefühle durchgemacht habe, als die Shepherds ursprünglich an mich herangetreten sind. Damals war ich seelisch und körperlich gebrochen von meiner … Begegnung. Und verkrüppelt. Dass ich kein SEAL mehr sein konnte, hat auch mich meiner Bestimmung beraubt, wie du es gesagt hast. Und ich wette, jeder Agent der Shepherds hatte mit Ähnlichem zu kämpfen. Aber ich kann dir sagen, dass ich als Shepherd erstmals das Gefühl hatte, meine Fähigkeiten für einen größeren Zweck einzusetzen.«

Jed nickte. Er wollte überzeugt werden.

»Wie geht's der Hüfte?«, erkundigte sich Ben. Jed entging nicht die wahre Bedeutung der Frage.

»Ist wie neu. Wie sie vor einem Jahrzehnt war. Aber das hast du ja schon gewusst.«

»Ich habe es gehofft«, korrigierte Ben. »Und ich bin froh, dass es so ist. Es bedeutet, dass du etwas von Gott empfangen hast, nicht von mir. Vielleicht bist du bereit, auch diese ... neue Berufung ... von ihm zu empfangen.«

Jed spürte, wie er sich dem Rand des Kaninchenlochs näherte.

»Der göttliche Aspekt daran verwirrt mich«, sagte er offen. »Versteh mich nicht falsch, ich kenne einige SEALs und andere Soldaten mit starkem Glauben, der ihnen in schwierigen Situationen hilft. Aber das hier ist anders. Wie kann es eine Regierungsbehörde mit so ausgeprägt religiöser Komponente geben?«

»Zunächst mal muss ich klarstellen, dass es bei den Shepherds keine institutionelle Religion gibt, keine Doktrin. Wir sind eine konfessionsübergreifende Organisation. Was uns alle verbindet, sind Liebe und Glaube an Gott. Wir dienen Gott, nicht dem Willen oder den Launen konkurrierender religiöser Institutionen. Zweitens arbeiten wir nicht *für* die Regierung, sondern mit ihr zusammen. Und wenn ich Regierung sage, meine ich in Wirklichkeit *Regierungen,* Mehrzahl. Wir sind ein geheimer Orden mit weltweiter Präsenz. Unsere Einsätze zur spirituellen Terrorbekämpfung werden von mehreren Regierungen überall auf der Erde gebilligt. Wir erhalten bei Bedarf sowohl offene als auch verdeckte Unterstützung von unseren Verbündeten. Aber wir sind keine Regierungsbehörde. Werden wir auch nie sein.«

»Das versteh ich nicht. Wie könnt ihr ohne Verbindung zur Regierung Antiterroroperationen durchführen?«

»Ich hab nicht gesagt, dass wir keine Verbindungen zur Regierung haben«, erwiderte Morvant kryptisch. »Die hast du ja bereits erlebt. Es ist ein komplizierter, heikler Eiertanz. Und ja, es ist auch Politik im Spiel, aber *darauf* will ich jetzt nicht eingehen. Verstehen und akzeptieren musst du nur, dass wir hier alle für dasselbe kämpfen. Als SEAL hast du mit der brutalen Bösartigkeit von Dschihad-Terrorismus überall auf der Welt zu tun gehabt. Aber was glaubst du, woher diese Bösartigkeit kommt – ursprünglich, meine ich? Wie konnte ein unbedeutender Mann an die Spitze von Nazideutschland aufsteigen und den Holocaust einleiten? Wie ist es zum Ersten Weltkrieg gekommen, zu den Kreuzzügen oder zu einem der unsagbar grauenhaften Kriege von Mensch gegen Mensch? Was du als einzelne, unzusammenhängende geopolitische Konflikte im Verlauf der Geschichte betrachtest, sehen wir als Schlachten in einem langen, endlosen Krieg, der seit Tausenden Jahren wütet. Ein spiritueller Krieg, allgegenwärtig, überall um uns herum. Gut gegen Böse, Gott gegen Satan, wie auch immer man es nennen will. Wenn man letztlich die Augen für die wahren Akteure in dem Krieg öffnet, verändert man sich für immer und wird ein unendlich effektiverer Krieger.«

Jed dachte über Bens Worte nach und versuchte, schlau daraus zu werden. »Und vielleicht zögere ich genau deshalb noch, Ben. Die Glaubenskomponente in deinem Team lässt mich zweifeln, ob ich der Richtige dafür bin. Als sich für mich etwas geändert hat, ich meine eigene … Begegnung hatte, könnte man wohl sagen, da habe ich mich von Gott abgewandt. Ich bin weggelaufen, nicht nur vor Gott, sondern auch vor meinen Freunden, meiner Familie und meinem Leben hier in Nashville. Und vor der Liebe. Das war meine Entscheidung. Ich habe meinen Glauben hinter mir gelassen und bis heute nie wirklich zurückgeschaut. Also weiß ich nicht recht …«

Morvant nickte. »Warum du? Ist das die Frage?«

»Genau. Wenn das so was wie ein Gottesmoment ist, warum dann ich? Ben, du hast einen tief verwurzelten, starken Glauben. Das spüre ich bei jedem deiner Worte. Bei jedem deiner Atemzüge. Pater Newman ist ein Mann Gottes, der ein Gelübde abgelegt hat und es lebt. Ich hingegen … Mal ehrlich, ich habe nicht, was ihr habt. Also ja – warum ich?«

»Das ist einfach«, warf Pater Newman ein. »Warum Moses, der einen Mann ermordet hat und Einsiedler in der Wüste wurde?«

»Warum Josef, den seine Familie verstoßen und in die Sklaverei verkauft hat?«, sagte Ben.

»Warum Jona, der sich wie du von Gott abgewandt hat, aber mit einer Aufgabe zurückgekehrt ist? Warum David nach den von ihm begangenen Fehlern? Er hat sogar mit der Frau eines anderen geschlafen und den Mann in den Tod geschickt.«

»Warum Saulus von Tarsus«, sagte Ben, »der vor seiner Wandlung zu Paulus, dem Verfasser eines Großteils des Neuen Testaments, Christen verfolgt und viele in den Tod geführt hat? Jed, die Bibel ist voll von Geschichten darüber, dass Gott fehlerbehaftete, scheinbar unwürdige Menschen für seine Zwecke eingesetzt hat. Er beruft nicht die Vollkommenen in seinen Dienst, sonst hätte er keine Diener. Er wendet sich an gewöhnliche, geschädigte, ihres Glaubens unsichere Menschen. Ich habe gebetet, und ich hoffe, du auch. Ich glaube aus ganzem Herzen, dass Gott dich zu dieser Aufgabe berufen hat. Also frage ich dich ...« Er stützte sich auf die Ellbogen. Sein Lächeln wurde breiter. »Meinst du nicht, dass du genug Zeit im Bauch des Wals verbracht hast?«

Darüber schmunzelte Pater Newman.

Eine lange Weile saß Jed schweigend da und grübelte über das, was ihm vorgetragen worden war. Aber es spielte nicht wirklich eine Rolle. Denn er hatte tatsächlich auch gebetet. Und er wusste, dass er sich bei wesentlich mehr als einem gewöhnlichen Vorstellungsgespräch befand. Er fühlte sich von etwas Größerem angezogen. Er hatte reagiert, als sein Land nach ihm gerufen hatte. Er hatte nie gezögert, wenn sein Team nach ihm rief. Wenn nun Gott nach ihm rief, dann sollte er dem Ruf vielleicht folgen. Dann könnte ausnahmsweise alles in seinem Leben einen Sinn ergeben.

»Die Antwort ist Ja«, entschied Jed und war überrascht, wie leicht es ihm nach jahrelanger Verwirrung und Gewissenserforschung fiel. Konnte Kapitulation wirklich so einfach sein?

Ben und Pater Newman lächelten.

»Was passiert jetzt?«, fragte Jed.

»Wenn du bereit dazu bist, weihe ich dich – ohne irgendwelche Geheimnisse – in das Programm ein, in Art und Umfang unserer Arbeit. Dann können wir darüber reden, wie du an Bord kommst, deine Ausbildung, dein

Aufgabengebiet. Wir hätten gern, dass du eine eigene Truppe für den Direkteinsatz leitest.«

Pater Newman sah Ben unübersehbar überrascht an, schwieg jedoch.

»Wo würde ich arbeiten?«, erkundigte sich Jed, obwohl es darauf wohl nicht wirklich ankam. Er war an nichts gebunden. Nicht mehr.

»Die Shepherds sind eine multinationale Einsatztruppe, Jed«, kam Morvant gleich zur Sache. »Wir unterhalten Einheiten mit Wächtern und Shepherds überall auf der Welt. Unter anderem haben wir Niederlassungen in Großbritannien, Marokko, Berlin, Tokio, Seoul – die Liste ist schier endlos. Unsere Hauptstandorte in den USA sind in Arizona außerhalb von Prescott und hier in Tennessee in der Nähe von Nashville. Wir würden dich gern hier in Tennessee stationieren, wo wir auch unseren Befehlsstab haben – die Shepherd-Version von WARCOM, wenn man so will.«

Das überraschte Jed. Er stieß zwischen den Zähnen hindurch einen leisen Pfiff aus. War er bereit, nach Hause zurückzukehren? Irgendwie gefiel ihm die Gelegenheit, die Verbindung zu seinen Eltern und seiner restlichen Familie wieder zu stärken. Er überlegte sogar, ob Pastor Tobias noch in der Gegend sein würde. Und Tennessee mit seinen sanften Hügeln und all den Flüssen fühlte sich wirklich wie ein Zuhause an. Schon seit dem Aussteigen aus dem Flugzeug begleitete ihn das überwältigende Gefühl einer Heimkehr. Aber im Wirbelsturm der chaotischen Ereignisse und der Gewalt seit seiner Ankunft hatte er es noch nicht genießen können.

Allerdings lebten hier auch Rachel und David. Den Gedanken, den beiden und ihrer Tochter so nahe zu sein, empfand Jed als beunruhigend, um es harmlos auszudrücken. Es käme keinem Kratzen an einer heilenden Wunde gleich, sondern dem Aufreißen einer gut verheilten Narbe. Brutal und schmerzhaft.

»Wäre das ein Problem?«, fragte Ben, der sein Unbehagen vielleicht spürte.

»Nein«, entgegnete Jed und verdrängte die pubertäre Sehnsucht nach einer verlorenen Liebe. »Natürlich nicht.« Er sah Ben mit neuer Zuversicht an, zuckte mit den Schultern und setzte sich aufrechter hin. »Ich bin bereit.«

Hinter Ben öffnete sich die Tür. Ein vertrautes Gesicht erschien. Jeds Mund klappte auf. Eine Flut von Gefühlen brach über ihn herein.

»Ah, gerade rechtzeitig«, meinte Ben, als David Yarnell eintrat. Die ernsten Züge erinnerten so sehr an den hitzköpfigen Teenager, der er einst gewesen war. »Nimm Platz, David.«

Wann werde ich diesen Mühlstein um den Hals je los?

»Geht's dir gut?«, wandte sich David an Jed, setzte sich und sah ihm in die Augen.

»Alles in Ordnung«, antwortete er. »Hab schon Schlimmeres durchgemacht. Wie sieht's bei euch aus? Kommen alle klar? Wie geht's Sarah Beth?«

»Besser als erwartet, würde ich sagen«, antwortete David. Beim Gedanken an seine Tochter trat ein Lächeln in seine Augen. »Natürlich muss mental viel aufgearbeitet werden. Pastorin Dee meint, das wird seine Zeit brauchen. Die extreme Gewalt, die sie in ihren Visionen sieht, die Entführung, der psychische Missbrauch durch Victor – so was lässt sich nicht einfach unter den Teppich kehren. Immerhin ist sie erst zwölf. Ich an ihrer Stelle hätte wahrscheinlich eine posttraumatische Belastungsstörung. Aber sie ist härter im Nehmen, als man ihr zutrauen würde. In vielerlei Hinsicht hat die Erfahrung eine Menge Fragen für … na ja, eigentlich für uns alle beantwortet. Und es hat uns als Familie näher zusammengebracht. Ich bin ihr wohl nicht die beste Stütze gewesen. Anfangs wollte ich ihre Gabe, ihren Fluch – oder was auch immer es ist – nicht wahrhaben. Aber zumindest jetzt bin ich voll dabei.«

Natürlich – so ergab es Sinn. Deshalb war David gekommen. Und deshalb saß Pater Newman bei ihnen, der gesagt hatte, dass er in leitender Funktion das Wächterprogramm betreute. Ben hatte sie alle hier versammelt. Er wusste von der Verbindung, die zwischen Jed und Sarah Beth entstanden war. Vermutlich glaubte er, es würde leichter, Sarah Beth zu rekrutieren, wenn David und Rachel davon erfuhren, dass Jed – der ihre Tochter zweimal gerettet hatte – ein fester Bestandteil der Shepherds werden würde.

»Also kommt Sarah Beth zu den Wächtern?«, fragte er vorsichtig und sah David an. Vermutlich eine sehr schwierige Entscheidung für den Mann – und natürlich dessen Frau.

»Haben wir noch nicht entschieden«, antwortete David. »Aber es ist gut möglich. Nach allem, was passiert ist, könnte sie dort am sichersten sein.«

Morvant räusperte sich, und Jed sah ihn an.

»Aber wir sind nicht deshalb hier, Jed.« Wieder las er seine Gedanken.

»Dann …«

Morvant hob die Hand. »Jed, wie wir dir in den nächsten ein, zwei Stunden noch ausführlicher beschreiben werden, sind die Einsatzeinheiten der Shepherds so aufgebaut, dass es je einen Leiter für jede Gruppe und jedes Team gibt, ähnlich wie bei den SEALs. Nur wird der Teamleiter bei uns mit einem Agenten zusammengespannt, der nicht kämpft. Jeder Teamleiter bildet ein Gespann mit einem geistlichen Leiter, in der Regel von einer der zahlreichen Glaubensgemeinschaften. Zusammen treffen sie taktische Entscheidungen für das Team. Natürlich bleibt der geistliche Leiter bei Einsätzen in der Zentrale und fungiert als Kontrollstelle mit spirituellem Schwerpunkt.«

»Okay«, sagte Jed, obwohl er nicht wirklich verstand, wie es funktionierte oder worauf Ben damit hinauswollte.

»Wir sind gerade dabei, auch David für die Shepherds zu rekrutieren – als spirituell-taktischen Führer, kurz STF. Wir haben ihn schon länger im Blick, und nicht nur weil er der Vater einer der begabtesten Wächterinnen der letzten 100 Jahre ist.«

»100 Jahre?«, wiederholte Jed, den die Information kurzzeitig von der beunruhigenderen Nachricht über Davids Rekrutierung ablenkte. »Wie lange gibt es die Shepherds schon? Ich dachte, sie wären so was wie eine andere Variante des Konzepts von Taskforces als Reaktion auf den Krieg gegen den Terror.«

Morvant schüttelte den Kopf. »Die Shepherds gibt es in der einen oder anderen Form seit Hunderten Jahren. Über die Geschichte werdet ihr bei der Ausbildung mehr erfahren. Aber die heutige Form mit ihrer gemischten, multinationalen und konfessionsübergreifenden Struktur ist auf dem Höhepunkt des Ersten Weltkriegs entstanden.«

Jed ließ die Auskunft einen Moment sacken. Mittlerweile konnte er es kaum noch erwarten, alles über diese ultrageheime Organisation zu erfahren, die schon lange vor 9/11 von aller Welt unbemerkt wie moderne Einheiten zur Terrorbekämpfung agiert hatte.

So ködern sie einen – mit der unwiderstehlichen Verlockung, eine Schicht der Zwiebel nach der anderen zu schälen und das nächste Geheimnis zu erfahren …

Er lehnte sich im Sessel zurück, als ihm verspätet etwas Entscheidendes bewusst wurde, das Ben gesagt hatte. »Entschuldige, wie war das?«, bohrte er nach.

»Ich habe meine Hoffnung zum Ausdruck gebracht, dass du und David zusammen die Ausbildung durchlauft und ihr danach Seite an Seite die von mir beschriebenen Führungsrollen übernehmt. Ihr kennt euch schon lange und habt eine starke Verbindung, vor allem jetzt durch Sarah Beth.«

Kopfschüttelnd stand Jed auf. »Nein«, sagte er und konnte David dabei nicht ansehen. »Das ist zu viel verlangt. Das ist durch einiges in unserer gemeinsamen Vorgeschichte, von der du nichts weißt, schlichtweg unmöglich.« Eben noch hatte er sich zweifelnd gefragt, ob er in derselben Stadt wie David und Rachel leben könnte, und nun wollte Ben nach allem, was passiert war, dass sie ein *Team* bildeten?

Unmöglich.

Der Anführer der Shepherds musterte ihn eine Weile schweigend, dann dreht er sich Pater Newman zu, der nickte.

»Vorhin hatte ich den Eindruck, Sie wären überzeugt, dass Gott Sie zu dieser neuen Aufgabe beruft«, ergriff der Geistliche mit sanfter Stimme das Wort. »Wie unter Christen verbreitet scheinen Sie zu glauben, der Herr des Universums wäre zwar weise genug, um Sie zu rufen, nicht jedoch, um die Details zu regeln. Schon komisch, dass wir oft bereit sind, Gott den Rest unseres Lebens anzuvertrauen, und uns dann nicht sicher sind, ob wir uns bis nächsten Dienstag auf ihn verlassen können.«

Jed musterte den Mann, dessen Augen sowohl Wissen als auch tief verwurzelte Leidenschaft und Verständnis ausstrahlten. »Ich zeige nicht mit dem Finger auf Sie, Jed. Auch mir ergeht es gelegentlich so. Aber es stimmt einen nachdenklich, oder?«

Zähneknirschend lief Jed hinter seinem Sessel auf und ab.

Wie können sie das von mir verlangen?

»Wir sind keine Hellseher, Jed«, ergriff Ben das Wort. Aber wir sind fest davon überzeugt, dass es so am besten wäre und Gott es so will. Allerdings unterlaufen uns auch Fehler. Falls es einer ist und es nicht funktioniert, können wir euch immer noch verschiedenen Teams zuteilen.«

Jed blieb stehen, stützte die Hände auf die Rückenlehne des Sessels und sah Ben an – er hoffte, seine Augen vermittelten dem Shepherd das volle Ausmaß dessen, was damit von ihm verlangt wurde. Dann wandte er sich David zu, der seinem Blick mit einer Stärke in den Augen begegnete, die Jed bei dem Mann noch nie gespürt hatte. Es gab so viel, was Jed mittlerweile nicht mehr über ihn wusste – und wohl auch über Rachel. Wollte er wirklich etwas, das sich wie seine wahre Berufung anfühlte, wegen etwas ablehnen, das vor einem halben Leben in einem Keller passiert war?

»Wenn du es versuchst, bin ich dabei«, sagte David mit stolz erhobenem Kinn, die Arme vor der Brust verschränkt.

Jed wollte darauf hinweisen, wie ungerecht er es fand, dass man David im Vergleich zur Last, die er zu tragen hätte, wesentlich weniger abverlangte. Doch in seinem Kopf fragte ihn eine Stimme, die sich nur selten meldete, mit kristallklarer Deutlichkeit: *Stimmt das wirklich? Weißt du, wie es ihm seit jener schrecklichen Nacht ergangen ist?*

Jed klappte den Mund zu. Bestimmt würde es für David genauso schwer sein, mit Rachels erster Liebe zusammenzuarbeiten, seinem ehemals besten Freund, der sie beide verlassen hatte.

Er zog den Sessel zurück und ließ sich schwer wieder darauf plumpsen. Lächelnd nickte er David zu, bevor er sich an Morvant wandte.

»Okay«, sagte er und hob kapitulierend die Hände. »Ich bin dabei. Sie haben recht, Pater … Wenn es Gott ist, der mich ruft, wie könnte ich dann ablehnen? Wenn nicht …« Er zuckte mit den Schultern, obwohl er spürte, wie in ihm ein unerwartetes Feuer anschwoll. »Wenn nicht, werden wir es wohl bald herausfinden.«

Alle sahen sich nacheinander an, nickten einander zu, bestätigten sich ihre Einigkeit.

Ben bat Pater Newman, sie bei einem kurzen Gebet anzuführen. Danach fiel Jed auf, wie sein neuer Boss vor Aufregung und Enthusiasmus strahlte.

»Willkommen an Bord, Jedidiah. Legen wir los.«

EPILOG

VANDERBILT UNIVERSITY
MEDICAL CENTER, ABTEILUNG FÜR TRAUMATOLOGIE
1211 MEDICAL CENTER DRIVE
NASHVILLE, TENNESSEE
DIENSTAG, 9:55 UHR ORTSZEIT

Detective Perez brummte, während man sie in einem breiten blauen Rollstuhl aus dem Aufzug und dann den langen Flur entlang zum Haupteingang des einzigen Traumazentrums der Stufe I für Erwachsene und Kinder im westlichen Tennessee schob.

Der Aufenthalt im Krankenhaus war wesentlich länger als erwartet ausgefallen. Die Unfallärzte hatten eine Bauchfellverletzung durch das Projektil festgestellt, das ihre Seite und ihren Bauch durchschlagen hatte. Dadurch waren eine Laparoskopie und ein zusätzlicher Tag zur Beobachtung nötig geworden. Ihr Bauch schmerzte. Nicht von der Schussverletzung, die man ausgespült, gereinigt und geschlossen hatte, vielmehr von den langen Metallröhren, die man in sie geschoben hatte, um sie mit CO_2 aufzublasen, damit die Ärzte in ihr hatten herumstochern können.

Egal – je schwerer ihre Verletzung zu sein schien, desto besser.

Es waren nur Schmerzen.

Die Pflegerin, die sie den Flur entlangschob, plapperte vor sich hin. Perez interessierte nicht, was die Frau zu sagen hatte. Sie nickte und lächelte zwar, doch ihre Gedanken galten dem kleinen weißen Beutel mit ihren persönlichen Sachen – vor allem dem 250 Dollar teuren Hosenanzug. Die Notärzte hatten ihn vernichtet, ihn ihr vom Körper geschnitten, nachdem sie ihr verweigert hatten, ihn selbst auszuziehen. Wenigstens waren ihre Lieblingsschuhe von Tory Burch unversehrt und hatten nicht mal Blutspritzer abbekommen. Sie tastete in der Tasche danach, als die Pflegerin sie durch die automatischen Türen und aus dem Krankenhaus zum Zufahrtsbereich davor schob. Der Rollstuhl holperte über eine Nahtstelle im Beton. Perez schaute auf und winkte dem uniformierten Polizisten, der sie neben einem Streifenwagen erwartete, um sie nach Hause zu bringen.

Das war es wert. Ich bin nicht nur noch am Leben, sondern nach wie vor wertvoll.

Wie auf ein Stichwort klingelte ihr Handy.

Sie griff danach – aber es befand sich nicht an ihrem Gürtel, wo sie es normalerweise befestigte. Irritiert stand sie auf und kramte in der Plastiktüte, bis sie feststellte, dass ihr *anderes* Telefon klingelte. Mit erhobenem Finger bedeutete sie dem wartenden Beamten, dass er ihr eine Minute geben sollte. Sie kramte das Handy heraus und tippte auf die grüne Rufannahmeschaltfläche, bevor sie mit derselben Geste die Pflegerin warten ließ, was die Frau zu nerven schien. Zweifellos hatten die Anwälte des Krankenhauses die Regel aufgestellt, dass Patienten erst dann allein gelassen wurden, wenn sie nach der Abholung um die Ecke verschwunden waren.

»Hallo?«, meldete sich Perez und bemühte sich, keine Angst und Anspannung in ihre Stimme dringen zu lassen.

Als ob das eine Rolle spielt.

»Ich hoffe, es geht dir gut«, sagte die tiefe, ölige Stimme.

»Ja«, antwortete sie. »Bin gerade unterwegs nach Hause.«

»Ausgezeichnet.« Das Wort klang zischend.

»Hör mal, was da in dem Haus passiert ist …«

»Genug«, schnitt ihr die Stimme das Wort ab. »Deine Entscheidung war vernünftig. Die Lage war nicht mehr zu retten, und du hast eine wertvolle Tarnung aufrechterhalten, die wir jetzt mehr denn je brauchen. Jeder Bienenstock opfert Drohnen – das ist ihr Zweck, nicht wahr? War ein geringer Preis für dein … Überleben.«

»Danke«, sagte sie und stieß erleichtert die Luft aus. Zum ersten Mal gestattete sie sich zu glauben, dass sie am Ende der Woche noch atmen würde. »Ich werde dich nicht noch mal enttäuschen.«

»Oh, das weiß ich, meine Liebe«, antwortete das zischende Flüstern. In den Worten schwang beinahe Freude mit. »Werd schnell gesund und kehr auf deinen Posten zurück. Wir haben noch viel zu tun. Die Schlacht haben wir vielleicht verloren, aber der Krieg geht weiter. Und mit jedem Rückschlag bietet sich eine neue Chance. Wir haben jetzt neue Möglichkeiten, die wir erkunden können.«

»Und das Mädchen?«

Eine längere Pause entstand. »Die Kleine ist stärker, als ich vorausgesehen habe. Aber wir haben einen Insider … Die Zeit wird es weisen. Ich kann sie immer noch bekommen.«

Damit war die Leitung tot.

Perez seufzte lange und zittrig. Sie schloss die Augen, in denen sie plötzlich Tränen spürte – vor Erleichterung oder vielleicht wegen der Schmerzen im Bauch.

Mit einem zerknirschten Lächeln drehte sie sich der Krankenpflegerin zu. »Tut mir so leid«, entschuldigte sie sich, schnappte sich ihre Plastiktüte und nahm den Papierkram entgegen, den die Pflegerin ihr hinhielt. »Sie wissen ja, wie Väter sein können.«

»Oh, und wie ich das weiß«, erwiderte die Frau, lächelte diesmal aufrichtig und verdrehte die Augen. »Ich hab selbst einen überfürsorglichen Vater. Vielen Dank für Ihre Dienste, Detective. Und Gott schütze Sie.«

Perez lächelte ihr zum Abschied zu, bevor sie sich abwandte und zum Streifenwagen ging.

Unwahrscheinlich, junge Dame. Sehr unwahrscheinlich.

DANKSAGUNG

Wir danken unseren Familien für ihre unerschöpfliche Unterstützung während dieser verrückten Achterbahnfahrt, die wir ihnen zugemutet haben. Ohne ihre bedingungslose Liebe und ihren Rückhalt hätte keines unserer Bücher je das Licht der Welt erblickt.

Gina Panettieri, unserer unerschrockenen, unermüdlichen Agentin, danken wir dafür, dass sie uns aufgerichtet und ein neues Zuhause für unsere kreativen Bemühungen gefunden hat.

Karen Watson und dem gesamten Team von Tyndale House danken wir für die schier unglaubliche Gelegenheit, unseren militärischen Hintergrund, unsere Liebe zum Geschichtenerzählen und unseren Glauben unter einen wunderbaren Hut zu bringen. Eure Unterstützung, Ermutigung und Beiträge sind inspirierend.

Ein Dank geht auch an unsere treuen Leserinnen und Leser, die uns immer den Rücken stärken. Eure überlegten Rezensionen, freundlichen E-Mails und Mundpropagandakampagnen sind der Treibstoff für unseren literarischen Flug. Danke, dass ihr uns auch auf dieser Reise begleitet!

Und an alle da draußen, die noch an der Speerspitze dienen: Ihr seid eine ständige Quelle der Inspiration und Unterstützung für uns – danke und Gott segne euch.

Ihr wisst, wer ihr seid …

Brian Andrews & Jeffrey Wilson bei FESTA:

Spezialeinheit Tier One
Kriegsschatten – Spezialeinheit Tier One

Dunkler Beschützer

Zuletzt erschienen in der Reihe FESTA ACTION:

Vince Flynn: *Consent to Kill – Der Feind*
Tim Tigner: *Betrayal – Der Verrat*
Vince Flynn: *Lethal Agent – Die Pandemie*
Joel C. Rosenberg: *Russisches Roulette*
Vince Flynn: *Total Power – In die Finsternis*
Mark Greaney: *The Gray Man – Operation Back Blast*
Joel C. Rosenberg: *Das Jerusalem-Attentat*
Matthew Reilly: *Die sieben tödlichen Wunder*
Brad Thor: *Der Verräter*
Vince Flynn: *Act of Treason – Der große Verrat*
Matthew Reilly: *Die sechs heiligen Steine*
Jack Carr: *Menschenjäger*
Matthew Reilly: *Die fünf großen Krieger*
Vince Flynn: *Protect and Defend – Die Bedrohung*
Vince Flynn: *Extreme Measures – Der Gegenschlag*
Matthew Reilly: *Die vier mystischen Königreiche*
Mark Greaney: *The Gray Man – Tödliche Jagd*
Ben Coes: *Blutiger Sonntag*
Vince Flynn: *Enemy at the Gates – Der Feind im Nacken*
Matthew Reilly: *Die drei geheimen Städte*
Stephen Hunter: *Todesschuss*
Andrews & Wilson: *Spezialeinheit Tier One*
Dale Brown: *Polarsturm – Arctic Storm Rising*
Matthew Reilly: *Die zwei verschollenen Berge*
Jack Carr: *Die Hand des Teufels*
Andrews & Wilson: *Kriegsschatten – Spezialeinheit Tier One*
Ben Coes: *Der Russe*
Mark Greaney: *The Gray Man – Undercover in Syrien*
Vince Flynn: *Oath of Loyalty – Der Treueschwur*
Andrews & Wilson: *Dunkler Beschützer*

Festa: If you don't mind sex and violence and lots of action

Niemand veröffentlicht härtere Thriller als Festa. Werke, die keine Chance haben, in großen Verlagen veröffentlicht zu werden, weil sie zu gewagt sind, zu neuartig, zu extrem.

Statt der üblichen Matt- oder Glanzfolie haben die Bücher von Festa eine raue, lederartige Kaschierung. Sie symbolisiert die Härte und sexuelle Gewagtheit unseres Programms. Diese »Bücher im Ledermantel« sind auch sehr widerstandsfähig – die Bücher wirken nach dem Lesen noch wie neu.

Unsere erfolgreichsten Buchreihen:

HORROR & THRILLER – Moderne Meister des Genres

FESTA ACTION – Blockbuster zum Lesen

MUST READ – Große Erzähler. Muss man gelesen haben

FESTA EXTREM – Wenn Lesen zur Mutprobe wird ...

Wegen der brutalen und pornografischen Inhalte erscheinen die Titel ohne ISBN und werden nur ab 18 Jahre verkauft. Sie können nur direkt beim Verlag bestellt werden.

Festa steht beim Thema harte Spannung für viele Jahre bewährte Qualität. Darauf geben wir sogar eine Zufriedenheitsgarantie. Dieser Service ist für einen Buchverlag einzigartig.

Warum tun wir das?

Frank Festa: »Wir wollen, dass die Leser unsere Bücher lieben. Das geht nur mit Qualität. Und als Spezialist für Horror und Thriller aus Amerika können wir in dem Bereich diese Qualität garantieren – so einfach ist das.«